현대한국소설작품의 이해

김 정 진

국학자료원

머리말

　소설 작품을 이해한다는 것은 시대와 사회의 다양한 삶을 담아내는 서사장르로서의 소설의 다원적인 성격을 이해하는 것이다. 그 다원성은 사회와 작가와 독자의 다양함에 기인한다 할 수 있다.

　이미 상당한 분량의 한국소설 작품에 대한 단행본들이 있는 상황에서 또 다른 소설작품에 대한 이해서를 출간한다는 것이 필요한 읽을거리가 아닌 문자공해가 되지는 않을까 하는 갈등을 겪었다.

　그러나 대학 강단에서 몇 년 동안 소설작품론 강의를 하면서 마땅한 한국 현대 단편소설들에 대한 전체적인 연구서가 없어서 강의에 어려움을 겪었고 때문에 필요에 의해서 내가 나름대로 틈틈이 준비하고 소설에 대한 평가작업을 해 오던 중 이렇게 현대한국소설 작품에 대한 책을 출간하게 되었다.

　그 동안 참조의 형식으로 읽어왔던 기존 소설의 이론서와 작품 해설서들은 시대적으로나 예시작품의 한계로 다소 진부한 것이 되었다. 때문에 본서 출간의 이유라면 일제강점기 하의 작품으로 몰려있다거나, 몇몇 작가들에 국한되어 있어서 근대 이후 우리 소설의 전체적인 흐름과 그 실제적인 작품과의 관계를 한눈으로 살피기 힘들었다는 점이 있겠고 다른 하나는 그 동안 섭렵한 소설들에 대한 필자의 입장이 어느 정도 생겨났기 때문이다.

　물론 대개 이러한 책들의 성향이 그렇듯 이 책도 필자가 관심이 있고 논의할 만한 작품들을 선별하여 작품론을 쓴 것이다. 특히 소설이론에 대한 강의와 창작을 겸하는 필자로서는 단편소설의 이해와 기술론적인 측면에서도 작품 해설에 관심을 기울였다.

　이 책은 크게 세 챕터로 구성되었다.

　제 일장에서는 소설의 구성요소와 소설이란 무엇인가에 대한 언급이 되어 있다. 문학 평론과 소설 집필을 하는 입장으로서 소설에 대한 간단한 이해와 구성요소의 성격 등을 적어 놓은 것이다.

　제 이장에서는 실제로 한국 단편 작품들을 분석하였다. 1920년대 염상섭에서 1990년대 신경숙에 이르기까지 우리의 몇몇 단편들의 이해와 분석의 차원에서 작품론을 했다.

　마지막으로 제 삼장에서는 문학잡지에 썼던 소설 월평을 현장의 소설평이라 해서 한 챕터를 따로 정해서 실었다.

　소설구성요소에 대한 짤막한 소개는 첫째 챕터인 실제 단편론에서 작품에 대한 전근을 용이하게 할 수 있도록 했고 다음으로는 최근의 몇몇 단편들에 대한 월평을 통하여 누구나 최근 잡지에서 이미 게재된 소설을 구하여 평가해볼 수 있게끔 전체적인 체제를 꾸며놓았다. 미진하나마 이 책을 통하여 현대 한국소설에 대한 독자들의 안목과 나름대로의 입장을 가졌으면 하는 바램이다.

1999. 8.

현대한국소설작품의 이해

목 차

머리말

I 소설이란 무엇인가

1 소설은 어떻게 생겨났는가 ………………………………………… 11

1-1 소설 기원에 대한 검토 …………………………………… 12

1-2 소설은 왜 쓰는가 ………………………………………… 14

1-3 이야기와 소설은 어떻게 다른가 ……………………… 19

1-4 소설담론의 특징 ………………………………………… 21

1-5 소설양식의 대두 ………………………………………… 23

1-6 소설장르의 특성 ………………………………………… 25

2 소설은 어떠한 구조로 되어 있는가 ………………………… 28

2-1 인물과 행동 ……………………………………………… 28

2-2 주제와 소제 ……………………………………………… 36

2-3 플롯과 형식 ……………………………………………… 37

2-4 서술과 시점 ……………………………………………… 42

2-5 문체와 속도 ……………………………………………… 44

2-6 시간과 공간 ……………………………………………… 46

2-7 배경과 사건 ……………………………………………… 48

2-8 아이러니 50

2-9 소설과 상징 58

2-10 우리 소설사 60

II 소설해석의 시론들

1 주제의식의 문제들 67

2 소설과 상징 85

3 전후소설 105

4 귀향소설 129

5 페미니즘 소설 163

6 소설 플롯의 다변화 190

7 환상체험으로서의 소설 221

8 소설의 배경과 의미 241

9 도덕적 삶에의 희구 260

III 현장 소설평의 실제

1 희극적 혹은 비극적 아이러니 277

2 단절된 세계와 자아의 믿음 284

3 보다 인간적인 삶을 위하여 292

4 표현된 인식의 추상성 301

5 존재의 상징성, 그 희미함 309

6 끝으로서의 시작 : 소설의 한 형식 318

7 시간의 무의미와 과거의 의미 …………………………………… 326

8 세계와의 대결 혹은 화합 …………………………………… 331

9 낯설게 만들기로서의 소설 …………………………………… 340

10 자기인식 꾸미기로서의 소설 …………………………………… 349

11 인식의 집중과 분산 …………………………………… 357

12 삶, 그 불가해성의 세계 …………………………………… 365

Ⅰ 소설이란 무엇인가

1 소설은 어떻게 생겨났는가

소설이란 누군가 무엇인가에 대한 이야기를 함으로써 생겨난다. 다시 말해 소설은 하나의 이야기이다. 이야기는 언어를 통하여 고정되며 그 고정의 과정에 여러 가지 요소들 가령, 문학적 장치, 작가의 세계관, 사회의 가치들, 독자의 관심 등이 포함된다.

소설은 작가가 스스로 의도한 바에 따라 현실의 삶을 허구로 재구성하여 서술한 산문의 이야기이다. 이때 인물의 행동이나 성격, 혹은 관계된 사건묘사를 통해 소설세계에서 일어나는 관계들을 묘사한 것이다. 인간은 비록 혼자라 하더라도 그가 존재하고 또 종족번식의 수단으로 개체를 생산하고 무엇이나 누구와 최소한의 관계를 맺고 있는 이상 사회적 존재이다. 그리고 소설은 그러한 인간의 이야기를 다룬다. 그러므로 소설은 사회적일 수밖에 없다. 소설이 인간의 내면 세계를 그리든지 사회현실을 반영하든지 결국 개인이 사회에 속한 이상 소설은 사회적인 것이다.

사회는 끊임없이 변동하고 있으며 이에 따라 인간의 내면세계나 가치관 역시 하루가 다르게 변하고 있다. 소설은 밖으로는 사회현실 인간의 가치관 변화 내면의 갈등 등으로 압력을 받고 내적으로는 허구의 재구성과 창조적 방법론과 순수성 등에 압력을 받으며 변화하고 있다. 결국 소설은 완전히 굳은 문학장르가 아니다. 얼마든지 바뀌고 달라질 수 있다.

1-1 소설 기원에 대한 검토

무릇 문학은 인간의 정신을 표현하는 한 형태이다. 그것은 언어 혹은 말(구전)로 존재하고 있다. 문학의 기원에 대한 물음이 바로 문학이 무엇이며 왜 생겨났는가의 요점이 될 것이다. 그것은 대개 아리스토텔레스의 모방충동설(模倣衝動說) 인간은 모방의 본능을 갖고 있으며 모방할 때 예술적 쾌감을 느낀다는 내용이고, 칸트의 유희본능설(遊戲本能說)은 무목적의 목적성, 예술자체가 쾌락이며 그 과정이 유희라고 보는 설이다. 또한 정신분석 학자들에 의하면 인간욕구(人間慾求)의 발로(發露)로써 성욕, 식욕 등과 같이 창작욕이 인간의 욕망의 표현이라는 설 등이 가장 유력시되고 있다. 그러나 이러한 가설들은 그야말로 가설에 불과하다. 또한 그 분분한 논의는 끝이 없이 학파를 만들어 유지되고 있다. 그러므로 원론적인 물음은 구체적이고 말단적인 문제부터 풀어 나가야 할 것이다. 서양문학에서 제기된 문학론은 크게 4 가지로 요약된다

첫째 모방론(模倣論)은 문학작품은 인간 외부의 어떤 것을 모방한 것 문학을 대상적 측면에서 바라본 예라고 할 수 있다. 둘째로는 효용론(效用論)이 있는데 이것은 문학으로 인간을 교화한다는 입장으로 문학을 독자의 측면에서 본 것이다. 셋째는 표현론(表現論)이다. 위대한 혹은 특정한 저술가가 창작한 것으로 문학 텍스트를 파악한 이 이론은 작가의 측면에서 문학을 평가한다. 마지막으로는 존재론(存在論)으로써 작품은 구조를 가진 하나의 독립된 존재물이라고 보는 견해이다. 이른바 언

어예술의 표상물인, 작품적 측면에서 문학을 평가한 것이다.

이상의 내용을 정리하면 무엇이 문학인가 라는 질문은 허구의 초월적 미의식, 위대한 저술, 언어예술, 창작된 학문, 등의 세부적인 대답이 가능하다.

그러나 부분적인 접근보다는 총체적인 접근으로 문학에 대한 시각을 넓혀야 할 필요성이 요구된다. 그렇다면 우리는 무엇을 어떻게 말하여야 하는가? 대학에서 문학을 공부한다는 것은 결국 문학에 대한 자신의 의견을 개진하는 결과로 도출되어야 한다. 먼저 무엇을 어떻게 말할 것인가에 대해 준비해야 한다. 우선 문학에 대한 시각을 갖는 것이 필요할 것이다.

서양에서 소설의 발달과정은 통상 다음과 같다.

신화(myth)→서사시(epic)→로망스(romance)→소설(novel, short-story)

그리이스 로마의 신화시대에서 서사시의 시대로 또한 중세를 거치면서 서사시는 로망스로 변모되었고 오늘날의 소설이 된 것이다. 본격적인 소설의 역사는 말하자면 몇 백년에 불과한 것이다. 시와 같은 장르와 비교하면 소설의 역사는 대단히 짧다고 할 수 있다.

한편 동양적 소설의 발생에 대한 언급은 역사적으로 광범위하게 나타난다. 먼저 반고(班固)는 한서문예지(漢書文藝志)에서 소설가는 패관(稗官)에서 비롯되었으며 도청도설(道聽塗說)을 재미있게 꾸민 것으로 보았다. 장자(莊子)의 외물편(外物篇)에 소설은 남(고을 현령 정도의 인물들)에게 환심을 얻기 위해 꾸며낸 이야기로서 크게 되기 어렵다고 했다. (飾小說以于懸領 其於大達亦難矣) 이는 소설을 꾸며서 고을 현령 따위에게 잘 보이려고 하는 짓은 크게 되기 어렵다는 의미로서 소설의 위상을 낮게 보는 시각이라 할 수 있다. 공자(孔子)는 시경은 극구 숭앙해 마지 않으면서 소설에 해당되는 산문은 부정적으로 보았다. 『논어』에서 쾌도난신의 소도는 꾸민 이야기로서 군자가 할 일이 아니라고 규정한다. 동양의 고대에 있어 소설에 대한 시각은 부정적이었다. 이것은 플라톤이 시인을 폴리스에서 추방해야 한다는 지론과 일맥 상통하기도 한다.

문학의 가치에 대한 논의는 당대에 와서 관도(貫道), 즉 문학이 글을 꿰뚫고 공존하는 것이냐, 재도(載道), 즉 문학은 경을 실어 주는 수레에 비교될 것인가의 논쟁으로 비약된다. 동양에서는 소설이 본격적으로 꽃 피우지 못했다. 한대의 설화, 당의 전기, 원명 이후에야 소설이 어느 정 도 이루어졌다.

우리 나라의 경우 금오신화에서 언급된 지, 전, 록, 기, 등의 소설 장 르들은 각각 전개되지 못하였고 구운몽, 홍길동전 등의 작품 군이 있으 나 서구소설처럼 발전하지 못했다. 그리고 일제 강점기 이후 무조건적 인 수용으로 서구와 거의 흡사해진 채 오늘날에 이르고 있다. 소설에 있어서는 전통적 발전보다는 시민사회를 거친 서구소설이 여과 과정 없 이 이 땅에 존재하고 있는 셈이다.

1-2 소설은 왜 쓰는가

왜 쓰는가의 문제는 왜 읽는가의 문제와 일맥상통한다. 소설을 쓰는 것은 작자의 몫이고, 읽는 것은 독자의 영역이다. 아무도 읽지 않는다면 소설이 쓰여질 필요성이 없을 것이다. 이처럼 소설은 최소한의 사회적 조건이 있어야 성립되는 사회적 현상이며 존재물이다. 그리고 그것은 적어도 사람에 관련된 이야기이다. 그러므로 소설이 무엇인가 하는 바 는 문학이 무엇인가를 거쳐 인간이란 무엇인가의 질문으로 이어지게 된 다. 그렇다면 인간이란 무엇인가. 인간은 어떻게 생겨났는가의 불가지론 을 넘어서 보다 구체적이고 기초적인 질문으로 단서를 찾을 필요가 있 다.

질문의 실마리를 잡자면 인간은 도대체 어떻게 살아왔는가를 돌아볼
필요가 있다. 인류의 발달사를 살펴보면 자연과학에 비해 인문과학의
진보 속도는 너무나도 늦다. 아니 진보라는 판단을 할 수가 없다. 자연
과학의 진보는 얼마나 눈부신가. 손으로 하던 일을 컴퓨터나 기계가 대
신하고 있고 두발로 걷고 뛰던 이동의 수단은 초고속 열차와 비행기 심
지어 우주선이 대기권 밖으로 나가고 있는 실정이다. 그런데 철학이니
문학이니 하면서 말하기 좋아하는 사람들은 오늘날 누구도 공자보다 현
학적이지 못하고 소크라테스보다 철학적이라고 말할 수 없을 것이다.
누가 부처보다 삼라만상의 이치를 잘 꿰뚫고 있는 자 인가. 누가 예수
보다 예언을 잘 할 수 있는가.

진보의 순서로 보면 역사는 오히려 거꾸로 가고 있지 않은가. 종교의
문제는 실로 철학적 인식의 진보적 방향을 막는 가장 중요한 걸림돌이
아닐 수 없다. 그것은 자연과학의 발전적인 사고의 틀을 개조시키는 어
떤 변화의 요소를 배제하고 있기 때문이다. 말하자면 구태의연한 틀을
만들어 그것에서 한발도 나아갈 수 없게 만들기 때문이다. 그 결과 자
유로운 사고나 무한한 상상력은 다람쥐 쳇바퀴 돌듯 제자리걸음을 하는
수밖에 없는 것이다.

종교는 철학을 회의론으로 몰아갔고, 인간은 스스로 자기 내부에 침
잠하며 그 속에서 자아를 인식하려 하고 있다. 자아인식이라는 인간내
부의 속성은 외부의 모든 객관성을 끊고 자신 찾기에 몰두하게 한다.
그리고 자신은 어떻게 신에게 선택될 것인가에 대해 초조하게 내면은
어두운 구석구석을 방황하게 된다. 그리고 아무 것도 없는 어둠 속에서
결국 신에게 의지한다.

신이라는 절대 존재는 너무도 위대하다. 우리는 감히 그의 영역을 추
론해보거나 입장을 바꾸어서 생각해 볼 수조차 없다. 그토록 위대한 그
의 장난에 불과한 천지창조는 우리에게는 바로 생명 그 자체이나 신의

섭리 중 작은 그 어떤 하나에 불과하다.

인간은 경험적 세계에 살고 있다. 다만 이상적 세계를 꿈꾸고 있을 따름이다. 그러나 인간은 이상적 세계에 매달리며 경험적 사실을 부정하거나 인정하지 않으려 하며 심지어 이상적 세계만을 인정하여 경험적 세계를 거기에 종속시키기까지 한다. 그것은 이상적 세계와 경험적 세계가 단절되어있기 때문이다. 우리는 이러한 위기에서 양자의 통합을 고려하지 않을 수 없다. 그 연결 고리가 생물학적이건 혹은 사회와 역사의 연속이건 간에 양자는 하나로 통하지 않으면 안된다. 왜냐하면 인간이라는 존재는 양자에 모두 속해 있기 때문이다.

이러한 인간이 피조물로서 암흑의 나날을 산다는 것은 불행한 일이 아닐 수 없다. 여기에 인간을 그 자신 속에서 구제해준 사건 중의 하나가 인류에게 문학이 생겨난 것이라 할 수 있다. 문학이 하나의 세계를 창조해낸다는 것은 피조물의 위치에서 조물주의 위치로 자신을 격상시키는 노릇이 된다. 창작자의 창의성은 스스로에 기인하기 때문에 그는 그 순간 자유로워질 수 있는 것이다. 독자 또한 새롭게 태어난 세계를 접하면서 제 이의 창조자가 되는 기쁨을 맛 볼 수 있음은 물론이다.

인간이 만들어낸 소설의 세계는 허구인 것이다. 현실세계가 아니라는 것이다. 하지만 인간이 창조하는 허구의 세계는 현실 세계와 단절될 수 없다. 현실에서 취재된 텍스트의 세계는 어떻게 해서든지 연결되기 때문이다. 이때 작가는 자신의 현실 혹은 현실에서 발단된 상상을 자신의 작품에 적응시키게 된다. 이렇게 변화되고 재구성되는 방법과 결과에 의해 소위 예술적, 소설 미학적 세계가 창조되는 것이다.

결국 소설에는 하나의 테두리라고 할 수 있는 성격, 형식 등의 규정이 생겨나게 된다. 그것은 소설이라는 존재물을 다른 그 무엇과 구별하게 하는 근거가 되는 것이다.

소설은 오늘날 이 땅에 분명히 존재한다. 더욱이 많은 사람들의 관심의 대상이다. 많은 작가와 더 많은 독자들에 의해 현대사회의 한 현상물로서 변화하며 꿈틀대고 있다. 그리고 그것이 사회적 기능으로서 오락이나 교훈을 주며 발휘되는 영향력은 대단한 것이다. 소설은 대중의 취향을 반영할 뿐만 아니라 거꾸로 사회적 취향을 창조하기까지 한다. 소설은 더러 뮤지컬이나 영화, 영상매체, 연극 등을 통해 그 매력을 확산시키기도 한다. 가령 사회적인 문제점이 소설의 재료가 되는 예가 상당히 많다. 조선조 임병 양난 이후 수많은 영웅소설이 등장했고, 6.25동란 이후는 전쟁문학이 꽃을 피웠다. 70년대에는 여급의 수효가 늘어나면서 소위 여대생소설이니 호스테스소설이니 하는 퇴폐적인 작품들이 쏟아져 나왔고, 80년대에 이르러 사회주의 이념의 대두와 함께 노동소설과 민중소설이 붐을 이루기도 하면서 한편으로는 부유층 자녀의 탈선문화를 다룬 작품들도 꽤 많이 등장했다. 한편 소설이 영화화되거나 영상화되면 주인공을 맡은 연기자의 의상이나 헤어스타일 악세서리 등이 하나의 유행이 되었다. 또한 컴퓨터 통신망을 이용해 발표되던 에스에프 소설들이나 환타지물 그리고 사이버 소설이나 하이퍼 텍스트도 이미 소설 세계에 커다란 영역을 차지하고 있다. 이러한 장르들은 가상공간에서의 소설적 영상화를 시도하기도 한다. 이처럼 소설은 허구의 세계이면서 현실세계와의 연관이 되는 특징이 있다. 어쨌든 현실의 문제가 허구의 재료가 되는 것은 틀림없는 사실이다.

그러나 현실에서 인간은 누구나 최소한의 불만 내지는 세계와 나와의 불일치를 맛보며 살게 된다. 이른바 고민이나 고통이 없는 완벽한 삶이란 존재하지 않기 때문이다. 생노병사가 모두 괴로움이며 아무리 행복한 사람이라 할지라도 자신만의 문제점은 있는 것이다. 그렇기 때문에 현실이라는 재료는 소설에서 문제점을 지니게 된다. 작가나 독자는 소설에서 현실을 접하고 그 현실로부터 보다 바람직한, 이상적인, 행복한 자신의 모습을 바랄 것인가, 아니면 그 현실로부터 도망가야할 것인가?

이러한 질문과 갈등 속에 소설세계의 전망이 놓여있다. 실제로 따분할 정도로 인생에서 아무런 사건도 일어나지 않지만, 상상으로는 뭔가 기막히고 근사한 일이 일어나기를 바랄 수 있다. 그것은 이야기를 꾸미고 싶어하는 욕망과 이야기를 듣고 싶어하는 욕망, 그 양자에 공통적으로 작용되는 호기심의 일종이라 할 수 있다.

실제의 삶에서 부족하다거나 뭔가 더 만족스러운 사건에 대한 갈증이 소설에서 채워질 수 있기 때문에 소설은 이러한 인간의 심리가 존재하는 한 건재할 것이다. 식욕, 성욕, 권력, 금전욕, 일상에서 일탈하는 삶, 어렵거나 부족한 조건을 쉽고, 풍요롭게 하고자 하는 꿈, 불만스러운 과거에 대한 회한 등등은 상상의 날개를 달기 마련이다. 그러나 그때 일상을 혹은 삶의 약속을 어긴다는 상상 속에서라도의 죄의식이 있게 마련이다. 춘원이 패로디한 『조신의 꿈』처럼 남의 여자를 탐하는 꿈은 죄의식에 시달리게 되어있다. 그러나 독자의 이러한 실제의 상상은 활자매체인 소설에서 공감대를 형성함으로서 죄의식이나 불편함을 감소시켜 줄 수 있다. 정비석의 『자유부인』을 읽으면서 비슷한 경우에 해당되는 사람들의 동감은 죄의식을 넘어서서 그 입장에서 자신의 죄의식을 항변하고 오히려 그러한 느낌이 소멸될 수도 있는 것이다. 이때 느끼는 죄의식의 망각은 바로 현실에서 자신을 억누르고 있는 억압으로부터의 자유를 얻는 것이다. 이 해방감이 바로 자신의 숨은 욕망과 꿈을 드러내주는 촉매제가 된다. 실제로 허균의 『홍길동전』을 읽은 당대의 서얼들은 일종의 해방감을 느꼈을 것이며 유사한 성인식을 지닌 사람으로 마광수 『즐거운 사라』를 읽은 독자는 자유로운 성교에 대한 강박관념의 걸림돌을 잊을 수도 있을 것이다. 또한 해방 이후 일본의 재기를 두려워하는 민족감정은 최인훈의 『총독의 소리』같은 작품을 통해 민중심리를 대변할 수도 있다. 이런 기능과 효용, 호기심, 창작욕망과 해방감, 그리고 교술적 의도 등의 소설을 쓰게 하고 또 읽게 하는 요인이 될 것이다.

1-3 이야기와 소설은 어떻게 다른가

인간이 존재함과 동시에 인간과 자연과 신과 사랑에 대한 이야기가 있었다. 더욱이 문자가 이루어지기 전에 구비문학으로서의 문학 집적물들은 대단히 많은 것이 사실이다. 또한 어느 고장에 가보아도 신화, 전설, 민담류의 설화가 없는 곳이 없을 정도이다.

초기 설화의 발생동인으로는 원시사회의 제의식과 사회여건, 사고 개념 등을 말할 수 있다. 그러나 그것은 문학적인 측면에서 단순하게 파악할 수 있는 것은 아니다. 역사적 복합성이 있으므로 민속학적으로 그 접근이 이루어져야 할 것이다. 신화나 전설이 누구에 의해 제작되었건, 누가 누구를 위해 조작하고 왜곡시켰 건간에 이 땅에 수많은 설화류들은 존재하고 있다. 사회적, 정치적 관련하에 오늘날까지 전해져 내려온 문학집적물로서의 이야기들은 오늘날 우리에게 소설의 조상으로서 인식되고 있는 것이다.

이러한 이야기들은 할머니가 손자들에게 자장가 삼아 들려주는 재미있는 이야기로 아직 살아있을 뿐더러 본격 소설의 재료가 되기도 한다. 그렇다면 이야기와 소설은 어떻게 다른가. 그것은 음식재료와 요리와의 차이라 할 수 있다. 전자는 이야기의 흐름과 시작과 끝이 단순하게 진술된다면 후자는 소설적인 문장과 구조, 즉 소설 담론으로 구성되어 있는 것이다.

하나의 소설 작품은 어떤 이야기와는 판이하게 다르다. 소설이 삶에 대한 혹은 사람에 대한 이야기라는 것은 여러 가지의 의미를 다중적으로 갖는다. 그것은 단순한 이야기인 동시에 숨어 있는 의미가 다양하게 나타나기 때문이다. 소설이 사람에 대한 이야기를 했다라고 하는 것은 소설에서 몇 가지 구분이 필요하다. 첫째, 소설작품이 인간의 성격과 행동과 주체적 세계관을 고정시키거나 확대하거나 혹은 분절하여 시간적 변화를 주게 된다. 작가는 고의적으로 인간의 경험을 일상의 시간과는 다른 차원에서 그려냄으로써 보다 효과적으로 독자의 인식에 다다를 수 있도록 의도한다. 또한 공간이나 배경 그리고 작자가 대상을 그려내는 속도와 거리의 변화도 마찬가지의 기법으로 동원될 수 있다. 둘째로는 작자가 꾸민 이야기는 독자가 개입될 때 작품으로서 성립된다는 점이다. 한 개체인 작가의 창작행위가 다른 개체인 독자에게 사회에서 하나의 현상으로 작용될 때 소설을 둘러싼 조건은 작자의 삶과 독자의 삶이 함께 관련되게 되기 때문이다. 이 점에서 소설은 인간 삶의 한 부분이라 할 것이다.

구비 문학적 소산으로 이어져 온 이야기와 소설은 창작의 측면에서뿐만 아니라 독서의 측면에서도 차이가 난다. 구체적으로 고정된 출판 매체로서의 소설은 독자 즉, 수용주체의 영역이 주요시되기 때문이다. 일반독자는 평소 자신의 개별적 체험이나 사회전반의 변화 등을 구체적으로 문서화하여 인식하기는 매우 힘든다. 이때 소설은 경험세계에 대한 구체적인 재구성을 통하여 독자에게 인식의 구체적 대상으로 존재하게 된다.

소설은 어차피 서사물의 갈래이다. 서사물은 한 사람이나 왕조 혹은 신의 건국 등의 이야기를 통해 한 사람의 경험을 재구성하는 양식이다. 서사물로서 경험을 재구성한다는 것은 인식하기 힘든 추상적이거나 파악하기 힘든 경험들을 구체적 인식대상으로서의 경험으로 바꾸어준다는 것을 의미한다. 가령 김정한의 『사하촌』에서처럼 30년대 일제강점기 치하의 농민 갈등과 식민지인의 처절한 삶과 대결이라는 사회의식과 개인적 혹은 집단적 경험들을 작품을 통해 재구성해낸 경우 우리는 당대의 경험을 구체적으로 감지하고 이해 할 수 있는 것이다. 이 때 독자는 작중세계의 경험세계를 이해하는 한편 스스로의 경험을 새로운 인식의 차원으로 끌어올려 구체화할 수 있다. 이러한 문학의 기능은 철학적 부분을 담당하기도 한다.

소설 담론은 소설적으로 쓰여지고 구성된 글을 말한다. 그러나 이야기를 통해서 청자나 독자는 심각한 사회갈등의 이데올로기나 인식의 변화에 대해 깊게 숙고하지 않는다. 그것은 소설의 담론으로 장치화되어 있지 않기 때문이다. 물론 더러 소설처럼 재구성된 훌륭한 이야기도 있다. 그런 이야기는 정확한 문장으로 채록되어 기록된다면 좋은 소설이 되는 것이다.

1-4 소설담론의 특징

소설은 문장화된 이야기에 불과하지만 언어예술로서의 소설은 숨은 뜻을 무한히 지닐 수 있다. 기록된 이야기로서의 특징은 단순한 기록물 이상의 의미를 지니게 된다. 그 기록은 글자 그대로의 의미만으로 해석되는 이상의 그 무엇이 있기 때문이다. 그러한 문제는 하나의 이야기가 문자화되기 이전의 수많은 상상의 범주를 압축시켜 놓음으로서 야기된 것들이다.

소설이라는 문학장르 중의 한가지 양식을 이해하는 데에는 예술성이라는 특수성과 변형된 이야기라는 특수성 때문에 복합적인 성격을 띄는 것을 알아야 한다. 그리고 그 복합적 요소들은 역사적, 사회적인 부분과 작가의 성향과 미의식, 시대정신, 세계관 등이 종합적으로 영향을 준 적층적 문화의 소산인 것이다.

가령 조선조의 형제의 갈등과 화합이라는 권선징악적 주제를 다룬 『흥부전』이라는 소설의 이야기는 그 재료가 소설화되는 과정에서의 많은 소설 요소들이 혼입되었다.

소설을 거칠게 규정하면 사람과 사건에 대한 일정한 기록물이라고 할 수 있다. 『흥부전』에서는 흥부와 놀부 형제가 벌이는 사건의 전말을 보여준다. 부모의 유산을 독차지한 못된 놀부는 망하고 자력갱생한 착한 흥부는 우연히 흥하여 다시 형을 받아들이는 우애를 보여준다. 그런데 이야기에 혼입된 부분은 놀부의 근면성과 흥부의 무계획성 같은 부분이 문제시되기도 한다. 그리고 놀부의 박에서 나온 양반 옛주인들은 흥부와 놀부의 출신을 말하여 줌으로써 그들이 도망노비의 후손이며 훔쳐간 돈으로 벼슬과 집을 산 것이 밝혀진다. 그러한 정보는 신분제의 혼란과 윤리의 혼탁함을 알려주며 또한 흥부의 떠돌이 장사와 노동, 흥부 박에서 나온 각종 중국, 일본으로부터의 수입 물품들에서는 시장경제의 대두와 초기 산업 사회의 모습을 볼 수 있다. 이처럼 주요이야기 줄거리가 소설을 전체적으로 성격지을 수 없다. 소재와 배경의 요소에서도 의미가 개재된다. 결국 소설에 대한 이야기 치중의 해석은 단편적이 될 수밖에 없는 근거가 마련되는 것이다.

이렇게 옛이야기에서는 문학적 상상력과 문학적 허용이라는 비논리적 측면이 다량 나타난다. 그러나 이야기거리가 작가에 의해 소위 소설로 쓰여지게 되면 작가정신이 배어들고 시간과 공간이 재조정되며 인물이 여러 가지 소재를 통해 행동 인식 대화를 보여주고 결국 주제를 드러내게 되는 소설양식이 된다. 이처럼 항간의 특정 사건이나 이야기가 소설화 된 것을 소위 소설담론이라 한다. 이야기가 소설담론이 되었을 때 비로소 문학양식인 소설이 되는 것이다.

1-5 소설양식의 대두

1-5-1 소설사회학의 대두

18세기 근대소설의 등장은 세계문학사에 있어서 새로운 장르의 탄생이었다. 일정한 틀에 얽매이지 않고 자유로운 산문문학정신이 내포된 자유로운 글쓰기는 사회 속의 자연스런 인간의 삶을 보여주기 시작한 것이다. 작가는 새로운 경험을 그려내고 형상화하여 이름짓는 작업을 한다. 새로운 경험이란 아직까지 우리 사회에서 이름지어지지 않은 경험을 가르키는 것이고 이런 경험을 드러내어 이름지어주는 일은 작가의 주변상황, 역사적 풍토 그리고 개인과 개인 혹은 사회와의 관계를 연결짓는 작업이며 그것은 문학사회학의 영역인 것이다. 문학사회학은 주제와 문체라는 개인의 문제를 사회적인 문제로 환치시킨다. 고전주의 시대의 개인적이고 규범적인 문학적 태도는 소설이라는 장르에 의해 대사회적인 문학으로 변모하게 된 것이다.

브루주아의 성립과 근대자본주의의 성장과 함께 소설이 발전되는데 그것은 부르주아 즉 신흥 자본가들이 소설장르에 관심을 보이기 시작함으로써 비롯된다. 그것은 생산 소비체계가 이룩되고 자본을 축적한 신흥세력들은 노동이 효율화되면서 여가가 증대되었고 자신의 경제력을 바탕으로 스스로를 옹호하며 스스로가 즐길 수 있는 향락 문화가 필요해진 것이다. 개인과 사회의 대립이 형성되고 과거 지배계급인 귀족의 향유물이던 오페라나 음악회 등의 예술장르가 부르주아를 주인공으로 하여 부르주아의 입장을 대변해주었기 때문에 소설은 점차 리얼리즘적 성향을 갖추어가며 신흥세력을 중심으로 급속도로 확산된다. 부루주아 계급 대두 이후 생성된 본격근대 소설양식의 이른바 6대 특징은 다음과 같다.

  첫째, 설화나 극 형식이 아닌 비전통 플롯을 도입함으로써 기존의 희비극의 틀을 깬 것이다. 둘째, 개별화된 인물을 소설에 주인공으로 등장시킴으로써 전통적 인물보다 소위 장삼이사를 캐스팅했다. 셋째로는 고정된 인물이 아니고 다양하게 변화되는 인물을 그림으로써 기존의 알레고리 틀을 탈피했다. 넷째, 소설에서 시간의 변주와 그 중요성 부각되었다. 다섯째, 공간의 구체화와 의미화가 이루어졌다. 말하자면 배경도 의미가 있다는 것을 인식하였다. 여섯째, 비유 수사보다는 지시적 직접적 언어의 성격이 강조되었다. 문학적인 용어의 한계를 탈피하여 생활언어도 문학에 다량 사용되게 된 것이다.

  위의 내용을 정리하면 소설을 통해서 부루주아는 중산층의 세계관을 노정하였고 자유주의, 자본주의적 이데올로기의 형식적 연관성 하에서 중산층을 대변하고 또한 향유의 주인공으로 만들어주는 소설은 점차 사회적인 기능을 얻게 되었다. 그러나 사회를 비판하고 고발하는 사실주의적 소설은 중산층의 변질과 함께 리얼리즘소설의 몰락을 자초하게 되는데, 리얼리즘 소설의 주체였던 중산층이 부를 축적한 나머지 스스로의 타락상이나 과거 귀족들이 자행했던 부조리와 경제적 권력을 누린 끝에 오히려 비판과 고발의 대상이 된 것이었다. 그러나 스스로 주체인 자신을 고발하는 리얼리즘 문학의 특성상 스스로를 고발하는 일은 점차 약화될 수밖에 없었다. 또한 리얼리즘이 행하던 사회비판의 몫은 점차 사회학자들이 학문적으로 하게 되었다. 그리고 객관성을 극한으로 확보하고자 하는 리얼리즘은 몰개성화되어 예술적 측면이 약화되어 반대급부인 문학의 주관성을 배양하는 문학세력에 의해 리얼리즘은 약화되었다.

1-6 소설장르의 특성

장르는 유형학(Typology)에서 발생되었다. 문학장르의 문제는 문학의 가장 본질적인 문제 중 하나이다. 문학텍스트의 형식은 문학텍스트를 이름짓고 성격화하며 내용과 형식의 본질적인 상관관계를 연구하는 분야이기 때문이다. 장르에 대한 연구는 새로운 문학 질서를 파악하는 정신 작업의 결과로 이루어졌다. 그러한 정신 작업은 억압된 상태에서는 불가능하다. 결국 자유로운 정신상태에서 문학의 내용과 형식이 형상화되는 것이다.

문학작품의 분류는 몇몇 기준에 의해서 가능하다. 그것은 형태의 문제 가령 운문, 산문, 대화체, 작품의 제재, 작가와 작품의 의도, 독자와의 관계성 등이다. 장르론은 분류론에 그치지 않는다. 그것은 문학이 무엇인가에 대한 대답의 하나이기 때문이다. 장르론의 원리는 장르 상호간의 원리에 그치지 않고 각 장르 내부의 논의로 연결되며 나아가 작품 외부에까지 확장되는 것이다.

소크라테스가 담화의 세 가지 양식을 구분하고 플라톤이 형식과 내용의 관계를 규정한 이후 장르에 대한 연구는 지속되었다. 장르의 문제는 문학의 가장 오랜 문제 중의 하나인 것이다. 그것은 정의, 수, 상호관계의 문제 등이 논의되었으며 오늘날에는 담화의 문제로 확장되었다. 서구에서는 이름과 실제의 구분을 피하기 위해 구조적 실체와 역사적 현상으로 나누어 연구되고 있다.

구체적인 장르 이론으로는 첫째, 글의 형태의 구분이 있다. 산문, 운문, 대화체 등의 구분을 말한다. 둘째, 작품의 목적이나 작가의 의도와 형식과의 관계를 논한다. 셋째는 주제와 소재의 성격의 구분으로 장르를 결정하는 것이다. 마지막으로는 하위장르는 상위장르 규칙을 벗어날 수 없다는 것 등이 있다.

장르 분류의 기준은 수세기를 지나면서 다양한 변화를 보였다. 과거에는 산문, 운문의 유형 등으로 장르를 구분했고 점차 인문주의 시대에 접어들면서 고급, 중급, 하급의 향유층을 중심으로 장르를 나누기도 했다. 근세에 이르러 작품의 제재와 대결 구조로 구분하는 경우도 있었고 작품의 유사성, 변별성, 담화의 상이성 등 여러 가지 기본사항들이 논의되었다.

장르를 소위 작중인물이나 서술화자 등의 대결구조로 파악하며 장르를 변별하는 이론이 있다. 그 내용을 요약하면 다음과 같다.

먼저 대결구조의 연구는 장르란 자아와 세계의 관계 속에서 존재하는 대립의 체계이며 문학적 조직의 특수한 유형이라는 선행조건하에서 이루어지게 된다. 그것은 자아와 세계와의 양상이며 그 구조는 장르인 것이다. 그것은 주로 작품의 내. 외적 자아와 작품의 내. 외적 세계가 서로 대결의 양상으로 존재하고 있는 것이다.

서정장르에서는 작품의 내적 자아와 세계만으로 이루어져 있으며 자아와 세계의 대립이 자아 쪽으로 귀착된 장르이다. 즉, 작품외적 세계의 개입이 없는 세계의 자아화이다. 이 때 자아는 서정적 자아이고 내적 자아와 외적 자아는 구분이 없다. 서정적 자아는 인식과 행위의 주체이고 세계는 서정적 자아가 대상화하는 수동적인 일체의 시공이다. 서정장르에서는 자아가 일방적으로 세계를 대상화하고, 세계의 고유한 의미를 자아화된 의미로 바꾸어 놓는다. 결과적으로 자아화 세계는 미분리 상태이며 거리가 없다는 뜻이다. 자아와 세계가 개별적 표현과 자극 속에서 융합하고 변화하는 것, 다시 말해 감정 순간적 고조가 대상의 내면화로 작용하는 것이 서정장르의 본질인 것이다. 서정장르에서 대상은 이미 대상자체가 아니라 자아에 귀속된 상태의 대상인 것이다.

서사장르에서는 서술하는 자아가 사건을 서술하는 것이 서사장르의 근본상황이므로 이야기하는 자아와 이야기되어지는 자아가 분리된다. 이들은 동시에 이야기의 주체이며 대상일 수 있다. 또한 내적 자아와 외적 자아 그리고 내적 세계가 서로 이야기되고 상호적인 갈등으로 대립된다. 서사장르의 자아와 세계는 서로 주체와 대상이 되어 서로를 대상화한다. 그러므로 자아와 세계는 한쪽으로 귀착되지 않고 대결양상을 보인다. 서술의 입장에서 외적 자아는 내적 자아와 세계간의 갈등을 대상화하는데 이 대결의 양상은 서술되는 과정을 가지며 이 순차적 대립은 서사장르를 시간적인 과거시제의 문제를 필요로 하게 한다.

다음으로 작품의 외적 자아의 개입 없이 자아와 세계가 대결하는 극장르에서는 오직 인물 시각에서 사건이 전개된다. 자아와 세계의 대립만이 전개되기 때문에 작품의 시간은 바로 대결의 시간이다. 그러므로 극장르는 압축, 긴장, 총체적 행동인 것이다. 서사장르처럼 자아와 세계는 대결양상을 견지한다.

장르와 양식의 넘나듬이 있다. 즉, 극양식과 극장르는 상이하다. 극시는 극장르이면서 시양식에 속한다. 또한 서정적인 소설과 서사시 등이 그것이나, 아직 의견이 분분하다.

2 소설은 어떠한 구조로 되어 있는가

소설이란 무엇인가에 대한 답으로 산문문학 장르 중 소위 소설다운 것들을 추려내는 일이 될 것이다. 소설이 소설답기 위해서는 우선 소설은 다른 인접 예술이나 학문과 변별성을 가져야 한다. 소설이 역사적 사실이나 설화류의 텍스트나 극양식과 다른 점으로 이야기로서의 문체와 세계관, 시대적 가치관의 차이점 등을 들 수 있다. 그 구체적인 내용으로는 인물의 행위와 세계관, 소설의 기능적 의미 그리고 내용과 형식에 관한 부분으로 나누어 이야기 할 수 있다.

2-1 인물과 행동

1-1 등장인물

인물은 작품에서 행위나 사건을 주관하는 주체자이다. 인물은 그 행동과 사건에 있어 능동적으로든 혹은 피동적으로든 그 중심에 있다.

작가는 왜 어떤 종류의 인물을 만들어내는 것일까. 작가가 어떤 인물에 대해 이야기하고 그 인물의 삶을 관찰하고 그가 속한 사건과 사회를 그려내는 것일까 라는 질문은 작가가 무엇을 말하기 위해서 그런 인물을 창조했을까 라는 질문과 등가이다.

작가의 의도는 작품 전체가 빚어내는 일관성에서 드러난다. 그렇다면 인물의 정체, 의미, 역할 또한 소설 작품 전체를 관류하는 일관성에 연결되어야 한다. 그러기 위해서는 인물에 대한 중요성은 아무리 강조해도 지나친 것이 아닐 것이다.

소설에서의 핵심은 누가 무엇을 하는가의 문제에서 누구에 해당되는 인물일 것이다. 특히 근대에 나타난 작중 인물의 세속성이 드러난 부분을 말할 수 있을 것이다. 인물을 둘러싼 배경과 조건이 세속성을 지닐 때 그 인물은 역사나 신화에 대비되는 혹은 역사의 초점에서 제외되거나 소외된 하나의 개인으로서 독립된 자아가 될 수 있다. 신과 역사의 가운데에서 스파트 라이트를 받을 때 그 인물은 이미 개인이 아닌 영웅이나 신, 혹은 초개인의 성격을 띄기 때문이다. 가장 소설다운 근대 이후의 소설의 인물은 좋든 싫든 간에 결국 세속적 문제와 연결되어 있는 인물이다.

이처럼 역사와 사회에 주역이 아닌 다시 말해 역사와 사회에 저항이 있는 인물은 그 인생 경로에 문제가 있는 인물이다. 그는 삶을 모색하기 위해 자신의 험로를 힘들여 나아간다. 그의 길은 문제 투성이다. 그리고 그 길은 자신이 타협하기 힘든 세계 위에 놓여있고 그 세계에 불만이 있는 그가 그 길을 간다.

현실 타개책으로서의 길은 그의 숙명이다. 길은 목적성을 주고 욕망을 던져 준다. 그러나 길 자체가 공간, 사건, 혹은 이야기의 전부일 때, 욕망을 유도하는 길은 욕망의 대상이 되고 만다. 특히 서정성이 강한 작품에서는 서정적 자아에 의해 갈등은 추상화되거나 자아에 귀속되어 소설 장르의 서사적 조건을 만족시키지 못한다. 때문에 서사장르에서 길 소설은 떠남과 자아의 갈등이 대립되어 나타나게 된다. 자아와 세계의 대립은 양자의 완전치 못함에서 기인된다. 그것은 루카치의 맥락에서 골드만이 규정하는 바에 따르면 다음과 같다. 「소설이란 타락한 세계에서 타락한 방식으로 진정한 가치를 추구하는 문제적 개인의 이야기」라는 것이다. 이때 세계가 타락했다는 말은 루카치의 규정에 의하면 「신이 떠나간 세계 신이 부재하여 더 이상 신과 인간이 소통할 수 없는 불연속적 세계」를 말한다. 타락한 방법이란 신의 언급 없이 근대적 혹은 자본주의적 방식으로 인간이 살아감을 뜻한다. 그리고 그것은 소설세계에서 자본주의적 발상으로 소설세계가 진행됨도 포함되는 것이다. 이 때 가장 문제가 되는 것은 문제적 개인이다. 그는 타락한 근대사회의 일원이므로 이미 훼손되어 있다. 그러나 그는 어떤 진정한 가치를 추구한다. 만물이 화폐와 그에 준하는 가치체계에 의해 간접화되고 사물과 정신이 어느 정도 물화되어 버린 역사의 현장에서 그는 진정한 어떤 것을 추구한다. 말하자면 그가 추구하는 진정한 것이란 분열된 가치체계를 통합해보려는 욕구에서 기인되는 것이다. 그래서 문제적 인물은 길을 떠나며 무언가를 찾아 헤매인다.

소설의 인물은 무언가를 찾는 자아로 규정된다. 무언가를 찾아 나선다는 것은 그가 속한 세계에 불만이 있다는 증거이다. 찾는 자의 의미는 문제의 해결에 있다. 그런데 통상 루카치의 명제인 「길이 시작되자 여행은 끝났다」는 문제 해결의 통로가 시작되는 시점에서 소설의 사건이나 내용이 끝나는데 소설의 본질인 아이러니가 놓여 있다. 문제적 인물의 전형성은 총체성을 띄는 자아로 규정할 수 있다. 그러나 이미 분열된 세계에서 자아와 세계의 총체성을 추구한다는 것은 모순이다. 이미 인간은 신에게서 분리되었고, 빠르게 지나가는 역사의 수레바퀴 뒤를 따라가고 있는 실정이다. 분리된 세계에서의 통합 추구라는 이중성은 아이러니를 낳고 찾는 자의 노력과 그 삶은 아이러니를 형상화해준다. 찾는 자의 결말은 새로운 시작을 암시하는 점에서 그 작품들은 아이러니라는 소설 본질에 근접된 작들이다.

대개 소설은 루카치가 규정하는 한 하나의 아이러니를 보여주고 있다. 그것은 소설이 하나의 사회를 이루고 있다는 가정 하에서 **상황의** 아이러니를 이루어 낸다. 가령 작가는 갑이라는 결과를 알고 있지만 인물은 을이라는 결과를 기대하며 길을 떠나 여행을 하게 된다. 이때 통로로서의 여행은 갑이라는 결과의 의미이며 대단원에 있어서 그것은 하나의 아이러니를 빚어내게 된다.

목적을 찾아나서는 길이 바로 대상인 세계와의 관계를 맺는 행위가 되기 때문이다. 길은 이미 자아가 모색하는 소통로를 넘어서 어떤 형식과 의미가 있는 대상이다. 그리고 길은 자아와 대립되는 세계가 되는 것이다.

길에서 자아를 확인하고 무언가를 찾는 여행에서 가장 문제되는 부분의 하나는 인물의 형상화이다. 결국 소설은 누가 무슨 일을 하는가의 문제이기 때문이다. 그때 인물은 소위 전형성을 가진 존재로서 소설 세계를 대표하고 세계관을 보지한 사람이다. 전형성이란 하나의 집단, 계층, 성격 등을 작중인물의 성향으로서 가지며 텍스트 내의 성격은 공시적 보편성을 갖게 된다. 그리고 인물의 전형성은 그가 지닌 세계관에서 비롯되는 것이다. 세계관은 작품의 형식 미학을 통괄하는 일관된 사고 체계로서 작품의 유기성을 아우른다. 세계관은 하나의 집단, 사회 계급, 구성원들을 결합시키고 그들을 다른 집단과 대립시켜주는 절망, 감정, 사상의 총체이다. 그러나 형체 없는 이 집단의식은 개인의식 속에서만 존재한다. 그러므로 개인으로서의 작가는 자신의 세계관을 문학 텍스트를 통해 현현시킨다.

세계관은 선험적 체계로서의 사상과는 개념이 다르다. 그것은 생활, 이성, 감정, 의식 등을 포함하며 미래에 대한 욕망을 포함한다. 이러한 총체적 입장으로서의 세계관은 사회집단을 매개로 하며 그 사회집단은 총체성을 띈 인간관을 향한 의식, 즉 전망성에 대한 방향성이 있는 것이다.

결국 길을 찾아 나선다는 것은 전형적인 인물이 자아와 단절된 세계를 벗어나 자신의 세계관에 맞는 세계를 찾는 것으로 규정할 수 있다. 세계관이란 세계를 인식하는 하나의 인식이라 할 수 있다. 그리고 인식은 어떻게해서든지 하나의 형식으로서의 틀(논리)을 요구한다.

르네 지라르가 제기한 기독교 예정론에 의한 개종적 이론이 하나의 틀이 되듯이 특정문화권의 인물들과 인물의 삶을 형상화한 소설 질료로서의 아이러니는 충분한 소설장르의 형식이 될 수 있는 것이다.

결국 소설은 인물이라는 요소를 단초로, 다시 말해 인물이라는 소설로 들어가는 문은 여러개가 있다. 그런데 그 문 중 하나를 통과하여 들어가면 아이러니라는 소설형식의 하나를 만날 수 있는 것이다. 그러나 이러한 아이러니적인 소설 형식으로 소설 세계의 모든 것을 말 할 수는 없다. 의식의 흐름만을 늘어놓은 소설이나, 외적 상황에 도피적이고 병적인 심리소설, 극도의 유미적 성향의 작품들이나 이데올로기에 충실한 나머지 도큐멘터리가 되어버린 것들, 스토리 라인이 없는 스케치형식의 산물들 등에서도 어느 정도 견강부회적인 아이러니 형식을 주장해낼 수는 있다. 그러나 소설은 언제나 반드시 아이러니를 그 형식으로 할 필요는 없는 것이다. 일반적인 스토리에서 그 결말에서 부드러움 그 자체로 끝맺으며 전환이 없는 텍스트도 얼마든지 있기 때문이다. 다만 소설이 소설로서의 고유의 맛을 갖고 소위 서구 근대 문학권에서 빛을 발하기 시작할 때부터 오늘날까지 아이러니라는 소설 형식이 자리 잡아 왔으며 오늘날까지 중요시되고 있을 따름이다. 소설이라는 장르가 변화하거나 아예 없어진다는 가설은 얼마든지 가능한 부분이기도 하다.

그러나 소설연구라는 학문적 논리로서 소설형식의 하나인 아이러니가 소설을 규정하는 하나의 방법임을 인정하는 것은 필요한 것이다. 이것

은 우리가 소설을 읽고 그 결과로서의 즐거움이나 교훈의 차원에서 찾
아 낼 수 있는 감상적 수준에서 소설의 본질이 무엇이냐는 질문에 대한
일단의 답이 되는 것이다.

　텍스트에서 캐릭터의 성격을 어떻게 창조할 것인가 하는 문제는 소설
의 가장 중요한 문제 중 하나이다. 인간과 세계와의 조화 그리고 인간
의 개별적인 독립성, 이 양자 사이에서 중심잡기일 뿐만 아니라, 삶을
드러내는 리얼리즘 소설의 경우 세태와 개인 심리 사이의 배분이나 연
결 고리 혹은 무게 중심을 어디에 두었다가 어떻게 이동시킬 것인가 하
는 기법의 문제와도 긴밀한 관계이기 때문이다.
　세상과의 관계 속에서 세상에 속해 있으면서 동시에 그 세계와 대결
하는 인물과 그것 자체를 인식하는 인물 사이의 무게 중심에 작가의 인
물형상화는 놓여 있는 것이다.
　소설은 거칠게 말해서 아직 경험하지 못한 세계에서 새로운 인간형을
창조하는 작업이다. 아리스토텔레스(Aristoteles)에 의하면 비극은 인간을
모방하는 것이 아니라, 인간의 행동과 생활과 행복과 불행을 모방하는
것이다. 그리고 행복과 불행은 행동 가운데 있고, 우리의 생활의 목적도
행동이지 성격이 아니다. 성격은 인간의 성질을 결정하나, 행복과 불행
은 행동에 의한다고 했다.
　가령 주요섭의 『사랑손님과 어머니』에서는 사건보다는 인물의 모습에
서 소설적 성공을 이룬 작품이다. 사건이라고 할 만한 것은 없지만 그
작품이 훌륭한 효과를 거두고 있는 것은, 사랑손님과 옥희엄마 사이에
오가는 미묘한 애정문제가 딸 옥희에 의해 효과적인 성격의 창조로 암
시되어 있기 때문이며, 이상의 『날개』같은 작품도 플롯이나 사건보다는
주인공의 퇴폐적인 인간 실체의 성격 제시 때문에 작품으로 성공하고
있으며, 이태준의 『밤길』에서도 두 남자의 성격대조가 비극성을 더해주

고 있는 것이다.

　소설의 등장인물은 자체가 독자적으로 존재하는 것은 아니다. 등장인물이 소설 속에서 하는 행동과 타자와의 관계에 의해서 그 성격이 규정되어 나간다. 따라서 소설의 구조와 인물의 성격은 서로 연관되는 관계를 지속해나간다. 물론 작가가 어느 한쪽에 중점을 두고 소설을 써나가는 수도 있지만 원칙적으로 양자는 서로 조화되어 나가야 한다.

　현실사회의 공간과 시간은 무한대이지만 소설의 공간과 시간은 제한을 받는다. 제한된 시간과 공간 속에서 사건의 진전과 더불어 성격이 형성되는 인물은 소설의 테두리 안에서만 행동한다. 아무런 이유도 없이 중간에서 주인공이 사라져 버리거나 엉뚱한 사건이 돌발할 수는 없다. 현실의 인간이 신의 섭리에 의하여 좌우된다면, 작품 속의 인물은 작가의 의식에 따라 좌우된다. 이처럼 인물은 실제인물과 같은 의미에서 살아 있는 것이 아니라 의도적이고 구조적 관계에서 존재하는 것이다. 인물은 무한한 사실의 세계가 아니고, 작가가 그를 위해 만들어 놓은 환경 속에서 사는 것이기 때문이다.

　작중인물은 작가의 작위적 구성이므로, 허구의 인물이다. 가령『표본실의 청개고리』의 김창억과 같은 인물의 고뇌는 당대의 그리고 작가 염상섭의 고민을 반영한 특수한 체험이지만 독자는 그를 통하여 감정의 확산과 이해 그리고 세계에 대한 인식의 폭을 넓힐 수 있는 것이다. 독자들이 작품 속에서 이런 인물을 만났을 때 경이와 충격과 공감의 심리변화 등을 경험하게 되는 것이다.

　포스터(E. M. Forster)는 그의 저서『소설의 양상』(Aspects of the Novel)에서 소설인물을 평면적 인물(flat character)과 입체적 인물(round character)로 나눈 바 있다. 평면적 인물은 단일관념이나 성질을 가진 인물이다. 다시 말해 작품에서 성격이 변하지 않는 인물을 말한다. 춘원의『무정』이나『흙』에 등장하는 선구자적 인물들은 대개 그러한 유형이다. 농촌

계몽을 위해서 일생을 바치겠다고 하면서 끝까지 농촌을 위해서 일생을 바치는 인물들이다. 그러나 계몽일변도의 영웅적 평면성은 작품의 설득력을 떨어뜨린다. 실제로 농촌소설에서 인물의 성격이 변하거나 발전되는 작품들인 이기영의『홍수』나 김정한의『사하촌』의 경우가 훨씬 리얼리티를 획득한 작품으로 평가되게 된다.

포스터는 평면적 인물의 강점을 다음과 같이 지적한다. 첫째, 평면적 인물은 그들이 등장하기만 하면 언제나 쉽게 알아볼 수 있다. 등장인물의 고유명사로써 알아볼 수 있다는 것이 아니라, 독자의 정서적인 눈으로 쉽게 알 수 있는 것이다. 둘째, 평면적 인물은 그후부터 쉽게 기억된다는 점이다. 그들은 환경의 변화를 받지 않기 때문에 항상 독자의 마음속에 남아 있어서, 작품이 없어져도 살아 남는다는 점이다. 이런 인물유형의 예가 춘향이 같은 작중인물이다.『춘향전』의 자세한 스토리보다도 독자의 마음 속에 오래 기억되는 것은 춘향이라는 인물의 열녀적 성격이다.

한편 입체적 인물은 작품에서 사건 전개에 따라 변화하는 성격을 지니는 말하자면 발전적 인물(developing character)이라 부를 수 있다.

포스터는 "작중인물이 입체적 인물인가를 시험하는 것은 독자에게 놀라움을 줄 수 있느냐"의 여부로 결정된다고 했다.

김동인 소설에 있어서 입체적 인물은 '복녀'라는 인물에서부터 찾아볼 수 있다. 복녀는 처음에는 선량하고 도덕적인 인물이었지만 나중에는 도덕적으로 타락하는 인물이고 이 작품을 읽고 독자가 복녀를 대했던 처음의 느낌과 소설을 읽고 났을 때의 느낌은 아주 다른 것이 된다. 이것은 복녀를 단일한 관념이나 성격을 지닌 인물로 그려놓지 않고 성격의 다양함을 그려놓았기 때문이다.

김승옥의『서울 1964년 겨울』에 등장하는 부인의 시체를 병원에 수술 실습용을 팔고 괴로워하는 월부책장수, 또한 어린 시절 가정부와 아버지의 무관심 그리고 동생의 죽음으로 충격을 받은 오정희의 『완구점 여인』에 나오는 작중화자 같은 인물들은 그 행동이 고정관념에서 일탈해 있지만 사실은 행동의 필연성에 의해 튼튼히 작품 전체와 연관을 가지고 있기 때문에 인물행위가 설득력을 갖게 되는 것이다.

2-2 주제와 소제

주제는 작가가 의도하는 작품의 핵심이 되는 부분이다. 작가는 작가의 세계관 혹은 그 사회의 가치관과 분리될 수 없는 것이다. 소설은 한 사회에 속한 작가에 의해 생산되고 독자에 의해 소비, 수용되는 존재물이기 때문이다. 한 사회가 갖는 가치의 등급에 따라 소설에서 스토리 상의 가치가 정해진다. 이때 작품 주제의 경중은 그에 비례한다고 할 수 있다. 작가의 세계관은 한 집단의 현실적, 감정적, 철학적 그리고 지적 경향을 일정한 틀이 형성되는 객관적 개념으로 현현된다. 작중의 대단히 작은 묘사나 느낌이라 하더라도 작가가 추구하는 세계관 지향의 논리에서 보면 그 일관성을 찾아 의미화 할 수 있다는 것이다. 그것은 소설이라는 언어형상물을 통해 위에서 말한 통일된 의미라는 것이 사람과 세계와의 관계에서 야기되는 문제와 해답에 관련된 전체상을 보여주기 때문이다. 그리고 이렇게 드러나는 주제내용은 소설의 의도를 노정하게 된다.

주제내용을 드러내는 요인을 구체적으로 살펴보면 가장 쉽게 드러나는 것이 인물(character)에 의한 부분이다. 인간은 삶을 영위하며 끈임없이 움직인다. 그리고 인간은 계속 변모해간다. 인간이 속한 사회 역시 변해가기 마련이다. 때문에 삶의 양식이 변하고 그것을 담아내는 소설은 바뀌게 된다. 그래서 소설의 주제도 고정적일 수는 없는 것이다. 이처럼 가변적인 문학 텍스트의 주제탐색은 그 정보의 정체성이 선명하게 드러나는 것이 아니다.

주제에 대한 접근은 문학적 방식으로 이루어져야 하는데, 그것은 소설이 그려내고자 하는 주제내용이 시적 감수성으로 연유되는 조건 때문이다. 선전소설이라 하더라도 그 관념의 묘사는 소설화되어 있고 그 문학적 구성의 내용은 이미 일목요연한 논리자체가 아닌 것이다. 통상 소설의 성격이라 할 수 있는 문학적 애매함, 모순성, 비논리성은 하나의 관념을 질서정연한 선언문을 만들어낼 수는 없다. 오히려 그러한 문학적 특성을 통하여 예술형상물을 만들어내는 것이다.

소설의 산문 속에 일련의 이야기가 진행되면서 주제는 통일된 일관성 속에 존재하고 동시에 그 속에 은닉한다. 결국 소설에서의 주제는 텍스트의 핵심이면서 스스로 꾸며 놓은 스토리에 의해 은폐되는 성향이 있는 것이다. 주제가 인물의 행동이나 삶 혹은 언급에 의해 드러나는 반면 전체 스토리에 의해 함축되는 성향도 갖고 있다. 작가가 의도하여 말하고자 하는 바는 소설인물에 의해 행동으로 나타나고 그 삶과 관련된 배경과 시공, 묘사, 시절, 서술 등과 복합적 구조물을 이루어가면서 소설작품은 스스로가 스스로를 만들어 가고 도달하게 되는 그 무엇이 되기 때문에 주제는 종합적인 성격을 띠게 된다.

2-3 플롯과 형식

소설의 성격을 연구해내는 보다 전문적인 각도에서 소설의 존재성에 대한 이유, 다시 말해 그 효용이나 기능에 대한 질문이 있을 수 있다. 고대 희랍의 많은 학자들에서 나온 모방론은 아리스토텔레스에서 집대성되며 오늘날에 이르기까지 많은 문학연구가들에 의해 강조되어 왔다.

스탕달은 소설을 <거리를 따라간 거울>로 비유하였고 우리 근대문학 초기의 염상섭은 소설을 소박한 수준에서 <카메라 렌즈>에 비유하였다. 이러한 현실 반영론은 유파나 주의파들에 의해 심지어는 마르크스주의 자들이 즐겨 이용하는 폭넓고 전통적인 시각이다.

소설이 거울이 되기 위해서는 현실이라는 피사체가 있어야 한다. 그 거울의 크기나 각도 혹은 굴절 정도에 따라 소설이라는 허깨비가 탄생 되기 위한 원래의 원료인 현실이 없이는 반사는 불가능하기 때문이다. 그러므로 사실주의적 소설에서는 상상력만으로는 예술 자체가 불가능하 기도 한 것이다. 결국 소설은 현실을 바탕으로 허구를 만들어낸다. 그 리고 독자가 일단 그 허구의 세계에 들어가기만 하면 엄연한 하나의 세 계가 성립되는 것이다. 이 허구의 세계는 나름대로의 체계와 질서를 가 지며 원래의 현실세계와 일정한 관계를 지니며 별개의 세계로 존재하게 된다. 그러므로 소설세계를 해석한다는 것은 현실세계의 가치체계로 보 아서는 적절하지 않게 된다. 그러므로 독서를 통한 허구의 해석은 현실 의 모방의 차원에서 이루어지는 것이 아니라 새로운 창조의 차원에서 이루어지게 되는 것이다. 허구세계는 모방하여 새롭게 창조된 세계이기 때문이다.

그러나 간과할 수 없는 중대한 사실은 허구는 현실을 바탕으로 이루 어진 세계라는 점이다. 그들은 완전히 다르지 않다는 것이다. 변용된 허 구는 현실을 축소하거나 화장할 수도 있고 미래를 전망하거나 과거를 왜곡할 수도 있다. 허구는 끊임없이 현실과 대립되거나 결합되고 있기 때문이다.

작가는 현실이라는 드넓은 갯벌 위에서 몇몇 움직임으로써 진흙을 주 물러 변형시키는 마력을 지닌 손으로 비유될 수 있다. 그때 만들어진 형상물들은 사실 실제의 사물이 아니지만 작가가 경험하고 유추하고 상 상한 사물 모양의 진흙 덩어리이다. 소설 텍스트인 그 진흙 형상물들은 자유롭게 변모되어 독자들에게 여러 가지 통로를 통해 즐거움이나 해방감이나 동감 혹은 허무감 등을 준다. 그리고 그러한 감정이나 교훈 혹은 간접 체험들은 독자에게 어떤 의미를 주는데 그것이 바로 소설 텍스트의 의미화에 연결되는 차원인 것이다. 독자가 알아차린 소설형식으로서의 아이러니 혹은 소설이 주는 쾌감의 저변에 깔린 의미의 동감에서 오는 감동적 의미는 소설이라는 문학장르의 하나인 그 진흙 덩어리의 존재 이유 중 하나가 되는 것이다.

마지막으로 소설에서 오랜 논쟁이 되어 온 것이 바로 형식과 내용에 관한 부분이다. 플롯 작업은 작가가 하나의 이야기를 유기적으로 구성하고 있다는 사실을 항상 염두에 두고서 시작되어야 한다. 아무리 많은 일화나 사건도 결국은 한편의 소설 속에 들어가 각기 제 역할을 해내야 하기 때문이다. 플롯은 수동적이지 않다. 이미 만들어져 굳어 있는 뼈대나 녹슨 철골구조물이 아니라 끊임없이 사건과 인물과 일화들을 엮어내는 역동적인 에너지에 다름 아니다. 플롯의 역동성은 작품을 이끌어가는 이야기와 거기에 연결되는 등장인물, 사건 등이 얽혀지는 방향성에 기인한다. 우연한 사건과 인물의 대두 같은 막연하고도 죽어 있는 구조는 엄밀히 말해 플롯이라고 할 수 없다. 플롯에는 일정한 논리적 세계가 있는 것이다. 그것은 플롯의 논리로서 작가가 갖는 고유한 질서인데 그런 법칙성은 이야기 틀인 플롯뿐만 아니라 등장 인물의 유형과 성격 그리고 행동에 작용하는 인물의 논리가 있다. 이 양자는 소설 전체의 가장 큰 축이 되는 두 개의 기둥이다.

로널드 토비아스의 이론은 위의 논리 선상에서 설득력이 있다. 그에 의하면 대개 플롯의 전개에 있어서 첫 장면에 무언가 문제가 제시된다 말하자면 호기심을 자극하는 단계인 것이다. 이렇게 초점화로 긴장과 관심을 대두시키는 전개는 반전과 문제발견으로 긴장이 유지된다. 그리고 그 결과로써 결말이 장식된다.

플롯의 기법을 거칠게 요약하면 첫째로는 초점화이다. 긴장과 관심을 유발시키는 초반부의 플롯이 제시됨으로써 소설을 읽는 독자는 관심을 기울이게 마련인 것이다. 둘째, 갈등의 복선화인데 여기서는 항목적 대립으로 갈등이 심화된다. 셋째, 사건과 소설결말 이후의 주인공은 변화된 세계관을 노정한다는 것이다. 사건을 통과하면서 소위 문제적 인물 혹은 입체적 인물이라는 성격 변화형 인물은 그 세계관에 있어서 변화가 작중에 노정된다. 넷째로 모든 사건과 일화는 어떻게해서든 연결되는 유기성이 필요하다. 마지막으로 절정과 결말 부분에 주인공의 역할과 관련이 중요하다. 이상의 가설을 구체화하는 예를 들어보자. 작품을 보다 넓고 깊게 이해하는 데에는 플롯을 면밀히 분석해내는 일이 필요하기 때문이다. 오정희『완구점 여인』의 줄거리는 상징적인 몇 개의 삽화로 구성된다. 작품 구성상의 흐름을 따라가면 다음과 같은 배열이 된다.

1.교실에서 도둑질하는 여자, 2.완구점 여인에 대한 기억과 완구점에서의 에피소우드, 3.어머니와의 조우, 댄스 홀에서 춤추는 어머니 목격, 4.완구점에서 주인 여자와의 비정상적 정사, 5.죽은 동생에 대한 기억, 어머니가 된 가정부와 아버지, 6.다방으로 바뀐 완구점에서 심경

이 작품에 있어서 기억과 기록은 객관적이거나 서사적이지 않다. 기억이란 지나간 시간에 대한 현재의 자아가 돌이켜보는 시간의 재정리이다. 지금의 절대시간은 멈추어져 있지만 과거의 기억은 시간의 추이를 따라 나타나게 된다. 그러나 그 기억을 해내는 자아의 기록은 시간의 흐름과 순서를 따를 필요는 없다. 기억 강도와 중요성과 절실함 등에 따라 자유롭게 반추되는 것이다. 그런데 오정희에게 있어서는 그러한 기억의 자유로움 때문에 인지의 서사적 전후맥락마저도 다분히 감각적이고 서정적으로 나타난다. 가령 딱딱한 껍질 속에서 세상을 감각하는 자아는 자의적으로 세상을 읽어내는 것이다. 그녀는 세계를 인식하거나

체험하여 이해하는 것이 아니고 몸으로 감각하는 방식으로 세계에 맞서고 있다. 그것은 이미 세계를 논리와 객관으로 이해한다는 것이 불가능해졌기 때문일지도 모른다. 때문에 플롯은 시간의 순차적 흐름을 따르지 않고 의식의 흐름을 따르는 구성으로 되어 있다.

1.2에서 도벽과 다리 없는 오뚜기 인형을 사모으는 주인공은 독자의 관심 끌 만한 플롯을 제시한다. 그리고 3.4.5에서 주인공의 회상을 통해 그녀의 성격 형성과정이 규명된다. 6에 이르러 그녀는 미래에 전체 플롯 구조에서 보여준 과거 편력과 현재의 암담함 그리고 밀에 대한 비극적 전망을 보여주면서 대단원의 결말을 맺는 구조로 되어있다.

플롯의 상호 연관은 소위 인과의 법칙을 따르고 있다. 어린 시절을 동생의 죽음과 그로테스크할 정도로 커다란 유방을 가진 가정부가 어머니가 되어 자신에게 처절할 만큼 냉랭한 시간들 그리고 아버지라는 존재가 전혀 어린 그녀에게 세상의 방패막이가 되어 주지 못한 점, 무관심한 학교 선생들....그들과 작중화자는 더 이상 대화나 이해의 관계를 유지할 수 없는 타자들이다. 오정희 소설의 오랜 주제이기도 한 어린 시절 세계의 폭력적인 부분들 말하자면 성인의 횡포, 무관심, 냉정함, 거침, 공포감, 죽음에 대한 두려움, 불안감과 증오 등등이 그녀의 데뷔작인 『완구점 여인』에서부터 여실히 드러나는 것이다.

어떤 소재를 어떤 이야기로 만들 것인가 하는 충분한 이해는 거기에 맞는 플롯의 논리를 자연스럽게 만들어 주고 그 플롯 유형과 인물의 유형이 어울려 이야기는 소설이 될 것이다.

행동적 플롯은 미스테리나 모험 혹은 퍼즐문제를 빠른 속도로 혹은 아주 아슬아슬하게 풀어나가는 유형을 갖는다. 그러한 효과는 긴장, 경악, 기대를 유발시키기 때문이다.

심리적 플롯은 인간의 내면 의식과 인간의 본질에 관한 문제가 중요시된다. 실제 작품에서는 양자 중 하나만 쓰이는 게 아니지만 작품을 강하게 이끌어가는 주요 플롯은 양자 중 하나가 되어야만 한다. 두 플롯이 서로 번갈아가며 비슷하게 대립되면 작품성격이 약해진다.

2-4 서술과 시점

서술화자가 없는 소설 텍스트는 존재할 수 없다. 화자 없이는 이야기를 전달할 수 없기 때문이다. 때문에 작가에게 있어 작품을 형상화할 때 화자시점을 정하는 것이 소설창작의 가장 중요한 문제중 하나인 것이다.

통상 소설의 서술은 서사의 이야기를 풀어나가면서 디테일한 묘사가 시종 나타난다. 이른바 이 양자가 소설서술의 핵심인 것이다. 그런데 서술기법으로서의 문체가 정해졌다고 해서 바로 작품을 집필할 수는 없다. 왜냐하면 시점이 필요하기 때문이다. 이른바 누가 어디에서 이야기할 것인가의 문제가 대두되기 때문이다.

소설의 서술은 인물, 사건에 대한 인식이며 과학적 인식보다 더 근본적인 인식이다. 과학적 인식은 대상의 성질 자체를 밝히는 데에만 몰두한다. 그러나 문학적 인식은 의식과 그 대상과의 관계를 통해 본질적인 발견을 추구한다. 사물현상에 대한 문학적 인식은 설명이 아니라 서술적이다. 문학작품은 기존의 대상에 대한 진리를 드러내는 것이 아니라 새로운 세계, 즉 인물이 세계와의 관계 속에 살아가면서 생각해본 삶의 세계를 만들어 낸다. 생각되어 생겨난 창조적 세계는 가능한 세계이며 속박된 현실로부터 새롭게 이루어진 것이라는 점에서 이 세계로부터 상상적으로 해방되며 현실과 비교, 대조, 반성되어 우리는 정신차원을 변화시켜 나갈 수 있게 된다.

그렇다면 한 주체자의 의식이 어떻게 대상, 세계를 근원적으로 이해할 수 있으며 어떠한 의미를 부여할 수 있는가의 문제가 대단히 중요하다. 이런 입장은 주체와 대상과의 단순한 관계나 수동적인 관계가 아니라 상호 역동적으로 이루어져 있다.

소설의 모든 구성 요소가 서로 맞물려 있지 않을 수 없지만 시점이란 작가의 시각이 직접 반영되는 것이면서 또한 작중인물에게 초점을 맞추는데 불가결한 것이기 때문에 작품의 성격을 결정하는 중요한 요소이다.

아직까지 전세계적으로 서술화자의 수효나 의미와 기능에 대해서는 의견이 분분하다. 그러나 통상 소설의 화자는 일인칭 아니면 삼인칭의 화자가 등장한다. 그러나 물론 주인공인 인물이 일인칭으로 나오지 않고 그 보조인물이 화자로 나오는 경우나 보조 화자가 삼인칭으로 등장하는 경우 심지어 화자가 이동하여 여러 삼인칭이나 일인칭을 오가는 작품도 있다. 내용을 요약하면 다음과 같다.

일인칭 서술화자 시점은 화자가 주인공이다. 주인공의 진실과 내면을 가장 잘 알려줄 수 있는 방법으로서 소설의 장면에서 한 번에 한 장면만 묘사할 수밖에 없고 안티고니스트를 세밀하게 묘사할 수가 없다. 신경숙의 『풍금이 있던 자리』에서 작중 일인칭 화자는 주인공이면서 서술자이다. 그렇기 때문에 그 인물의 내면과 독백과 편지 등의 내용을 통하여 그 인물이 처한 상황 등을 독자가 쉽게 알 수 있지만 언제나 작중 화자인 일인칭 주인공의 장면만 작중에 집중되어 독자들은 그녀의 불륜의 애인이나 그의 가족 혹은 동네의 불우한 여인들에 대해서는 자세한 정보를 가질 수 없다.

삼인칭 서술화자시점은 여러 작중 인물을 객관적으로 묘사할 수 있으나 화자의 속마음까지도 객관화시킴으로써 제약이 많다. 가령 이문열의 『금시조』에서는 화가 고죽의 심경이 그의 행위나 대화만을 통해서 전달되기 때문에 그의 속사정을 독자가 정확히 알 수 없지만 여러 사람들이 관찰의 대상이 되고 있어서 인물의 관계망이나 소설의 서사 문맥 등을 독자가 대체로 이해할 수 있다.

이외에는 작중에서 보조적 인물이거나 작가가 직접 나서서 화자가 되거나 화자가 이 사람에게서 저 사람으로 옮겨가는 기법들은 작가의 필요에 따라 사용될 수 있다.

염상섭의 『표본실의 청개구리』에서는 작중화자인 '나'가 서술을 하지만 실제의 비중 있는 주인공은 삼인칭으로 지칭되는 김창억이다. 이런 경우 일인칭 보조인물 서술화자 시점이 되는 것이다. 또한 이제하의 『자매일기』에서는 자매가 차례로 일인칭 서술화자 시점을 사용하여 화자가 정의되는 경우이고 오정희의 『구부러진 길 저쪽』에서는 삼인칭 서술화자 시점이면서 세 사람이 주인공으로 서술이 전이되기도 한다. 채만식의 『치숙』에서는 내가 일방적으로 아저씨에 대한 정보를 줌으로써 판소리 창자의 아니리와도 같은 효과를 주고, 최인훈의 『총독의 소리』 같은 경우는 일본제국주의 시절 총독의 망령이 되살아나 방송연설을 함으로써 특이한 서술화자 시점을 야기시킨다. 이른바 일인칭 시점이면서 소설 서술양식이 아닌 극양식의 패턴을 빌려쓰고 있어서 장르 구분에 문제가 있는 작품이기도 하다.

이처럼 시점은 작가가 그 대상을 어떻게 서술하느냐에 따라 기법과 주제의식 혹은 다순한 효과를 노려서 다양하게 이루어질 수 있다.

2-5 문체와 속도

문체라는 말은 작가 고유의 스타일에 다름 아니다. 그리고 그것은 예술 장르의 변별이 되는 요체이기도 하다. 작가는 하나의 자아로서 세계와 대립되어 무언가를 형상화한다. 그때 작가가 체득한 아니면 고의로 정한 서술기법이 바로 문체인데, 거기에는 표현방식, 표현과정, 묘사방법, 문투의 종류, 인물과 사건에 대한 거리 등의 제반 문제가 스며들게 된다. 비근한 예를 들면 도치법을 쓸 것인가, 만연체로 쓸 것인가, 어떤 시제로 서술할 것인가의 문제도 스타일의 범주에 드는 것이다. 대체로 소설에 있어서 문체의 문제는 주로 기법에 관련되는 데 어떻게 하면 작가가 체험한 바를 문학작품으로 만드는가의 문제이며 작품과 자신과 혹은 독자와의 거리를 둘 것인가의 문제도 포함된다. 또한 거리는 서술 측면에 따라 나타나는 작가와 인물의 거리, 작자와 독자와의 거리, 인물과 독자와의 거리 등이 있다. 이처럼 세계를 자아로서의 작가가 여과해내는 일은 작가의 세계관의 선택이다. 이런 점에서 마르셀 푸르스트의 "문체는 비전의 문제"라는 말은 상당량 설득력을 갖는다고 하겠다. 가령 김유정의 『동백꽃』이나 『봄봄』 등의 일련의 단편보다, 염상섭의 『사랑과 죄』, 『무화과』 등의 장편에서 이데올로기와 비전이라는 문제로 국한한다면 전자는 개인적 감정과 삶의 소략한 부분을 그리고 후자는 사회적 문제와 민족적 부분을 이야기한다. 그러한 문제들에 있어서 문체는 분명히 세계의 비전과 연결되는 것을 알 수 있다.

문체는 언제나 스타일에 국한된 것이 아니다. 문체는 작품의 주제와 소재 혹은 작가의 세계관과도 불가분의 관계에 놓여 있는 것이다.

가령 채만식의 『탁류』같은 작품은 여러 번 소리내어 읽어보면 전라도 사투리의 구수함이라든지 판소리의 운율 같은 게 느껴지는 것을 알 수 있을 것이다. 게오르규 루카치의 말대로 형식으로서의 문체는 내용과의 상관성 하에서만 언급될 수 있는 것인데 내용이란 형식이 내용의 범주로 넘쳐흐른 것이라고 했다. 또한 쇼러는 형식을 작가에 의해 성취된 내용이라고 함으로써 형식은 다시 말하면 내용이 기법에 의해 표현으로 구체화된 것이다. 결국 문체에 대한 규정을 다시 한다면 문체의 근원적인 원리는 작가의 주제 의식의 기법화일 터이다. 그리고 문체로서의 그 기법은 내용과 형식과 불가분의 관계인 것이다. 문체는 바로 내용을 형식화하는 수단이기 때문이다.

2-6 시간과 공간

2-6-1 시간

소설에 있어서의 시간은 작품 내외적으로 그 텍스트를 둘러싸고 존재한다. 물론 텍스트 내에서도 시간의 배열은 독자들이 일상에서 생각하는 것과는 판이하다.

가령 작품에서 현재 순간보다 먼저 일어난 사건을 나중에 이야기하는 경우와 나중에 일어날 사건을 먼저 이야기하는 경우가 있다. 그리고 이야기 흐름에 따라 현재가 아닌 과거와 미래가 마구 뒤섞여 이야기되는 경우도 있을 것이다.

에피소드들을 연속적으로 엮어 놓는 것을 이야기라고 말할 수 있겠는데, 이때 시간은 그 이야기의 순서를 지키지 않는다. 소설에서는 다양한 기법이나 서술방식을 통하여 시간의 순서를 변조할 수 있는 것이다. 통상 이렇게 얽힌 소설의 시간은 허구적 시간과 서술적 시간으로 양분할 수 있다. 허구적 시간이란 이야기 자체 속에 진행되는 시간이다. 가령 『홍부전』에서 홍부와 놀부의 삶 전체라고 할 수 있다. 또한 서술적 시간은 그 이야기를 소설 속에다 표현해내는 방식의 시간이다. 가령 놀부의 박에서 나온 홍부 놀부의 옛 조상의 양반 주인들이 나타나서 그들과는 상관없던 과거 시대의 빚 청산을 요구한다든지 작자가 고의로 작중에 끼어들어 여담이나 인물평을 하면서 서술 속도를 늦추거나 생략하여 시간 변조를 하는 예를 말할 수 있다.

시간이란 소설에서 인물을 의식하는 독자에게 하나의 존재로 인식되

고 그것이 과거와 현재와 미래로 연결됨으로써 완전한 개체로 만들어준
다. 결국 시간에 의해 소설의 인물은 생명력을 갖는 것이다. 그리고 그
러한 인물은 소설가의 체험을 시간적으로 배치하는 과정에 놓여있다.
이처럼 작가의 체험적 예술의 시간을 작품에 배치한 것으로 규정될 수
있는 소설의 시간은 작가의 세계관과 밀접한 상관관계를 맺고 있는 것
이다.

2-6-2 공간

　소설의 배경은 공간과 시간으로 나누어 볼 수 있다. 공간이 시간과
유리되어 존재할 수는 없지만 특별히 공간이 작중에서 중요한 의미를
가질 수는 있다.　김동리의 『역마』는 특정한 시기나 연대가 고정되어
있지 않은 작품으로 당사주의 떠돌이 역마살의 운명을 한 축으로 이야
기가 전개되며 또 다른 축은 핏줄의 숙명성이 이야기를 떠받치고 있다.
그때 모든 사건의 원인과 앞으로 일어날 사건이 화개장터라는 공간에서
이루어진다.

　'화개장터'의 냇물은 길과 함께 세 갈래로 나 있었다. 한 줄기는 전라
도 땅 구례(求禮)에서 오고 한 줄기는 경상도 쪽 화개골(花開峽)에서 흘
러내려, 여기서 합쳐서, 푸른 산과 검은 고목 그림자를 거꾸로 비추인
채,　호수같이 조용히 돌아, 경상 전라 양도의 경계를 그어주며, 다시
남으로　남으로 흘러내리는 것이 섬진강(蟾津江) 본류였다.

　작품의 배경을 이루는 장소는 시냇물이 세 갈래로 갈라지듯 지리산과
경상 전라의 경계 품이다. 이러한 공간의 배경은 주요인물들이 태어난
공간이고 삶을 꾸려가는 곳일뿐더러 과거와 현재의 인연을 맺어주는 곳
이기도 하다. 바로 화개장터의 주막에서 할머니, 어머니인 옥화 그리고

아들인 성기의 삼대의 연이 이어지고 있다. 할머니는 삼십 육년 전에 딱 하룻밤 놀고 갔다는 남사당 총각의 진양조 소리에 반해 그 날밤 옥화를 임신했고 옥화는 지금은 강원도에 있다는 떠돌이 중과 인연을 맺어 아들 성기를 낳은 것이다. 그리고 주인공인 성기가 역마살 때문에 어디론가 떠날 수밖에 없는 공간이 소설의 모티프로 작용을 하고 있다.

인간은 공간을 떠나서는 그 존재방식이 불가능하다. 독자가 소설의 공간을 인식한다는 것은 바로 소설의 인물과 그 세계를 인식한다는 것과 등가이다. 김동리의 『역마』에서 드러나듯 소설의 공간은 작품의 공간성과 인물이 놓여 있는 공간으로 나누어볼 수 있다. 공간성에는 그 상징과 의미 그리고 어떤 복선이나 장치로써 하나의 기능도 수행할 수 있음을 보았다. 이처럼 소설의 공간이 작품을 성격짓고 인물의 운명 간섭하는 예는 부지기수다. 채만식의 『탁류』나 염상섭의 『이심』에서는 가난이라는 상황 하에서 인간이 파탄되어 가는 과정을 보여준다든지, 김동인의 『태형』이나 정을병의 『육조지』 같은 작품에서는 감옥이라는 한계상황적 공간에서 인간의 본심에 대한 문제를 제기한다든지 하는 경우는 비일비재한 것이다. 이처럼 소설에서의 공간은 작가가 자신의 소설 형상화의 전략과 자신의 체험 세계를 형상화하는 데에 있어서 대단히 중요한 소설의 구성요소 중 하나인 것이다. 『역마』처럼 작품 공간의 지리적 배경과 그 속에 사는 사람들의 의식적인 배경에 연결되는 경우 소설의 본질을 의미하기도 하는 것이다.

2-7 배경과 사건

2-7-1 배경론

소설의 배경은 실제 삶에서 우리가 사는 터전과 다름없다. 인물이 어

디에 있는가의 문제는 그 장소와 시간이 어떤 의미와 관계를 갖는가에
따라 인물의 성격과 행위를 촉발시키는 중요한 문제이기 때문이다. 배
경은 몇 가지 제약이 따르는데 그것을 요약하면 다음과 같다.

먼저 하나 이상의 내적 혹은 외적 배경에 대한 부분이 작품에 분명히
있어야 한다. 인물의 정신적 배경이나 인물이 속한 시간, 공간적 배경을
확실하게 묘사, 서술하여 배경의 존재성을 어떻게 하든 형상화하지 않
으면 작품은 매우 모호해진다. SF소설이나 환상 소설에서도 배경은 있
다. 다만 그것이 매우 급변한다거나 시공을 초월해서 혼란을 주지만 하
나 이상의 배경이 없는 소설은 없다. 인물의 대화, 직접묘사, 나레이터
를 통한 서술, 추억이나 회고 혹은 소설의 다른 인물과 대립 혹은 비교
되어 나타내더라도 배경은 결국 독자에게 파악되게 마련이다.

둘째로 배경의 의미에 대해 작가로서 어떠한 입장을 가지고 있다는
사실이다. 시대의식이라든가 사회적, 역사적, 철학적, 문화적, 이데올로
기적, 편집적 혹은 환상적이라 하더라도 그 의미를 형상화한 무언가가
있는 것이다.

그리고 배경의 예술적, 미적, 정서적 분위기와 인물의 변화, 행동의
계기나 모티프의 연결이 이루어진 경우도 있다. 배경의 분위기는 인물
이 그 배경에 대해 만족하는가, 불만인가, 때때로 만족, 불만족의 교차
된 감정을 갖는가 하는 중요한 초점으로 소설의 주제에까지 영향을 미
칠 수 있기 때문이다.

마지막으로 배경의 범주는 소설 환경 일체의 것이다. 우주공간에서부
터 작은 소도구도 소설의 배경이 되는 것이다. 김승옥의 『무진기행』에
서 소위 안개나루라는 뜻의 지명인 무진은 배가 드나드는 나루터라는
의미와 안개가 끼어 배가 드나들 수 없다는 의미가 함축된 배경으로서
작중인물의 우유부단함과 갈등을 노정하는 배경이 된다. 한편 오정희의
『완구점 여인』에서는 밀폐된 공간의 움직이지 않는 것들과 사는 여주인

에 대한 연민의 감정을 불러일으키는 소도구가 되며 조경란의 『불란서 안경원』은 페어글래스로 차단되어 실내가 밖을 관찰하고 대결하고 이해하는 의미로서 배경이 작용하게 되는 것이다.

이처럼 소설의 사건들은 대개 배경과 관련이 있으며 인물의 행동을 촉발시키는 원동력이나 계기로서의 배경은 사건과 불가분의 관계를 갖는다.

2-8 아이러니

아이러니의 개념은 한 진술이 실제 의미나 의도와 다르다는 데서 출발한다. 그리고 이 상이성은 상대적 개념으로 확대되어 두 요소간의 차이라는 개념을 지향한다. 또한 아이러니의 양상은 크게 상황의 아이러니와 언어의 아이러니로 양분된다. 그리고 전자는 다시 비극적 아이러니와 희극적 아이러니로 나뉘며, 후자는 또 축소, 과장, 역설, 조롱, 농담, 기지, 욕설, 야유, 풍자, 패러디 등으로 세분될 수 있다.[1] 후자의 경우는 수사학적 견지에서 이루어지며 더욱 다양하게 나타날 수도 있다.

여기서는 아이러니를 소설에 국한하여 논의하고자 한다.

"오늘날 소설은 역사적 시간과 지리적 공간의 현실성에 뿌리를 박고 있는 장르로 남아 있다고 보는 견해가 강하다. 그러나 이야기는 단지 그 자체의 현실성만을 제시하고 있다. 즉, 허구인 것이다. 표면적인 이야기의 모습과 내면적인 자아반영의 거울은 이러한 이중적 존재의 양면성을 독자에게 알려주게 된다."[2]

아이러니는 작품에서 작자나 작중 인물에 의해 의도되고 독자에게 해

---

1) 이승훈, 시론(고려원,1979), p.228.참조.
2) 린다 허천, 김상구 외역, 패러디 이론(문예출판사, 1992), pp.52-53.

석과 평가를 맡기지만 이러한 작품들에서 아이러니컬하게 작용되는 것
은 아이러니의 표면 모습과 숨은 모습의 양면성이다.

"아이러니는 소위 세련된 표현의 한 형식이다. 그 실행자(작가)나 해
석자(독자)에게 요구하는 것을 생각하면 세련된 것이라 할 수 있다. 아
이러니는 두 개의 차원에서 작동하는데 일차적 (표면적)작용과 이차적
(이면적)작용이 그것이다. 그들의 최종적 의미는 이차적 맥락에서 얻어
지고 그 의미의 충들 속에 작가의 자아반영이 놓여있음을 알려준다. 비
평적 거리를 가진 아이러니는 소설론의 한 부분이 될 수 있다."3)

아이러니의 풍자성과 외연적인 변별성은 세부적인 기능과 다각적인
비판의식에 연유한다. 물론 풍자는 넓은 의미에서 아이러니를 방법론으
로 사용할 수 있다. 그러나 현실에 대한 도덕적 비판을 통하여 사회악
을 제거하려는 풍자의 목적은 그 의도와 나타난 결과에 있어 너무 광범
위하다. 또한 비판 대상에 그 초점이 맞추어져 있다. 그러나 아이러니는
인생의 체험을 단면만 보지 않고 그 반대의 면도 봄으로써 풍자의 개념
보다 심층적인 비판의식을 갖는다.4) 또한 의미작용에 있어서도 풍자가
대상에 초점이 맞추어져 있다면 아이러니는 주체와 대상의 관계성을 부
각시킨다.

여기에서 문제시하는 아이러니에 관한 부분은 크게 두 가지로 볼 수
있다. 첫째는 아이러니가 왜 발생하였으며 어떻게 작용되는가의 문제이
다. 둘째로는 그 결과 무엇이 이루어졌는가 하는 것이다.

첫째 문제에 대한 검토는 인식론적 입장에서 이루어져야 할 것이다.
그것은 주체자가 대상을 대할 때, 어떤 존재가 주체와 상반되거나 단절
되어 있다는 사실을 인식하는 문제이기 때문이다. 아이러니는 단절의
미학을 통해 구현된다. 이러한 논리적 단절은 단절된 논리들을 동시에

---

3) 김상구 외역, 상게서, p.59.
4) 이상섭, 문학비평용어사전(민음사, 1976), p. 191. 참조.

바라보려는 시점을 제기한다. 아이러니는 단절된 논리체계를 동시에 바라보는 능력인 것이다. 그처럼 동시에 본다는 것은 대상을 있는 그대로 통찰하는 리얼리즘적 시각이다.

둘째는 주체가 인식한 대상이 어떠한 존재로 있으며 주체와의 관계가 어떠한가를 인식한 후에 적절한 아이러니 수법으로 대상을 표현해내는 일이다. 그러므로 아이러니의 인식과 아이러니의 사용방법은 두 차원으로 분리되는 것이다. 한 차원은 원리이며 다른 하나는 무지, 대조, 거리, 희극, 미적 요소 등으로 분류되는 방법의 차원인 것이다.

염상섭의 아이러니 역시 두 개의 차원에서 나타난다. 그것은 작가의 세계관과 작품에 반영된 부분인 것이다. 전자가 이론적이라면 후자는 작품에서 드러나는 실제적인 것이다.

먼저 여기에서 사용하는 용어와 아이러니의 종류에 대해 규정할 필요가 있다. 먼저 아이러니스트는 대상을 아이러니하게 만들거나 비꼬는 주체적인 인물이다. 한편 아이러니의 희생자는 아이러니의 대상으로서 인물과 사회현상 등 인물 이외의 것으로 나뉜다. 이때 아이러니를 일으키거나 아이러니한 것을 아는 쪽은 주체자이고 아이러니의 희생이 되거나 스스로 아이러니를 몰라서 희화화되는 쪽은 대상이 된다. 아이러니 논리는 아이러니가 발생하는 과정을 인식한 것을 말한다. 또한 아이러니의 요소는 아이러니가 발생할 수 있는 요건들을 유형별로 나누어 놓은 것이다. 각각의 아이러니의 요소에는 여러 아이러니의 양상들이 나타날 수 있다.

여기서는 아이러니의 발생을 인식과정으로 해석하여 < 1.상이성 인식, 2.반발과 극복, 3. 통합> 이라는 단계로 본다. 그것은 인식의 변화단계가 논리화되어 나타난 것으로서 아이러니 주체자가 상황에 대처하는 과정을 보여주는 것이다. 아이러니 논리의 3단계에서 특히 중요시되는 것은 주체적 인식이 능동적으로 작용한다는 점이다. 그것은 단계에 따라 다음의 3가지 능력으로 구분된다.

① 주체와 상반되는 대상과의 결렬 시대상과 대립하는 능력
② 대상을 아이러니하게 인식하고 그것을 다시 희화화하거나 우월적 입장에서 비판하는 능력
③ 주체적 입장에서 넘을 수 없는 벽으로서의 대상을 언어적 대상으로 치환하여 아이러니 대상으로 인식하고 주체적으로 통합하는 능력

이때 주체자는 인식능력이 있어야 하고 자신의 인식 능력으로 대상을 통합, 극복하게 되는 것이다. 가령 『삼대』의 조덕기가 김병화의 좌익운동과 일본경찰의 압력을 넘어설 수 있었던 것은 근대사회에서의 돈의 힘(金力)이라는 자신의 인식을 바탕으로 양자에 대하여 우월적 입장에서 지하운동을 돕고 일경에게 뇌물을 주면서 한계상황을 극복했던 때문이다. 그때 조덕기는 김병화의 좌익운동을 비꼬고 일본경찰을 거리 있는 대상으로 만들면서 상황을 극복하게 된다. 그러한 삶의 모색이 바로 아이러니 논리의 3단계 전개과정이다. 그것은 상반된 대상과의 단절을 극복하고 통합하려는 아이러니 논리인 것이다. 염상섭은 대상을 주체에 걸쳐 이해하는 능력과 문학을 이해하는 지식인의 능력을 언급한 바와 같이 인식을 통한 아이러니의 전개과정은 염상섭 소설 이해의 중요한 부분이 되는 것이다.

또한 아이러니의 성격적 요소라는 기준으로 분류하면 아이러니의 제 요소는 다음의 다섯 항목과 같다. ①무지의 요소, ②대조의 요소, ③희극적 요소, ④거리의 요소, ⑤미적 요소[5]

무지의 아이러니 요소에는 두 가지 경우가 있다. 첫째는 주인공이 아이러니컬하지 않은 체하는 것이 다른 인물들 혹은 독자에게 간파되도록 되어 있는 경우이다. 작중에서 내레이터는 그 이중의미를 알고 있으나 아이러니의 희생자는 그것을 의식하지 못하는 경우가 대표적이다. 이때

---

5) 문상득 역, D.C.Muecke 저, 아이러니, 서울대출판부, 1980. 참조.

조건으로 희생자와 관찰자가 공히 존재하는 아이러니컬한 상황이나 사건의 아이러니가 있다. 이 경우는 아이러니스트가 야기시키는 아이러니는 의도적인 것으로서, 행동의 아이러니라 할 수 있다.

둘째, 아이러니스트가 없는 경우의 아이러니의 희생자는 스스로 그가 잘 아는 상황에서 아이러니에 의해 자신이 희생되게 된다. 즉 자신이 일방적으로 대상을 잘못 알고 있는 경우이다. 이 경우는 상황의 아이러니가 된다.

대조의 요소는 외관과 실제의 대조에서 발생되는 차이에 의해 발생되는 아이러니의 경우에 해당된다.[6]

아이러니스트는 어떤 한가지를 말하는 것 같이 보여도 실제로는 아주 다른 것을 말하는 것이다. 그리고 아이러니스트의 희생자는 사물을 보이는 그대로 확신하는 반면, 사실에 있어서는 그것들이 다르다는 것을 모르고 있는 것이다.

가령 아이러니스트가 외관으로는 A를 말하는 것처럼 보여도 실제로는 B를 말하려는 의도였지만 아이러니의 희생자는 A에 속아서 B를 모르는 경우이다.

희극적 요소는 아이러니의 희생자를 희화화하는 방법으로서 교묘한 아이러니이다. 두 가지 경우가 있는데, 하나는 주체자가 대상자를 희화화할 때, 희생자는 고통을 당하면서도 그 상황은 희극적이 된다. 그것은 희생된 인물의 의도와 상황이 전혀 다름으로 해서 야기되는 것이기 때문이다. 그러나 독자는 이것을 재미있게 보려고 할 뿐 정서적으로는 말려들지 않는다. 다른 하나는 재미와 고통이라는 양자는 다르다는 데서

---

6) D.C.Muecke, (문상득 역), 아이러니, 전게서, p.53.참조,
  (현실과 외관의 대조가 아이러니를 발생시키는 것은 대조에 의한 차이에 의한 것이다. 이 때 그 차이가 크면 클수록 아이러니는 더욱 강하게 나타난다. 대조를 한다는 것은 그 차이를 인식하는 것이기 때문에 여기에서는 외관과 실제의 대조의 요소를 대조의 요소로 용어를 줄여 지칭하겠다.)

나타난다. 그 어느 경우이든지 아이러니의 희생자 측에서 보면 스스로 어떤 상황이나 언급이 아이러니하다고 여기지 않는다는 데에 문제가 있다. 어떤 사람도 스스로 모순된 말을 하지 않는다. 이것은 아이러니라는 형식상의 문제이기도 하다. 그러나 모순이나 부조화가 발생하는 것은 아이러니의 희생자가 스스로 거짓스럽거나 자신에 찬 무지를 보이는 경우이다.

거리의 개념은 장엄하고 흥분되는 대상을 오히려 가벼운 필치로 묘사하는 농담과도 같은 것이다. 그것은 우리들이 높은 곳에서 다른 사람들의 일상을 내려다본다면 그때 발생하는 우리의 웃음이나 미소와도 같은 것이다. 일단은 관찰자가 그 대상을 내려다보는 우월적 입장을 취하게 된다. 이때 아이러니스트의 가장된 태도로써, 거리감, 거리, 떨어짐, 자유, 천연스러움, 객관성, 무감정, 가벼움, 놀이 등이 사용되는데 그것은 주체자가 대상자로부터 거리를 확보하기 위한 수단이 되는 것이다.

주체자는 대상의 요구나 목적으로부터 자신을 분리시킴으로써 거리가 확보된다. 순수한 이미지로서의 아이러니스트의 원형이 신(神)이라면, 그와 같은 거리를 확보한 예술가는 신처럼 그의 작품에 초연한 존재이다. 그 초연성은 인생을 다루는 소설의 본질이라 할 수 있다. 소설은 작가와 작품의 관계에서 보면 자기 표현적인 것이지만 작품과 독자라는 관계에서는 작가가 독자를 의식하지 않을 수 없다. 작가가 보는 창작으로서의 소설은 독자가 보는 그것과 분명히 다르기 때문이다. 결국 작가는 대상에 대한 거리의 개념을 필수적인 것으로 여기게 된다. 그리고 창작에 있어 작가는 어떤 입장도 가능한 아이러니컬한 관찰자가 될 수 있는 것이다.

미적 요소는 아이러니의 일반적 의미에 있어서 기본적 특징이다. 언어의 아이러니에는 항상 미적인 부분이 있다. 아이러니의 미적 부분은 그것이 경미하게 나타날 경우에는 주로 언어의 배열과 타이밍, 문체의 속도와 어조, 조화, 간결, 정밀에 의존하고 큰 경우에는 사건과 플롯 등에서 나타난다.

미적인 요소는 작품의 세세한 부분까지 배려하는 기지가 풍부한 작가나 이야기를 잘하는 사람의 작품에서 나타나게 된다. 문체의 면에서 본다면 터무니없는 표현을 사용하여 최고의 효과를 거두는 것과도 같다. 그것은 멋을 부리는 효과인 것이다. 그리고 그때의 사건이나 표현은 두드러지게 나타날 수 있다. 이때 작가는 아이러니한 부분의 모양새를 갖추어 의미를 부여하게 된다. 가령 한 도둑이 어떤 집에서 돈을 훔쳤다고 하자. 그때 그 집 주인은 소매치기이고 도둑이 훔친 돈은 바로 그 소매치기가 자신의 지갑에서 소매치기한 것이라면, 매우 두드러진 아이러니의 예가 될 것이다.

그러나 소설은 어떤 부가적 차원 즉, 작가의 주석의 차원에서 생존하는 가능성을 지니고 있으며 그 결과 작가의 견해를 작중인물 누군가에게 부여하게 되는 경우와 다른 사람의 견해와를 대비시키는 경우가 있게 된다. 후자의 경우는 거리의 요소가 짙게 된다.

이상에서 살핀 5가지 요소 중 무지, 대조 희극적 요소는 작품 구조로서의 아이러니이고, 거리와 미적 요소는 소설의 본질을 이루는 아이러니이다. 특히 후자들은 염상섭이 인식한 소설의 본질과 관계되므로 그 중요성이 배가된다. 거리의 요소는 시점에 해당되기도 한다. 사물을 보는 방법의 문제로서의 시점은 작가의 태도인 것이다. 이때 아이러니는 독자를 작품에 참여시킨다. 독자는 특정한 지위와 거리를 가지고 작중인물과 세계를 보게 되는 것이다.[7] 가령 염상섭 작품에서 작자가 전지적 시점을 이탈하여 스스로 필자라고 칭하면서 작중 인물의 진로를 미리 말한다거나 독자를 제군이라 하는 경우, 독자는 작자에게 보다 가까운 거리를 갖게 되는 것이다.

---

7) 이승훈, 시론(고려원, 1979), p.217. 재인용.

한편 아이러니의 미적 요소는 소설미학적 시각에 해당한다. 소설형식이 갖는 거리의 개념은 게오르규 루카치에 의해 이론화되었다. 그는 <삶과 예술의 관계>를 <언제나 그럼에도 불구하고>라는 태도로 인식한다. 즉 양자간에 거리가 있다는 것을 의미한다. 그래서 그는 소설이란 문제적 인물이 훼손된 세계에서 자기인식에로의 여정을 형상화한 것이라 규정한다.8) 그것은 이미 진정한 대상으로서의 가치를 잃은 세계에서 진정한 가치를 찾으려는 아이러니한 상황의 설정이 그 문학적 바탕으로 있음을 의미한다.

또한 아이러니에 관한 대비적 소설론으로 르네 지라르의 업적이 있다. 지라르는 소설이란 문제아를 통해 타락한 세계에서 타락한 방법으로 진정한 가치를 추구하는 이야기란 점에서 루카치와 의견이 같다. 그러나 이때 자아와 세계의 거리를 상정하는 방법론으로 그는 매개자를 설정한다. 자아가 욕망하는 대상은 매개자를 통한 거짓 욕망이라는 것이다. 그리고 진정한 소설은 그 낭만적 거짓을 드러내 욕망이 매개된 것임을 보여주는 소설이라는 것이다.9) 거리의 개념은 아이러니가 문제삼는 거리의 세 경우 즉, 작자와 독자, 작자와 작중인물, 독자와 작중인물 중에서 작가와 작중인물의 부분에 해당된다. 그리고 그것은 자아와 세계의 상반, 단절, 통합이라는 인식과정의 하나이기도 하다.

지금까지 살펴본 아이러니의 개념과 종류는 아이러니라는 문학 수사학을 하나의 인식과정으로 이해하는 기능수행적 공통성을 갖고 있다. 그것은 아이러니를 발생하거나 야기시키는 주체자와 그 대상자와의 관계에서 일어나는 주체자의 인식과정인 것이다. 그때 주체와 객체 사이의 거리에서 주체자의 인식현상이 능동적으로 이루어지는데, 아이러니에서 문제가 되는 것은 상대적 거리이고 그것은 주체와 대상에 대한 전

---

8) G.Lukacs, (반성완역), 소설의 이론(심설당, 1985), pp.95-120. 참조.
9) 김 현, 르네지라르 폭력의 구조(나남, 1987), pp.30-31.

체적 시각의 덕분이다. 전체의 시각에서 주체와 객체 사이의 단절을 인식한다는 것은 양자를 부분이 아닌 하나의 인식대상으로 통합한다는 것이다. 이런 시각에서 아이러니화라는 인식단계과정은 논리화될 수 있다 하겠다.

결국 지금까지의 논의는 소설의 본질이 거리의 아이러니에 있다는 논리로 수렴된다. 그것은 아이러니의 인식과 그 전개과정이 소설의 각부분과 전체를 이루고 있다는 말이 된다. 그렇다면 위의 아이러니의 개념을 비록 용어로 규정하지는 않았지만 실제 인식하고 작품에 반영하였는가의 문제에 귀착된다. 그 내용은 작가가 세계를 파악하는 시각에서 거리의 아이러니를 인식하였는가, 또한 그것을 소설미학적으로 형상화되었는가 그리고 그것은 그의 소설에 수사학적 부분으로 연결되었는가에 대한 증명이 필요하게 된다. 그 문제들은 작가의 인식 과정과 그 논리화 과정 그리고 그것이 창작에 반영된 양상을 통하여 밝혀질 수 있다.

2-9 소설과 상징

상징이란 그 자체로서 다른 것을 대표하여 의미하는 모든 단어를 이른다. 상징은 그 단어가 지닌 뜻 이외의 함축된 심상을 뜻하므로 은유의 일종이지만 은유는 통상 일 대 일의 비유가 된다. 그러나 상징은 원관념과 보조관념이 일대 다의 관계를 갖게 된다. 또한 이미지나 은유는 소설작품에서 부분적인 의미 혹은 비유에 해당되지만 상징은 작품전체 혹은 인물이나 사물을 통하여 작품의 전체 의미를 구성하게 된다. 그러므로 작중의 어떤 이미지가 단순한 은유인가 아니면 상징인가를 파악하는 작업은 대단히 중요하다.

상징은 다른 소설수사 혹은 장치들과 마찬가지로 작중에서만 의미기능을 하게 된다. 그러므로 상징은 작품 이외의 일반 개념과는 다른 차원에서 작중에서의 역할을 하게 된다. 그것은 작품이 하나의 상징체계를 이루어 구성될 때 비로소 작품 전체의 상징성을 갖게 되는 것이다.

"소설에서의 상징은 시와는 다소 다르다. 상징을 정의하면 「다른 어떤 것을 표상하는 그 무엇"이라 할 수 있다. 이러한 상징은 우리 밖의 어느 것이면서 우리 안에 있게 된다. 상징언어란 내적 체험을 마치 감각적 체험처럼, 사물들의 세계 속에서 우리가 행하고 있는 양, 그것들이 우리에게 행하고 있는 양 느끼게 해주는 것이다. 상징언어란 외적 세계가 내적 세계를 상징하며, 영혼과 정신을 상징하는 언어인 것이다. 그런데 여기서 문제가 제기된다. 그것은 상징과 상징되어지는 것의 관계이다. 그 관계성은 복합적으로 고찰해야만 한다."6) 이것은 상징이 인간의 체험과 상상력에 뿌리를 두고 있으며 물질적 세계의 현상이 내적 체험의 표현이 된다는 이론과 궤를 함께 하는 시각이다.

작품전체를 감싸고 있는 통일된 상징성이다. 『사하촌』에는 인물과 사건의 연계가 몇 개의 상징어를 중심으로 전개된다. 우선 가장 잘 파악할 수 있는 것이 첫째, 가뭄이다. 『사하촌』의 전체적인 배경과 사건의 발단과 전개가 가뭄에 의한 것이고 대단원의 동인(動因) 또한 가뭄에 있었다. 둘째로 나타나는 것이 가뭄에 의한 갈등과 마찰이다. 농민들과 승려, 보광리 사람들, 일제의 관료 등과의 마찰이 심화되어 결말로 치닫는 구조를 갖게 한다. 셋째 상징어로는 야학당(夜學堂)을 들 수 있다. 야학당을 통하여 사람들이 단결하여 힘을 응축하고 현실을 인식하는 논의와 결의를 하게 된다. 넷째가 대결의지의 결의 즉, 방화(放火)의 상징성(象徵性)이다. 이 네 개의 상징어, 가뭄, 마찰, 야학당, 방화가 갖는 통일된 상징성은 다름 아닌 불의 상징성이다. 이렇게 상징은 소설 속에서 상징체계를 이루어 작품에 연결될 수도 있는 것이다.

2-10 우리 소설사

한글로 된 최초의 우리소설은 16세기 채수에 의해 쓰여진 『설공찬전』
이다. 몽유록 계열의 이 작품은 김시습의 『금오신화』의 분위기를 풍기
면서 후의 작품들과 자연스런 연결의 맥락을 유지할 수 있게 되었다.

사회성이 강한 작품으로는 17세기 허균에 의해 쓰여진 『홍길동전』일
것이다. 작품의 주인공은 서자의 차별을 받고 가출하여 의적단을 규합
하고 해외에 왕국을 세우고 왕이 된다. 작가는 고대의 건국영웅을 당시
의 사회에 적용시킨 것이다. 이 소설은 이상주의와 현실의 방향을 모두
문제 삼았다. 또한 사대부 가문 출신작가 김만중의 『구운몽』은 이상주
의적 성향보다는 입신출세와 부귀영화의 소재를 다루었다. 그러나 결말
에서는 입신과 영화가 무엇이냐는 자문을 하게 된다.

사실주의 소설로는 한국에서 가장 유명한 『춘향전』을 들 수 있다. 이
소설은 작가 미상으로서 깊은 감성과 현실의 문제를 다룬 작품으로 판
소리계열 소설이다. 작중 여주인공은 미천한 신분 출신이나 역경을 딛
고 절개를 지켜 신분상승의 결혼에 성공한다는 풍미 깊은 이야기를 꾸
려 나간다. 이야기 줄거리는 이상주의보다는 사랑 이야기로 이루어져
있기도 하다.

이처럼 소설은 당대 사회에서 개별적인 작가가 갖게 되는 불연속적인
현실과 거기에서 비롯된 이상과 상당량 관계를 맺고 있음을 알 수 있
다. 19세기 후반에 조선왕조는 내환과 외환에 시달리게 되었다. 그에 따
라 한국문학은 열강의 침략과 사회 개혁의 문제, 이 양자를 비판하는
중요한 책무를 깨달았다. 조선 왕실 위기감은 기회를 엿보는 일본에 대
한 경계심을 일으켰고 항일문학이 싹트게 만들었다. 또한 지식인 문학
가들은 한국인들의 언어사용의 개혁과 한국문학의 장르를 망라하여 연

구하는 데에 심혈을 기울였다. 당시 유행한 『안즘뱅이와 소경의 문답』 등의 딱지본 소설들의 사회비평은 실로 신랄한 것이었다.

1919년 전국적인 항일운동인 3.1만세 사건이 일어나자 문학에 있어서도 중대한 변화가 일어났다. 한국인은 문학을 통해 그들 모두가 한 민족이라는 연대감을 갖게 된 것이다. 문인 지식인들은 방언으로 쓰여진 문학작품이나, 한자어로 집필된 작품들은 우리 문단에서 사라질 것을 촉구했다. 그들은 또한 순 우리말의 풍부한 어휘 표현 등과 같은 구전문학의 발전을 추구하는 동시에 시조나 가사에 뿌리를 둔 민요를 개발하고 창작하는 데에도 지대한 관심을 기울였다. 당시의 문학의 두 경향 중 하나는 낭만주의로서 이것은 사회적 구속으로부터 개인의 해방과 자유를 불러 일으켰고 다른 하나는 리얼리즘으로서 작가가 스스로 본 것을 자유롭게 창작하는 주의이며, (사회)국가의 리얼리티를 획득하는 것이었다. 그러나 일본제국주의는 이러한 문학적 성향을 탐지하여 파괴하였으며, 한국의 저항작가들은 고통스럽게 암시적인 방법으로 저항문학을 할 수밖에 없었다.

사실상 1920년 이후 서양문학의 영향은 한국문학에 지대한 부분이 아닐 수 없다. 서양문학과의 직접적인 교통의 길은 막혔지만, 한국문학은 일본측이 용인한 부분에 한해서 서양문학을 접할 수 있었다. 따라서 서양문학에 대한 소개와 번역은 충분치 못했다. 당시 많은 문인들이 서양문학의 영향권 아래에서 창작하고 문학활동을 했지만, 그들은 실제로 서양문학의 충분한 자료와 이론에 기초한 것은 아니었다.

문학과 사회의 연관성은 동일한 문화권에서의 문학적 전통이라는 맥락을 사회적 변모와 계승에서 찾게 한다. 한때 치열한 삶을 살아냈고 사회의 격렬한 변동을 온 몸으로 받아낸 작가들은 그의 삶과 문학을 모색하는 과정에서 작품의 경향과 작가로서의 세계관을 만들어간다고 할 수 있다. 그러므로 작가의 감수성과 시대상황은 불가분의 관계에 놓여 있는 것이다. 20대에 창작 활동을 시작하는 대개의 문인은 그 감수성이 최고치에 달해 있으므로 창작배경으로서의 시기와 그 사회인식은 일련의 작가군을 형성하게 되는 것이다. 그런데 우리 문단에서는 묘하게도 그 구분이 10년 단위로 나뉘어진다. 파시즘의 일제 강점기에서 벗어난 우리 나라는 50년에 들어서자마자 동란을 맞는다. 이른바 동족상잔의 비극은 전중 혹은 전후에 다량의 전쟁소설 혹은 그 체험과 영향을 문제 삼은 작품들을 생산케 한다. 이른바 50년대 전후세대 작가들은 태평양 전쟁, 해방, 6.25를 겪고 지금은 나이가 70대에 이른 세대이다. 이들은 역사의 질곡을 가장 몸서리치게 받은 세대이며 해방의 희열과 살륙의 처참함을 동시에 당한 사람들이다. 그들은 식민지군으로서 출병했거나, 강제징용을 당했고, 일제에 항거하기도 한 젊은 날을 보냈다. 한편 해방 과 전쟁이라는 중년기의 질곡에서는 전쟁과 휴전의 와중에서 한글을 다 시 배운 일본어세대이다. 그들은 엄숙한 이데올로기의 압력하에서 창작 을 했고 이념선택과 방황의 사이에서 자기를 확인하려한 세대이다. 그 러나 한편 작품 배경으로서의 풍부하고 다양한 체험을 통하여 자신과 가족, 사회의 삶 자체가 문학적이었던 세대이기도 하다.

이제 60대가 된 60년대의 작가들은 주로 이십대에 전쟁과 굶주림과 시대적 혼란과 싸웠고 전통적 정서가 깨어지고 새로운 윤리가 채 형성 되기도 전에 문화적 공백기와 한 번 더 싸워야 했던 그래서 모국어적 정서의 뿌리를 어디에 두어야할 지 몰랐던 세대이다.

소위 한글세대인 지금의 50대들은 소년기에 동란을 치렀으며 육체적 인 상처보다는 빈곤 속에서 자라난 사람들이다. 그러나 그들은 자신의 세대에 자신감을 지닌 작가군인 것이다.

70년대 세대는 전쟁을 유년기에 겪었지만 가족의 손실로 충격을 집적 받은 세대들이다. 그들은 급속한 산업화 사회 속에서 성년이 됨으로써 유신과 빈부의 격차와 급격한 내적 변화를 맛본 세대들이다.

80년대 문학인들은 광주 민주화운동을 문인이 되어 목도한 젊은 세대들로써 진보적 변혁운동이나 좌파적 이념과 실천을 수행했던 운동권 세대가 낳은 시기의 사람들이다. 그들은 해방 이후 처음으로 진보적 사상을 이땅에 끌어들여 문학적 실천을 시도한 작가군이라 할 수 있다.

90년대의 작가군은 빈곤과 풍요, 개인과 집단 등의 이항적인 대립 요소들을 동시에 체험하면서 새롭게 이동하는 시대의 물결을 어렵지 않게 타고 움직이는 세대들이다. 그들은 이십대에 입은 이념과 운동의 상처를 지금 치료하고 있는 세대들이다.10)

이처럼 기나긴 역사를 통하여 한국문학은 수많은 격변과 전통을 겪고 지키며 존재해왔다. 한국고유어로 된 문학들, 한시, 구비문학 등과 같은 다양한 장르의 풍부한 문학작품들을 쌓아왔다. 한국문학을 이해하는 지름길은 특정한 한 부분을 온전히 아는 것이라고 말할 수 있다. 그렇게 함으로써 전후맥락을 이해할 수 있을 것이다. 그러나 우리는 부분과 전체를 혼동하지 말아야 할 것이다.

한국문학을 연구하는 학생이라면 한국인이 지금까지 이루어 놓은 사실들을 염두에 두어야 한다. 그 점은 한국문학을 보다 정확하게 이해하도록 해 줄뿐만 아니라 일반적 문학측면의 이해를 공고히 해 줄 것이기 때문이다.

---

10) 김병익, 새로운 글쓰기와 문학의 정정성, 1997, pp.279-280 참조

Ⅱ 소설해석의 시론들

1 주제의식의 문제들

1-1 머리말

염상섭의 초기 소설 『표본실의 청개고리』, 『암야』 그리고 『제야』는 삼부작으로 연구되어왔다. 그의 대부분의 작품이 자전적인 성격을 띠고 있듯이 초기작부터 그러한 성향은 나타난다. 위의 세 작품에서 드러나는 공통의 문제는 바로 당시 작가 염상섭의 고뇌에 다름아니다. 그것은 그의 첫번째 창작집 『견우화』의 서두에서 밝히고 있는 주제의식이기도 하다. 소설은 인생을 그리는 것이고, 인생은 고뇌하는 것이라 정의하면서 염상섭은 소설은 인생의 고뇌하는 모습을 그려야 한다고 주장한다. 특별히 『견우화』가 고뇌하는 인생의 상징이라는 점에서 표제로 삼았다고 밝히고 있을 정도이다.

기존연구에서는 자연주의와 사실주의라는 사조적인 접근이나 일본의 영향 혹은 서구작가의 간접영향이라는 측면에서 무수한 시도가 이루어져왔다. 그러나 대부분의 평가는 그의 문학사적 위치 혹은 선구적 역할에 초점을 맞추어 그의 초기작의 주제를 부각시키는 연구와는 동떨어져 있었다.

여기서 문제는 평생 일관된 소설작업을 한 염상섭이 그 시발점에서 어떤 문제를 어떻게 형상화했으며 그것은 무엇을 의미하는가를 추적하는 것이다. 그것은 염상섭이라는 작가의 내면을 이해하는 데 도움을 줄 것이다. 그리고 텍스트의 다른 각도에서의 이해라는 측면에서 다양성을 제시함으로서 염상섭문학의 폭 넓은 지평을 보여줄 수 있을 것이다.

염상섭의 초기 삼부작은 상호 긴밀한 관련성이 있으며 그것은 결국 『만세전』과 『삼대』 그리고 『취우』등의 작품으로 이어지는 발판이 되었다. 그런데 그 주제의식에 있어서 당시 염상섭의 고뇌의 문제는 과연 문화적 이질감에서 비롯되는 일본 자연주의 계열의 영향이었던가 아니면 당시의 식민지 청년의 시대적 갈등이었는가가 문제시된다. 당시 청년지식인 염상섭의 갈등은 그가 지향하는 자아의 욕망이 어떤 대상으로 인해 고뇌가 야기되었는가의 문제일 것이다. 그 문제의 해석을 위해 염상섭의 개인적인 욕망과 좌절사이의 갈등을 추적해야 할 것이다. 그것은 염상섭이 추구하는 바가 무엇이었으며 어떤 과정에서 갈등을 느꼈고 결국 타개책으로 그가 지향한 세계관은 어떠한 것인가를 알아보는 의미 있는 작업이 될 것이다.

1-2 〈고뇌〉의 표출

염상섭은 일제 강점기의 가장 뛰어난 작가 중 한사람으로 평가되며 그의 작품은 거대한 문학사적 유산으로 자리잡고 있다. 그의 초기 삼부작은 염상섭 문학의 본궤도에 가기까지의 고뇌를 통하여 완성되는 과도기적 단계이다. 결국은 『만세전』, 『삼대』로 나아가면서 염상섭의 진가가 발현된다. 20년대 초의 소설가 중에 가장 근대적이며 뛰어난 작가였던 그는 근대적 산문성을 이미 이해하였던 것이다.

오늘날 인물의 행동 결과에만 관심을 집중하는 독자는 염상섭의 작품을 읽으면서 대단히 답답하게 생각할 것이다. 왜냐하면 거기에는 빠른 사건의 진행이 있는 것이 아니라, 현실의 느린 전개가 있기 때문이다. 현실의 느린 전개란 우리가 산문을 읽을 때 얻을 수 있는 삶에 대한 유일한 관찰의 방법이다.[1]

삼부작은 모두 하루 혹은 단 며칠의 시간 설정에서 느린 현실의 전개를 보여주고 있으며 몇 년간의 습작기를 거친 작품들이므로 탈고과정에서 매우 고민한 흔적이 엿보인다.

『만세전』에서는 식민지 통치의 압력 하에서 안으로 터지며 타락하는 한국사회의 실상을 그렸다. 어떻게 옛질서의 핵심이 되었던 가족 집단주의가 공공권력의 책임에서 유리되어 완만한 보수와 이기주의의 가면에 불과하게 되었다는 것을 단적으로 그렸다. 염상섭은 전통적 질서의 질곡으로부터 해방되지 않고는 개인이나 사회의 혁신이 있을 수 없다는 시각을 노정한다. 식민지 상황에서 벗어나는 방법으로 일본이나 서양으로 정신적으로 또는 실제로 이민해가는 수도 있겠으나, 이것은 환상에 불과하다. 자기의 사회에 뿌리 내리지 않는 어떠한 삶도 바른 삶일 수 없는 것이다.[2]

그러한 양상은 『사랑과 죄』에서도 마찬가지로 나타난다. 결국 『삼대』에 와서 결론적인 진단이 나오는 것이다. 근대화의 물결에 휩쓸려들어온 소위 개인적인 문화로써 전통사회를 부정하려는 욕구와 지금까지 속해 있었던 실질적인 보수성 사이에서의 고뇌에 대한 처방을 그는 중도 노선에서 찾고자 한다. 염상섭은 집단 가족주의의 혁신에 그 의미를 두었던 것이다.

염상섭이 속한 사회가 식민지 치하였고, 다분히 정치적 감각이 탁월

---

1) 김치수, 염상섭, 지학사, 1985, p.221.
2) 김우창, 궁핍한 시대의 시인, 민음사, 1977, p.17.

했던 기자출신의 작가로써 그의 고민은 정치상황하에서 개인, 가족, 사회로 확대되었다. 그러한 의식은 그로 하여금 일제하에서 도덕성을 잃지 않은 작가로 만들어주었다.

도덕적 정치의식이 적극적인 작가의 감성은 정치적 감성이다. 식민지적 상황이란 가장 악착스럽고, 악마적인 상황이요 그런 식민지 작가로서 살아남아 식민지적 상황을 극복하려면 정치적 감성이 필요할 수밖에 없다. 그것이 없을 때 그 작가는 식민지적 상황에 소극적으로 순응하거나 통속작가가 되어버린다.[3)

누구보다도 정치감이 민감했던 염상섭은 일제하에서 사학도로써 교직이나, 법학을 전공하고자 했던 시절도 있었다. 그러나 식민지 청년의 자존심과 정치감각이 그를 문학으로 이끌었던 것이다. 결국 그가 작가의 길을 걷게 된 까닭도 자신이 처한 고뇌의 타개책이었는지도 모른다. 그 돌파구의 의미를 그는 다음과 같이 치부하고 있다.

> 作家가 된 것에 幸福을 느껴 본 일도 없고, 꿈에도 생각해 본일도 없다. ....容易치 않은 이 길로 들어선 것을 後悔한 때도 없지 않고 니힐리스트한 心境에 빠져버린 때도 있었던 것이다. ....既成文壇이라는 것이 없는 處女地었고, 政治社會와 같은 角逐과 牽制가 없느니만치 作家로 나오기가 쉬웠기도 하였겠지만, 모든 分野에 있어 活動의 餘地도 없고 四方이 막혔으니, ...이길로 容易히 逃避해 버리거나, 日帝 밑에 抑壓된 生活力의 한 排泄口로 文學에 몰리는 影響도 없지 않았으니, 自己도 그 사품에 한목 본것이다.[4)

생활의 도피와 억압된 생활력의 배설구는 곧바로 그의 작품에 생생하게 나타난다. 실생활과 작품 발표일을 대비하면 다음과 같다.

---

3) 이보영, 식민지시대문학론, 필그린, 1984, p.69.
4) 염상섭전집 12권, 민음사, 1987, pp.197-199. 이하 예문 쪽수만 표기함

1. 암야, 1919.10.16, 일본에서 출옥후의 방황기

2. 표본실의 청개구리, 1921.8~10, 동아일보 사직7월, 정주오산학교 취임 10월

3. 제야, 1922.2~6, 오산학교 사임후 집필기간 · 동명지 편집 7월

1.에서의 좌절은 일본 유학생의 보편적인 그것이었다. 그러나 염상섭에게 있어서는 당시에는 유일한 일본 정규고등교육의 경험자요, 특유의 고집스런 자존심으로 일관하는 성격의 소유자인지라 염상섭적인 개성이 표출되었다. 2.에서는 신문사의 일류기자라는 엘리트의식에서 더욱 자존심이 고양되었기에 일본정치하의 기자직의 회의는 더욱 커진 상태였다. 결국 우울증은 광증으로 발전하기에 이른다. 소위 <死의 讚美>라는 예술의 주관론이 제기되는 3.에서는 여성문제에 이르기까지 고뇌의 확산이 이루어지고 그의 다음 단계소설로 타개책을 모색하는 번민의 과정이 전개된다.

앞에서 삼부작의 순서를 정리한 대로 『암야』부터 작품에서 드러나는 고뇌의 문제를 살피기로 한다.

누가 겻에서 보는사람이 잇더면, 그는 지금 깁흔 思索에 히엄치거나, 혹은 쩌에 매친 러-브씩이나 알는사람이라고 생각하얏을지모르나, 實相은 그의머리속에는, 아모그림자도 비추지안엇다. 무엇을생각하는 것도안이요, 얼짜진 사람처럼, 왼팔을 몬지안즌冊床에 던저노코 半時間동안이나, 멀거-니안엇다가, 그래고 무엇을하여야겟다는듯이, 몸을소스라처 精神을 차리고, 冊床에正面하야 도사리고안엇다. 그러나 쏘化石가티 두팔쑥지를 冊床위에 집고 머리를 훔켜안고안엇다. 그는 大關節무엇을 해야조흘지를 몰랏다…… 그 欲求조차업는자, 衝動의酵母가 枯死된자-愛의尊影을 燒失한자, 一切의 情火가 盡炭의 殘骸만을 남겨준자에게, 그무엇이 意義잇고 힘잇으리요, 그무엇이 壯美하고 嚴肅해

보이리요....5)

매일 낮잠만 자는 주인공 <그>는 직업 없는 이른바 룸펜이다. 그에게
는 삶 자체가 우울이고 고뇌이다. 결국 무엇이건 간에 그에게는 의미가
없는 것이다. 회미하게나마 연애의 감정이 있지만 자신에게는 과분하다
고 생각하는 것이다. 그는 자신의 존재를 병신소년과 연거퍼 땅에 곤두
박히는 연에 투영하여 본다.

> 平地로 절늠절늠 나려와 두어間통 쎄어서 연울올리고, 얼레를 솔솔
> 돌리우며 절쑥줄쑥 뒤걸음질을쳐서 언덕으로 올라가다가 다시 실을
> 急히감기시작하얏다. 손바닥만한 방패연은 속히감어들이는 引力에끌
> 리어서, 二三尺쯤 쓰다가 다시 빙그르르 돌아서 地面에 화닥닥하며
> 부듸첫다. 절쑥바리소년은 눈살을 쩝흐리고 쏘다시 절늠절늠 뒤거름
> 을치며 한間쯤물러서서 힘업는 짜른팔을 휙휙돌렷다. 이번에는 앗가
> 보다는 좀 놉히올랏으나, 역시 팽팽돌아 꼬리를 처들고, 쌍바닥에 걱
> 구로박혓다. ....원래바람이 업는 穩靜한 天氣에 족으만 방패연쯤 올을
> 리가업다.6)

염상섭은 일본에서 실연한 나혜석과의 감정이 당시 어느 정도 남아있
었다고 보인다. 더욱이 출옥 후 습작되었다면 그런 식의 잔영은 분명
남아있었을 것이다. 그러나 작중에서 N으로 나오는 미지의 애인 그리고
그 여자를 소개해준 Y여사는 주인공에게 번민으로 작용하고 있다. 경도
유학시절 나혜석을 사랑했다는 것과 23세때 일본 유녀에게 동정을 버렸
다는 것은7) 염상섭의 고백처럼 여성에 대한 멸시와 편견을 주었는지는
모르지만 작중에서는 남녀의 삼각관계로 진행되고 있다. 그는 N과의 사

---

5) 전집9권, pp.48-49.
6) 전집9권, p.50.
7) 김윤식, 염상섭 연구, 서울대출판부, 1986, p.244.

랑에 긍·부정하기가 곤란하며, Y와의 거리 그리고 그에 대한 염려가
가득하다. 그리고 그 반대편에서 그를 고뇌하도록 만드는 것은 절망적
인 暗夜에서 진실한 예술에 대한 갈구라는 것이다. 어둠속의 연애와 예
술은 의미가 없다는 것이다.

> 예술이냐? 연애냐? 그에게 대하야는 이두가지를 전연히 부정할수도
> 업고, 전연히긍정할수도업다. 그-을 취하고, 그-을버릴수도업다. 여긔
> 에 그의 찔레마가 잇는것이다. - 그에게는 연, 절쑥바리소년의 연이외
> 에는 아모것도업다.8)

어둠으로 표상되는 암울한 시대의 고뇌는 매우 애매한 윤곽으로 그려
진다. 이광수적인 환상도 아니고 퇴폐주의적인 끝없는 절망도 아니다.
그러나 자유로운 연애로 상징되는 근대사회에서의, 즉 비식민지 사회에
서의 자유연애가 식민지청년에게는 딜레마요, 동시에 그 막힌 사회에서
의 창작 또한 딜레마인 것이다. 그러면 연은 무엇을 상징하는가? 더욱
더 병신소년의 연이다. 바람이 없으면 연을 공중에 띄운다는 것은 돌을
물위에 띄우는 것과 같다. 바람이 없어도 소년이 빨리 뛰어서 날려볼
수도 있으련만 하필 소년은 다리병신이다.

여기에 커다란 고뇌가 놓여있다. 다리가 성한 일본인들처럼 펄펄 뛰
면서 바람도 많은 하늘에 연을 올려보고 싶은 염상섭은 바람 없는 식민
지에서 다리를 절며 연을 만지고 있는 것이다. 그러나 포기할 수 없는
연의 존재만은 부정하지 않는다. 그것은 니힐리스트와 또 환상적 계몽
주의와 염상섭을 구별해내는 증좌인 것이다.

> 눈늘 감고 누어서 잠을 청하야보다가 다시 니러나서, 不規則하게
> 쌓아논 冊덤이에서, 有島武郎의 <出生의 苦惱>라는 短篇集을 쎄서들

---

8) 전집12권, p.52.

고 다시누엇다..... 五六페-지쯤 한숨에 읽은 彼의 눈에는 까닭업는 눈
물이 글성글성하얏다. 皮는 일부러 씨서버리랴고도 아니하고, 그대로
壁을 向하야 누운채, 다시 첫페-지부터 再讀을 하얏다. 彼의 눈물은
아즉도 마르지안엇다. 十페-지, 二十페-지쯤가서, 彼는 손에 들엇던 冊
을 편채, 가만히겻어노코, 눈물이말는눈을 꼭 감고누엇다. 彼의일생에
처음經驗하는 눈물이엇다.....이 눈물은 自己自身도 알수업는눈물이엇
다.9)

위 장면에서 염상섭이 아리시마 다케오의 『출생의 고뇌』에 어느 정도
탐닉하고 있는 모습을 보여준다. 연이 있는 이상 갖고 놀아야 하는 병
신아이는 성한 아이들을 보고 부러워할 수는 있다. 또 흉내를 낼 수도
있을 것이다. 또한 바람 한점 없는 자기의 하늘을 원망하기도 한다. 그
는 광화문을 보고 선뜻 무덤이라고 소리치는 것이다. 또한 전통의 가족
제도, 결혼조차 부정하는 몸짓을 보이기도 한다.

　　무엇이 人間大事냐! ....彼此에 코쌕이도 못본, 어떤개쌕다귄지, 말쌕
다귄지도모르는男女가 一生의 運命에 姦淫的最後決斷을 宣告하는 것
무에 그리 慶事란말인가.10)

결국 부정적인 세계관은 기존질서를 거부하고 새로운 조류에 대한 갈
망과 인간자체에 대한 자기의 각성, 즉 생명력을 부르짖는다. 그것은 그
의 비평인 "개성과 예술"의 주장과 일관성을 갖는 논리인 것이다.

　　우리가 한번이라도 - 生涯의 事業을 爲하야, 自己의 藝術의 宮殿
을 爲하야, 人生의 아름답고 純潔한 情緒를 發露하는 戀愛를 爲하야,
深刻하고 永遠한 苦惱를 爲하야, 生死의問題다! 라고 부르지즌일이잇

---

9) 전집9권, pp.56-57.
10) 전집12권, p.54.

엇나?....모든것이다 절쑥발이 兒孩의 연에서 넘치지안는다.11)

식민지 지식인 청년의 실체를 파악한 염상섭은 환상적인 도피구를 찾아 헤매지만 그것이 환상임을 알게 된다. 그러나 그는 희망을 버리지 않는 소위 중도노선으로 나아간다. 소설 결말에 그가 기도하는 장면으로 어떤 희망 어린 결심을 보여주고, N의 진실한 모습을 상기하면서 무덤으로 보였던 광화문 거리가 끝없이 펼쳐진 듯 여기며 환상도 포기도 아닌, 현실인식을 보여준다.

『표본실의 청개고리』 역시 『암야』와 같이 절망적인 세계의 자아가 어떻게 방황하는 가를 보여준다. 또한 한 작품에 두 주인공을 각기 다른 인칭으로 배정하여 사회 전체적인 정감을 효과적으로 전개한 작품이기도 하다. 그러나 우울 증세는 한층 진행되어 광란의 지경에 이른다.

> 묵업는 氣分의 沈滯와 한업시 늘어진 생의 권태는 나가지아는 나의발길을 남포까지 끌어왓다. ....解剖된 개고리가 四肢에 핀을 박고 七星板우에 잣바진 形狀이다. ...五臟을 빼앗긴 개고리는 잰저리를 치며 四肢에 못박힌채 벌떡벌떡 苦悶하는 模樣이었다.12)

> 「내가 미첫나?...안이 미츠랴는 徵兆-ㄴ가」하며 제풀에 怯이 낫다......어대던지 가야겟다. 世界의끗까지 無限에. 永遠히. 발붓자라는데까지 ...無人島! 西伯利亞의荒凉한벌판! 몸에서 기름이부지직부지직 타는南洋!....아아
> 나는 그림葉書에서 본 鬱鬱한 森林, 倻子樹밋헤안즌 나체의만인을 생각하고 痛快한듯이 억개를 으쓱하야보앗다. 單一分의 停車도아니하고 쌈을벌벌흘리며 힘잇는 굿센숨을 헐떡헐떡쉬이는 「푸-ㄹ 스피 -

---

11) 전집9권, p.56.
12) 전집 9권, p.11.

드」의 汽車로 영원히 달리고십다.- 이것이 나의 무엇보다도 渴求하는
바이엇다.13)

알코-르 이상의 효과? ...광증이냐? 신념이냐,- 이두가지밧게 아모것
도업슬것이요,....그러나 오관이 명확한 이상....에 - 피로 권태, 실망...이
외에 잇다면아무것도업는 세상 - 그것도 광인으로 일생을 마칠 숙명
에 잇다면 -- 전집, ... 하는 수업겟지만 - 할 수업지 안은가.14)

나와 김창억은 동질의 인간이다. 다만 하나는 신경중이고 다른 하나
는 광인이 되었을 뿐이다. 그 원인은 시대와 사회의 급조한 변화로 말
미암아 봉건적, 유교적 인생관이 사회의 급진적 변혁을 감당해내지 못
하고 적응하지 못한 것이다.15) 그렇다면 전통적인 인생관은 누가 그토
록 급히 훼손한 것일까?

주인공 나는 7-8개월 전 고향에 돌아왔다. 그런 현실이 칠성판 위에
서 오장을 빼앗긴 개구리의 형상이라면 일본유학을 마치고 왔다기보다
감옥에서 풀려나온 후로 유추할 수 있을 것이다. 마치 죄수의 고문을
연상시킨다. 그래서 신경증도 걸렸을 것이다. 또한 김창억은 불의의 사
고로 옥중생활을 했고 그때 잔약한 그의 신경이 예민해졌다는 것이다.
그렇다면 그 불의의 사건은 작품의 시기로 봐서 3.1만세운동에 가담한
사람들의 이야기로 압축할 수 있을 것이다. 친구들과 함께 방문한 <나>
는 유독 광인 김창억에게 존경을 표하고 있으며 후에 친구에게 주는 편
지에서 <나>는 울었던 것이다. 그렇기에 두 피해자의 공감은 매우 뜨거
운 것일지도 모른다. 염상섭 자신도 독립만세를 기도하다가 투옥된 경
력이 있음은 물론이다.

---

13) 전집 pp.12-13.
14) 전집9권, p.20.
15) 김종균, 염상섭연구, 고대출판부, 1974, p.83.

....只今 나는 울고 잇소, 心臟을 壓縮할만한 嚴肅하고 敬虔한 事
實에, 하도 놀래고, 하도 슯허서. ....지금 나는 울고잇소. 모든 細胞細
胞가, 歡喜와 苦惱사이에서, 뛰놀다가기절할만치 깃버서...16)

一年열두달 열어보는일업시 꼭다츤 普通門밧게 보금자리가튼 집덤
이속에서 우물우물하기도하고, 혹은 그압普通江가에로 돌아단이는 乞
人은, 오즉, 大洞江가의 長髮客과 兄弟이거나, 다만乞人으로알쑨이오,
洞里에서도 누구인지는 아모도몰랏다.17)

동류의식에 감격한 <나>는 광인에게 무한한 연민을 느낀다. 그러나
나레이터인인 주인공 <나>는 외면적으로는 냉철한 관찰자의 입장을 고
수하여 정확한 현실인식을 고수하고 있다. 『표본실의 청개고리』를 3.1운
동에 대한 후유증의 시각과 항일의지의 우회적 표출로 시인한다면 이러
한 시각은 쉽게 받아들일 수 있을 것이다. 즉 『암야』에서의 염상섭은
어둠 속에서 최소한의 사회활동을 하였고, 그 결과 개고리처럼 사지가
묶인 바 되었다.

이 작품의 결말은 이런 문제를 남겨놓고 있다. 겨레의 운명에 대한
걱정은 김창억이 아니라 다른 인물에게 기대해야한다는 점이다. 우리는
그를 만나기 위해서 『만세전』까지 기다려야한다.18)

『제야』는 염상섭의 작품 중 가장 먼저 여성의 문제를 다룬 작품이다.
또한 저항적 냄새를 풍기지도 않는다. 그런데 삼부작으로 꼽히는 까닭
은 무엇인가? 그것은 바로 당대 사회전반에 팽배한 고뇌의 문제에 연결
되어있기 때문이며 염상섭의 개성과 생명력의 이념이 세 작품에 모두
작용하고 있기 때문이다. 앞의 두 작품과 마찬가지로 고백적인 내용이

---

16) 전집12권 p.31.
17) 전집9권, p.47.
18) 이보영, 난세의문학, 예지각, 1991, p.90.

면서 사건이 만들어내는 이야기 즉, 줄거리는 없다. 그러나 여성의 문제를 소설세계 전면에 부각시킴으로써 보다 근대적인 소설세계를 확보한 의의가 있는 것이다. 또한 김동인의 『약한자의 슬픔』보다도 능동적익 세계관이 있는 최정인은 강엘리자베드에 비해 훨씬 근대적인 여성인 것이다.

작품의 주제가 성의 문제로 압축되는 이 작품은 『견우화』 서두에서 염상섭 스스로가 작품에 대하여 다음과 같이 언급하고 있다. "자살에 의하여 자기의 정화와 순일한 갱생을 얻으려는 젊은 해방된 여성의 심적 경로를 고백한 작품"이라는 것이다. 또한 이 작품과 거의 동시에 발표된 평론 <개성과 예술>은 마치 작품의 해설을 하기 위한 글처럼 보인다. 당시 염상섭을 사로잡고 있던 개성의 문제가 그의 예술론에 결부되어 이 작품에 투영된 것이다.

> 最後의 瞬間은 가장 重大한 使命을 遂行합니다. 그리고 絶對的終結을 告합니다. 그러면 그뒤에 남는것은 무엇일까요. 다만 空이올시다. 空으로부터 空에흘러들어가는거긔에 永遠한 安住가잇고 絶對的解脫이 잇고 眞純이잇고 神聖이잇고 至善이잇지안은가합니다.[19]

<개성과 예술>에서 추구하는 생명력을 상징하는 개성에 의한 결과가 자살이라는 종말로 치달아 결국 죽음이 미화되고 있다. 그러나 유서에서 자각한 그녀의 방종한 자유연애는 그 자체로는 끝까지 긍정적인 시각을 유지한다.

> 대체 돌을 던질자가 그누구냐? 무엇이 罪냐 墮落? 그것은 自由戀愛를 渴求하는어린處女에게만 씨우는 絞首臺上의 死刑囚의 覆面巾을 이름이냐?[20]

---

19) 전집9권, p.59.

　도리어 혼전정사까지도 정당화하는 최정인의 가치관은 다소 광적이며 허무적인 연애를 지향하고 그것은 바로 고뇌의 선상에 놓여있다. 그는 감상적이고 정체가 불투명한 영원한 인간고에 대해 계속적인 찬사를 늘어놓고 있지만 실제로 염상섭의 고뇌는 청소년 분위기의 그것에 불과하다.

> 피와가튼愛! 피, 불, 死....이러한 컴컴하고 쓰고굿샌 愛를 공상으로 그려보앗거니와, 여자의마음대로 어쩌케라도할수잇는 柔弱하고 卑劣한 男子의 褐한 愛를 弄樂하는것보다 强한 自尊心과 불가튼情熱과 死와갓고 피와가튼 人間苦를 가지고 - 戀愛에도 名利에도 全然히 無關心한 男子를 붓들어가지고, 이번에는 이便에서 죽으리만치 사랑하야 보고십다고 생가하얏습니다.[21]

　최정인의 정조관이라는 것은 극도의 개인주의적인 연애를 지향한다. 그것은 『암야』에서 가족과 결혼에 대해 부정적인 시각을 견지한 것과 맥을 같이 하며 소위 개성론의 한 말단으로 역시 독이적이면 수긍할 수 있다는 전통부정론의 시야를 벗어나지 않는다.

> 朝鮮社會에 대한 不滿等을 이약이하다가... 社會에 대한 不平과 反抗心의 共鳴이. 더욱히 우리의 較情을, 加速度로 두텁게하지안핫는가 합니다. ...社會에 對한 攻擊이 彼此의 身世타령으로 變하고......普通朝鮮靑年에게는 누구에게나 부터단이는 煩悶 - 離婚問題, 父母의 無理解.....[22]

---

20) 전집9권 p.62.
21) 전집9권, p.71.
22) 전집9권, p.80.

결혼 전에 애인인 E와의 만남 후에 사귀는 과정에서 주요화제는 전통사회의 비판이었고, 그 불만의 근저에는 조선청년 모두의 번민인 일제하의 한계상황이 지배하고 있다. 결국 최정인의 고뇌 또한 『암야』의 <그>, 그리고 김창억과 <나>의 범주 내에서 이루어지고 있다. 그러나 그녀의 고민 타결책은 지식추구의 허영심으로 돌파구를 찾고 있으며 이런 식의 모색은 『만세전』이나 『사랑과 죄』에서 환상이었음을 보여주게 된다.

　　　무엇보다도 노치면 안될것은 獨逸留學의計劃이엇습니다. 設使獨逸은 못되드래도, 하여간 西洋만하얏스면고만이엇습니다. 學文도 學文이려니와 日本만갓다와서는, 도저히 나의 虛榮心이 滿足할수가업기째문입니다. p.81

동경유학시절부터 수많은 남자들과 사귀고 혹은 심지어 농락까지 했다는 소위 유학생간의 여왕이었던 그녀는 E와의 교제를 독일유학이라는 사치성도피로 이끌려한다.

　　　이것저것 다 - 니저버리고 結婚한 후에, 서서히 米國에라도 가도록 運動하야보는것이 上策이라고 생각하야보앗습니다.23)

집안에서 주선하는 강제결혼에 응하기로한 방탕한 처녀 최정인은 결국 E의 배신으로 허탈감에 빠져있지만, 정조관이나 연애관에 커다란 저항감 없이 일단 기적이 일어나기를 바랄 뿐이다.

　　　A와의 情較가 계속할째에는　A에게 대하야 貞操를 지키는 情婦가 될것이요, B와夫婦關係가 持續할 동안은 쪼 B에게 對하야 貞淑한 妻

---

23) 전집9권, p.89.

만 되면 고만이 안이냐.[24)

그러나 최정인의 정조관 즉, 세계관은 실제의 현실에서 여지없이 부서지는 환상적인 가치였음을 스스로가 알고 있다. 전통적인 세계를 부정하고 개인만이 남으면 개인의 쾌락만이 존재하는 방종이 되고 마는 것이다. 결국 개인의 문제에서 사회의 문제로 옮아가는 방향전환이 이루어진다.

> 童貞의 苦惱와 性慾의 壓迫으로 貞操를 깨털엿다는것도 容赦할수업지안켓지요. 天稟의不良性과 淫蕩한 氣質로 娼婦的不倫한 行爲를 하얏다는것도 容赦한다면할수잇겟지요. 그러나 거긔에 利害의打算까지 하고, 男子의 財産에눈ㅅ 독을드리고 誘惑하얏다는데에 이르러서는 사람의 部類에도 參例못할 絶望的最後가 안입니까.[25)

성탄절 전날 남편으로부터 용서한다는 편지를 받은 정인은 현실에서의 자신의 자유가 방종임을 깨닫고 필연적인 자살로 귀결되는 파국을 맞는다. 그의 생활은 결국 인간의 참례에 들 수 없는 존재임을 스스로 인정하고 있다.

> 나는 男便될 사람의 願대로 許婚을 하야노코 奇蹟이 나타나라고 祝手하고 안것섯습니다……처음으로 經驗한 內的苦鬪의 그慘憺한 痕迹을, 어쩌케 收拾하야 다 - 아뢰겟습니까. 아아 이몹쓸목숨이 웨태어낫든가요. 이래도 아즉 罪쌤이못되엇슬까요.[26)

> 나의 눈물은 나를靜케하얏습니다. 나의눈물은…새 生命의샘이엇습

24) 전집9권, p.75.
25) 전집9권, p.77.
26) 전집9권, p.95.

니다. 나는 삽니다. 永遠히 삽니다. 당신의품에 안기어 永遠히 삽니다.
아아! ....이 허리에 매인 치마끈이 나에게 永遠한 生을 주겟지요 아 -
깃븜니다.27)

　　재생을 기약하는 최정인의 눈물은 분명 이전 그녀의 삶과 다른 자각
에 의한 결론이다. 그것이 소위 염상섭이 말하는 "자각"이라면 이 작품
의 종말은 비극이요, 실패에 불과한 것이 아닐까? 작가가 처음부터 자
살에 의한 정화를 노린 작품이라면 소위 자유연애라는 그녀의 독이적인
개성은 정화의 대상이요 추와 악의 범주에 드는 것이므로 그가 추구하
는 영원한 고뇌가 아니라 <거짓 테카당쓰>에 불과하게되는 모순적인 논
리로 귀결된다. 결국 그의 고뇌는 다분히 낭만적이고 감상적인 단계에
머물러있다는 것이다.
　　결국 『암야』의 시기가 어둠자체로서 자신을 우울하게 만드는 고뇌였
다면, 『표본실의 처개고리』에서는 사지가 칠성판에 묶인 채 광증이 될
수밖에 없는 상황적 고뇌였고, 『제야』에서는 삶의 끝을 제시한다. 이러
한 단계는 삼부작의 고뇌가 발생하여 커져나가는 모습을 그린다. 삼부
작에서의 메세지는 염상섭에게 고뇌의 발생시기인 것이다. 어떻게 해도
부정할 수 없는 고뇌의 문제는 이미 발생한 사건이고 이러한 현실을 냉
철하게 바라보기 위한 준비과정인 셈이다. 다음 단계는 고뇌에 대한 현
실적 인식인 『만세전』에서 이루어지며, 사회전체의 변화를 꿈꾸는 『삼
대』로 다시 나아가는 것이다 .

1-3 맺는말

　　『암야』에서 식민지 지식인의 실체를 파악한 현실인식은 탁월한 정치

---

27) 전집9권, p.109.

감각적 소산이었다. 결국 계몽주의자들의 환상이나, 니힐리스트들의 허무를 극복하고 사지가 묶인 개구리신세의 자신을 보면서 염상섭은 미치기 직전의 상태에 놓인다. 이때 고뇌의 본질은 식민지치하 즉, 어둠자체였다. 『표본실의 청개고리』에서 움직일 수 없는 상황하에서 미치지 않으면 견딜 수 없는 고뇌는 더욱 팽창된다. 한편 주인공인 <나>는 냉철한 나레이터로서의 현실인식을 견지한다. 또한 최정인에게 와서는 사회 전체상이 일시에 포괄되어 세상이 끝나는 제야 즉, 일년의 마지막날처럼 절망적이다. 그러나 염상섭은 개인의 고뇌로서 사회를 바라본다. 어차피 작가로써 소설을 쓰는 작업을 평생의 업으로 삼았고, 그 작업은 인간의 고뇌를 묘사하는 일거리이기 때문이다.

결과적으로 염상섭에게 있어 고뇌는 소설자체이며 동시에 현실 바라보기이다. 특히 그는 창작이 체험에 보다 가깝게 놓여있기에 자신이 느끼는 사회상황에서의 부조리가 바로 창작으로 연결되고, 그것은 고뇌의 형상화가 되는 것이다.

그는 자신을 성찰하고 고뇌를 진지하게 또 다소 감상적으로 살펴본다. 그러나 그 고뇌를 느끼는 과정은 삼부작 모두에서 그리고 "개성과 예술"에서 일관적인 논리를 전개했음에도 불구하고 개인적이며, 소년의 감상주의다운 면모를 벗어나지 못한다. 오히려 낭만주의적인 고뇌를 즐기는 역설을 보여줌으로써 이론적 미숙의 한계에 부딪치고 말았다.

그러나 식민지치하의 병적인 고뇌가 하나의 사회임을 인정한다는 즉, 살아남기의 과정으로 이해한 염상섭은 비굴하거나 자신을 부정하지 않는 작가의 길을 걸을 수 있었다. 초기 삼부작에서 제기된 어둠은 광증과 죽음을 거쳐 재생으로 이어지고 『삼대』에 이르는 탁월한 문학의 수준으로 이어진다.

참고문헌

강인숙, 자연주의 문학론, 고려원, 1991.

김우창, 궁핍한 시대의 시인, 민음사, 1977.

김윤식, 염상섭연구, 서울대출판부, 1987.

   편, 염상섭, 문학과지성사, 1977.

김종균, "평론가로서의 상섭," '국문학' 7집, 고려대학교, 1963, 9.

   염상섭연구, 고대출판부, 1974.

   염상섭의 생애와 문학, 박영사, 1981.

김진구, "염상섭 초기작품 고찰," 인하대 석사학위 논문, 1984.2

김치수, 염상섭, 지학사, 1985.

김 현, "염상섭과 발자크," 서울대 교양과학논문집, 1971.

염상섭전집, 민음사, 1987.

유병석, 염상섭 전반기 소설연구, 아세아문화사, 1985.

윤병로, 염상섭연구, 새문사, 1982.

이광수, "염성섭군의 인상기," 개벽44호, 1924, 2.

이보영, 식민지시대문학론, 필그린, 1984.

   난세의 문학, 예지각, 1991.

정명환, 졸라와 자연주의, 민음사, 1982.

홍일식, 염상섭, 한국문학총서, 도서출판 연희, 1980.

2 소설과 상징

2-1

소설은 비교적 역사적이고 사회적인 문제를 다루어왔다. 그것은 소설이 사회현상을 담아내는 데에 가장 적절한 양식이었기 때문일 것이다. 우리문학사에서 사회성이 있는 작가는 많다. 그러나 김정한의 초기작에서처럼 이데올로기를 위한 무조건적인 반사회의 성향이 아닌 사회의 모순상을 상징적으로 드러내어 소설로 형상화한 작가는 많지 않다.

그의 소설은 투철한 사회의식과 지식인으로서의 저항정신이 강하다는 평가를 받아왔다. 그러나 문학성의 문제가 논란이 되어 왔다. 그의 소설에 대한 새로운 해석은 문학사에서 다소 소외된 그의 작품을 재평가하는 실마리가 될 수 있을 것이다. 이 글은 요산작품의 소설 미학적 형상화에 있어 그 상징성을 해석하고, 소설 내적 구조로서의 상징의 기능과 시대적 의미를 밝히는데 목적이 있다. 이 작업은 요산소설의 구성 요소를 통한 작품분석의 총체적 접근에 한 방법론으로 제시될 수 있을 것이다.

김정한의 삶과 작품세계는 사회상을 강렬히 반영하고 있으며, 인간의 삶을 부인하려 드는 일체의 요소에 대하여 싸우는 문학을 전개하려 했다고 할 수 있다.[1] 이런 맥락에서 『사하촌』과 『모래톱 이야기』를 연구의 대상으로 한정한 것은 다음의 두 가지 의의를 지닌다. 첫째, 전자는 김정한의 문단 데뷔작이며 후자는 그의 절필 이후 20년만의 재기작으로 작자의 현실고발적 창작관의 일관성을 찾을 수 있기 때문이다. 둘째, 민중의 갈등이 소설미학적 허구로 재구성되는 주요 요소로서 '물'과 불' 의 상징성이 반복적, 지속적으로 드러나는 바, 이는 양자의 시대적 의미와 동시에 작가의 시대인식과 세계관을 노정하므로 그것에서 상징체계에 의한 작품해석의 실마리를 잡을 수 있기 때문이다.

시대적 관념의 형상화가 이미지를 낳는다면 소설작품에서 이미지의 해석은 중요한 의미를 갖는다. 작품에 있어서 "이미지는 창조적 상상력이 세계를 접촉하면서 작품을 생산할 때 드러내 보이는 특유한 양식을 의미한다. 얼른 보기에 산만하고, 일견 모순된 것 같은 개개의 작품, 혹은 그 구성 요소들 사이에 보다 심층적이며 필연적인 관계망을 짜가면서 전체의 통일성을 부여하고, 의미의 통일성을 획득하기 위해서 작품은 어떤 내면적 질서에 의하여 지배되는 것이다."[2]

여기서 시도하는 소설의 사회상반영이라는 작품해석 방법은 소설형상화의 내적 구조를 통하여 접근하고자 하는 시각이며, 이때 그 구조의 형성핵심 요소를 물과 불, 이미지의 상징성 고찰에 둔다. 그것은 요산이 추구해온 사회인식을 통한 작품형상화가 미학의 범주에 용해된 역사의식으로[3] 나타났기 때문이다. 또한 작품의 구체적 구성요소들이 전체적 미의식으로 이미지화 되었기 때문이다.

<hr>

1) 염무웅, 인간단지(서울 : 한얼문고, 1971), p.349.
2) 김화영, 문학의 상상력 연구(서울 : 문학사상사, 1982), p.23.
3) 홍기삼, 한국현대작가연구 하(서울 : 백문사, 1989), p.81.

2-2

　김정한 소설미학에 대해서는 이미 상당량 논의가 되었으나 대략 취합하면 역사적, 사회적 측면에서 주로 연구가 진행되어 왔다. 또한 그 귀결이 대립의 양상만을 보인다든지 사회적으로 소외되고, 고립되었다는 평가를 내리고 있다.[4] 기존의 검토에서처럼 김정한의 작품에 등장하는 인물들은 사회와 대립하는 인물들이고, 이 때 각 작품은 사회현실에 무게중심을 두고있다. 그러나 중요한 것은 연구의 대상이 예술장르인 소설이며 그것은 허구적 특수성을 갖는다는 것이다.

　김정한의 소설이 어떻게 소설미학적으로 형상화되었는가 하는 시각의 핵심은 소설이 내포한 이미지의 상징성 해석에서 비롯될 수 있다. "작품의 언어구조는 상상적 의식의 산물로 이미지를 그리는 일은 거리를 두고 현실을 파악한다는 뜻이고, 현실로부터 스스로 자유롭게 된다는 뜻이며 현실을 부정한다는 뜻이"[5]기 때문이다.

　그의 소설은 의미의 생경함이 그 특징으로 알려져 있다. 그러나 여기서 살피고자 하는 바는 드러나 있는 차원이 아닌 작품형상화에 있어 상상력과 상징성의 관계가 작가의식과 어떻게 연결되었으며 작품의 주요소인 물질의 상징성의 역할은 무엇인가를 규명하려하는 것이다. 그것은 『사하촌』이 가뭄에서 시작하여 방화의 암시로 끝을 맺는 불의 상징성과 긴밀한 관계를 유지하고 있고, 또한 『모래톱 이야기』는 낙동강을 공간적 배경으로 하고 있으며 홍수로 막을 내리는 물의 상징성이 전체작품을 감싸고 있기 때문이다.

　두 작품에 나타나는 물과 불의 상징성은 역사적인 사회현실을 상징하

---

4) 김영년, "김정한 소설연구,"(석사학위 논문. 청주대학교 대학원, 1986), 여기서는 요산문학을 종합적인 면과 부분적 검토로 나누어 기존의 17편의 연구를 함께 정리했다.
5) 싸르트르, 김현 역, 문학이란 무엇인가(서울 : 문학과지성사, 1976), pp.35-53.

므로 그만큼 복합적이며 해석의 방법론으로 다양한 상상력이 필요할 것이다. 또한 그 관계와 기능 면에서 상징물과 상징되는 것 그리고 상상력의 분석에는 객관적 시각에 따라 다음과 같은 개론적 이론에 기대게 된다.

"상징을 정의하면 「다른 어떤 것을 표상하는 그 무엇」이라 할 수 있다. 이러한 상징은 우리 밖의 어느 것이면서 우리 안에 있게 된다. 상징언어란 내적 체험을 마치 감각적 체험처럼, 사물들의 세계 속에서 우리가 행하고 있는 양, 그것들이 우리에게 행하고 있는 양 느끼게 해주는 것이다. 상징언어란 외적 세계가 내적 세계를 상징하며, 영혼과 정신을 상징하는 언어인 것이다. 그런데 여기서 문제가 제기된다. 그것은 상징과 상징되어지는 것의 관계이다. 그 관계성은 복합적으로 고찰해야만 한다."[6] 이것은 상징이 인간의 체험과 상상력에 뿌리를 두고 있으며 물질적 세계의 현상이 내적 체험의 표현이 된다는 이론과 궤를 함께 하는 시각이다.

같은 맥락에서 바슐라르의 물질적 상상력이론은 설득력을 갖는다. "상상적인 힘은 존재의 근원에 파고 들어가 원초적인 것과 영원적인 것을 동시에 존재 속에서 찾아내려고 한다. 이 두 개의 힘은 형식적 상상력과 물질적 상상력으로 구별된다. 특히 물질적 상상력은 풍부한 이미지들을 바탕으로 하며 무게와 핵심을 갖게 되는 것이다".[7]

위의 입장에 서면 『사하촌』과 『모래톱 이야기』는 기존의 연구에서 드러난 사회학적 접근 외에 상징과 물질적 상상력의 또 다른 해석의 시야를 확보할 수 있게 된다.

---

6) 에릭 프롬. <상징>. 김용직 역, (서울 :문학과지성사. 1988). p.174.
7) 바슐라르, 이가림 역, 물과 꿈, (서울 : 문예출판사. 1980), pp.6-7.

2-3

『사하촌』의 불의 상징성은 반복되어 상징체계를 이룬다. 작품은 전부 8개의 단락으로 구성되어 있다. 외면적 이야기 구조를 나누어 보면 다음과 같다.

1)도입부분으로 가뭄의 극심함과 복선의 암시. 2) 한발 속의 저수지 물 시비, 고서방의 체포, 승려의 횡포. 3) 계속되는 가뭄과 보광리 만무 방들의 대비. 4) 오래 계속되는 가뭄과 보광사의 기우제. 5) 기우제이 후에도 끝끝내 계속되는 가뭄과 상한이의 죽음. 6) 간평과 소작료 인상에 대한 농민들의 반발과 야학당의 논의. 7) 야학당 모임의 대두와 덕아, 철한의 혼례. 8) 차압취소와 소작료 면제탄원과 보광사 방화의 암시.

위의 각 단락은 그 안에 각각의 사건을 갖고 있고, 그것들은 인물들의 전체적인 행동양상을 보여주고 있으며 동시에 객관적인 보편성을 제시한다. "김정한 소설의 구심점은 대체로 중요인물들의 행동성에 있다. 우리가 그들의 행동미학에 큰 충격을 받게 되는 이유는 그 행동의 근원적 동기가 언제나 개인적 자아를 초월한 집단의 연대의식에서 발화하고 있기 때문이다."[8]

그런데 외적 사건구조를 지탱하는 또다른 내적 구조는 무엇일까? 그것은 앞에서 언급한 바와 같이 작품전체를 감싸고 있는 통일된 상징성이다. 『사하촌』에는 인물과 사건의 연계가 몇 개의 상징어를 중심으로 전개된다. 우선 가장 잘 파악할 수 있는 것이 첫째, 가뭄이다. 『사하촌』의 전체적인 배경과 사건의 발단과 전개가 가뭄에 의한 것이고 대단원의 동인(動因) 또한 가뭄에 있었다. 둘째로 나타나는 것이 가뭄에 의한 갈등과 마찰이다. 농민들과 승려, 보광리 사람들, 일제의 관료 등과의 마찰이 심화되어 결말로 치닫는 구조를 갖게 한다. 셋째 상징어로는 야

---

8) 김병걸, 실천 시대의 문학 (서울: 실천문학사. 1984), p.167.

학당(夜學堂)을 들 수 있다. 야학당을 통하여 사람들이 단결하여 힘을 응축하고 현실을 인식하는 논의와 결의를 하게 된다. 넷째가 대결의지의 결의 즉, 방화(放火)의 상징성(象徵性)이다. 이 네 개의 상징어, 가뭄, 마찰, 야학당, 방화가 갖는 통일된 상징성은 다름 아닌 불의 상징성이다. 그것은 위의 8개의 사건구조가 불의 이미지와 관련되는 것으로도 설명된다. 불의 상징성을 갖는 상징어들에 의해 구성되는 작품구조를 위의 외면적 이야기구조와 대비하여 살펴보면 다음과 같다.

1) 가뭄--1장에서 5장까지 표면에 드러나며 6장에서 8장에는 원인으로 이면에 작용한다.
2) 마찰--1장에서 8장까지 인물들의 생존조건에 전반적으로 나타나며 이는 현실인 체제의 부정으로 파악할 수 있다.
3) 야학당--1장에서 5장까지는 존재는 하나 등장하지 않다가 갈등의 심화로 6장에서 8장까지 의식을 행동으로 표출하게 하는 원동력의 상징성을 갖는다.
4) 방화 --실제로는 8장에 암시되고 있으나 상징적 구조의 추이를 살펴보면 앞의 모든 불의 이미지들이 대결 즉 방화로 수렴되고 있음을 알 수 있다. 즉 '불'이라는 상징어가 지속, 반복되어 상징체계를 이루는 것이다.

일반적 관념으로 불은 마찰에 의해서 생성되며 그 성질상 다른 것을 태우려 능동적으로 이동을 하지만 그것을 붙잡을 수 없다. 이러한 불은 정화와 재생을 의미한다. 그러나 그 재생은 어떠한 것 속에서 다시 생겨나게 되기 위한 공격적 양상인 것이다. 그것은 불에 있어서 반대양상의 대립과 또 어떠한 것의 대체를 위해서는 하나의 살아 있는 근원을 파괴해야만 하는 것이다. 그리하여 한 세계의 끝, 즉 부활이 도래한다는 것이다.9) 또한 "불의 수직, 상승의 이미지는 정복을 의미하고, 수직성의 본능은 공동생활과 수평적으로 억눌려진 본성을 양육하며 인간을 수직화하는 꿈은 인간을 해방시키는 몽상이다. 그것은 인간을 가치의 지배하에 들어가게 하는 것이며, 삶을 더욱 연장시키는 일종의 생명적 비약이다.[10]불의 상징성은 물론 복합적이고 더욱이 다른 문화권의 상이한 전통과 체험으로 의미의 차이가 있을 수 있다. 그러나 그 본질적 의미는 객관성을 확보하며 의미부여의 설득력을 가질 수 있다. 이러한 시각에서 위의 내용을 취합하여 『사하촌』의 불의 상징성을 보기로 한다.

첫째, 가뭄의 요소들을 보면, 1장에서 드러나는 지렁이와 개미떼의 복선과 배경묘사는 '비 한 방울 구경 못한 무서운 가뭄에 시달려…, 구십도가 넘게 쩌 내리는 팔월의 태양…'[11]에서와 같이 지배의 모습을 띤 억압적 양상이다. 2장에서는 저수지의 물싸움을 야기시키고, 3장은 억압적 양상이 심화된다. '백도가 넘게 끓는 폭양밑! 암모니아 거름을 얼마나 많이 넣었는지 사람이 아니 보이게 자란 벗속! 논바닥에서는 불길 같은 더운 김이 확확 솟아오르고…,' '한편 체제와 친밀한 부유층 보광리 사람들과의 갈등이 대비된다. 4장은 계속되는 가뭄 속에 기우제를 드리게 된다. '농부들은 수백년래 전해오던 골짜기 천기조차 온통 짐작을 못할 만큼 되었다. 날마다 불볕만 쨍쨍 – 그들의 속을 태웠다…' 농부들은 일제히 하늘을 우러러보고 절을 하며 빌었다. 그리고 보광사의 권위적인 기우제가 대비된다. 5장에서는 기우제도 효험이 없고 추석을 맞아도 가뭄으로 먹을 것이 없다. 사람들은 들로 산으로 먹을 만한 버섯 따위를 캐러 다닌다. '인동덩굴이 우거진 짬에는 발 한번 잘못 들여노았다간 고놈의 독사 바람에 또 순남네처럼 억울하게 죽을 판…. 가뭄탓에 그해는 버섯조차 귀했다' 먹을 것이 없는 아이들이 산으로 나무를 하러 갔다가 산지기 중에 쫓겨 달아나는 와중에 급기야 상한이의 죽음을 맞는

---

9) 장영수 역, 문학의 상징.주제 사전 (서울:청하, 1989), pp.169-178.
10) 바슐라르, 전게서, p.92.
11) 김정한, 김정한소설선집 (서울 : 창작과비평사. 1974), p.9.

다. 6-8장은 가뭄으로 인한 어려운 농사 후에 소작료와 차압의 부당성으로 대결이 야기된다. 이 가뭄의 이미지는 폭염의 열기로, 지배와 억압의 의미를 가지며 그것은 마찰을 일으키는 원인이 된다.

둘째, 마찰의 요소는 가뭄이다. 그것은 마치 원시인들이 나무가지를 마찰시켜 불을 붙이듯 작품전체에 걸쳐 계속적으로 또한 점점 심화 확대되어 가며 마찰을 가중시키는 것이 바로 가뭄이라는 조건하에서 이루어진다. 그것들은 절 소유의 저수지에서 야기된 물싸움과 농사를 망치는 경우 논을 뺏겨 허서방처럼 목을 매게 되는 소작의 부당함, 상한의 죽음, 야학당의 모의, 그리고 차압과 소작료 면제의 정면대결로 치닫는 복합적이며 상관적인 요소들이다. 또한 지주인 절의 공간적 상위(上位)는 압력의 의미로 마찰의 무게를 가중한다. 결국 계속되는 마찰의 결과로 방화사건은 필연적 성격을 갖는다.

셋째, 야학당이 갖는 불의 이미지는 작품 안에서는 실제로 야학당의 등잔불이나 호롱불은 등장하지 않는다. 그러나 야학이라는 시간적 배경은 책을 보고, 가르치고 배우는 공간에 필연적으로 가시성(可視性) 즉, 불빛을 동반해야 하는 당위성을 견지한다. 1장-5장에서는 등장하지 하지 않으나 6장 이후 갑자기 생겨난 것이 아니므로 그 존재는 앞장에서도 인정된다. '소위 콧등이 센 놈들은 저녁마다 야학당에 모여서, 그날그날의 피로를 잊어가며 잡담도 하고 농담들도 하다가는, 또줄이로부터 일본의 탄광이야기도 듣고, 또 이곳 저곳에서 일어나는 소작쟁의의 이야기도 들었다 더구나 소작쟁의에 관한 이야기는 마치 자기들의 일같이 눈을 끔벅거리며, 혹은 입을 다물고 들었다.'

작중의 야학은 춘원의 『흙』이나 심훈의 『상록수』에서처럼 이상적이거나 비현실적인 것이 아니다. 그곳은 실제로 세계를 인식하고 배우며 논의하는 장소인 것이다. '동네집회소, 이 야학당에 사람들을 모아 놓고 사상선도의 어설픈 연설이 있곤 하였다. 누가 뭐라고 하더라도 농민들은 결국 자기들대로 하는 수밖에 없었다. 소작료도 빚도 인젠 전과같이 두렵지가 않았다. 그저 제가 지은 곡식이면 모조리 떨어다 먹었다.'

이렇게 가시적 배움의 공간이었던 야학당은 현실을 인식하는 불빛의 이미지를 포함하며 절을 태우러 가는 집결의 장소가 됨으로써 대상을 밝히는 빛의 상징성은 대상을 태우는 불의 상징성으로 통합되어 대결의 상징성인 방화의 불로 연결되는 것이다.

넷째, 방화의 상징성은 작품의 전체적인 불의 이미지를 수렴하는 핵심요소이다. 그러나 방화 장면은 작품내부에 존재하지 않는다. 그것은 불이라는 물질적 상상력이 갖는 특수성과 작가의 세계관에 의한 작품구성의 필연적 결과로써 이미지의 기능과 의미에 밀접한 관계가 있는 것이다.

『사하촌』이라는 작품이 만일 후속편이 있었다면, 혹은 독자들이 대단원 이후를 상상해 보는 경우, 이야기의 전개는 보광사 농사조합이사의 태도로 미루어봐서 보광사 주지 측은 마을 사람들의 입도차압 취소와 소작료 면제를 받아들이지 않는 쪽으로 전개되었을 것이다. 체제와 야합한 지주측은 논밭을 일인들에게 팔아넘기거나 새로운 유랑농에게 소작을 맡기기 쉬울 것이기 때문이다. 그렇다면 소작농과 지주와의 대결은 야기될 것이며 승부는 체제와 결탁한 지주에 있는 것이 불을 보듯 환하다. 그러나 방화의 상징성, 즉 소설『사하촌』의 허구적 미학은 승부와 관계없이 절을, 즉 악으로 표상된 대상을 불태운다는 상징적 의미에 있는 것이다.

일차적으로 절의 방화는 부정의 요소를 정화한다는 의미로 해석할 수 있다. 이것은 일제강점기의 모순적인 삶을 거부하는 것이다. 또한 그 내면적 의미로는 부정적 삶의 근원을 파괴하여 대체시키는 부활의 이미지를 갖는다. 그것은 자신을 넘어선 생명의 비약이며 용기인 것이다. 작자의 다음 언급에서 그의 시대정신과 작가의식이 이 작품의 대결의지에 어떻게 연결되었는지 알 수 있게 해준다.

"오늘의 문제는 무얼까 싸움이 있을 뿐이다. 내일의 문제는 무얼까? 이기는 일이다. 모든 날의 문제는 떳떳하게 죽는 일이다."12) 이것은 작가의 사회인식이 어떻게 작품으로 형상화되었는가를 또한 핵심적인 의지가 무엇인가를 시사해준다.

『사하촌』의 외적 구조는 기존 연구의 결과와 같이 부정적인 대사회적 대립양상을 띄고 있으나, 내적 구조는 작품전체를 포괄하는 불의 상징성에 수렴된다. 또한 불의 전체적인 상징성은 개개의 작은 불의 상징구조를 감싸고 그 불의 의미는 시대성과 작가의 의식 그리고 불의 물질적 상상력을 아우르는 통일된 동질의 구조를 갖는다.

2-4

「물이 상징하는 것은 시간성 즉, 역사성과 재생성 그리고 죽음의 이미지 등으로 대략 그 범위를 정할 수 있다. 물의 흐름은 존재와 시간의 의미를 견지하며, 영원성과 순환, 조화의 통일성으로 시간의 표준을 만든다. 또한 재생의 의미에서는 물은 견실하며 부피를 가지므로 불과 같이 무형적 손실로써의 재정화가 아니라 재생의 수생적(水生的) 풍요로움을 갖는다. 그리고 물은 침잠하는 삶과 죽음의 상징성을 갖는다.」13) 또한 물의 물질적 상상력은 존재의 실체를 끊임없이 변모시키는 근원적 운명으로 파악된다. 이 물은 실체 결합의 주제를 명백하게 하는데 가장 적합한 원소이며 실체를 동화시킨다. 한편 물과 흙의 결합은 반죽을 낳는다. 사실 반죽은 형식을 지우고 용해시키며 물에 의한 반죽은 가루들

---

12) 김정한, 낙동강의 파수꾼, (서울 : 한길사. 1985). 서문
13) 문학의 상징, 주제 사전, 전게서, pp.119-126.

을 뭉치게 하고 형식을 와해시키는 것이다.[14]

『모래톱 이야기』를 내적으로 지탱하고 있는 물의 상징성은 『사하촌』에서의 상징성처럼 복합적으로 나타난다. 작품전체를 관류하고 있는 물의 이미지는 대별하면 세 개의 상징성으로 구분할 수 있다. 그것은 역사적 의미와 죽음의 의미 그리고 동화(同和)의 상징이다.

역사적 의미는 삶의 근원으로서의 예로부터 구한말, 일제 강점기의 낙동강, 그리고 해방이후의 낙동강의 역사성을 지탱한다. 죽음의 이미지는 조마이섬을 지켜 살아온 사람들의 수난과 건우 삼촌의 죽음, 갈밭새 영감과 싸우던 괴청년의 물에 휘말려감으로 드러난다. 그리고 동화의 상징성은 역사와 생성, 죽음과 재생이 함께 용해되는 대단원의 홍수와 범람으로 귀결되며 이는 체제를 상징하는 둑을 무너뜨리는 갈밭새 영감의 행위로 수렴된다.

물의 상징성을 중요시하는 것은 『사하촌』에서처럼 현실의 예술로의 반영과 소설형상화의 미학을 별개시하기 위함이다. 이 글에서는 작품의 내적 구조를 상징구조로 상정한 바, 이 작품의 물의 상징성은 그 구조를 부분과 전체를 포괄한다. 부분적인 상징구조를 살피면 다음과 같다.

첫째, 역사적 의미를 보면 사건의 배경인 낙동강하구의 윤중도, 조마이섬은 「몇 천년 갖은 풍상과 홍수를 겪어오는 동안 모래가 밀려서 된 나라 땅인데, 일제 때 억울하게 일본사람의 소유가 되어 있다가 해방 후부터는 어떤 국회의원의 명의로 둔갑되었는가 하면, 그 뒤는 또 조마이섬 앞강의 매립허가를 얻은 어떤 다른 유력자의 앞으로 넘어가 있다든가…」라는 배경 설정은 작가의 삶의 배경으로써의 근원적 모습과 역사적 체험에 닿아 있다.

작가의 회고에 의하면 "낙동강 가 가까이서 자라고 낙동강 가 사람들의 슬픈 내력을 알기 시작한 나는 낙동강 물을 마시고 낙동강 가 땅에

---

14) 바슐라르, 전게서, p.150.

목을 매갈고 살아온 민중을 잊을 수가 없다…, 그러니까 이 곳 민중은 그들의 소위 새 시대 새 식민지 터닦이의 희생물이 된 셈이었다. 낙동강에 관련된 이러한 내력을 잘 알고 있는 나는 해방 후에도 이에 대한 관심을 안 가질 도리가 없었다. 일인이 떠나고 국유재산이 된 낙동강유역의 많은 땅들이 소작인 이외의 소위 유력자들의 소유로 넘어갔다는 소문이 자자했다. 사실 그런 예가 없지 않았다 그리고 일제 때 그들의 앞잡이가 되어 독립지사들과 민중을 괴롭히던 사람들이 버젓이 국회의원도 되고 높은 벼슬자리에 오르기도 했다."15) 이렇게 낙동강이라는 물의 상징성은 역사성 속에 부정적 요소를 포함하며 계속 체제에 소외당하는 요소가 삶의 근원성과 병존하고 있다.

둘째, 죽음의 상징성이다. 조마이섬은 평소에도 둑을 만들어 물을 막아야 생존할 수 있는 조건을 갖고 있다. 강물이 휩쓸어 버리면 삶의 터전은 사라진다. 또한 건우의 삼촌은 원양어업 중에 사모아섬 부근에서 익사했다. 이 죽음의 이미지는 작품에서 체제와 맞서는 힘을 배태시킨다. 갈밭새 영감의 행위는 패배적인 죽음을 거부하고 체제에 대결하는 의미를 획득한다. 체제와 결탁한 유력자는 섬의 한 쪽 지류를 매립하고 섬을 차지하기 위해서는 섬의 주민을 몰아내려 하며 그러자면 홍수로 둑이 무너뜨려 한꺼번에 주민이 떼죽음 당하도록 기도하기도 한다. 섬 주민의 항거는 절실한 생존권의 문제이고 또한 현실의 체제는 『사하촌』과는 상이한 동일민족의 상대로 조건지어지며 이 때 상징물인 물의 의미는 파괴적 재생이 아닌 동화적인 양상을 띤다. 이렇게 역사, 죽음의 상징성은 동화의 상징성으로 연결된다.

셋째, 동화의 상징성은 『모래톱 이야기』의 내적 구조를 떠받치는 물 이미지의 총체적 양상이다. 앞에서 언급한 바와 같이 물은 흙과 결합하여 어떤 형식을 와해하는 반죽의 이미지를 갖는다. 작품 안에 서술되는

---

15) 낙동강의 파수꾼, 전게서, pp.87-93.

홍수의 장면에서 그것은 잘 드러난다. "어느 산이라도 뒤엎었는지 황토로 물든 물굽이가 강이 차게 밀려 내렸다 웬만한 모래톱이고 갈밭이고 남겨 두지 않았다. 닥치는 대로 뭉개고 삼킬 따름이었다." 이렇게 하나로 용해시키는 동화의 상징성은 민중과 권력에 야합한 유력층의 벽을 무너뜨림으로써 극명하게 형상화된다. "비는 연 사흘 쏟아지지, 실하지도 않은 둑을 그대로 두었다가 물이 더 불었을 때 갑자기 터진다면 영락없이 온 섬이 떼죽음을 했을 텐데, 마침 배에서 돌아온 갈밭새 영감이 설두를 해서 미리 무너뜨렸기 때문에 다행히 인명피해가 없었다." 또한 부정한 세력의 압력에 의해 경찰이 오자 그는 순순히 체포된다. 갈등의 조건은 『사하촌』과 『모래톱 이야기』 두 작품이 서로 비슷하나 대결의 양상은 상이하다. 그것은 시대배경의 차이와 불과 물이란 상징물의 성격적 차이에 기인하는 것이다. 특히 후자에 있어서 핵심적인 상징구조인 물을 막고있는 둑을 무너뜨리는 대결사건이 작품내부에 존재한다. 이것은 대상을 태워버리는 불의 상징성과는 다른 물이라는 요소를 끌어들여 일체의 요소를 용해하는 동화의 의미를 갖는 것이다.

동화의 상징성으로 또 하나 비를 들 수 있다. 『사하촌』에서는 산 위에 위치한 절과 그 밑에 있는 농토와의 관계에서 불의 이미지는 다분히 수직적, 지배적, 억압적이었으나 『모래톱 이야기』에서는 육지와 강물로써 격리된 섬의 배경설정은 단절, 고립, 수평적 이미지를 갖는다. 작품안에서 홍수의 원인은 다름 아닌 비이다. 두개의 양극 즉, 위에 있는 하늘과 밑에 있는 강물을 연결하여 수평적 고립성을 일체화하고 동화적 이미지를 나타내며, 조마이섬 주민과 권력층을 연결하는 하나의 물질로 동화의 기능을 수행하는 것이 바로 비인 것이다.

이상에서 살펴본 『사하촌』과 『모래톱 이야기』의 내적 구조는 각각 물질적 상징성을 통하여 작가의 사회의식이 소설로 형상화됨을 보았다. 전자에서는 불의 이미지가 일제의 체제하에 현실이 완전히 부정된다.

현실을 상징하는 대립 대상을 태워버림으로써 파괴적 재생을 상징하는 전체구조로서 불의 상징은 개개의 작은 불의 상징구조를 통합하는 전체의 내적 구조를 갖는다. 여기서 주목해야 할 점은 절을 방화하는 핵심사건은 작품의 밖에 존재하는데 이는 불의 상징하는 바가 재생과 부활의 이미지를 포함하기 때문이다.

한편 후자의 내적 구조를 지탱하는 물의 상징은 전자와 거의 같은 양상을 견지하나 대립대상이 동일민족인 시대적 조건과 물의 상징적 의미로 대상을 태워 없애는 대신 반죽과 같이 동화되는 일체적 성격을 보인다. 또한 둑을 무너뜨리는 핵심적인 행위가 작품내부에 존재하는 것도 자체 용해적인 물의 상징적 양상인 것이다.

2-5

『사하촌』과 『모래톱이야기』는 그 시대적 배경과 밀접한 상관관계를 갖고 있으며 그때 작품의 상징구조는 시대성을 반영한다. 1936년 조선일보에 발표된 『사하촌』은 극심한 식민지 통치하의 현실을 묘사하며, 『모래톱 이야기』는 건우의 나이를 따져보면 5.16전후의 타락한 시대상을 그리고 있다. 여기에 주목해야 할 소설형상화의 상징적 의미가 놓여 있다. 그것은 두 작품에 공히 체제와 시대상이 물과 불의 상징구조 속에 녹아 있다는 것이다.

물과 불의 상징어가 갖는 시대적 의미를 작품의 배경과 대비하면 그 상징성이 분명해진다. 불은 이민족 지배를, 물은 동일민족 체제를 각각 떠받친다. 두 작품의 배경을 바꾸어 『모래톱 이야기』를 일제치하의 배경으로 치환하면, 식민지하의 여건상 조마이섬의 주민들은 『사하촌』의 고서방처럼 삶의 터를 버리고 만주나 간도 등지의 제 3의 농지를 찾아 떠났을 것으로 보여진다. 그것은 절대절명의 생존조건, 즉 홍수라는 자연조건과 체제의 위협은 죽음으로서의 물과 억압의 불이 이중억압으로 섬주민들의 존재를 불가능하게 하기 때문이다.

한편 해방후의 『사하촌』을 가정하면 우리민족체제하의 가뭄은 체제를 반드시 태워버려야 하는 대립상으로 작용하지 않는다. 동질성을 갖는 현실에서 불의 상징적 역할은 전체성을 가질 수 없다. 그러므로 실제의 『사하촌』의 경우처럼 마을주민, 아이들까지 동원된 전체적인 세계의 전환인 재생은 이루어지지 않고 『모래톱 이야기』의 갈밭새 영감 같은 개인적 인물의 보광사에 대한 개인적인 테러나 방화가 야기되었을 것이다. 동질성 하에서는 세계전체를 태워 바꿔버리는 불의 전체적 상징구조는 의미를 잃기 때문이다. 이처럼 물과 불의 상징구조는 작품전체 뿐 아니라 시대적인 작품의 배태배경과도 밀접한 관계를 유지하는 것이다.

물과 불은 작품의 내적 구조를 관류하는 전체성과 동시에 부분구조의 핵심기능을 담당하며 그것은 사건구조와 서술구조에 의해 연결되고 또한 작품내부의 공간구조와 시대배경의 상징성을 포괄한다.

『사하촌』은 일제강점기 <부정의 공간과 시간>위에 서술구조가 전개되며, 사건구조가 포함된다. 또 위에 위치한 비정통의 지주와 『사하촌』의 소작농의 위상에 근원적 관계성이 조건지어진다. 상징의 구조는 다음과 같이 내적 구조를 이룬다.

1) 마찰의 근원적 관계 : 시대의 상징성(불의 시대, 이질적 체제)

2) 마찰의 성숙과 발단 : 가뭄의 상징성(불이 주는 고통과 갈등의 양상)

3) 수직공간의 무게 : 지주와 체제의 지배적 억압(마찰심화, 불의 생성조건)

4) 자아발견 : 야학당을 통한 현실인식(불의 빛의 이미지, 불의 생성)

5) 정면대결 : 전체세계의 정화, 재생(대상을 불태움), 방화의 암시

위의 시각에서 아래의 도표를 비교하여 보자.

1) 사하촌   2) 모래톱 이야기

A 보광사 세력(일제치하)	
C	
B 사하촌 사람들	

지주세계 A′	C′	섬주민들 B′	C′	지주세계 A′

1)에서 A와 B는 비동질의 대립으로 마찰에 의해 불이 생성되는 조건이다. B를 누르는 A의 상위배경은 불의 상징과 운명적인 관계로 조건지어지며 압력과 마찰 그리고 불의 수직상승성은 양자 사이에서 **발화를** 생성시킨다. 그러나 주목해야할 점은 발화의 생성에 참여되는 상징의 총체적 통일성이다. 그것은 하나의 불을 상징하면서 작품전체를 감싸고 동시에 개개의 구조와 의미를 지니는 부분으로서도 기능하기 때문이다. C를 의미하는 마찰, 무게, 대립, 가뭄, 그리고 야학 등이 불로 상징되며 A와 B와 함께 작품전체의 불에 연결된다. 그러므로 상징을 통하여 작품과 사회가 구조적 동질성으로 형상화되며 이 때 모든 요소는 각기 자신의 의미구조를 갖고 하나의 구조 속에 구성된 부분구조는 전체와 동질성을 갖는다. 작품전체는 부분 구조를 감싸고 내부에서 작품의 공간 배경을 의미하는 이미지는 시대배경을 의미하는 시간적 이미지로 연결되며, 또 그것들은 다시 그 위에 전개되는 사건을 담고 있는 서술구조의 인과율에 따라 통합되고 동시에 부분 구성요소들은 각각 독립적으로도 전체구조와 동질화를 이루고 있다. 그것은 바로 불의 상징구조인 것이다.

한편『모래톱 이야기』에서는 동일 민족 체제에 동화될 수 있는 대립이 물의 상징성으로 짜여진다.

1) 역사적 공간에 공존적 갈등 : 섬의 역사와 물의 수평성
2) 수평공간의 압력과 소외 : 부정적 지주와 소작농의 단절, 물의 격리성
3) 죽음 이미지와 현실인식: 익사, 홍수와 비판적 시각대두
4) 비, 범람의 수평적, 일체적 동화

여기서도 앞에서와 같이 양상이 흡사하다. 그러나 배경은 동화의 상징인 비가 내릴 수 있는 조건이다. 즉, A′와 B′는 동질의 대립이다. 이러한 배경 하에 물의 상징은 이분적 의미를 견지한다. 사회와 육지로부터 섬을 격리시키는 강물은 동시에 삶의 통로(나루터, 뱃길)이며 대립과 공존의 근원성(둑과 매립의 관계)을 포함하고, 또한 물은 죽음(익사, 홍수의 떼죽음)과 생존(어업, 고깃배)의 이중개념을 갖고 있다. 이것은 하나의 물이 양면을 갖는 일체적 융화와 관계성을 획득하는 준거로 파악될 수 있다. 작품 내에서 가장 부각되는 둑의 무너뜨림이라는 사건은 첨예한 내부 모순적 이중구조를 형성한다. 윤중도를 감싸는 한 지류를 매립하는 것은 물(격리요소)을 없앰으로써 조마이섬을 이루는 하층(소작농)의 활로를 열어주는 행위이지만 실제의 의미는 권력층(지주)라는 상층이 부정한 정통성으로 섬을 없애고 주민을 몰아내어 하층을 소멸시키는 의미이다. 그럼으로써 물의 복합적 상징체계에 의하여 수직의 관계상인 작품의 사건구조는 와해된다.

홍수로 둑을 갑자기 무너지게 하여 주민을 제거한다는 당대의 가치관은 작가의 윤리와 물의 상징성과 혼융된다. 강수(降水), 다시말해 비는 두 극을 연결하는 수평 즉 동화의 동질성을 이루는 것이다.

2-6

　이상에서 드러나는 근거에 의해 두 작품의 불과 물의 상징성은 각각 사회상을 형상화하는 의미로 규정할 수 있다. 그것은 일제강점기의 불은 민중의 소멸을 의미하는 것이 아니고 불이 솟아오르며 태우는 상부구조 즉, 동질화될 수 없는 상층의 소멸을 의미하며, 동일민족체제의 물은 작품에 조건지어진 갈등으로 상층구조가 물에 의해 와해되고 물의 특질인 하향적 동화가 이루어지는 민중시각의 일체화가 표상된다. 전자는 이민족 지배시대에 대한 거부의 의지이고, 후자는 동족 통일지향 시대의 작가의 윤리에 다름 아니다. 이것은 요산의 민중문학관을 지탱하는 윤리의식과 시대상의 체험적 가치관을 표출하는 것이다. 그의 민중문학이란 역사적 사회적 성격의 리얼리즘을 바탕으로 민중을 위하여 창조되는 문학이다. 『사하촌』에서 방화를 암시하는 세계에 대한 완전한 거부는 민중승리의 당위성을 통한 민중문학의 제시에 연결되고, 『모래톱 이야기』는 민중승리를 위한 투쟁의 실천인 민중문학의 실천으로 그 맥이 이어지는 것이다.

　지금까지 『사하촌』과 『모래톱 이야기』는 사회반영과 작품의 내적 구조인 물과 불의 상징성을 시대성과 연결되었다. 또한 불과 물의 상징성이 시대상과 작품의 전체, 부분구조를 포괄하고 작자의 시대적 윤리에 연결되며, 그의 민중 문학관으로 승화됨을 살펴보았다.

　『사하촌』의 물의 상징과 『모래톱 이야기』의 물의 상징은 물질적 상상력의 특성을 복합적이며 시대와 이미지의 상호 관련적인 구조로써 작품을 구성하고 그 의미는 시대적 필연성을 담지하는 것이었다. 결국 소설의 구성원으로서의 인물, 배경, 시간, 공간 등의 개별적 기능과 의미는 작품전체의 이미지에 연결되어 완성된 작품을 탄생시켰으며, 두 작품은

특히 불과 물의 이미지로 통합되는 양상을 보였다. 이는 한 시대와 사
회를 작가적 역사의식으로 미학적 형상화한 의의로서 이미지를 통한 소
설작품화의 리얼리티를 획득하는 일관성을 보여주는 것이었다.

참고문헌

1) 염무웅, 인간단지(서울 : 한얼문고, 1971), p.349.

2) 김화영, 문학의 상상력 연구(서울 : 문학사상사, 1982), p.23.

3) 홍기삼, 한국현대작가연구 하(서울 : 백문사, 1989), p.81.

4) 김영년, "김정한 소설연구,"(석사학위 논문. 청주대학교 대학원, 1986),

5) 싸르트르, 김현 역, 문학이란 무엇인가(서울 : 문학과지성사,1976),
   pp.35-53.

6) 에릭 프롬. 상징. 김용직 역, (서울 : 문학과지성사. 1988). p.174.

7) 바슐라르, 이가림 역, 물과 꿈(서울 : 문예출판사. 1980), pp.6-7.

8) 김병걸, 실천 시대의 문학(서울 : 실천문학사. 1984), p.167.

9) 장영수 역, 문학의 상징·주제 사전(서울 : 청하, 1989), pp.169-178.

10) 바슐라르, 전게서, p.92.

11) 김정한, 김정한소설선집(서울 : 창작과비평사. 1974), p.9.

12) 김정한, 낙동강의 파수꾼(서울 : 한길사. 1985). 서문

13) 문학의 상징, 주제 사전, 전게서, pp.119-126.

14) 바슐라르, 전게서, p.150.

15) 낙동강의 파수꾼, 전게서, pp.87-93.

3 전후소설

3-1 전후소설 개관

한국전쟁은 한국 소설의 일대의 대 서사 사건으로서 하나의 기점을 이루고 있다. 50년대 소설에서 전쟁 체험은 문학 장르 전반에 걸쳐 지축을 흔들었고, 소설의 가장 큰 소재와 배경이 되었다. 휴전 후에서 오늘날까지 전쟁은 한국 소설에 강력한 영향력을 미치고 있는 것이 사실이다. 다양한 문예지의 발간과 참전 작가와 뛰어난 신인 작가의 대거 등단은 소위 전후 소설을 풍요롭게 하기에 충분했다.

그리고 전쟁이라는 현상은 소설에 특정한 결과를 도출시키기도 했다. 6.25라는 전시 체험은 소설의 서사 구조를 주형화시키는 작용을 한 것이다. 그것은 전쟁이라는 특수한 상황이 만들어 낸 결과였다.

이 글에서는 당시 전후 소설이 갖는 유형과 내용을 통하여 당시 작가들이 지닌 세계관을 되짚어 보고자 한다. 이러한 작업은 아직 완전히 종결되지 않은 전쟁에 대한 문학적 입장을 견지하는 일인 동시에 소설과 그 대상으로서의 한계 상황의 관계를 의미화하는 의의가 있다 하겠다.

한국 전후소설은 작품의 분류상 다음의 두 가지 경향을 지닌다.

첫째, 전쟁이라는 한계상황 하에서 인간에 대한 물음에 관한 문제를 해명하고자 하는 성격을 지닌다. 산재한 죽음 가운데에서 존재에 대한 회의가 실존적 존재로서의 인간의 의미를 되새기게 한다. 이 계열의 작가와 작품은 다음과 같다. 상황적 인간의 존재와 그 정체를 파헤치는 장용학의 『요한시집』, 특정한 상황하에서 존재의 인식을 추적하는 오상원의 『유예』, 쓸모 없는 인간으로 인식되는 자아의 방황과 인간의 절규를 형상화한 손창섭의 『비오는 날』, 한편 전쟁이라는 현상을 직시하고 그것을 응시하는 서기원의 『전야제』 등이 있다. 일련의 이러한 작품들은 인간 자체에 대한 정체성과 그 의미를 해명하고자 하는 전쟁 이데올로기 앞의 지식인의 처절한 자기 확인의 과정이 아닐 수 없다.

이들은 모두 극한 상황에 처한 인간 존재의 해명이라는 경향을 띄는데, 이러한 경향은 장용학의 실존적 인간해명과 오상원의 행동주의적 인간의 추구, 손창섭의 잉여적 인간의 자기비하, 서기원의 상황의 극복에 의한 인간구제의 방향으로 나타난다.[1] 물론 이 시기의 작품 중에 전쟁의 극한 상황 속에서 인간성이라는 보편성이 우선되어야 한다는 휴머니즘적 텍스트인 황순원의 『소리』, 혹은 전쟁이라는 사건은 하나의 소재에 불과하고 실제 인물들의 본연의 욕망 문제를 다룬 염상섭의 『취우』 같은 작품들이 있기는 하다.

둘째, 전후에 나타난 전쟁의 영향이다. 전쟁이라는 비극적 일대 사건이 이 땅에 남겨준 아픔과 그에 희생당한 군상들의 처절한 삶 그리고 그 극복과 시련을 형상화한 작품군이 이에 속한다. 일제 강점기에 부상당한 아버지와 동란에서 상이군인이 된 아들, 이 두 부자의 불구와 그 화해를 그린 하근찬의 『수난이대』, 격동의 변화기를 극복하고 현실의 생존에서 삶을 모색하는 전광용의 『꺼삐딴 리』, 전쟁 후 다시금 분단된

---

1) 구인환, "전후한국문학의 지형도," 한국전후문학연구, 삼지사, 1995. p.15

조국에서 살아가는 분단민의 실상과 전망을 그린 이범선의 『오발탄』, 전후 전방 미군 부대에서 하우스 보이로서 살아가는 어두운 인생을 그려낸 송병수의 『쇼리 킴』 등에서 전후 이 땅의 모든 삶이 얼마나 처참하게 상처받았는지를 보여준다.

전쟁을 겪으면서 성장 발전하는 인물을 보여주는 이러한 유형의 작품들은 전쟁을 체험한 시기뿐만 아니라 그 후대까지도 소설의 질료로서 작용하게 된다. 그러나 전시 혹은 전후의 인물들은 전쟁이라는 저항하기 힘든 상황에 의해 피동적인 입장을 취할 수밖에 없다. 이러한 작중 자아의 피동화는 작품형성에 여러 가지 영향을 끼치게 된다. 이 글에서는 주로 전쟁의 운명적인 변화 속에서 나타나는 인물들의 피동적인 삶을 통하여 전후 소설의 몇몇 양상을 살펴볼 것이다. 이 글의 대상 작품은 손창섭의 『비오는 날』, 장용학의 『요한시집』, 이범선의 『오발탄』, 김성한의 『바비도』 이상 네 편으로 한정하기로 한다.

3-2 『비오는 날』의 배경과 인물

『비오는 날』은 대화가 자제되고 묘사에 비중을 둔 작품이다. 등장 인물간의 대화조차 서술 화자에 의해 전달된다. 인물들의 행동이나 대화는 제약적이고 배경이나 서술화자가 일러주는 분위기에 의해 독자는 작품을 읽어나갈 뿐이다. 이때 독자는 작중인물과 상당한 거리를 두고 인물을 바라보며 그때 독자가 읽어내는 정보는 인물의 언급이 아닌 화자의 묘사 혹은 설명이 된다. 작품은 화자가 만들어 내는 분위기에 휩싸여 있다고 볼 수 있는 것이다. 특히 단조로운 사건구조나 인물의 성격은 작품의 성격을 분위기 혹은 배경으로 독자의 관심을 끌고 가게 마련이다.

배경은 피난지인 부산에서 장마철을 보내는 세 사람의 이야기로 압축
된다. 영문학도인 원구는 대학동창인 동욱과 미술지망생인 그의 동생
동옥을 만나고 헤어지는 과정을 단순하게 그리고 있다.

> 비오는 날은 인물과 배경, 그리고 문체 등의 다양한 장치들을 통해
> 통일적이고 단일한 세계를 드러내는것에 주력하고 있음이 확인된다.
> 그 세계는 곧 상황 속에서 더 이상의 존재론적 자각이 불가능하다는
> 비극적 통찰을 여지없이 보여주는 세계이다. 상황은 항상 줄기차게
> 비가 내리고 있으며, 그 속에서 내면의 풍경 역시 끊임없이 젖어 들
> 고 있다. 인물은 하나같이 그 현실에 능동적으로 개입하지 못한 채
> 변경으로 밀려 나가고, 우울한 중얼거림으로 시종하다가 마침내 그
> 무엇도 이루지 못한 채 피폐하게 전락하고 만다. 그것을 드러내는 방
> 식 또한 억눌린 주체의 음울한 내면을 경유하고 있으며, 그 또한 서
> 술주체는 무화된 채 그와 같은 이미지와 동떨어진 것이 없는 완결성
> 을 획득하고 있다.[2]

그리고 이러한 인물들의 어두운 삶은 피난처인 부산의 후미진 집이라
는 공간에서 주로 나타난다. 자신의 삶의 터전을 버리고 온 장소에서
언제나 비는 축축하게 나리고 예전에 의료 수용소로 쓰였을 가건축물과
도 같은 동욱과 동옥의 집은 당시 한계상황을 드러내 준다.

부룩스와 워렌에 의하면 배경은 소설의 물질적 부분이며 장소의 요소
이면서 동시에 의미를 갖는 것이다. 그런데 배경에 대한 묘사는 단순하
게 사실주의적 입장에서 정확하게 묘사되었는가 보다는 배경이 과연 소
설에서 어떤 의미를 갖게 하도록 하는가에 대해 살펴보아야 할 것이다.
배경이 언제나 소설에서 의미를 갖는 것은 아니지만 그것이 의미를 가
질 때에는 소설이 지향하는 그 무엇에 기여하거나 기능을 하기 때문이

---

2) 김상욱, "전후소설의 교육적해석방법론," 한국전후문학연구, 삼지원, 1995,
   p.391

다.

　『비오는 날』에서의 장마는 하나의 소설 장치이면서 소설의 분위기를 주제하는 역할을 수행하고 있다. 그러므로 동옥남매의 폐가와 장마비는 소설의 주제를 암시하는 은유적인 기능을 하게 되는 것이다.

　비라는 소설 배경은 우리 소설에서 죽음이나 불행의 이미지와 밀착되어 있다. 현진건의 『운수 좋은 날』에서는 아침부터 내리는 비의 축축함이 김첨지 아내의 죽음을 복선으로 하여 작품 분위기를 어둡게 한다. 윤흥길의 『장마』에서는 권오문과 김순철의 죽음으로 이어지고, 김정한의 『모래톱 이야기』에서도 장마와 홍수는 죽음의 이미지로 부각된다. 조마이 섬을 지키는 원주민들과 건우삼촌의 익사, 갈밭 싸움에서 물로 휩쓸려간 괴청년들의 죽음이 비를 동반한다. 김유정의 『소낙비』에서도 춘호처는 비오는 틈에 이주사에게 정조를 판다.

　『비오는 날』의 배경 설정은 비에 젖은 군상들에 대한 조건으로 자리 매겨져 있다. 원구의 뇌리에 박혀 있는 동욱 남매에 대한 기억과 회한은 비의 의해 언제나 기억되는 우울한 심상인 것이다.

　　이렇게 비오는 날이면 元求의 마음은 감당 할 수 없도록 무거워지는 것이었다. 그것은 東旭 남매의 음산한 생활 풍경이 그의 뇌리를 영사막처럼 흘러가기 때문이었다. 빗소리를 들을 때마다 원구에게는 으레 東旭과 그의 여동생 東玉이 생각나는 것이었다. 그들의 어두운 방과 쓰러져가는 목조건물이 비의 장막 저편에 우울하게 떠오르는 것이었다. 비록 맑은 날일지라도 동욱의 오뉘 생각을 하면, 원구의 귀에는 빗소리가 설레이고 그 마음 구석에는 빗물이 스며 흐르는 것 같았다. 원구의 머릿속에 떠오르는 東旭과 東玉은 그 모양으로 언제나 비에 젖어 있는 인생들이었다.

　비는 통상 물의 이미지 중에서도 하강의 이미지를 갖고 있다. 이 작품이 처음부터 끝까지 비라는 소재를 배경으로 하고 있다는 점에서, 그리고 작품 모두에서 비의 심상과 동욱과 동옥의 이미지는 상동성을 갖고 있음을 알려준다. 그 남매는 언제나 비에 젖어 있는 인생들이다. 하강하는 즉, 몰락하는 인생을 암시하는 것이다. 또한 원구가 그들을 만날 수 있는 기회는 그가 잡화 행상을 하지 않는 비오는 날이기에 언제나 화자인 원구는 그들과 비를 동일시하게 되어있다.

피난지에서 비오는 날은 무엇을 의미하는가 이 소설에서 주된 배경인 비오는 날은 소위 장사할 수 없는 날, 상인에게는 거칠게 말해서 공치는 날이다. 그것은 피난 생활의 궁핍을 가중시키는 원인이 된다. 비오는 날인 장사할 수 없는 날마다 만나게 되는 동욱과 동옥은 원구에게는 동정적이면서 경제적 한계와 관련된 인물이 되는 것이다. 그래서 그들은 원구에게 이중적인 대상으로 자리잡게 된다.

> 東旭이가 들어있는 집은 인가에서 뚝 떨어져 외따로이 서 있었다. 낡은 목조건물이었다. 한 귀퉁이에 버티고 있는 두 개의 통나무 기둥이 모로 기울어지려는 집을 간신히 지탱하고 있었다. 기와를 얹은 지붕에는 잡초가 반길이나 무성해 있었다. 나중에 들어 알았지만 왜정 때에는 무슨 요양원(療養院)으로 사용되어 온 건물이라는 것이다. 전면(前面)은 본시 전부가 유리 창문이었는데 유리는 한장도 남아 있지 않았다. 들이치는 비를 막기 위해서 오른편 창문 안에는 가마니때기가 드리워 있었다. .....(중략)....이런 집에도 대체 사람이 살고 있을까? 아이들 만화책에 나오는 도깨비집에 연상됐다.

원구는 약도를 들고 찾아간 집이 폐가가 아닌가 의심했으나 동옥을 만나고 돌쳐나오는 길에 동욱을 만나 그 집으로 들어가게 된다. 작품을 관류하는 비의 배경 다음으로 동욱의 거처는 작은 배경이 되고 있다. 소아마비인 동옥이 나갈 수 없는 몸이기 때문에 원구가 일방적으로 이

집으로 찾아오게 된다. 그런데 집이란 곳은 한쪽 벽의 전면 유리가 모두 깨져 장마 중에 언제나 비가 들이치는 조건을 가지고 있고 그나마 방도 비가 새어 빗방울을 방안에서 받아야 하는 실정이다. 그러니까 동욱 남매는 장마 중에 몸을 말리고 쉬어야 할 공간인 집에서조차 언제나 비에 젖어서 축축하게 살아가는 존재들이다. 그들에게 마른 공간은 없다. 이러한 삶의 조건 그리고 동옥의 신체 장애는 원구에게 측은지심을 자극하였다. 또한 그로 하여금 얼굴이 예쁜 동옥에게 관심을 기울이게 하는 구석이 있었다.

> 그 뒤로는 비가 와서 가게를 벌일 수 없는 날이면 원구는 자주 동욱이네 집을 찾아가는 것이었다. 불구인 그 신체와 같이 불구적인 태도가 결코 대견할리 없으면서도 어느 얄궂은 힘에 조롱당하듯이 원구는 또다시 찾아가지 아니할 수 없는 것이었다. 침침한 방안에 빗물 떨어지는 소리가 듣고 싶어서일까? 동옥의 가늘고 짧은 한쪽 다리가 지니고 있는 슬픔에 중독된 탓일까? 이도저도 아니면 찾아갈 적마다 차츰 정상적인 데로 돌아오는 동옥에 색다른 매력을 발견한 탓일까?

행상으로 잡화상을 하는 원구는 동옥에게 어느 정도 관심은 있지만 피난지에서 불구자인 그녀와 결혼을 한다는 것에 대해서는 생각할 수 없다. 그러나 그녀에 대한 연민과 관심은 예사롭지 않은 것이었다.

동욱이 원구에게 동옥을 맡아줄 것을 번번이 내비치지만 원구는 우유부단한 채 결정을 내리지 못한다. 장마 중에 비오는 어느 날 원구가 다시 그들의 집을 찾았을 때 동욱은 동옥이 옆방의 노파에게 이만환을 빌려주고 떼인 것을 야단치고 있었다. 그 판잣집의 주인 노파는 동옥에게 돈까지 빌리고 자취를 감추었으며 집은 이미 타인에게 팔아버린 것이다. 결국 동욱 동옥 남매는 거리에 나앉게 되었던 것이다. 그리고 그들이 하필이면 외딴 그것도 다 쓰러져 가는 목조집에서 살게 되었는지를 알게 된다.

혹시 동욱이가 잠든 틈에라도 몰래 일어나 수면제라도 먹고 죽어 있지나 않은가 싶어 불안한 생각이 솟았다. 원구는 조금이라도 더 앉아 견디기가 답답해서 자리를 일어서며 아무래도 방을 비워 주어야 하겠거든 자기도 어디 구해 보겠노라고 하니까, 동옥이가 인가 많은 데를 싫어하기 때문에 이 근처에서 외딴집을 구하는 수밖에 없다는 동욱의 대답이었다.

동욱은 영문과를 다녔고, 동옥은 그림 솜씨가 있었으므로 동욱이 미군 부대에 다니면서 그림을 팔아 얼마간의 생활비는 벌었다. 그러나 동옥은 소아마비가 된 후로 그리고 고향을 떠나 피난지에 온 후로는 사람을 만나고 싶어하지 않아 전혀 다른 사람들을 보고 살지 않았다. 그런 까닭에 그들은 인가가 없는 외딴 집에서 기거했던 것이다.

결국 그들의 소외는 밖에서 연연한 사회적 조건과 자신이 갖고 있는 개인적 원인이라는 이중의 조건 때문에 더욱 더 심화된다. 이때 유일한 구원자인 원구는 동욱이 입대해야 하는 처지였으므로 동옥을 보살필 수도 있었지만 그의 피동적인 태도는 그들을 돕는다거나 구원할 수 없게 된다. 결국 한동안 장사를 하다가 다시 장마비를 무릅쓰고 찾아간 폐허 같은 집에서 동욱은 입대하였고 동옥 마저 며칠 전에 떠나갔다는 새 집 주인의 말을 듣는다. 그런데 원구는 주인 남자의 말에서 동옥이 얼굴이 반반하니 몸팔아 굶어 죽지는 않을 것이라고 하자 그가 동옥을 사창가에 팔아넘겼을 거라는 생각을 갖게 된다. 그리고는 모든 책임은 자신의 것으로 치부하며 괴로워한다.

동욱은 국민병 수첩을 분실하여 강제 입대하였고, 동옥은 이만환이나 되는 거금을 잃어버리고 정처 없이 불구의 몸으로 떠나게 된다. 그리고 목조건물의 새 주인은 그녀가 원구에게 주고 간 쪽지를 잃어버림으로써 동옥과의 관계를 잃어버리게 된다. 그리고 이 모든 잃어버림은 장마라는 배경에서 일어난다. 원구는 삼임칭 관찰자의 초점화자인 이른바 주인공이다. 작중의 주체인물은 모든 사건과 인물을 독자에게 일러주게되는 주연인 동시에 카메라 렌즈이기도 하다. 그런데 그가 관심을 갖고보여주어야 하는 동옥에 대한 자신의 입장은 대단히 우유부단하고 피동적인 자세를 견지하고 있다. 그것은 그가 장사를 하지 않고 찾아갈 수있는 조건이 비가 오는 날이기 때문이다. 비오는 날 그는 장사를 하지않고 자신보다 어려운 동옥을 위로하려고 한다. 그러나 그것은 다분히이중성을 띄고 있다. 비오는 소리가 매력적이라든가 전시 피난처에서불구인 여자를 수발하는 여유는 사실 불가능한 한계를 갖고 있기 때문이다. 휴머니스트로서의 동정과 생활인으로서의 현실은 원구를 우유부단하게 만들었으며 그 핵심에는 비오는 날이라는 소설의 배경이 그러한인물 성격을 효과적으로 유효하게 만들었던 것이다.

3-3 『요한시집』의 의미역전

장용학의 『요한시집』은 전쟁이라는 사회적 혼란을 보편적인 인간의조건인 것처럼 규정하여 순간의 문제를 초역사적이고 개별적인 문제로환치시키는 작품이라 할 수 있다. 그의 소설들은 실존주의와 함께 논의되어 왔다. 그러나 그의 작품과 실존주의와 관계짓는 일은 논의가 분분하다. 그리고 그의 작품에 대한 문제의 초점은 실존주의적 텍스트로서의 자격이나 조건의 문제보다는 그의 한국어 표현의 역량이나 소설의틀을 파괴한 우화적 실험성, 한국 문학의 전통적 정서의 결여 등으로옮아갔다고 해도 과언이 아니다.

그런데 그의 작품에서 눈에 띄는 부분은 사고의 역전이라고 말할 수 있는 부분이다. 그가 바라보는 사물과 현상을 뒤집어 보는 순간 그는 시간과 공간을 망각하고 기존 소설의 시공을 초월한 역전의 형식을 만들어 낸다. 이때 나타나는 현상이 바로 사회 전체의 체험을 개별화, 절대화하는 것이라 할 수 있다.

　구체적으로 작품을 살펴보면 『요한 시집』은 두 편의 이야기가 존재하고 있다. 앞의 토끼우화와 동호라는 일인칭 화자 시점의 소설이 그것이다. 토끼우화의 화자는 경어체로 서술을 진행하고 있어서 뒤의 소설 텍스트와의 분명한 대비를 보여주고 있다. 그런데 토끼우화는 하나의 스토리 라인을 갖고 있으며 뒷부분의 텍스트와의 관계성을 갖고 있다. 그것은 뒷부분의 행동의 초점을 가진 누혜라는 인물의 삶을 암시적으로 알레고리화 하고 있기 때문이다. 토끼우화를 요약하면 다음과 같다.
　「토끼는 동굴에서 편안하게 살고 있었다. 그는 빛을 인식하면서 사물을 인지하게 되었다. 그는 어떤 깨달음을 통해 자아를 각성하지만 곧 다시 자아가 분열되는 과정을 거쳐 실존적 자아로 변화된다. 그는 자아를 확인하기 위해 동굴을 탈출한다. 탈출의 고통을 겪고 동굴을 마침내 빠져나온다. 그러나 태양 빛에 눈멀고 그 자리에서 서서히 죽어 간다. 그 자리에서 버섯이 자라나 후손들과 다른 동물들이 <자유의 버섯>이라고 명명하여 그곳을 참배하게 된다」
　토끼 우화의 틀은 개인은 인식에서 자유를 획득하는 설화를 이루고 있다. 그것은 요약하면 자유의 신화이고 뒷이야기로 연결하면 누혜라는 개인의 자유 획득이라는 신화를 암시하는 것이다.
　한편 우화에 대응되는 텍스트의 줄거리는 다음과 같다. 서술 화자인 주인공 동호는 동란에서 북한군 의용군 측으로 강제 입영되어 참전하였다가 포로가 되어 거제도 포로수용소에 수용된다. 수용소에 누혜라는 친구를 만나 친하게 지내게 된다. 누혜는 남한에서 징집된 의용군이 아

니고 처음부터 북측의 정규군이었다. 그러나 그는 전쟁 영웅답지 않게
수용소 내에서 북측의 골수파들의 행동에 가담하지 않고 틈만 나면 풀
밭에 누워 파란 하늘을 하염없이 바라보는 개별적 인간이었다. 몇몇 포
로들이 누혜를 반동으로 몰아 집단 폭행을 가한다. 나와 누혜는 인간과
삶에 대해 의견을 나눈다. 그러던 어느 날 누혜는 수용소 철조망에 목
을 매고 자살을 한다. 석방된 나는 누혜의 어머니가 사는 곳을 찾아간
다. 그곳에서 고양이가 물어 오는 쥐를 먹으며 연명하는 죽음 직전의
누혜의 어머니를 목격하고 충격을 받는다. 그리고 그는 거기에서 누혜
어머니의 죽음을 목도한다.

　이상의 두 개의 이야기는 이야기의 틀이 기존의 소설 형식과 판이하
게 다르다. 말하자면 소설 형식의 파괴인 것이다.『요한시집』의 소설 형
식 파괴는 동호가 보여주는 사고 발상법의 의미 역전과 긴밀히 연결된
다. 이러한 사고의 틀을 뒤집어 보는 역전은 시간적 순차의 파괴를 야
기시키고 사회라는 공간적 틀도 무시하게 된다. 그것은 당대 사회 전반
이 이해하고 있는 가치체계나 자유의 개념을 넘어서는 차원인 것이다.
토끼우화와 누혜의 이야기는 자유 쟁취와 죽음이라는 그 희생의 개별적
인 이야기를 사회적 틀을 벗어나서 주장하는 자유와 삶에 대한 새로운
시각을 확보하게 된다. 그때 동원된 것이 당대의 인식 메커니즘을 깨트
리는 의미의 역전인 것이다.

　　이 공간에 갇혀 있는 시간이 가령 그 壁을 뚫고 저쪽으로 뛰어나
가게 되면 세상은 어떻게 될 것인가?
　　우리가 무엇을 본다는 것은 시선(視線)이 그리로 가서 보는 것이
아니라 그 물체에 반사된 광파(光波)가 망막에 비쳐 드는 것에 지나
지 않을 진대, 마치 음속(音速)보다 빠른 비행기를 타면 아까 사라진
소리를 쫓아 가서 다시 들을 수도 있는 것처럼 빛보다 더 빠른 비행
기를 타고 날아오르면서 지상(地上)을 돌아다보면 우리는 거기에 過

去를 볼 수 있을 것이 아닌가. 비행기는 자꾸 날아오른다. 지상에서 시간이 가꾸로 흐르는 것이 보인다. 과거 쪽으로 흘러가는 시간의 흐름이 보인다. ····(중략)····쌀이 밥아 되는 變化와 밥이 쌀이 되는 變化와 ····어느 세계가 생산의 땅인가? 밤이 낮이 되는 薄明과 낮이 밤이 되는 薄明과···· 어느 歷史가 創造의 길이고 어느 歷史가 멸망의 길인가?

상대적 가치관에서 모든 대상은 주체이며 객체가 될 수 있다. 장용학이 바라보는 역전의 의미는 절대적인 가치 체계는 없고 상대적일 수 밖에 없다는 것이다. 가령 토끼우화에서 토끼의 죽음은 비극적이다. 그러나 토끼는 소경이 된 이후에 새로운 세계, 즉 즉자적 자아에서 대자적 자아를 인식하는 의미의 변화를 맛보았다. 그리고 즉자적 세계에 대한 동경이나 귀향에 대한 생각을 전혀 나타내 보이지 않았다. 결국 토끼의 죽음은 후손이나 다른 동물들에게 찬양되고 제사를 받게 된다. 이렇게 자유를 찾는다는 것은 죽음을 감수하면서도 충분히 행복한 일일 수도 있는 것이다. 이러한 인식의 변화는 누혜의 삶과 죽음에 나타나고 그러한 인식 과정은 의미를 역전시켜 보는 발상 전환에서 시작되고 있다.

누혜는 억압된 삶의 조건을 깨달으면서 토끼와 같이 자유를 갈구한다. 그는 자신의 의지대로 인생이 진행되는 것이 아니라 사회라는 거대한 메커니즘에 의해 자아가 규정되는 모순을 발견한다.

이름이 지어지자 곧 戶籍에 올랐다. 이로써 나는 두꺼운 호적부의 한 칸에 갇힌 몸이 된 대신, 死亡居라는 법적 수속을 밟지 않고서는 소멸 될 수 없는 엄연한 존재가 된 것이다.

누혜는 살고 죽는 가장 자연스러운 것조차 제도적 억압 아래 놓여 있음을 알게 된다. ·그는 사회의 억압 구조가 개인의 자유와 인간성을 피폐하게 만드는 사실을 인식한다. 그에 의하면 학교는 죄의 집이었고, 벌에서 죄를 배우게 되는 장소였다. 공산당 가입 후에는 공산주의 사회에서 인민은 그곳에 없고 인민의 적을 죽임으로써 인민을 만들어 내는 상황만이 존재함을 알게 된다.

누혜의 자유에 대한 역전적 발상이 구체화 된 것은 포로 상태였다. 수용소에서 그는 외로움과 자유에 대해 생각하면서 진정한 자유에 대한 인식을 만들어 간다.

> 捕虜가 되었다. 외로웠다. 저 복도에서처럼 나는 외로웠다...그 외로움과 절망 속에서 나는 생활의 새 양식을 찾아냈다. 奴隷, 새로운 自由人을 나는 노예에 보았다. 차라리 노예인 것이 자유스러웠다. 不自由를 自由意志로 받아들이는 이 第三의 奴隷가 現代의 英雄이라는 認識에 도달했다. 그 認識은 내 호흡과 꼭 맞았다.

포로에서 자유를 얻는다는 것은 포로 이전의 자유로운 사변이 불가했다는 것을 역설적으로 보여준다. 이데올로기의 주인이 되기 위해 자유를 잃는 것보다 누혜는 자유를 위한 노예를 선택함으로써 진정한 자유에 대한 인식을 하기 시작한다. 그것은 노예 상태라는 것조차 스스로 자유의지로 받아들이는 자유의 인식에서 비롯된다. 그리고 전쟁 포로라는 제삼의 노예 상태에서 마음대로 사유할 수 있는 상태가 누혜에게 어울린다고 여긴다. 그러므로 그에게 있어서 진정한 자유는 자아가 대상을 선택할 수 있는 자유인 것이다.

그리고 그러한 인식의 발전은 누혜를 통해 동호에게까지 전달된다. 누혜라는 인물이 세례요한을 패로디 한만큼 그의 자유 인식은 동호라는 인물에게 자유를 예언하는 구실을 하게 된다. 그리고 그 인식은 의미 역전적 틀을 통해 동호에게 전달된다.

時計가 가르키는 시간과 위치가 빚어내는 시간. 이 두 개의 시간 사이에 가로놓인 빈터. 그것이 얼마나 출혈을 강요하든, 우리는 이러한 빈터에서 놀 때 자유를 느낀다. 우리에게 두 개의 시간을 틈세한 이러한 빈터가 결국은 '나'를 쪼개버린 실마리였는지도 모른다.

동호도 누혜가 죽고 난 뒤 위의 예문처럼 자유에 대한 인식을 하게 되었다. 동호의 인식이 의미 역전을 통해 누혜의 인식과 닮게 된다는 것은 토끼우화에서 토끼의 자유획득을 추구하는 삶의 방식이 후손 토끼나 다른 동물들에게 전이되는 것과 동일하다. 토끼우화에서 자유의 신화는 다른 동물들에게 전달되고 다시 누혜에게 이어지고 또 다시 동호에게까지 이어지는 하나의 흐름을 지니고 있다.

3-4 『오발탄』의 인물 성격

『오발탄』은 이북에서 월남하여 해방촌에서 사는 실향민 송철호 가족의 철저한 몰락을 그린 비극성이 농후한 작품이다. 계리사 사무실의 서기인 <송철호>는 겹겹의 한계에 둘러싸여 있다. 전후의 월남 난민의 가난과 가장으로서의 책임, 정신이상이 된 모친으로부터 연유하는 망향의식, 양심적인 삶에의 의지 등이 맞물려 그는 방향성을 잃게 된다. 가치 혼란기에 양심에 매달려 우유부단한 삶을 영위한다는 것은 생활력이 없는 경제적 무능자가 되는 것이다. 가난의 극한에서 한 가장으로서 이미 유명무실한 것에 불과하다.

아래가 잔뜩 집힌 채 비틀어진 문틈으로 그의 어머니의 소리가 새어 나왔다.

『가자! 가자!』

미치면 목소리마저 변하는 모양이다. 그것은 이미 그의 어머니의 조용하고 부드럽던 그 목소리가 아니고 쨍쨍하고 간사한 게 어떤 딴 사람의 목소리였다.

월남한 이후 지속적으로 귀향을 종용하던 그의 어머니는 정신 이상이 된 후로 하루에도 수십번 씩 <가자! 가자!>를 외치며 그에게 정신적 부담을 주게 된다. 실성한 모친을 보며 그가 할 수 있는 제스추어는 고작 어금니를 꽉 씹는 일 뿐이다. 그것도 몇 달 동안 충치로 고생하고 있는 이인 것이다. 그러나 돈이 없어서 치과에 가보지를 못한다. 실향민으로서의 압박과 고향에 대한 그리움 그리고 모친의 정신이상이라는 중압감은 그의 존재성을 흔드는 강력한 요인이 되고 있다. 이러한 가운데 그는 방향성을 잃게 된다. 그가 양심적인 삶을 택했다는 것은 막연한 감상적인 입장으로서 논리나 인생관에 뚜렷한 철학이나 자기주장이 없다.

「저도 형님을 존경하고 있어요, 고생하시는 형님을 용케 이 고생을 참고 견디시는 형님을, 그렇지만 형님은 약한 사람이야요, 용기가 없는 것이지요. 너무 양심이 강해요. 아니, 어쩌면 사람이 약하면 약한 만큼 그만치 양심이란 가시는 여물고 굳어지는 것인지도 모르죠」
　「양심이란 가시?」
　「네 가시지요. 양심이란 손끝의 가십니다. 빼어 버리면 아무렇지도 않은데 공연히 그냥 두고 건드릴 때마다 깜짝깜짝 놀라는 거지요....」

위의 예문에서 철호와 영호의 입장은 상반된다. 철호는 양심을 절대화하면서도 그 구체적 실천 방안이나 신념은 없고 마치 신을 두려워하듯 양심이라는 자신의 어떤 지침을 어기지 않고 살아간다. 그러나 영호는 양심은 상대적이고 불필요할 수도 있다고 믿는다. 『오발탄』을 읽는 독자라면 양심적이지만 가난한 철호를 동정하게 될 것이다. 그러나 가

난에 찌든 철호일가에게 던지는 동정은 다름 아닌 영호식의 돌파구에
대한 갈구가 스며 있는 것이다. 끝없는 허무와 비극으로 침잠하는 세계
에서 탈출하기 위한 희망이 양심을 저버리는 일이라면 대개의 경우 그
탈출을 시도할 것이다. 그러나 이범선의 인물이 보여주는 세계관은 역
설적으로 양심을 따르는 우유부단한 것이다.

　　결국 철호는 동생인 영호와의 대화에서 양심적인 인생관을 주장하지
만 그 내용은 곤궁하다. 양심보다는 실리를 주장하는 동생의 주장에 그
는 명분론과 같은 훈계로 말을 막을 뿐이다.

　　『그렇지만 인생이란 그런 게 아니야. 너는 아직 사람이란 어떻게
　　살아야만 하는 것인지조차도 모르고 있다』

　　윤리고 관습이고 도덕이고 법률까지 어겨서라도 생존이 우성이라는
영호에게 철호는 대안을 제시하지 못한다. 다만 가족의 불행에 괴로워
할 뿐이다.

　　『그래도 멋은 부렸네』
　　『멋? 그래 색안경을 썼으니 말이지』
　　『장사치곤 고급이지 밑천없이』
　　『저것도 시집을 갈까?』
　　『흥』
　　철호는 손잡이를 놓았다. 그리고 반대편 가운데 문께로 가서 돌아
서고 말았다. 그것은 분명히 슬픈 감정만은 아니었다. 뭐라고 말할 수
조차 없는 숯덩어리 같은 것이 꽉 목구멍을 치밀었다. 정신이 아뜩해
지는 것 같았다. 하품을 하고 난 뒤처럼 콧속이 싸하니 쓰리면서 눈
물이 징 솟아올랐다. 철호는 앞에 있는 커다란 유리를 꽉 머리로 받
아 부수고 싶은 충동을 느끼며 어금니를 맞씹었다. (p.292)

여동생 명숙이 미군과 껴 안고 짚차를 타고 가자 버스에 탄 사람들이
야지하는 모습에 그는 괴로워한다. 그는 가난에서 연유하는 가족의 불
행을 괴로워하지만 참기만 하지 대안이 없는 것이다. 송장같이 마른 딸
아이나 표정이 없어진 아내, 그리고 미쳐 버린 모친, 양공주가 된 여동
생 그리고 급기야 남동생 영호가 권총강도가 되고 만다. 급기야 철호의
양심적인 인생관의 방향성은 그 관념적인 방향이란 개념조차 잃고 마는
소위 얼빠진 인간으로 스스로를 만든다.

형사가 동생을 면회하겠느냐고 물었을 때도 철호는 그저 얼이 빠
져서 두 무릎 위에 맥없이 손을 올려놓고 앉은 채 아무 대답도 못했
다.

엎친 데 덮친 격으로 동생의 체포 뒤에 집에서 곧바로 아내의 난산
소식을 듣고 명숙에게 만원 다발을 받아들고 병원으로 달려가지만 아내
는 이미 숨진 뒤였다. 삶의 모든 상황 판단을 유보한 채 그는 정신없이
걷다가 치과에서 충치를 뽑고 피를 연거퍼 뱉아가며 어디로든 가야하는
당위성만 있고 방향성이 상실된 광인처럼 혹은 신이 만든 오발탄과도
같은 존재가 된다.

(.....아들 구실, 남편 구실, 아비 구실, 헝구실, 오빠 구실, 또 계리사
사무실 서기 구실, 해야할 구실이 너무 많구나 그래 난 네말대로 아
마도 조물주의 오발탄인지도 모른다. 정말 갈 곳을 알 수가 없다. 그
런데 지금 난 어디건 가긴 가야 한다.....)
철호는 점점 더 졸려왔다. 다리가 저린 것처럼 머리의 감각이 차츰
없어져 갔다.
『가자!』

철호는 또 한번 귓가에 어머니의 소리를 들었다고 생각하며 푹 쓰
러지고 말았다.

결국 『오발탄』에서 생존과 양심이라는 두 개의 축에서 중심을 잡을
수 없는 인물은 하나의 비극성으로 압축된다. 윤리 규범을 버린 명숙의
양공주로서의 삶이나 법률을 버린 영호의 삶은 분명히 비극적이다. 그
러나 양심을 선택한 철호 일가의 끝없는 몰락과 송장과 같은 가족의 모
습을 지켜보는 철호의 삶은 더욱 비극적이다. 이때 비극성은, 양심과 생
존 중에 무엇을 하나 선택해도 비극이 되므로, 선택 자체가 비극적 성
격을 띄는 것이 아니다. 말하자면 하나를 선택하는 문제가 아니라 존재
자체에 비극성이 내포된다. 그것은 전후라는 시대적 상황하에서 인간이
라는 존재론적 아픔을 지닌 자아는 선택을 할 수도 안 할 수도 없는 우
유부단한 실체로서의 상황적 비극성을 지니는 것이다.

그렇다면 『오발탄』의 인물이 보여주는 우유부단함은 어디에서 오는
것일까? 그것은 바로 탈출구가 보이지 않는 전후라는 상황 속에서 전망
을 할 수 없는 그래서 세계관을 가질 수 없는 인물의 인식력 결핍에서
오는 것이다. 전쟁이라는 저항 할 수 없는 강력한 힘이 휘몰고 지나간
자리에서 뚜렷한 철학이 없는 인물은 피동적인 주체가 될 수밖에 없다.
그리고 세계를 인식하지 못하는 인물은 언제나 비극적일 수밖에 없는
것이다.

3-5 『바비도』의 세계관

『바비도』는 로마 교황 계열의 사제단의 비리에 항거하고 자신의 종교
적 신념을 지키다가 끝내 화형당하는 봉제 직공의 이야기를 다루고 있

다. 작가는 이 소설을 통하여 당대 현실의 부조리와 인간성 회복이라는 대결 구조가 신의 범박애주의적 신앙과 교단의 허구라는 대립을 통하여 한국전후사회의 부조리와 휴머니즘의 대립으로 형상화하였다. 『바비도』에서 실제 봉제사 바비도의 순교라는 사건은 휴머니즘을 부각시킨 것으로 해석 될 수 있는 것이기 때문이다. 이 작품은 특기할 만한 점은 인물의 인식 차원에서 세계관이 노정되고 있다.

> 어제까지 옳았고, 아무리 생각하여도 아무리 보아도 틀림없이 옳던 것이 하루아침에 정반대인 극악(極惡)으로 변하는 법이 있을 수 있는 일이냐? 비위에 맞으면 옳고 비위에 거슬리면 그르단 말이냐?
> 가난한 자 괴로워하는 자를 구하는 것이 그리스도의 본의의일진대 선천적으로 결정된 운명 밧줄에 묶여서 라틴말을 배우지 못한 그들이 쉬운 자기 말로 복음의 혜택을 받는 것이 어째서 사형을 받아야만 하는 극악무도한 짓이란 말이야?

바비도는 주인공이 순교에 이르는 과정에서 인물의 의식의 성장을 보여준다. 성경 영역 비밀독회에 참석하면서 현실의 부조리함을 인식하고 분노를 느끼는 바비도를 통하여 작가의 세계관이 노정되는 것이다. 바비도는 자신이 결정한 가치관을 선택하고 그 쪽으로 가고자 한다. 태자가 사형장에 와서 회개하면 목숨을 구해 준다고 하지만 그는 그의 신념을 따른다. 그의 성자적인 태도는 세계관을 지키는 신념에 기초하고 있다. 그리고 그 신념은 죽음도 불사한다.

> 『나는 대대로 종살이하는 가난한 집에 태어나서 앉으라면 앉고 서라면 서고 일년 삼백육십 여일을 일해 왔습니다. 이 손을 보시우, 남한테 싫은 소리 한 마디 한 일 없고 남의 것을 넘겨다 본 일도 없고, 양심대로 말한 결과가 사형입니다.』
> 『바비도 나로서는 더 할 말이 없나 보구나. 시비는 어떻든 간에 너

는 한 마디만 하면 목숨을 구하고 새 출발을 할 수도 있지 않으냐? 나두 내 힘자라는 데까지 네 앞날을 개척하는 데 조력하지』

　바비도는 말없이 빙그레 웃었다.

　『어때』

　『오히려 나는 내가 걸어온 길이 지금 생각하면 즐거운 길이었습니다. 이 길을 그냥 가렵니다. 다행이 하찮은 영혼이라도 없어지지 않고 지옥 한 구석에 남아 있다면 오시는 길 기다리고 있겠습니다. 권력의 세계의 주역(主役)을 깨끗이 치르고 오십시오.(P.255)

　바비도의 죽음 선택은 세계관의 선택이다. 바비도는 로마 교황의 교단의 비리와 종교적 제약이라는 압박에 항거하고 나름대로의 종교적 모색을 한다는 것은 말하자면 삶을 모색하기 위해 길을 찾고자 하는 것이다. 길을 찾아 자아를 확인하고 무언가를 찾는 데에서 가장 문제되는 부분의 하나는 인물의 형상화이다. 결국 소설은 누가 무슨 일을 하는가의 문제이기 때문이다. 그때 문제적 인물은 소위 전형성을 가진 존재로서 소설 세계를 대표하고 세계관을 보지한 사람이다. 전형성이란 하나의 집단, 계층, 성격 등을 작중인물의 성향으로서 가지며 텍스트 내의 성격은 공시적 보편성을 갖게 된다. 그리고 인물의 전형성은 그가 지닌 세계관에서 비롯되는 것이다. 세계관은 작품의 형식 미학을 통괄하는 일관된 사고 체계로서 작품의 유기성을 아우른다. 세계관은 하나의 집단, 사회 계급, 구성원들을 결합시키고 그들을 다른 집단과 대립시켜 주는 절망, 감정, 사상의 총체이다. 그러나 형체 없는 이 집단의식은 개인의식 속에서만 존재한다. 그러므로 개인으로서의 작가는 자신의 세계관을 문학 텍스트를 통해 현현시킨다.

　바비도가 종교의 평등과 휴머니즘적 세계관을 주장하는 것은 김성한이 『바비도』를 통해 전후 한국사회의 휴머니즘을 부르짖는 것에 다름 아니다. 바비도의 휴머니즘적 세계관은 바로 작가 정신의 표출이기 때문이다.

세계관은 선험적 체계로서의 사상과는 개념이 다르다. 그것은 생활, 이성, 감정, 의식 등을 포함하며 미래에 대한 욕망을 포함한다. 이러한 총체적 입장으로서의 세계관은 사회집단을 매개로 하며 그 사회집단은 총체성을 띈 인간관을 향한 의식 즉 전망성에 대한 방향성이 있는 것이다.

결국 길을 찾는다는 것은 전형성의 인물의 자아와 단절된 세계를 벗어나 자신의 세계관에 맞는 세계를 찾는 것으로 규정할 수 있다. 세계관이란 세계를 인식하는 하나의 인식이라 할 수 있다. 그리고 인식은 어떻게 해서든지 하나의 형식으로서의 틀(논리)을 요구한다. 그런데 김성한의 인물이 그려내는 세계관은 형식을 형상화하기보다는 혼란된 논리과 신념의 틀을 보여주고 있다. 그것은 세계관을 실천하는 문제적 인물이 종교적 신념에 의한 타락한 종교사제단 항거하기 때문이다. 그리고 그러한 삶과 그 삶을 형상화한 텍스트는 과거의 세계관으로는 용인될 수 없는 틀을 만들어 냈다. 루카치나 골드만의 이론에서 본다면 그것은 분명 세계관에 이르지 못한 감정 덩어리에 불과하다.

그리고 그 신념은 종교를 절대적으로 만드는 믿음이어서 바비도를 순교하는 성자로 만들어 버린다. 그는 종교의 평등을 위해 순교하면서까지 집행자들의 평등성도 인정한다. 이러한 평등에 입각한 휴머니즘적 세계관은 전후 소설에서 중요한 문제로 부각된 것이다. 그것은 좌우익, 월남 실향민, 피난민, 지역 원주민의 갈등이 첨예화한 당대 혼란기의 진정한 휴머니즘적 세계관이기 때문이었다.

3-6 전후소설의 문제와 전망

이 글에서 주로 문제 삼은 전후소설의 부분은 피동적 인물들이 이루는 소설들이었다. 물론 능동적인 전시의 작품들도 있고 전쟁배경으로서 상황이 미약한 소재로 취급된 소설도 있다. 그러나 우리의 전쟁 상황은 아직 휴전 중인 까닭에 전후 소설의 형평성 획득과 전망이라는 차원에서 피동적 소설의 유형의 한계와 전망성만을 언급하기로 한 것이다.

피동적 인물들이 그려낸 소설 세계는 그 성격상 사회 배경에 의해 희생당하거나 상처받은 인물들이 그것 때문에 아파하는 세계를 주로 다루고 있다. 그러한 시각은 상처 치유와 병적 자아에 대한 회한으로 이어지기 일쑤다. 그것은 자포자기적인 삶의 포기로서 휴머니즘이라는 가면으로 삶을 버리게 된다. 다시말해 자유를 갈구하던 하나의 건강한 사회를 이루어 내는 데에는 문제점이 노정되는 것이다.

이런 측면에서 소설의 주제에 대한 확대해석과 정치한 분석이 뒤따라야 할 것이다. 가령 휴머니즘에 대한 재고가 이루어져야 할 것이다. 전시 혹은 전후 소설에서 빈번히 이야기하는 휴머니즘에 대한 소설에서의 정체성을 파악해야 전후소설의 성격을 보다 객관적으로 파악할 수 있을 것이다. 휴머니즘을 인간 존중이니 인간성 회복이니 하여 막연하게 개념을 두게 된다면 논리성을 잃기 쉽기 때문이다.

또한 전쟁 문학에서의 피해와 희생에 대한 시각을 지적할 수 있다. 『수난 이대』의 경우도 상이군인의 불구는 받아들이면서 원인과 결과에 대한 인식이 없다. 『비오는 날』에서도 피난민의 몰락에 대해서 안타까워할 뿐 삶의 전반에 대한 인식이 부족하다. 그런 소설의 세계는 자칫 허무성을 띄기 쉽다. 이러한 비관적 세계에 형평을 주기 위해서는 가해자의 입장과 희생자의 입장을 드러내어 폭넓은 문제거리를 작품으로 형상화하는 것도 필요할 것이다. 전후 소설은 궁극적으로는 통일의 문제까지 대비해야 하겠기 때문이다.

끝으로 전후소설의 범주와 내용에 대한 연구 그리고 보다 많은 텍스트 발굴에 힘써야 할 것이다. 전후소설이라는 실체를 보다 넓고 깊게 파악하기 위해서는 자료발굴과 정리와 분석이라는 조건이 선행되어야 하겠다.

참고문헌

구인환 외, 한국전후문학연구, 삼지원.
김윤식, (속)한국근대작가론고, 일지사, 1981.
김치수, 한국소설의 공간, 열화당, 1986.
김화영, 문학의 상상력 연구, 문학사상사, 1982.
윤병로, 한국현대소설의 탐구, 범우사, 1980.
이재선, 한국현대소설사(1945-1990), 민음사, 1996.
아재인 외, 현대소설의 이해, 문학사상사, 1996
조남현, 소설원론, 고려원, 1982.
홍기삼, 한국현대작가연구 하, 백문사, 1989.
홍기삼, 한용환, 임꺽정에서 화두까지, 문학아카데미, 1995
한국단편문학전집, 문성당, 1977.

4 귀향소설

4-1 서론

문학과 사회의 연관성은 동일한 문화권에서의 문학적 전통이라는 맥락을 사회적 변모와 계승에서 찾게 한다. 한때 치열한 삶을 살아 냈고 사회의 격렬한 변동을 온 몸으로 받아 낸 작가들은 그의 삶과 문학을 모색하는 과정에서 작품의 경향과 작가로서의 세계관을 만들어 간다고 할 수 있다. 그러므로 작가의 감수성과 시대 상황은 불가분의 관계에 놓여 있는 것이다.

우리 소설에서 하나의 맥락을 발견할 수 있는 것이 이른바 길 소설 혹은 여행 소설 부류이다. 특히 길 소설은 전후 눈부신 경제 성장을 통하여 도시 농촌의 양극화 현상이 야기되면서 귀향소설이 등장했다. 이러한 관점에서 귀향소설 몇 편 선정하여 살펴봄으로써 시대적 변화와 가치차이를 통해 귀향소설의 의미를 살펴보기로 한다. 특히 시대적 가치관의 변화에서 오는 「길」의 의미와 그 변용을 문제 삼으려 한다.

텍스트로는 60년대 김승옥의 『무진기행』과 70년대 황석영의 『삼포가는 길』은 제삼세대 한국문학(삼성 출판사 간행. 1983)을 텍스트로 하였고 , 80년대 최일남의 『세 고향』은 한국문학 1980년 11월호, 90년대 오

정희의 『구부러진 길 저쪽』은 문학과사회 (95년 가을호)를 연구대상으로
하였다. (각 인용의 쪽 수는 원문의 쪽수만을 표기함)

소위 귀향 소설에서는 대개 도시와 시골이 대비함으로써 분리된 다른
공간에서의 인물들이 벌이는 삶의 모색과정과 그 전말을 드러내게 된
다. 『무진기행』에서는 도시의 속물적 삶을 지탱하는 충전의 공간으로서
의 농촌이 대비되고 『삼포 가는 길』에서는 떠돌이들이 지향하는 안주의
공간으로 안정된 삶의 확보처로서 도시가 부각되는 동시에 고향을 잃어
버리게 된다. 한편 『세 고향』에서는 각각 도시에서 실패한 인생들이 고
향에 찾아 들어 그들의 몸과 마음을 치유하는 장소로 시골이 도시에 대
비된다. 또한 『구부러진 길 저쪽』에서는 왜곡되거나 현실에서 분리된
고향은 이미 안주할 장소가 아니고 도시와 시골이 거의 분간이 없는 공
간으로 90년대의 상황을 그려내 보여준다.

위의 소설들은 인물들이 귀향을 하게 되는 원인과 귀향 후의 의미에
서 각기 다르다. 그것은 시대적 가치 변화와 우리 나라의 급속한 경제
발전의 과정에서 도시의 비대화와 시골의 빈곤이 양극화되면서 양자의
대비는 갈수록 첨예화되었다. 때문에 여행이나 길을 소재나 주제로 삼
은 소설들은 시대적으로 상당한 차이를 드러내게 되었다. 그러나 동일
한 문화권에서 유사한 소설 형식이 담아 내는 소설 세계의 연관성은 있
게 마련이다. 이글에서는 그러한 귀향 소설의 역사적 맥락과 의미에 초
점을 두어 길 소설로서의 귀향의 의미를 살피기로 한다.

4-2 무진기행

60년대 소설의 기점에 선 작가 김승옥의 작품은 전후 문학의 이데올
로기 편향과 엄숙한 교훈주의를 넘어선 의미를 지니고 있다. 그것은 50

년대 전후 분위기의 긴장감을 풀어놓고 개인의 내면 의식흐름에서 위트와 자연스런 감수성을 배양시킨 결과에 기인한다 하겠다. 그의 소설을 통한 사회의식은 다분히 풍자적이다. 60년대의 허무의식과 도시 농촌의 양극병리화에 대한 장난기 어린 현란한 필체가 그러한 형상화를 돋보이게 한 바 있다. 그의 작품이 유희적 성격을 띄는 것은 그러한 맥락에서 파악할 수 있다. 그러나 간과할 수 없는 것은 그의 장난기 어린 창작 방법론이 개체의 숙명적 조건으로서의 실존적 고독과 삶이 봉착한 직면 문제를 다루고 있다는 사실이다.

60년대 소설의 가장 큰 특징이라면 신경증이나 생리, 심리 불안 같은 병적 현상을 보이는 점이다. 이러한 비정상적 정서는 특별한 심리적 증후를 보이는 인물이나 그러한 인물이 속한 세계를 소설 공간으로 삼고 있다. 또한 이러한 공간 설정은 시간적 배경의 불안한 구조를 동반하기도 한다. 그것은 세계가 타락되어 있고, 인물이 내면적으로 훼손되어 있음을 전제로 하는 것이다.

다양한 사건 구조와 공간 시간의 배치에 따른 작품 구성을 이해하는 일은 작가의 창작 의도와 내용 파악의 일단이 될 것이다. 또한 의도적으로 장치화된 타락한 세계와 귀향의 대비 그리고 고독하거나, 타락되었거나 혹은 소외된 군상들의 천착은 소설 담론을 구체화하는 방법론이 될 것이다. 특히 이 텍스트에서 문제되는 부분은 훼손된 세계에서 자아 찾기의 수단으로 떠난 길에서 되돌아가는 부분이라 할 수 있다. 무진이라는 원형적 순수함의 고향을 거쳐 다시 도시라는 타락된 세계로 돌아가는 인물의 이해를 통한 작품분석이 텍스트 이해의 관건이 되기 때문이다. 사회배경이 병폐해 있음이 소설구조에 녹아드는 것은 창작 측면에서는 자연스런 것이다. 그러한 부분에 관한 접근은 구조분석, 인물의 고독과 소외의 형상화라는 측면에서 『霧津紀行』을 살펴보기로 한다.

4-2-1 다층 일화의 구조

이 텍스트는 크게 4개의 단락으로 이루어져 있다. (1.무진으로 가는 버스 2.밤에 만난 사람들, 3.바다로 뻗은 긴 방죽, 4.당신은 무진을 떠나고 있습니다.)의 4부분이 그것이다. 작품의 특색은 짧은 분량에 비해 다양한 일화가 산재해 있는 것으로 지적될 수 있다. 그것은 인물의 다양함과 그에 따른 일화의 전개 때문이다. 사건구조를 파악하기 위해서는 이들 사건을 독립적으로 떼어 내어 배열할 필요가 있다.

주 스토리 구조는 무진 출신의 주인공 윤희중이 도시에서 재력 있는 과부와 결혼해서 속칭 출세하고 무진에 돌아와 그곳에서 사흘을 지내며 하인숙과 정사를 하고 다시 서울로 돌아가는 것이다. 이것과 맞물려서 전개되는 2차 스토리 구조는 조세무서장과 후배 박과 하인숙 교사와 연결된 일화를 들 수 있고, 작중 '내'가 부재한 서울에서의 부인과 장인에 개입된 모종의 음모에 관련된 2차 스토리 구조가 놓여 있다. 한편 부 스토리 구조에서 파생된 3차 구조들이 2차 구조들에 연결되어 있다. 무진에 있는 부차적 구조들은 후배와 세무서장과 하교사 등에 연결된 개별적 구조 그리고 「나」의 여행 노상에 놓여 있는 과거와 현재에 관련된 망상과 산만한 일화들, 그리고 서울에 있는 인물들에 대한 지엽적인 3차 스토리 구조 등이 수형도(樹型圖)처럼 짜여 다층의 일화 구조를 이루고 있다.

복잡한 사건구조의 의미를 해석하는 일은 저자의 창작의도를 도출해 내는 작업이 될 것이다. 다층 일화의 복잡다단함과 현란한 문체는 제목에서 암시하듯 안개로 하여금 무언가를 은폐시키기 위한 장치로 작중 구조에서 역할을 담당하고 있다. 가령 농업 시찰원들의 담화, 광주에서 마친 미친 여자의 일화, 무진에 도착한 후 본 개의 교미장면, 후배 박의 선량함에 대한 논의, 학교와 세무공무원생활의 의미 없음에 대한 생각, 하교사의 유행가와 가곡에 얽힌 이야기, 방죽에서 본 술집 여자 시체에 대한 느낌 등은 그가 무진에서 동질감에 바탕한 진실한 사랑에 대한 경도와 여행자체의 도피처 성격을 흐려놓고 있다. 그것은 주 스토리라인을 도중에 희석시키거나 마치 안개처럼 은폐시키는 효과를 거두고 있는 것이다.

그러나 그러한 은폐들은 주인공의 전체적인 삶이 허무함을 드러내는데에 일조하고 있다. 마지막에 타락한 사회와 타협하는 그의 각오는 배반으로 거듭되는 일상의 허무함 전체를 극명하게 보여준다.

> 한번만 마지막으로, 이 무진을, 안개를, 외롭게 미쳐가는 것을, 유행가를, 술집여자의 자살을, 배반을, 무책임을 긍정하기로 하자. 마지막으로 한번 만이다(p.366)

그러나 그는 이내 각오를 배반하고 진실한 사랑에 대한 편지를 쓴다. 그리고는 바로 그 편지를 찢는다. 이러한 부질없음을 그는 이미 체득했기 때문이다. 그리고 그러한 증좌들은 그토록 산만하고 현란한 하부구조들에서 나타난 것들이었다. 어차피 일상이 장난이라면 진실이 없는 장난자체는 허무하기 때문인 것이다.

4-2-2 공간

작품에서 주요 제재로 들 수 있는 것은 길과 무진이라는 고향, 그리고 서울이라는 도시이다. 먼저 길은 통상 가고 오는 통로의 개념에 이끌림으로써 공간적인 매개물로 작품에 등장한다. 또한 방황하는 인물의 동작을 담아내는 그릇의 역할을 하기도 한다. 이처럼 길을 간다는 것은 탐색과 추구의 발전적 완성을 지향하는 행동성(行動性)을 내포하며 그것은 탈출이나 불만, 방황 혹은 자기 찾기의 과정으로 구체화된다. 『무진기행』에서도 길은 자기 찾기의 여정이며 회의와 체념의 수단이 된다.

이 작품에서는 길이 세계와 자아의 성장과 발전의 경험이 장이 되기 보다 체념과 회한의 공간이 되고 있다. 루카치의 지적처럼 문제적 인물이 훼손된 세계에서 진정한 그 무엇을 찾아 나설 때의 길은 자아와 세계의 결렬을 체득하고 발전적 문제점을 지향하게 되지만 『무진기행』에서는 가고 오는 길이 오히려 방황과 모험 그리고 회한으로 나타난다.

> 버스가 산모퉁이를 돌아갈 때 나는 <무진 Mujin 10km>라는 이정비를 보았다. 그것은 옛날과 똑같은 모습으로 길가의 잡초 속에서 튀어 나와 있었다.(p.344)
> 덜컹거리며 달리는 버스 속에서 나는, 어디쯤에선가 길가에 세워진 하얀 팻말을 보았다. 거기엔 선명한 글씨로 <당신은 무진읍을 떠나고 있습니다. 안녕히 가십시오>라고 씌어 있었다. 나는 심한 부끄럼을 느꼈다. (p.366)

이처럼 길은 버스 유리창을 통해 간접화되어 있고 길가에서 이정표를 통해 위치를 확인하고 있다. 이러한 간접성은 현실감각을 둔하게 하는 작용을 하고 있다.

이 작품이 귀향형 소설이면서 도시와 시골이라는 공간의 양분화에서 도시의 훼손됨과 시골의 편안함이 대비되고 있기는 하다. 그러나 도시의 사회병리적 현상이나 인간관계의 타락상 등이 시골에서의 안주를 촉발시키지만 주인공은 도시로 되돌아간다. 그것은 도시에서의 삶이 황량하고 안주하기 어려운 공간일 지라도 떠남의 시발지이자 회귀점이 되고 있기 때문이다. 이미 그에게는 도시의 닫힘의 공간이 가장 친밀한 공간이 되어 버렸기 때문이다.

안개나루로 해석되는 공간 무진(霧津)은 이미 원형으로서의 순수한 고향이 아니다. 5,6만명의 사람들이 그럭저럭 살아가는 변질된 공간이다. 또한 그러면서 외부와 단절된 소외된 공간이다. 그래서 나와 하인숙

같은 외부지향적 사람들은 안개를 걷어줄 해나 바람을 간절히 바라고 있는 것이다.

주인공의 기억 속에서 무진은 공간적 배경으로서 몇 가지 의미를 지닌다. 이때의 배경은 의미화되며 주제의 메시지를 부각시키는 역할을 한다.

첫째, 엉뚱한 망상을 하게 하는 자유로운 공간이다. 그것은 서울의 가족들에게서 벗어나는 길이며 동시에 일상에서 해방되는 우스꽝스런 망상들을 만들어내게 한다. 그것은 도피처로서 작중의 가장 기본적인 이야기 구조인 도피여행의 장소로서 사용되고 있다.

둘째, 어둡던 청년기 전쟁참전을 피해 수음이나 하며 숨어 지내던 회한의 공간으로 그곳에서 흡연과 번민으로 폐병을 앓았던 병력이 있고 정신적으로 미치기 직전까지 갔던 고립의 공간이기도 하다.

셋째, 암울한 청년기의 아늑한 공간이지 고향으로서의 인간관계가 성립되었던 긍정적인 공간은 아니다. 더욱이 이미 타락된 공간으로서 속물적 출세지향주의와 성적 문란함 등이 작중에 노골화되어 있다.

넷째, 모험소설의 주요 일화인 모험적 공간에서 문제적 인물이 찾아나선 자아 찾기와 진실성 추구에서 죽은 술집작부에 대한 연민이나 하인숙에 대한 동질감에서 오는 사랑의 감정 등에 대한 자아의 인식변화 공간이 바로 무진이기도 하다.

이러한 무진이라는 공간은 하나의 구조를 지니고 있다. 그러나 이 공간은 그 기능적 측면에서 아이러니한 모습을 띄고 있다. 그것은 탈 도시라는 도피처로서의 기능과 과거의 도피처로서의 기능이 상실된 속화 공간으로서의 기능이 공존하고 있는 데에 기인한다.

무진이라는 공간의 특수성은 과거 불만스러웠지만 분명한 도피처였고 지금도 도시의 속물적 세계에서 도피하는 공간으로 기능을 하고 있다. 그러나 그곳의 안개와 같은 전망 없음이 '나'로 하여금 하인숙에게 가지 못하도록 하며 정작 탈속의 공간으로서의 무진은 이미 존재하지 않는다.

> 버스는 무진 읍내로 들어서고 있었다. 기지붕들도 양철지붕들도 초가지붕들도 유월 하순의 강렬한 햇빛을 받고 모두 은빛으로 번쩍이고 있었다. 철공소에서 두드리는 쇠망치 소리가 잠깐 버스로 달려들었다가 물러났다. 어디선지 분뇨냄새가 새어 들어왔고 병원 앞을 지날 때는 크레졸 냄새가 났고 어느 상점의 스피커애서는 느려빠진 유행가가 흘러나왔다.....읍의 포장된 광장도 거의 텅 비어 있었다. 햇볕만이 눈이 부시게 그 광장 위에서 끓고 있었고 그 분부신 햇볕 속에서, 정적 속에서 개 두마리가 혀를 빼물고 교미를 하고 있었다. (pp.348-349)

이처럼 금속성을 느끼게 하는 무진은 더 이상 아늑한 도피처가 아니다. 그에게 햇볕을 갖다달라고 매달리는 하인숙에게 그렇게 하려고 시도해보지만 그는 이미 타락한 공간인 도시에서 훼손된 인물이 되었고, 무진에서 그녀를 빼주어 합치자는 짓이 부끄러운 짓임을 인식하게 된다. 이러한 고향의 변질의 시작은 그 공간이 산업화의 초기에서 개발되어 변형되고 있음에서 비롯된다.

4-2-3 시간의 구조

시간적 배경의 변조는 일화들의 연결과 관계없이 나타난다. 그것은 공간이 이미 타락한 세계에 물들어 버렸으므로 시간적 배경이 그에 따라 타락상을 드러내는 작품의 배경으로 작용하고 있기 때문이다.

과거의 공간에 대한 무의식적 반사로서의 행동은 이미 타락한 그에게 현재에 익숙하도록 되어있다. 이러한 공간적 연속성은 시간적 배경을 조정하는 요인이 된다.

그런 생각을 하자 나는 쓴 웃음이 나왔다. 동시에 무진이 가까왔다
는 것이 더욱 실감되었다. 무진에 오기만 하면 내가 하는 생각이란
항상 그렇게 엉뚱한 공상들이었고, 뒤죽박죽이었던 것이다. 다른 곳에
서도 하지 않는 엉뚱한 생각을, 나는, 무진에서는 아무 부끄럼 없이
거침없이 해내곤 했었던 것이다. 아니 무진에서는 내가 무엇을 생각
하고 어쩌고 하는 게 아니라 어떤 생각이 나의 밖에서 제멋대로 이루
어진 뒤 나의 머릿 속으로 밀고 들어오는 듯했다. ....(중략) 무진에서
는 항상 자신을 상실하지 않을 수 없었던 과거의 경험에 의한 조건
반사였다. (p.346.)

아늑한 공간에서의 시간적 정지는 더 이상 서울에서의 가정적 불안이
나 속물적 출세욕에 시달리며 쫓겨 사는 불안에서 벗어날 수 있게 해준
다. 그런 곳이라면 시간이 재구성되어 현재의 시간이 아닌 과거의 습관
적 경험대로 시간을 인식하고 행동할 수 있는 것이다. 그리고 윤회중은
무진의 여행 중 곳곳에서 자유로운 시간여행을 하게 된다. 그의 상상은
제멋대로이고 언제나 작품의 주 스토리라인을 방해하는 가지치기 식의
생각이 꼬리를 물고 이어져 시간적 배경자체를 은폐시키거나 변화시키
게 된다. 현재의 일화에서 과거의 일화로 연결되었다가 과거의 시점에
서 더욱 먼 과거의 이야기를 끌어냄으로써 시간배경을 복잡하게 하고
있는 것이다.
　무진에 접어들면서 그런 시간적 배경의 굴절은 심하게 나타난다. 다
음의 상상과 시간적 배경의 관계를 살펴보면 다음과 같다.

1. 무진에 왔다는 실감이 되었다.
2. 엉뚱한 공상이 제멋대로 일어나기 시작한다.
3. 며칠 전 아내의 권유로 여행을 떠나게 되었다.
4. 과거 무진에서의 경험이 조건 반사적으로 나타난다.
5. 나이가 들어서는 귀향이 잦지 않았다.

6. 고향 떠나기 전 수음하며 숨어 지내던 추억이 있다.

7. 서울에서는 고향이 그리웠다.

8. 오늘 미친 여자 보고 무진의 기억이 되살아났다.

9. 6.25때 참전 기피로 괴로워했다.

10. 지금 이정비를 보고 과거가 일별되듯 지나갔다.

11. 아내와 장인의 권유가 떠올랐다.

12. 무진에 도착했다.　　　(pp.346-349)

이상에서 현재의 시간은 1,2,10,12.이다. 가까운 과거의 시간은 3,8,11, 한편 먼 과거의 배경은 6,9.이다. 그런데 4,5,7은 과거의 배경이면서 시간이 정지된 듯한 상태에서 조건 반사적으로 드러나는 시간 배경이다. 이러한 정지태의 시간 배경은 정지태에서의 인물행동이나 공간배경을 담아내는 것 자체가 혼란스럽다. 그렇기 때문에 인물의 인식을 은폐시키기에 적당한 소설의 한 기법이 될 수 있다 하겠다.

한편 주인공 윤회중이 괴로워하던 전쟁참전 기피로 말미암은 시간적 배경은 하인숙과의 조우 배경과 시기적으로 일치한다. 동질성 확인의 시간은 같은 시기에 놓여있는 경험을 재구성함으로서 무진을 떠나지 못해하는 두 사람을 관련시키고 있다. 6.25의 기억에서 떠나지 못한 회한의 '나'와 유월하순의 도피여행에서 만난 하인숙의 떠나지 못해 안달하는 모습은 시간적 배경에서 동질감을 갖기가 보다 유리하게 꾸며져있다.

그러나 은폐되고 타락된 공간과 훼손되고 변조된 시간에서 진실한 사랑의 결과는 처음부터 배반의 근원적 씨앗을 배태하고 있는 것이었다. 진실하다고 믿었던 시간은 안개 속의 시간이었고 정지된 시간의 행동은 실제의 시간에서 의미를 가질 수 없는 것이었다. 결국 떠남의 시간에서 느끼는 윤회중의 심한 부끄럼은 그의 삶 전체에 놓여있는 자신의 존재

방식 전체에 대한 부끄럼이다. 말하자면 무진이라는 곳으로 기행을 하려 떠난 윤회중의 여로자체가 그 전체의 시간을 통하여 이미 타락한 부끄럼의 전체상 속에서 출발하고 되돌아간다는 것을 뜻하는 것이다. 거기에 바로 소설미학의 본령인 대상의 전체성이 놓여있다 하겠다.

4-2-4 구조와 의미

무진기행(霧津紀行)의 소설형식은 여행플롯의 형상이며 그 여행의 길에는 근원적인 존재의 고향으로서의 공간 무진이 놓여있고, 「나」는 동경의, 안주, 회한의 다층적 감정이 목적성보다는 허무감으로 이야기 구조를 종결맺고 있다. 진실한 대상이 나타났을 때 이미 타락해버린 그에게 동질감이란 자아와 세계의 타협이라는 배반으로 귀결될 수밖에 없었다. 버리고 간 여자 '희'와 속물적으로 맺은 '영'이 아닌 동질감으로 만난 하인숙에 대한 갈망과 배반은 이미 정해진 여로의 일부분인 것이다. 안개라는 허무속에서 무언가 찾아 나서서 모험을 한다는 것이 허무의 필연적 선상 위에 놓여있기 때문이다.

그것은 한 개체가 시작하여 모험하고 죽음에 이르는 길이 무화, 즉 허무에 이르는 길로서 과정의 전체성이 소설의 미학이라는 헤겔의 지적대로 귀결되는 바이다. 고대 영웅 서사장르에서는 이미 완결된 대상의 전체성을 형상화하는 것이 아니고 이미 다양해지고 변화 막측해진 현대 사회에서 훼손되고, 은폐되고, 변질된 삶의 전체성을 도상에서 발견하고 재구해 보려는 형식을 취할 수밖에 없는 것이기 때문이다. 『무진기행』에서 보여주는 60년대의 젊은이의 좌절과 허무는 4.19뿐만 아니라, 도시 비대, 농촌빈곤의 공식이 시작되고 속물적 출세주의와 성문화의 문란이 본격화되는 사회상에 대한 작가인식의 표현이다. 『무진기행』은 그런 사회에 대해 소설적 대사회 대응 의미를 견지한다.

4-3 삼포가는 길

　이 작품은 떠돌이 노동자 노영달과 정씨 그리고 술집 작부인 백화가 고향을 찾아가는 과정을 보여주는 소설이다.『삼포가는 길』은　여행(길) 소설의 플롯을 취하면서 새로운 형식을 보여준다. 길 소설의 인물은 무언가를 찾는 자아로 규정된다. 무언가를 찾아 나선다는 것은 그가 속한 세계에 불만이 있다는 증거이다. 찾는 자의 의미는 문제의 해결에 있다. 그런데 통상 루카치의 명제인 「길이 시작되자 여행은 끝났다」는 문제 해결의 통로가 시작되는 시점에서 소설의 사건이나 내용이 끝나는 데 소설의 본질인 아이러니가 놓여 있다. 우리 소설에서 염상섭의『만세전』이나, 김승옥의『무진기행』, 황석영의『삼포 가는 길』그리고 유재용의『에덴을 찾아서』등에서의 찾는 자의 결말은 새로운 시작을 암시하는 점에서 그 작품들은 아이러니라는 소설 본질에 근접된 소작들이다.

　『삼포가는 길』는 루카치 식의 아이러니를 다른 방식으로 보여주고 있다. 그것은 소설이 하나의 사회를 이루고 있다는 가정 하에서 상황의 아이러니를 이루어 낸다. 가령 작가는 갑이라는 결과를 알고 있지만 인물은 을이라는 결과를 기대하며 길을 떠나 여행을 하게 된다. 이때 통로로서의 여행은 갑이라는 결과의 의미이며 대단원에 있어서 그것은 하나의 아이러니를 빚어내게 된다. 그런데 특기할 만한 부분은 이 작품에서 서구적 아리어니의 틀을 발생시키는 動機(motivation)가 자아의 주체적 인식에서 세계가 훼손되었음을 느끼는 것이 아니라 막연한 방랑을 문제삼고 있다. 이때 가고자 하는 목적성이나 가는 곳의 공간성은 신비스럽게 변모하며 길 자체도 역시 의미화 된다. 인연을 찾아나서는 길이 바로 대상인 세계와의 관계를 맺는 행위가 되기 때문이다. 길은 이미 자아가 모색하는 소통로를 넘어서 어떤 형식과 의미가 있는 대상이다.

그리고 길은 자아와 대립되는 세계가 되는 것이다.

황석영 문학에서 가장 특징적인 것이라면 방랑, 방황, 객지 등의 단어로 요약할 수 있을 것이다. 이 작품도 그의 다른 작품과 큰 차이 없이 방황하는 인물들을 그리고 있다. 『객지』에서는 공사판 인부들이나 노동자들이 떠돌고, 『한씨연대기』에서는 피난민들의 방황이 그려지며, 『산국』은 양반 노인네와 중인 여인네의 떠돔을 그렸으며 그리고 『철길』에서는 군인의 압송이라는 점에서 그의 작품 인물들은 객지에서 방황하고 헤매이는 인물들이 언제나 등장하고 있는 것이다.

그렇다면 과연 이 작가는 무엇 때문에 이토록 거리에서 방황하는 것일까? 혹은 부단히 움직이는 동력학의 세계를 선택하고 있는 것일까? 많은 작가들의 소설이 그 발상에서 전개에 이르기까지 대부분 '움직이지 않는 것', '발전하지 않는 것'을 선택하고 있는 것이 한국소설의 상황이다. ....황석영 소설에서 전통적 가치에 대한 옹호의 음성은 얼핏 잘 들리지 않는다. 그가 도시화·공업화에 반발하고 있다고 해서 그가 전통 사회의 전근대성과 폐쇄성을 지지하고 있는 것은 아니라는 이야기이다......

황석영은 그가 속했던 체제와 그것이 만들어놓은 규격적인 메커니즘을 떠나 방황의 체험, 외지인으로서의 아픈 기억을 갖지 않는 것 속에서는 심금을 울리고 영생하는 예술이 생겨나지 않는다고 생각한다......그는 도시 사회의 기능적 부품으로 예속되어 가기 쉬운 예술을 끊임없이 그 밖으로 이끌어내는 야생의 외지 바람을 불어넣는 역사적 안목을 지키려고 한다. 이것이 '떠남'을 통해 규범을 거부한 그가 마지막으로 도달하고자하는 외로운 땅이다.[1]

그러나 이 작품에서는 외지인 의식과 더불어 감동이 동반된 남녀의 사랑이 잔잔하게 그려지고 또한 새로운 출발이라는 삼포에의 도착은 또 다른 변화를 시작으로 새로운 길이 기다리고 있음을 알게 한

---

1) 김주연, "떠남과 외지인 의식," 김주연문학평론선, 문학사상사, 1992.참조

다.

　백화는 관록이 붙은, 소위 사단 병력을 상대했다는 작부이다. 인천의 노랑집, 대구 자갈마당, 포항 중앙대학, 진해 칠구 등지에서 술집 경력을 갖고 있다. 그러나 그녀의 진실했던 사랑은 서정적 감동을 품고 있다. 백화의 사랑은 불같이 타오르지만 부초처럼 방황하는 그런 부류의 모습을 띄고 있다. 백화가 순정을 바쳐 사랑한 것은 갈매기집에서 갈보생활을 하고 있을 때의 일이다. 그 술집 근처에는 감옥이 있었으며 그녀는 출감이 멀지 않은 한 죄수와 알게 되어 사랑에 빠진다.

　출감이 멀지 않은 사람들이라 성깔을 부리지 않았구. 그들이 밖으로 나오면 기를 쓰고 찾는 것은 물론 담배였다. 백화는 담배 두갑을 사서 그들 중의 얼굴이 해사한 죄수에게 주어 주었다. 작업하는 열흘 간 백화는 그들의 담배를 댔다. 날마다 그 어려뵈는 죄수의 손에 몰래 쥐어주곤 했다. 다음부터 백화는 음식을 장만해서 감옥 면회실로 그를 만나러 갔다. 옥바라지 두 달만에 그는 이등병 계급장을 달고 백화를 만나러 왔다. 하룻밤을 같이 보내고 병사는 전속지로 떠나갔다. '그런 식으로 여덟 사람을 옥바라지 했어요. 한 달, 두 달, 하다보면 그이는 앞사람들처럼 하룻밤을 지내구 전속지로 떠나곤 했어요.'
　백화는 그런 일 때문에 갈매기집에 있던 시절, 옷 한가지도 못 해 입었다. 백화는 지나간 삼년 중에서 그때 만큼 즐겁고 마음이 평화로웠던 시절은 없었다. 그 여자는 새로운 병사를 먼 전속지로 보내는 아침마다 차부로 가서 먼지 속에 버스가 가리울 때까지 서 있곤 했다.(p.422)

　백화는 남자를 소유하려고 사랑하지 않는다. 마치 달관한 사람처럼 남자에게 헌신적인 사랑을 주고 아무것도 요구하지 않은 채 남자를 떠나보낸다. 그리고 그런 시절이 가장 즐거웠다고 말한다. 백화의 사랑은 헌신적이지만 안정적이지 못하다. 그것은 여기 저기 떠도는 소위 갈보의 삶에서 안정된 사랑은 있을 수 없기 때문이다. 그것은 떠

돌이 노동자 노영달의 사랑도 마찬가지이다. 노영달의 사랑도 떠돌지
만 감동적인 면은 있다.

> "좋았지 정말, 대전이었습니다. 옥자라는 애를 만났었죠. 그때 공사
> 장에서 별볼일두 없었구 노임도 실했어요."
> "살림을 했군"
> "의리 있는 여자였어요. 애두 하나 가질 뻔했었는데, 지난 봄에 내
> 가 실직을 하게 되자, 돈 모으면 모여서 살자구 서울루 식모자릴 구
> 해서 떠나갔죠. 하지만 우리 같은 떠돌이가 밤에 혼자 자다가 일어나
> 면 그애 때문에 남은 밤을 꼬박 세우는 적두 있습니다. (p.414)

영달은 노동판을 따라 전국을 누비면서 만나는 여자와 사귀고 살림도
차렸는데 오직 옥자라는 여자에게 미련이 남는다. 그러나 방랑과 노동
판을 따라 떠도는 삶 속에서 그러한 일말의 애정은 서서히 묻혀져 간
다. 그것은 정씨가 안주하고자 하는 조용한 고향이 점점 사라져 가는
이땅의 상황과 유사한 것이다.

노영달과 정씨가 감천 읍내에서 기차를 탈때 백화는 그들에게 이점례
라는 본명을 밝히고 도움에 감사하는 진지한 모습을 보인다. 그녀가 고
향가는 기차를 타고 남은 남자들은 삼포가 개발중이라는 사실을 듣게된
다. 영달은 일거리에 가슴이 부풀지만 막상 조용한 고향에서 안주하려
던 정씨는 마음의 정처를 잃어버린다.

70년대 도시개발과 관련된 시민의 삶과 방향성에 초점을 맞춘 작품이
다. 떠남과 돌아옴의 양상은 『삼포가는 길』의 주인공들은 객지와 고향
에 대한 그리움과 안주하고자 하는 의식이 교차된다. 그들은 그렇게 떠
돌며 어딘가에 안착하려한다. 그것은 회구일 수도 있고 단순한 머묾일
수도 있다. 그러나 이들의 떠돎은 바로 우리 사회가 불안하게 동요되고

있음에서 기인한다. 그러나 그들이 안주하고자 하는 곳은 이미 시골이
아니라 개발도상의 도시인 것이다. 대도시라는 곳은 노동자들에게 안정
된 삶을 보장하는 기대지평을 갖고 있다. 그러나 인물들은 일을 찾는
동시에 회귀의 고향을 잃어버리는 아이러니를 인식하게 된다.

이처럼 길은 출발과 도착지가 서로 다르며 인식의 차원에서 시작과
끝의 차이가 기대와 다르게 나타난다. 언제나 시작은 끝인 동시에 **끝은**
새로운 시작이 놓여있는 것이다.

70년대 산업화 물결을 타고 도시개발과 그에 따른 인구이동은 실로
엄청난 이동인구를 만들어 냈다. 이때 그 떠도는 자들은 『무진기행』시
대인 개발초기 즉, 60년대를 살아내고 급기야 터전을 떠난 부초와도 같
은 사람들이다. 그리고 그들이 정작 고향(삼포)로 회귀하는 길은 안주가
아닌 또다른 방랑이 되고 있다. 이것은 70년대의 급속한 산업화가 가져
온 결과이다. 길이라는 대상을 변질시키기 시작했다는 점에서 『삼포가
는 길』에서의 길은 이미 여정의 모험이나 순수한 신세계로의 이동 통로
가 아닌 산업화 이후의 훼손된 공간이 개념이 나타나기 시작했음을 보
여준다. 이러한 변질화의 조짐은 실제 80년대의 여행, 혹은 귀향 소설에
서 그 부작용의 결과를 드러낸 점에서 실제 형상화된다.

4-4 세 故鄕

4-4-1 서울행의 길

이 작품은 세 사람의 귀향길을 도피하다시피 떠나온 도시지향의 길과
대비하여 보여주는 귀향소설이다. 귀소본능에 의해 귀향한 세 사람의
이야기로서 기업체의 이사로서 출세하여 서울에서 도도한 모습을 보이

다가 암에 걸려 시한부 인생으로 고향을 찾은 50대의 창수와 중앙청 계장직의 공무원으로 관운이 좋았지만 부하 직원의 실수로 승승장구의 관운이 다하고 승진의 틀에서 떨려나간 30대의 종식 그리고 상경하여 공장을 다니다가 임신한 채 남자에게 버림받고 정신 이상이 되어 돌아온 달순 이상 세 사람의 귀향 이야기이다.

이들은 모두 각자의 이유로 고향을 등지고 대도시인 서울행이라는 길을 떠난 사람들이다.

창수는 입신양명의 출세욕을 따라 대도시인 서울에서 그럴싸한 대기업의 이사라는 직위까지 올라간 이 고향마을에서 최고로 출세한 인사 중의 하나이다. 그러나 고향사람들이 그의 서울 사무실이나 집에 들르면 쌀쌀맞기 그지없게 대했으며 지나가는 말로 안부를 묻거나 농담조차 하지 않았다. 자신의 출세지향적 일에만 몰두했던 것이다.

> 이런 객담이야 돈 한푼 드는 것도 아닌데도, 그리고 그런 농담은 상대방이 큰 회사의 중역이라 찾아갈 때부터 약간씩 주눅이 들어있는 고향사람들의 마음을 확 풀어주는 일임에도 불구하고 그는 안그랬다. 비단 동네사람들 뿐만아니라 선영을 지키고 있는 동생 창복이에게도 뻣뻣하게 대했다. 남들모양 추석이나 구정 때 성묘를 자주 오는 것도 아니고, 이따금 도생에게 돈만 내려보내면서 자기 대신 선산을 잘 돌보라고 일렀다. 그래서 시제같은 큰 행사가 있을 때네는 문중 어른들은 그를 몹시 성토했다. (p.75)

창수는 시골에서 도회로 나가 출세한 전형적인 인물이다. 출세한 자신은 고향사람들을 부끄럽고 귀찮은 존재로 여긴다. 그는 가족과 함께 철저히 도시적인 생활을 유지하려고 노력하며 고향의 이미지로서의 시골은 원경에 놓고 거리를 지켜내고 산 인물이다. 그의 서울행이라는 길의 의미는 출세지향 도시지향이라는 목적 때문에 고향이 부정적일 수밖에 없다. 이러한 대비적 성향은 도시, 시골의 양극화 현상에 기인하게 된다.

한편 종식은 그 지방 토호인 순창영감의 적자였으나 그의 부친이 **후**실을 보고 자식을 여럿 낳자 모친과 함께 그 집에서 쫓겨나 어려운 **삶**을 살다가 결국 한을 품고 고향을 떠난 인물이다. 그는 어머니와 막일을 하고 어렵게 살다가 급기야 부친 집에 강도로 위장하여 영감님의 소실을 모질게 굴다가 붙잡혔다. 그러나 부친과 이웃의 탄원으로 교도소에는 가지 않고 소년원에서 6개월 복역하고 나와 상경한다. 그는 대학을 졸업하고 고시를 보았는지 공무원 시험을 통하여 고급 공무원이 된다. 중앙청의 계장으로 비교적 관운이 좋게 풀려갔다. 그러나 부하직원의 실수로 그 책임을 지고 실직하기에 이른다.

그도 창수와 마찬가지로 고향을 방문한 적이 없다. 그의 도시행은 부친에게 버림받고 하루 아침에 빈민이 된 상태에서 생활난을 극복하기 위해 그리고 대학에 진학하여 취직하기 위해 도시로 나아간 삶의 기반을 찾는 의미를 갖는다. 그는 고향에 다시는 발을 들여놓지 않겠다며 벼르고 고향을 떠났다. 그는 농촌이 점점 빈곤해지기 시작하는 무렵, 도시에 가서 고학으로 대학을 졸업한다. 도시는 농촌에 비해 훨씬 더 많은 기회가 주어지고 성공의 확률이 높은 곳이기 때문이다. 결국 그의 도시행은 부친의 박대가 원인이 되었지만 무한한 기회의 공간인 서울에서의 성공과 연결이 되어 도시, 시골 양극화의 대비가 선명히 드러나게 된다.

달순이는 면소재지의 염색공장에 다니던 소녀였다. 어느 봄날 같은 마을 출신으로 군 소재지 주유소에서 일하는 덕수와 다방에서 만나 먼저 술을 마시고 나온 그와 함께 무작정 H시에서 그들은 다방 술집 등을 거쳐 여관에 간다. 그러다가 거기에서 고향 아저씨를 만나 시골집에 모든 소문이 나고 그 부모들은 거품을 물고 그녀를 죽일 듯이 덤벼들었다. 그녀로서는 고향에 더 이상 머물 수가 없었다.

> 얘기는 자연히 울 밖으로까지 터지고 도저히 고향에 머물 수 없는 지경에까지 이르고 말았다. 설상가상이라고 할지 공교롭다고 할지, 독수는 그 일이 있은 지 한달 만에 군에 입대했다. 이렇다고 할 언질도 주지 않고. 할 수 없었다. 달순이는 연줄을 찾아 서울로 날랐다. 서울은 그렇다. 서울은, 달순이 같은 아이의 과거를 묻지 않고 너그러이 받아주었다. 과거에 뭘 하던 사람이며, 어찌하여 서울로 잠입해 들어왔는지를 묻지 않았다. 도시의 익명성은 그런 점에서 매우 편리하고 관대했다. (pp.80-81)

달순의 서울행은 가족과 이웃으로부터의 도피였다. 마을 전체가 하나의 생활공동체인 시골에서는 추악한 소문을 달고는 가족과 이웃에게 얼굴을 들고 살 수가 없는 공간이다. 반면 서울이라는 공간은 시골 마을에 비하여 무한한 곳이라고 할 수 있다. 그 거대한 공간은 그녀의 과거를 아무렇지도 않게 받아들였고 그녀는 대도시에서 다시 여직공 생활을 하면서 가끔 부모와 동생들에게 선물을 사부치기는 해도 귀향은 하지 못했다.

창수, 종식과 달순의 서울행은 각각 출세지향, 삶의 모색, 소문을 피한 도피로서의 방법으로 출발된다. 그들의 도시행은 시골이라는 고향과 반해서 의미를 갖는다. 물론 위의 세 사람의 상경은 그 원인과 과정이 다르지만 몇몇 동질성을 견지한다.

첫째, 그들의 서울행은 대도시에 이주하여 그곳에서 생활해보려는 삶의 새로운 터전으로서의 대도시행이라는 점에서 일치한다. 우리사회의 경제는 80년대 접어들면서 도시, 농촌 양극화가 더욱 뚜렷해진다. 그러므로 모든 기회나 부가 도시로 편중됨은 당연한 결과이다. 둘째로는 인물이 갖는 삶의 지향이라는 부분이다. 그들은 일단 서울에서 안주하면 고향을 등진다. 오히려 고향사람들을 부끄럽거나 귀찮은 존재로 인식하려하며 기피한다. 그것은 출세화, 도시화라는 지향성에 역행된다는 인식에서 기인한다.

4-4-2 고향행의 길

창수와 종식 그리고 달순은 결국 귀향했다. 창수는 불치병인 암에 걸려 길어야 반년 정도의 삶을 남겨놓고 죽음을 맞이하러 낙향한다. 한편 종식은 직업을 잃고 사회에서의 실패를 몸에 안고 귀향한다. 달순과 이들에게 있어서 귀향은 하나의 공통점을 지닌다. 고향행이라는 길의 의미는 자기를 구제한다는 의미인 동시에 고향을 버렸다는 죄의식에 대한 속죄이다. 그들은 귀향하였다는 사실에서 행복감을 느낀다. 그것은 원죄에 대한 자기회복의 의미로 서울행이라는 길의 이미지와 고향행이라는 길의 이미지가 대립되는 구조를 보여준다.

창수는 자기가 시한부 인생이 되었다는 사실을 알았을 때 고향을 떠올린다. 암이라는 이야기를 듣고 그는 가슴이 불안하게 뛰는 한편 오히려 마음이 이상하게 가라앉았다. 그리고는 고향을 생각했다.

> 그때 왜 고향이 생각났는지 자기도 모를 일이었다. 고향 같은 조용한 곳에 가서 요양하라는 의사의 말은 분명히 들었지만, 꼭 그 때문만은 아니라는 생각이었다. 그런 권고보다는, 자기도 모를 어떤 편안한 이끌림 같은 힘이 작용했는 지도 모를 일이었다. 그러자 이번에는 고향을 너무 멀리하고 박대한데서 오는 두려움이나, 상대방의 거부하는 몸짓이 떠올랐다.(p.83)

창수는 죽음을 목전에 두고 고향을 찾았다. 알 수 없는 어떤 이끌림에 의해 평소에 찾지 않던 고향에 왔다. 그는 어릴 때 뛰놀던 장소들을

돌아보고 선영을 모신 선산을 가보면서 예전의 그의 모습이 아닌 부드
럽고 평화스러운 모습으로 바뀌어갔다. 그는 고향의 모든 것, 이를테면
경치, 논밭, 사람, 심지어는 개똥이나 쇠똥까지도 정답게 여기게 되었다.
그리고 모든 사람들에게 따뜻한 말이나 격려를 보내게 된다. 말하자면
창수는 고향에 와서 인간성을 회복하게 되는 것이다. 그동안 도시에서
의 삶에서 극도의 도시다움 다시 말해 이기주의적 성향을 보인 그가 죽
음을 앞두고 귀향하여 본래의 인간관계를 회복하게 되는 것이다.

　일상에서 추락했다고 여긴 종식은 돌파구 삼아 여행길에 오른다. 그
리고 고향과 반대쪽인 바닷가 쪽으로 여행길을 잡았으나 알 수 없는 힘
에 이끌려 점점 고향으로 다가와 이윽고 시골마을에 발을 들여놓게 된
다.

> 　종식은 며칠동안 낯선 경지, 낯선 사람들과 시선을 주고 받는 사
> 이, 고향에 가고 싶고 고향 사람들과 어울리고 싶은 충동을 몇 번씩
> 이나 받았다. ……고향은 이쪽의 마음이 너그러울 때 찾아가는 것이라
> 는 생각을 종식은 또 갖고 있었다……종식은 낚시대를 쥔 채 빙긋이
> 웃었다. 고향에 오기를 잘했다는고 여겼다. 가져갈 것도 줄 것도 없는
> 고향이지만, 자기에게도 고향이 있다는 사실이 갑자기 어떤 기쁨으로
> 밀어닥쳐왔다. (pp.86-88)

　종식이 겪은 사회에서의 실패는 고향에서 어느 정도 치유된다. 그가
새롭게 느낀 인간관계는 도시에서의 살벌한 그런 것이 아니었다. 순진
무구했던 시절 고향친구들과 어울리면서 가식이나 거래가 아닌 형제 이
웃으로서의 관계였다. 그는 그곳에서 행복을 느낀다. 그리고 그는 가족
적인 공동체에서 안주하고 싶은 욕망에 사로잡힌다.

　한편 달순은 서울에서 제과공장에 다니면서 성기라는 남자를 알게 되
고 임신하게 된다. 임신 삼개 월에 임신사실을 밝힌 그녀는 남자로부터

아이를 지우라는 말을 듣는다. 그리고 그 충격에 정신이상이 된다. 그녀
는 정신 이상이 된 상태에서 고향에서의 행복감을 떠올린다.

> 우리 아버지 어머니는 농사구이지만 무척 착한 사람들야. 결혼 하
> 면 우리 고향에 안갈래? 참 좋아. 앞에는 실개천이 흐르고 뒷동산에
> 는 밤나무 숲이 우거지고....아 가고 싶다. 우리고향. 무려 삼년 동안이
> 나 고향에 안갔다구. (p.88)

실성한 달순의 독백에서 그녀가 고향을 그리워하며 좋은 추억을 갖고
있다는 사실이 드러난다. 시골에서 남자에게 버림받고 또다시 도시에서
도 사랑에 실패하여 정신 이상이 된 달순은 제 정신이 아닌 상태에서
귀향을 한다.

위의 세 사람은 형편이 좋을 때에는 고향을 외면했지만 병들고 실직
하고 미치게 되자 고향을 찾았다. 귀향은 자기구제에의 통로인 동시에
시골을 버린 원죄에 대한 청산을 의미한다. 이에서 우리는 공간적으로
고향과 도시의 대립 방정식에 끼어들어 있는 삶의 실상과 함께 인간의
삶이란 종국에는 원점에 돌아오기 위해서 헤매는 방황의 긴 여로에 불
과하다는 보편적인 질서를 거듭 확인하게 된다.

삶의 모색으로 도시행의 길을 나선 사람들은 그 역경의 끝에서 귀향
의 길에 오른다. 작가는 도시의 삶과 시골의 삶을 극명하게 대비시켜
도시에서의 삶을 각박하게 제시함으로써 이분적인 생경함을 드러내지만
한편으로 귀향이라는 삶의 회귀상을 부각시킨다. 결국 인간의 삶이라는
것은 모색과정을 제외하면 시작과 종말은 같은 것이기 때문이다.[2]

이 작품에서의 가장 큰 특징은 도시행이라는 산업화 물결을 탄 여정
이 패배 이후의 귀향길로 이어지고 있음을 보여주는 부분이다. 실제 80

---

2) 이재선, 한국현대소설사(1945-1990), 민음사, 1991. p.310

년대 이후 그 심각성을 드러낸 각종 사회문제가 이 작품의 귀향 길에서 각각 나타나고 있다. 대도시에서 실패하고 죽어가는 타향출신들은 실제 대도시의 부작용을 대변하고 있기 때문이다. 80년대 산업화에 부응한 인물들은 산업화라는 일방적인 사회흐름의 뒤안길에서 스러지며 그러한 사회적 부작용은 인간적인 회귀본능으로 치유되는 귀향의 전망으로 종결되고 있다. 이 소설의 핵심은 양질의 삶을 지향하는 도시행의 길은 곧 보다 인간적인 삶을 지향하는 귀향으로 종결된다는 하나의 아이러니이다. 이처럼 80년대의 길이 산업화 도시화의 부작용을 그렸다면 90년대에는 이미 훼손된 인물들의 자아찾기의 모색과정이 노정된다. 그것은 자기치유를 통해서 생존하려는 처절한 삶의 탐색으로 이어진다.

4-5 구부러진 길 저쪽

4-5-1 오정희 소설의 특징

오정희의 소설은 서사적 메시지보다는 표현적 묘사에 더 많은 부분을 할애하고 있다. 이 글에서 다루고자하는 『구부러진 길 저쪽』 또한 예외가 아니다. 존재자체와 그와 관련된 개체적 존재들을 아우르고 있는 세계를 형상화하는 일련의 표현들은 그 묘사에 있어 질서를 갖고 있다. 그러나 작중에 나타나는 일련의 질서들은 통념을 넘어서는 자의적인 질서로서 일상의 질서와는 다르다. 그의 소설에서는 가족이나 여성, 존재, 죽음 등에 대한 인식이 순차적이거나 기존가치에 위반되는 쪽으로 짜여지기 일쑤이기 때문이다.

또한 작품의 질료로 등장하는 여성의 문제는 우리문화에 있어서 가족의 개념에 닿아있는 본질적인 부분이다. 하지만 왜곡되고 단절된 일상과 유리되어 있는 상황위주로 묘사된다.

오정희 소설이 보다 문제적인 이유는 우리시대 중산층 여성이 처한 현실에 대한 뼈아픈 자각, 여성적 삶에 대한 날카로운 통찰, 껍질과 실체라는 삶의 양면성에 대한 일깨움 등에 일층 심도 있게 다가서고 있을 뿐 아니라 이처럼 모성성의 본질적인 측면에도 상당히 접근하고 있기 때문이다. 오정희는 이론을 넘어서서 거의 본능적인 감각으로 모성성을 그의 소설 여기저기서 표출하고 있다. 초기 소설의 낙태, 불임에 대한 저항감, 그후 최근작에 이르기까지 곳곳에서 보이는 아이에 대한 애정 등이 그 구체적 증좌라 할 수 있다. 이 모성성이 치밀한 언어구사와 함께 오정희 소설의 열린 가능성이며, 참된 아름다움이다.3)

이처럼 여성의 문제에서 제기될 수 있는 숙명성은 곧잘 가족의 문제로 확산된다. 그리고 가족적인 개인의 상황은 정상적인 가족이 아닌 고아, 과부, 홀아비, 등의 훼손된 인간들의 고립상을 그리고 있다. 때문에 오정희의 소설에 등장하는 인물들은 세계와 단절되어 있는 폐쇄된 자아이다. 그리고 그런 자아는 세계의 일상생활을 수용하지 않는다. 가령, 태어남, 사랑, 섹스, 방황, 가출, 죽음 등의 개인적 체험과 사회기준에 대해 낯설게 대하고 융화되지 못한다. 결국 그들은 현실을 부정하고 거기에서의 떠남이라는 방법으로 실현시키고자 한다. 그때 자아가 갖는 세계관은 삶을 포기하는 것이 아니라 생에의 강한 의지를 보여준다. 결국 세계와의 대립에서 자아는 터무니없는 억지스러움으로 우위에 서기 위해 노력한다. 또 다른 세계에 대한 동경은 세계와의 싸움이 아니고 선택적 방법이 된다.

세계와의 대립에서 일상의 가치관을 부정하고 자아의 새로운 반응방식이 나타나는 인물의 행동은 일탈적일 수밖에 없다. 그래서 오정희의

---

3) 하응백, 문학으로 가는 길, 문학과지성사, 1996. p.62

작품에서 가장 문제시되는 부분의 하나는 복잡다단한 구성에서 모호해
지는 인물의 행동이 되는 것이다. 그것은 인물의 세계관을 독자에게서
어느 정도 분리시키는 역할을 하고 있다. 작가와 독자와의 관계에 있어
서 작가의 의도적인 독서의 훼방이 자행된다. 그 결과 행동은 등장인물
의 의식흐름의 전개가 작중현실과 환상, 과거회상 등의 혼란으로 인물
행위자체가 구분되지 않는 현상으로 나타난다.

그렇다면 작가는 어떤 저의로 인물행위의 모호함을 의도하였는가. 자
아와 현실의 갈등에서 현실이 참담할수록 양자간의 결락이 커지게 마련
이다. 그때 배경조건으로 제시된 세계는 인물의 행위가 나타나는 공간
이 된다. 그리고 인물행위의 절실함이나 심각함은 배경조건의 결락 정
도에 따라 대응되며 그것을 인식한 인물의 내면세계는 반응으로서의 행
위를 보여주게 되는 것이다. 세계와 자아의 결락 상태라는 조건이 소설
에서 인물의 행동과 인식의 상관관계가 있다면 훼손된 세계 자체로서의
소설의 질료인 각각의 표현들은 양자의 단절요인으로서의 의미가 있다.
이때 단어 하나 문장 하나가 갖는 외연적 상징적 의미는 중요한 부분인
동시에 전체가 되는 것이다.

통상 인물의 행동은 인물의 성격이나 가치관을 제시하는 하나의 기법
으로 사용된다. 인물의 행동을 통해 그 문제적 성격을 쉽게 드러내지
않는 작품은 독자로 하여금 작품 여기저기에 산만하게 흩어져 있는 부
분들을 취합하여 인물의 내면세계를 재구성하도록 요구하는 것이다. 이
때 작자는 인물의 행위나 사건이 일상의 질서로 나열해 놓지 않는다.
세계와 결락된 부분에서 통상적인 인식방법으로는 세계를 이해할 수 없
기 때문이다. 때문에 그의 소설은 두서없는 시간배치와 공간의 모호함,
애매한 인물의 행위 그리고 그를 묘사하는 치밀한 조어와 그 배치로 이
루어져 있다. 오정희의 소설이 일견 난해한 것은 삽화들의 산만한 흩어
짐과 사물을 매우 깊게 바라본 작가의 태도에서 비롯된 치열한 언어배

치에 기인하는 것이다.

4-5-2 구부러진 길

통상 똑바로 된 길을 가면서 누구나 길 앞을 보게 되지 길 좌우에 관심을 두지 않게 된다. 그것은 중심 잡힌 삶으로서 전방 지향적, 미래지향적 의지를 나타내는 것이다. 그러나 이 소설에서의 길은 각각의 개체들에게 전도양양한 똑바로 뻗은 길을 주고 있지 않다. 주인공인 세 사람의 인생의 길이란 굽어질 대로 굽어진 그것이다. 그때 전방을 향한 인물들의 갈망은 휘어진 길의 저쪽에 관심을 가질 수밖에 없다.

더욱이 그들에게 던져진 공간인 원천이라는 도시는 삶의 무대로서 그들이 떠나감을 집요하게 막고 있는 배경으로 설정되어 있다.

이십 여년 전에 원천 출신 대학생의 아이를 배고 이곳에 눌러 앉은 인자에게 원천은 그녀를 떠나가지 못하는 답답한 곳이지만 또 수시로 죽음의 이미지들을 보고 있지만, 그녀는 떠나지 않는다. 옛 애인을 기다려서가 아니라 이제는 식당운영이라는 삶의 조건으로 그녀를 잡고 있기 때문이다. 한편 은영에게는 답답하고 권태와 나른함과 고독을 견딜 수 없게 하는, 머물 수 없는 곳이지만 그녀는 계속 그곳으로 돌아오고 있다. 현우가 택시 기사에게 살인범 수배에 관해 들은 이야기에서 그곳 지형은 나가기 힘든 곳이라는 암시를 주고 있다.

> "독안에 든 쥐지요, 여긴 지형이 오목하고 암되서 한 번 들어오면 빠져나가기 쉽지 않아요....난 잘모르지만 풍수쟁이들 말로는 왜 여자들 자궁모양이라나 개울에 묻은 어항 같다고도 하고 ....(p.297)

이러한 공간에서 인물들이 느끼는 도시의 삶은 눌러앉아 살기 싫지만 떠나기 어려운 감옥처럼 다가온다. 그곳에서는 작품에 등장한 두개의 에피소드는 태어남과 죽음의 문제가 대단히 사소하게 그려진다. 귀머거리 오락실 주인의 살해와 기차 안에서 갓난아이의 버려짐은 철저한 타인들에 의해 그 공간적 배경의 특성을 드러낸다. 그러한 배경에서 인물들의 행동은 일탈적인 모습으로 나타나고 그 모습은 인자가 그들을 보는 시각에서처럼 태어남과 죽음으로 이어지는 일련의 과정이 극도로 억눌려 보이게 된다.

> 인자는 유리창에 납작하게 짓눌려져 형체를 알 수 없는, 얼음에 갇힌 물고기의 몸부림 같은 숨막힐 듯한 가위눌림을 보았다. 문득 거역할 수 없는 힘으로 몸 일으키는 형체 없는 괴물, 이 도시, 갇힌 물의 꿈을 보았다. (p.313)

원천에 있는 그들은 철저한 타인들과 관계성 없이 삶의 비루함과 보잘것없음을 느끼고 있다. 그것은 세상 전체에 있어서 자아가 느끼는 인식의 상징이다. 세계와 자아와의 대결(결렬)양상에서 이미 훼손된 상태로 존재하는 세계에 대해 화해할 수 없는 자아의 인식이나 그로 인해 야기되는 관계들을 표현한 오정희의 작품은 그렇게 표현되었기에 하나의 상징이 되고 있다. 그리고 그러한 상징은 무수한 감정의 파편이 되어 개개인의 삶이라는 무한한 대응으로 비유된다. 도시와 세계를 관통하는 울음, 비명, 외침, 신음소리 등은 모든 이의 갈등이고 총체적인 단락이 된다. 결국 오정희는 세계를 세계가 통념화한 가치체계로 받아들이지 않는다. 자아 쪽에서 그를 규정하고 인식한다. 댐에 가둔 수몰지의 물에 불과한 세계를 그녀는 동경하는 세계로의 회구로 사물을 끌어들여 그 범람소리를 듣는다. 그것은 소설의 자아가 세계와의 대립에 의해 상호를 규정하는 서사적 자아가 아닌 주체적 시각에서 세계를 규정해버리는 서정적 자아로 변환되는 것을 의미한다. 그렇기 때문에 그의 소설은 메시지보다는 표현이 부각되는 것이다.

4-6 인물의 방향성

4-6-1 인자, 기다리는 피동적 삶

원천이라는 곳에서 옛애인을 기다리면 사는 인자는 무덤덤하면서 세상을 거리를 두고 바라보는 여인이다. 그리고 그곳에서의 의욕 없는 색바랜 황혼의 시절을 보내고 있다. 그래서 그곳의 모든 풍광이나 생활들이 단조롭게 그려지고 있다. 심지어 죽음의 이미지조차 태연한 일상으로 그려진다.

양배추의 생뚱스럽게 솟은 모양이 매장된 사람의 머리처럼 보이는 그녀는 양배추를 수확하는 모습에서 목이 잘려지는 사람의 모습을 본다. 그리고 자신의 부엌에서 양배추의 껍질을 벗기면서 이목구비가 뭉개져서 사라지는 모습을 본다. 또한 이웃의 고등학교에서 교련시간의 살벌한 모습에도 바라만 볼 뿐 반응은 나타내지 않는다. 오히려 감정 없이 살벌한 동작을 따라해 본다.

> "찔러 이 새끼야. 겁내지 말고 내뻗으라니깐, 정확히 심장을 맞춰."
> 인자는 교관의 지시에 맞춰 움찔움찔 발을 옮기고 팔을 쭉 뻗어본다.
> "찔러, 찔러, 이 머저리야, 돌대가리야, 각도를 맞추라구, 상대를 죽이지 않으면 네가 죽는 거야."(p.258)

아이를 따라 동작을 하던 인자는 잘못하던 아이가 벌을 받고 운동장을 뛰는 것을 보고 마치 자기가 뛰듯이 제풀에 숨차고 기가 죽는다. 한편 인자는 옆집 오락실의 귀머거리의 무례함이나 학교아이들의 속됨에도 어느 정도 초연한 모습을 보인다. 결국 그러한 철저한 타자들과의 삶은 이웃의 살인사건이나 원천이라는 곳에서 떠나지 못해하는 딸 은영에게도 깊숙이 소통할 수 없는 조건이 된다.

4-6-2 은영, 막연한 동경과 무방향성

인자의 딸인 은영은 전문학교를 나와서 백화점 포장부에서 일하다가 지금은 골프장의 캐디로 일하고 있다. 그녀는 쉬는 날이면 목적지 없이 전철이나 버스를 바꿔타가면서 시발점에서 종점까지 가거나, 거리를 걸어다니고, 하숙집에 돌아와서는 죽은 듯 쓰러져 자는 버릇이 있다. 그것은 무언가에 대한 갈증과 소속감의 부재 혹은 일상적인 가족의 삶에 대한 희구에 의해서였다. 그러나 그녀가 찾는 것은 막연한 것이어서 일정한 방향성이 없다.

> 어느 막다른 곳에 자신을 내맡기고 싶은 마음이 밖으로 자신을 내몰았지만 가고자 하는 곳이 딱히 원천은 아니었다는 생각이 들었다. 막연한 충동이었지만 애초의 마음이라면 아주 낯선 곳, 땅 끝까지 가고 싶었던 것일까.(p.264)

그녀는 종종 집으로 돌아오지만 오기만 하면 급기야 그곳을 다시 떠나지 못해 안달을 한다. 그녀는 자아에 확신을 하지 못한다. 90년대의 사회는 이미 산업화가 어느 정도 이루어졌고 그 산업화 사회에 익숙해진 인물들이 나름대로의 길을 따라가는 거대한 메카니즘 속에 놓여있다. 그러나 인자가 그러하듯 그녀의 딸 은영 역시 불안한 자아를 감추고 살아가고 있다. 그리고 고향 마저 산업화 개발화가 이루어진 이후 그녀의 귀향은 더 이상 그녀를 치유할 수 없다. 아늑한 고향이라는 공간이 부재한 90년대에 인물은 끊임없는 방황을 할 수밖에 없는 것이다. 그녀는 엄마인 인자가 있는 원천을 거부하고 엄마에게 대들며 걷돈다. 고향과 모정은 이미 안주처가 아닌 것이다. 그녀의 여정은 고향과 모르는 곳이 다르지 않게 여겨진다. 어디를 가든 방황이 된다. 그래서 은영의 길은 언제나 방황과 방랑적 성격을 띄게 된다.

4-6-3 현우, 환상을 쫓는 자아

현우는 고아로 자라나 지금은 엑스트라 배우생활을 하고 있다. 대배우가 되는 것이 꿈이지만 그는 언제나 재수 없는 징크스에 시달리고 있다. 그는 스스로 자신의 인생이 어딘가에 연결핀이 빠지고 줄이 끊긴 목걸이처럼 혹은 깨진 사발조각처럼 마구 흩어져 버렸다고 여기고 있다. 선원이나 광부가 되기로 작정을 했다가 원천의 노부부가 잃어버린 아이를 찾는다는 신문 기사를 우연히 보고 자기가 그 아이일지 모른다는 생각에 원천으로 향한다.

신문을 발견한 것이 어떤 운명적인 필연성으로 여겨졌다. 떨어진 구두 밑창도 예사롭지 않았다. 언제나 중대하고 결정적인 일은 예기치 않은 사소한 것이 빌미가 되는 법이다.
····(중략)····자신의 모든 생이이 신문 쪽지를 향해서 움직여 온 듯한 생각에 사로잡혔다. 오. 내 인생은 얼마나 이상한가. 원천이라니. 망망대해에서 거센 파도와 싸우는 모습과 땅 속에서 누렇게 번쩍이는 금맥, 산적의 고독한 은둔 생활은 이미 그의 뇌리에서 사라졌다. 팽나무가 누워 자라는 그리운 고향 집과 오로지 그만을 향한 늙은 부모의 기다림만이 그를 사로잡았다.(p.274)

자신을 둘러싼 조건에 대해 항상 불만을 품으면서도 엉뚱한 망상으로 자신에게 꿈을 갖도록 만드는 그는 몽상적인 방향성을 갖는다. 그는 고아출신이며, 입양과 파양을 거치면서 스스로 세계와의 단절을 이겨내는 방법을 터득하고 있다. 자아를 분열시켜 자신의 어려움을 타인에게 전가하는 것처럼 자신을 위안하곤 한다. 그러나 그러한 자아분열은 결국 스스로 자아를 확인하게 되는 자가당착에 빠지게 되고 만다.

자아를 치유하기 위해 귀향의 길을 선택한 현우는 실제 고향이라는 개념 자체를 가질 수 없는 조건의 인물이다. 그는 고아다. 그런 그가 허위로 만들어낸 고향은 그를 치유할 수 없는 공간인 것이다. 90년대의 우리사회 구성원들은 대개 고향을 잊었거나 상실한 경우가 허다하다. 시골의 아름다운 정취를 지녔던 고향은 이미 개발되어 흔적도 없이 사라졌거나 미혼모들에 의해 유기 된 수 많은 고아들이 고향의식을 갖기에는 사회가 너무나 각박해졌기 때문이다. 이처럼 90년대의 인물군 중의 하나를 상징하는 현우의 경우도 자아를 치유할 고향이라는 공간부재형 인물이다.

4-6-4 분열된 고향에서의 조우

세 사람은 자아에 대한 안정감이 없다. 그들은 공히 부모에 대해 소위 원천(源泉)이라 할 수 있는 근원적인 끈의 개념이 없다. 인자의 뿌리 없음과 현우의 고아라는 과거 그리고 어미로부터 다 메울 수 없는 무소속의 상실감은 일련의 고아의식을 바탕으로 하고 있다. 그리고 그러한 삶의 양식은 안정적 삶을 희구하면서도 그것을 거부하는 방식으로 나타난다. 가부장적 사회의 파탄과 여성적 모계사회의 참담함 등이 삶의 원천인 생명의 탄생에서부터 부정적인 세계관을 갖도록 하며 작중 삽화인 기차 안에서의 기아와 짜증에 의한 즉각적인 살인이 비논리적이며 삶을 더없이 보잘 것 없게 하고 있다.

결국 원천이라는 막힌 공간에서 그들은 자아를 망각하거나 고의로 초월하려하고 있다. 의식의 주체가 상실된다는 것은 세계는 더 이상 방해나 단락의 그 무엇이 될 수 없음을 의미한다. 현실세계의 삶이 질서를 잃고 자아는 죽은 자처럼 끝없는 허무 혹은 죽음이 있을 뿐이다.

그러나 작중 인물은 죽음을 택하지 않는다. 그들은 그들이 직접 가지 않은 길 저쪽에서 강물이 범람하는 소리를 듣는다. 그들은 방황과 역경 뒤에 아버지라는 근원의 의미를 느끼게 된다. 그것이 다시 어떻게 전개될 지는 모르지만 자아는 새로운 세계에 대해 다른 시각으로 반응을 보이게 될 것이다. 여기에 오정희 소설의 훼손된 자아에서 잃어버린 자아로 다시 근원적 자아에로의 회귀성이 나타나게 된다. 그리고 그러한 인식에 도달하게 되는 여정은 죽음까지 가본 사람이 새 생명을 바라보게 되는 환원적인 길인 것이다. 그러나 그 회귀로서의 귀향은 이미 분열되어 있다. 현실과 떨어진 분열된 고향이라는 귀향의 길과 고향이면서 이미 고향이 아닌 실종된 귀향의 의미가 그것이다. 그들이 만난 원천은 그들에게 고향일 수도 있고 혹은 아닐 수도 있다. 그리고 이미 90년대 고향은 마음이나 몸이 병든 자들을 치유할 수 없다. 80년대만 하더라도 도시에서 상처받은 자들은 귀향하여 치유를 모색했었다. 하지만 90년대 인물들은 치유를 모색할 뿐 실제 너무나 비대해진 사회공간 어디에서도 안주할 수 없다. 그들은 고향을 만들 수도 거부할 수도 있는 시대에 살고 있기 때문이다. 결국 가지 못할 길 쪽에의 회구는 이미 접어든 이 길과 크게 다르지 않게 마련인 것이다.

4-7 결론

　지금까지 살펴본 귀향소설은 그 귀향양상이 60년대에서 90년대에 이르기까지 다양한 양태로 나타났다. 그것은 우리사회의 급속한 변화에 따라 작가관과 가치관이 달라졌음에 기인되는 것이다.
　길 소설의 인물은 세계에서 어떤 결락을 느끼고 무언가를 찾는 자아로 규정될 수 있다. 또한 무언가를 찾아 나선다는 것은 그가 속한 세계에 불만이 있다는 증거이다. 찾는 자의 의미는 문제의 해결에 있다. 그런데 귀향소설은 이러한 시각에 커다란 문제점이 놓여있다. 고향으로 돌아간다는 것은 처음으로 회귀한다는 점에서 문제적 개인이 모험을 찾아나서는 것과는 반대의 입장이기 때문이다. 통상 루카치의 명제인 「길이 시작되자 여행은 끝났다」는 문제 해결의 통로가 시작되는 시점에서 소설의 사건이나 내용이 끝나는 데 소설의 본질인 아이러니가 놓여 있다. 그러나 귀향소설에는 새로운 여행으로서의 길이 이미 과거에 불만으로 떠나 버렸던 고향으로 가기 때문이다. 귀향소설에서의 인물은 고향을 찾는 이유가 회귀성과 치유성에 있다고 할 수 있다. 늙고 병들어 안주하고자 하며 가족이나 친지, 이웃이 그립다거나, 용기와 피난을 구하러 혹은 삶을 마감하기 위하여 더러는 회한이나 과거를 청산하기 위해 고향을 찾는다.

『무진기행』에서는 그러한 고향이 자신의 치유처가 되고 이미 목적지가 아니다. 자아를 차유한다는 점에서 그러한 고향의 의미는 『세 고향』에서도 마찬가지이다. 그러나 『삼포가는 길』에서 그런 치유의 기능은 존재하나 그 기회는 사라지며 『구부러진 길 저쪽』에서도 고향이 치유의 기능을 가지지 못한다. 이 점에서 6.7.80년대에는 고향이라는 공간은 어느 정도 인간 삶의 회귀의 공간으로서의 기능이 존재했지만 90년대 이후 그러한 부분은 약해지고 있음을 알 수 있다. 특히 서울 근교의 거대 도시화는 시골이라는 분리된 공간을 허락하지 않는다.

이처럼 고향이라는 공간은 우리 소설에서 시대적 상황과 가치관에 따라 다르게 나타난다. 그리고 그 상이성은 급속한 경제구조의 변화에 따라 야기된 도시, 시골 양극화 현상에서 기인되고 있다. 이러한 거대도시화 혹은 비대도시와 빈곤시골의 양극화는 앞으로의 소설의 판도에 커다란 영향을 줄 것이다. 극도의 개인주의와 이기주의에서 출발하는 인간관계에 이러한 귀향소설의 전망이 어느 정도 경종을 울려줄 수 있을 것으로 기대한다.

참고문헌

김승옥, 무진기행,

김윤식, 한국현대문학사 1945-1980, 일지사, 1985.

김치수, 한국소설의 공간, 열화당, 1986.

김화영 편역, 소설이란 무엇인가, 문학사상사, 1988.

오정희, 구부러진 길 저쪽,

우한용, 한국현대소설구조연구, 삼지원, 1990.

이보영, 한국근대문학의 의미, 신아출판사. 1996.

이재선, 한국현대소설사(1945-1990), 민음사, 1991.

정현기, "김승옥의 소설적 인식론," 한국문학전집, 삼성출판사, 1985

조남현, 삶과 문학적 인식, 문학과지성사, 1988.

천이두, "존재로서의 고독," 제삼세대한국문학, 삼성출판사, 1983.

한용환 외, 현대소설의 이해, 문학사상사. 1996.

최일남, "세 故鄕," 한국문학 1980.11.

홍기삼 외, 임꺽정에서 화두까지, 문학아카데미, 1995.

황석영, 삼포가는 길,

5 페미니즘 소설

5-1 서 론

페미니즘 문학은 여성이 단순히 남성에 대해 차이가 있는 존재로서 문학적 문제를 바라보는 것이 아니다. 1930년대 대두된 이래 페미니즘 문학은 문학의 사회적 요소를 강하게 반영하여 마르크시즘, 정신분석학과 유사한 성격을 갖게 되었다. 이들의 학문적 성향은 문화적인 것이 먼저 형성된 후 비판적 텍스트에서 이미 구성된 문화에 근거하여 지식이 재생산되는 물질적 혹은 무의식적 조건을 연구하는 데 초점이 있다는 점에서 공통적이다.

페미니즘 문학은 일차적으로는 문화체계 속에 숨겨진 선입견을 드러내며, 이차적으로는 그 현상의 객관적이고 근본적인 원인을 분석하여 제한적인 기존의 문화와 문학을 해체하여 새로운 지식과 관심을 창출하고자 한다. 그 구체적 내용은 여성의 부당한 대우에 대해 습관적이거나 의도적인 세계 전체를 비판하는 것이다.[1]

서구에서 생겨난 남성 우월 의식은 스스로를 세계사의 중심에 놓게

---

1) 변신원, "페미니즘 비평," 현대의 문학이론과 비평, 시문학사, 1991, 참조,

만들었다. 결국 가부장적 제도의 부당함에서 페미니즘 문학은 촉발되었다. 우리 문학에서 페미니즘 문학의 수용은 아직 초보적인 상태이다. 여성해방은 일부 부유층 여자의 호사 취미가 아니다. 그것은 인종, 빈부의 문제보다 선행한다. 여성문제는 각계각층이 있기 때문이다. 사회주의의 완성이나 빈부격차의 해소 이후에도 여성문제는 계속 남아 있게 될 것이다. 여성은 가사, 임신, 출산, 육아를 통해 사회경험의 기회를 더 갖지 못함으로써 그만큼 사회활동의 불이익을 당한다. 즉 일정한 경쟁 관계를 상정하면 여성은 남성과의 경쟁에서 질 수 밖에 없는 상황에 놓이는 것이다. 여성은 완전한 사회 즉, 세계의 완전성이라는 문제 앞에 가사, 임신, 출산, 육아의 기간 동안 자신의 세계화 과정에서 부차적으로 간주된다. 그리고 상황에 따라 남성에 종속당하고 배반당할 수 있다. 그런데 문제는 그러한 여성의 문제 또한 세계의 문제인 것이다. 이러한 모순을 극복하고자 하는 데에 페미니즘 문학의 과제가 놓여 있다 하겠다.

사실상 페미니즘 문학론자들 사이에서도 여성주의니 여성중심적이니 하는 핵심개념들에 대한 이해와 주장이 여러 갈래로 나타나고 있다. 이는 곧 여성성의 대타개념인 남성성에 대해서도 보편타당한 설명을 해내기가 쉽지 않다는 뜻이 된다. 따라서 서양의 특정 이론가의 페미니즘 문학론을 맹목적으로 추수하여 그를 한국문학에 기계적으로 적용시키려는 태도는 처음부터 딜레마에 빠질 가능성이 높다.[2]

그렇기 때문에 페미니즘의 이론에 따라 연역적으로 텍스트를 분석하기보다는 개별작품에서 드러나는 바를 여성의 문제로 연결하여 천착하는 자세가 보다 논리적 설득력을 가질 수 있다. 따라서 이 글의 목적은 우리 소설에서 드러나는 페미니즘적 요소들을 일별하여 그 작품들이 의도하는 문학적 세계를 이해하고자 하는 것이다. 문학의 특징이 인간에

---

2) 조남현, 풀이에서 매김으로, 고려원, p.150, 1992.

대한 끝없는 탐구에서 비롯된다면 온전한 휴머니즘의 한 방법이 될 수 있는 페미니즘적 시각의 확보는 의미 있는 문학적 자세의 한 부분이 될 것이다. 연구 대상 작품으로는 박완서의 『참을 수 없는 비밀』, 신경숙의 『풍금이 있던 자리』, 최윤의 『하나코는 없다』, 김만옥의 『회칼』 이상 네 편의 단편으로 한정하기로 한다.

5-2 여성의 존재와 사회인식

박완서는 1931년 경기 개풍 출신으로 3세에 부친을 여의고 오빠와 숙부가 전쟁에서 죽은 것이 그녀의 삶과 작품에 큰 충격으로 자리잡고 있다. 박완서는 1970년에 장편 『나목』으로 등단하여 지금까지 계속적인 창작활동을 하고 있다. 그녀는 특이한 감성의 소유자이다. 사물과 인간을 바라보는 그 작가적 역량은 입담과 진실성으로 독자를 작품에 끌어들인다. 그녀는 기교나 꾸밈 혹은 신묘한 사건을 통해서보다 보편성 있는 인물과 사건을 통하여 감동의 상황으로 독자를 몰아가는 능력 가진 작가이다.

박완서의 『참을 수 없는 비밀』(창작과비평, 12월호)은 다소 힘든 삶을 꾸려 나가는 40대 여인의 노이로제적인 가출을 그린 아이러니컬한 이야기이다. 이 작품은 아이러니스트가 설정되어 있지 않다. 다만 독자가 아이러니를 알아차릴 수 있게 되어 있을 뿐이다.

하영은 대학 일 학년 때 오빠의 친구인 세준이라는 청년에게 치기 어린 마음으로 급류에서 수영을 해보라고 하다가 그가 익사하자 평생을 죄책감과 징크스에 시달리며 살게 된다. 그녀는 우연히 아파트 베란다에서 도로를 바라보고 있을 때 두 대의 차가 정면 충돌을 일으킨다든지, 암으로 병상에 누워 있던 아버지가 하필 자기가 간호할 때 숨을 거두셨다든지 하는 징크스에서 헤어나지 못한다. 뒤늦게 결혼한 일상의 행복이 언제 깨질지 모른다는 불안감에 닥쳐올 불행보다 먼저 가출하기 일쑤이다. 그녀의 가출은 불행을 막기 위한 선제 공격이었다. 그리고 그녀는 그러한 선수가 최선의 방어책으로 믿고 있다.

> 말리는 사람들을 뿌리치고 하영은 세진의 가슴을 두드리고, 배를 누르고, 그리고 입술을 빨았다. 실습해 본 일도, 남이 하는 걸 본일도 없지만, 그녀 나름대로는 인공호흡을 하고 있었던 곳이다. 그의 입술은 얼음처럼 차가웠다. 아무리 열렬하게 빨아 대도 새파랗게 질린 입술에 핏기는 돌아오지 않았다....요새도 하영은 그때 빨아들인 냉기가 자신의 내부에서 빙하가 되어 모세혈관까지 고루 분포돼 있는 것처럼 느낄 적이 종종 있었다.[3]

그녀가 갖게 된 징크스는 위에서 느낀 공포감과 냉기의 차가운 두려움과 세준의 가족들이 그녀를 저주한 소위 '남의 집 대를 끊어 논 재수 없는 년'의 욕설, 이 두 가지였다. 그 후로 그녀는 불행한 삶을 당연시하며 행복한 결혼과 이해심 많은 남편 귀여운 아들, 딸까지도 불행의 대상이 될까 봐 두려워하며 살게 된다. 그리고 그 징크스를 깨기 위해 그녀는 종종 가출을 해 왔던 것이다. 이러한 그녀의 삶은 그녀 인생의 참을 수 없는 비밀인 동시에 아이러니이다. 이렇게 아이러니한 삶을 영위하게 된 것은 이 사회에서 여자에 대한 편견과 오류의 인식이 그 방탕에 놓여 있음을 간과할 수 없는 것이다.

이 작품에서 중요한 이미지로는 차가움을 들 수 있다. 해돋이 전에 바닷가 횟집 거리를 방황하다가 본 횟감들의 차가운 심장, 우연히 만난 익사자의 차가운 죽음과 흰 운동화의 차가움, 점심식사를 한 횟집 이층의 썰렁하고 차가운 느낌, 남편과 첫 장거리 여행에서의 혹독한 추위,

---

3) 박완서 "참을 수 없는 비밀,"(창작과비평, 12월호) 1996, p.22.

세준의 익사 후 그녀가 벌인 인공호흡에서 느낀 냉기, 그리고 집에 전화하고 메모리폰에서 들은 차가운 녹음 메시지 소리에 놀라 온몸이 얼어붙는 느낌으로 이어진다.

세준의 죽음(차가움)에 대한 하영이의 체험은 그녀를 노이로제로 몰고 갔다. 그녀의 신경증은 실생활을 방해할 정도로 심각한 것은 아니었지만 가끔 가출이라는 결과로 나타나 가족들을 불안하게 하고 있다. 그러나 가출한다는 것은 그녀에게는 노이로제의 스트레스로부터 해방되기 위한 몸부림인 것이다. 현대인이라면 누구에게나 약간의 노이로제는 있다. 그런데 하영에게는 그 치료법 내지는 대결의 방법이 가출이나 단독여행으로 나타난다. 그것은 불행이 올 것이라는 자기확신의 노이로제에 저항하는 방법이다. 이때 작품을 읽어 나가는 독자는 그렇지 않을 수도 있다는 일반적인 쪽에 서서 하영을 바라본다.

돈키호테의 자신에 찬 오해에서 우리가 희극적 요소를 발견한다면, 하영의 징크스에서는 연민을 가질 수 있을 것이다. 그리고 하영의 다소 비극적인 삶을 통해, 또 인간에게 있어 속박과 제한이 개인적 사회적으로 둘러 쌓여 있음을 상상해보게 한다.

하영의 삶을 규정하는 어떠한 조건이나 관계와는 아무런 상관없이 실제로 존재하는 하영의 체험적 상황이 이 작품의 가장 중요한 부분인 것이다. 이때 독자가 느끼는 하영의 삶은 가족에 대한 책임이나 하영의 신경치료 이외의 다른 차원의 독서방법이 요구된다. 즉 하영의 실제의 삶과 당위의 삶과의 차이에 관한 독자의 상상력이 바로 그것이다. 작중에서의 하영의 삶이 바로 독자인 아이러니스트가 느끼게 되는 아이러니가 되는 것이다.

아이러니는 인생의 체험을 단면만 보지 않고 그 반대의 면도 봄으로써 풍자의 개념보다 심층적인 비판 의식을 갖는다. 또한 의미작용에 있어서도 풍자가 대상에 초점이 맞추어져 있다면 아이러니는 주체와 대상의 관계성을 부각시킨다.

이 작품에서 아이러니하게 부각되는 하영의 행위와 합리적인 해석과의 차이는 독자로 하여금 희극적이기보다는 비극적인 쪽으로 방향을 인도하고 있다. 가령 바닷가에서 우연히 마주친 흰 운동화를 신은 시체를 부둥켜안고 우는 하영의 모습은 그녀를 둘러싼 구경꾼들에게는 아무런 관계없는 그녀를 <미친년>으로 치부하게 한다. 독자 역시 실소를 하게 되는 장면이다. 그런데 가장 문제시되는 그녀의 삶은 우리 사회에서 여성에 대한 편견과 오류에서 비롯되고 있다는 점이다. 페미니즘적 시각에서 그러한 사회인식은 여성이라는 개체를 억압하는 요인이고 그러한 굳어진 오류에 대한 형상화는 아이러니컬한 기법으로 통해 나타나고 있는 것이다.

> '지금은 전화를 드릴 수 없습니다. 나중에 전화 드릴 테니 하실 말씀을 남겨주십시오' 생판 처음 들어보는 차갑고 기품 있는 목소리다
> "뉘시유, 응, 당신 누구요? 누가 남의 집에...."
> 하영은 놀라 수화기를 떨어뜨리며 뒤로 한 걸음 물러난다. 손끝 발끝이 차갑게 얼어 들어온다. 모든 것이 아득하니 무감각해진다. 다만 심장으로부터 모세혈관까지 빙하처럼 차가운 피가 흐르는 걸......[4]

그녀는 마지막 부분에서 메모리폰의 녹음된 차가운 목소리를 듣고 놀라 심장과 혈관이 얼어붙는 듯한 느낌에 사로잡힌다. 전화를 잘못 걸었든지 부재중에 그녀의 집에 새로 메모리 전화를 들여놓았든지 간에 하영은 다시금 불안에 시달린다. 그녀는 차가움의 노이로제를 이겨내지 못한다. 결국 그녀는 참을 수 없는 비밀의 괴로움을 벗어나려고 단독여행이나 가출을 시도하지만 그 체험의 불안에서 벗어날 수 없었다. 살기

---

4) 박완서, 상게서, p. 26.

위해 몸부림치지만 죽을 수밖에 없는 인간의 운명이 커다란 아이러니인 것처럼 그녀의 마지막 소스라침은 희극적인 동시에 비극적이다.

이 작품은 두개의 아이러니 구조로 이루어져 있다. 하나는 사랑을 전하고 싶은 하영과 세준의 유치한 행동이 오히려 죽음과 죄의식이라는 결과로 나타난 점이다. 다른 하나는 하영이 이후의 삶에서 행복해지기 위해 불행한 사고를 저질러야 하는 징크스에 시달리는 점이다. 양자는 희극적, 비극적 요소를 지니고 있다. 자신과 아무런 관계없는 타인의 죽음을 목놓아 울어대는 하영의 모습은 미친 짓 아니면 우스운 짓거리임에 틀림없다. 그러나 그것은 그녀의 실존적 조건이고, 비극이다. 또한 가출 후 집에 연락하고는 메모리폰의 녹음소리에서 자지러지는 그녀의 모습도 희극적인 동시에 비극적이다. 그녀는 합리적이라고 말할 수 있는 삶과 다소 단절되어 있다. 이때 독자들은 그녀의 우스꽝스런 행동에 웃음 어린 비극적 연민을 느끼게 되는 것이다. 그것은 죽어 가는 모든 이의 공통점이기 때문이다.

그녀가 책임져야 할 사회의 시선은 그녀가 여자이기에 겪는 부분이다. 그것은 당연히 휴머니즘의 온전한 지향점인 페미니즘적 시각으로 극복되어야 할 것이다. 박완서는 그러한 사회적 오류나 단절을 여성성에 입각하여 하나의 아이러니로 형상화하고 있다.

이처럼 아이러니는 단절의 미학을 통해 구현된다. 이러한 논리적 단절은 단절된 논리들을 동시에 바라보려는 시점을 제기한다. 아이러니는 단절된 논리체계를 동시에 바라보는 능력인 것이다. 동시에 본다는 것은 대상을 있는 그대로 통찰하는 리얼리즘적 시각이다. 이 땅에서 여성의 삶은 보편적인 하나의 개체로서의 것과 결혼 후 시집간 집에 대한 특수한 존재와 타인의 시각이라는 또 다른 삶이 이중으로 이루어져있고, 그것은 모순적이고 또 지극히 당연한 관습이기에 희극적 비극적 양면을 지닌 아이러니한 형상으로 나타나게 된 것이다.

5-3 페미니스트로서의 서정적 자아

80년대 격동기의 리얼리즘 소설과 역사소설, 노동문학과 민중문학의 계열에서 나온 소설들의 기세가 꺾이자 90년대 들어서서는 개인적이고 신변적인 소설들이 문단의 주류를 이루었다. 몇몇 여류작가들에 의해 주도된 개인적, 주변적 작품들은 일련의 경향을 보인다. 현실인식의 맥락에서 개인적 문제를 성찰하는 박완서, 사회와의 연관 하에서 개인의 체험과 현재를 연관짓는 공지영, 회화적인 이미지로 환상적인 분위기를 자아내는 배수아, 인간과 인간과의 관계에서 자신을 탐색하는 은희경 등의 개인적인 작품 성향들이 그것이다. 그런데 신경숙의 경우는 색다르다. 서정소설을 통하여 앞의 작가들과 변별성을 갖는 것이다.

신경숙의 『풍금이 있던 자리』는 한 유부남을 사랑하게 된 젊은 여인의 <부치지 않은 편지>형식으로 된 소설이다. 작중에 단발적으로 나오는 아버지와 어머니, 며칠 정도 머물다 간 아버지의 여자, 형제들과 마을 사람, 그리고 사물의 모습들이 화자에게 비친 이미지들로 산만하게 나열되어 있다.

일인칭 서술화자 시점이면서 『당신』이라는 이인칭 주어를 주로 쓰고 있는 서간체의 이 작품은 다분히 주관적이며 서정적 자아의 관점에서 서술되어 있어서 시적 특성을 지니고 있다.

이 글에서의 주안점은 서정소설과 작가의 의도를 밝히는 데에 있다. 작가는 어떻게 서정소설의 형식으로 평자들에 의해 불륜으로 언급되는 바를 사랑의 아름다움으로 표현하려 했을까 하는 점을 살펴보고자 한다. 이 문제는 서정과 서사의 장르적 융합, 혹은 장르의 한계를 넘어서는 소설형상화에서 작가의 의도를 밝히는 작업이 될 것이다. 여기서 다루는 장르의 분류기준상의 특성은 소위 장르 내부의 대립구조라는 측면

에서 다루고자 한다. 자아와 세계와의 서사적 혹은 서정적 관계성을 각기 대립이라는 용어로 규정하는 것은 장르전반을 포용할 수 없지만 각장르의 내부적 논리를 규정하기에 적당하다 할 수 있다.

또한 여기서 문제삼는 자아와 세계의 관계성은 『풍금이 있던 자리』라는 서정소설에서의 서정적 자아가 인식하는 자아와 세계와의 관계만으로 한정하기로 한다. 다시 말하면 소설이라는 서사물에서 서정적 자아가 갖는 인식의 파악을 목표로 하는 것이다. 작가가 의도한 서정소설로서의 범주 안에서 서정소설의 인식을 해명해내기 위한 방법론은 주어진 범위 내에서 이루어져야 하겠기 때문이다.

5-3-1 내재된 욕망

서정소설은 통상 인간의 내면을 고백하는 일기 서간문, 독백 등의 형식을 주로 사용한다. 이런 작품들은 인물이나 사건 등의 서사요소를 음악이나 회화의 이미지나 분위기와 결합시켜 서사물의 인과, 계기적 성격을 서정양식의 동시적 특성과 공존시키고자 하는 것이다. 이 때 양자가 상호 보완되면 서사적인 인과적 흐름을 동시적인 이미지로 표현해내어 서정적인 객관성을 얻을 수 있다.[5]

『풍금이 있던 자리』에서의 주인공도 자신이 모든 것을 책임지고 규정하고 행동한다. 엄밀히 말하면 그녀는 소설적 자아이기보다는 시적 자아에 가깝다고 할 수 있다. 그녀는 스스로 자신을 규정하고 인정하기보다는 자신의 존재를 타인에게서 인정받고 싶어한다. 그녀는 며칠간 집에 와 있던 아버지의 새 여자가 자신을 알아주자 민감하게 반응한다. 그녀의 내재된 욕망은 그것을 받아 준 아버지의 여자와의 공감을 갖는다. 위로 오빠 셋이 있는 집안에 막내딸로 태어난 그녀는 다른 집 아이들처럼 자라나기를 싫어했고 오빠들이 입던 옷을 대물려 입기도 싫어한

---

5) 랄프 프리드만, 신동욱 역, 서정소설론, 현대문학, 1989, 참조

말하자면 스스로의 욕구가 반영된 삶을 지향했고 그래서 아버지의 새 여자를 따랐다. 그녀는 일방적으로 아버지의 새 여자를 미적 대상으로 규정하고 똑같이 닮기를 갈망했다.

한편 성장해서 에어로빅 강사가 된 후에 아버지의 여자와 같이 유부남을 사랑하게 된다. 체험의 전이가 숙명처럼 이어진 것이다. 그 역시 유부남이 그녀를 알아봐 주었기 때문에 둘의 관계가 시작된다.

> 그 여자가 제 인생에 각인될 수 있었던 것은 그 여자가 저를 알아 봐줬기 때문이에요. 당신을 처음 만나던 그날, 느닷없이 내리는 비를 맞고 버스를 기다리고 있는 여자들 중에서 감기를 앓고 있는 여자가 바로 저라는 것을 알아봐줬기 때문이에요.6)

아버지의 여자와 그 유부남 남자는 둘 다 자신을 알아보고 **구별해 내**는 관심과 애정이 있었다. 그녀 또한 주위의 시선이나 사회적 제약을 생각하지 않고 강렬한 관심과 사랑을 보낸다. 그러나 두 사람은 그녀와 계속적인 관계를 맺을 수 없는 사람들이다. 모두 그리움의 영역으로 넘어가게 된 사람들이다. 그러나 그녀가 이별을 선택해서 겪는 그리움으로 인한 괴로움은 사랑에 의한 것이다. 그리고 그 그리움은 새로운 차원의 사랑을 통해 평안을 찾는다.

남자에 대한 결심 앞에서 망설이며 괴로워하는 그녀는 운명적인 사랑과 그 아픔에 대한 체험에서 오는 감정을 감각적 문체로 그려내고 있다. 그때 자아의 인식은 대상과의 관계에 있어서 일방적인 것이다.

> 강물은....강물은, 늘....늘, 흐르지만, 그 흐름은 자연스러운 것이지만, 어찌된 셈인지 제게는 그 강과 함께 흐르기로 마음먹는 일이 제 심연의 물을 퍼 주고야 생긴 일임을, 아니에요, 이런 소릴 하는 게 아니지

---

6) 신경숙, 「풍금이 있던 자리」, 이상문학상수상작품집, 문학사상사, 1992, p.205.

요, 다만 어떻게 하더라도 제게 어찌할 수 없는 아픔이 남는다는 걸 알아 주시....아니에요. 아닙니다.[7]

그녀는 유부남에 대한 선택도 또한 포기도 자신 혼자만의 것으로 남기리라는 다짐을 한다. 그리고 이별의 고통을 감내 하려는 의지에는 타인에 대한 배려와 숙명적인 사랑의 포기에 대한 회한이 단순한 고통의 견딤보다는 초월에 가깝다. 소월시의 이별을 미적 승화로 변용시켜내는 시적 감수성이 내포되어 있는 듯하다. 이별의 슬픔과 그리움의 고통을 미적으로 승화하여 그것을 나름대로 인식하지 못한다면 작품 말미의 평온한 결말은 불가능하기 때문이다.

> 이 글을 당신께, 이미 거기 계시는 당신께 부칠 필욘 이제 없겠지요. 그래도....까치, 까치 얘기는 쓰렵니다. 이 마을에 온 첫날부터 그렇게 부지런히 둥지를 틀던 까치가 새끼 세 마리를 낳았더군요. (....) 세 마리 모두다 어미가 먹이를 물어 오니까 서로 밀치며 소란스럽게 한껏 입을 벌리는데, 입 속이 온통 빨갛...새빨갰어요. 그 새끼 까치들이 날개짓을 할 무렵이면 ....그때쯤엔, 은선이라는 당신 아이 이름도 제 가슴에서 아련해질는지, 안녕.[8]

이처럼 내재된 욕망으로 바라보는 세계는 서정적 자아에 의해 형상화된다. 모든 것을 혼자 알아서 하겠다고 다짐하는 그녀는 작중의 모든 대상을 작중화자인 서정적 자아에 의해 의미화된다.

서사물에서 서정적 자아라는 문제는 다음의 의문을 떠올리게 한다. 작가는 유부남과 처녀의 비극적인 관계라는 하나의 에피소드를 서사적 성격의 소설이나 서정시로 쓰지 않고 하필 서정 소설로 썼을까 하는 점

---

7) 신경숙, 상게서, p.190.
8) 신경숙, 상게서, p.219.

이다. 시와 소설은 장르의 구별이 있다. 소설은 허구 속에 자아와 세계가 대립되어 있는 관계가 설정되어 있다. 소설은 객관적으로 자아와 타자와의 갈등이 분리된 양자에 의해 형상화된다. 그런데 시는 어떤 사물 현상이나 구체적인 경험에 대한 서술 혹은 감동 또는 사색을 내용으로 한다고 볼 수 있다. 그런데 이때 그 대상은 시적 인식의 주체인 자아에 의해 자유롭게 규정되거나 인식된다. 이른바 서정적 자아에게 그 대상이 투영되는 것이다.

이제 작가는 왜 이 소설을 서정적 성격으로 썼는가의 물음을 작가는 이 작품에서 무엇을 어떻게 시적으로 인식하려 했는가의 질문으로 바꾸어야 한다. 그것은 이 작품에서 시적 자아는 어떤 기능을 하고 있는가의 문제인 것이다. 작가는 『풍금이 있던 자리』라는 텍스트에서 그 무언가를 효과적으로 해명하기 위해 서정소설의 기법을 썼을 것이다. 소설은 통상 어떤 객관적 사실을 보여준다는 점에서 인식적 기능을 한다. 이 작품은 어떤 대상을 표상해 주고 있으며 그것을 인식하는 데에는 서정적 자아에 의해 형상화하는 것이 효과적이라는 작가의 선택에 의해 이루어진 것이다.

시적 인식은 서정적 텍스트의 특성을 서사물의 이야기 흐름에 투영되어 다음과 같은 효과를 낼 수 있다. 서정적 텍스트의 시적 언어의 의미는 그 낱말들과 문장이 한편의 시라는 하나의 유기체 속에서만 발휘되기 때문에 서정소설에서의 주제나 상징어들은 시적 의미망을 갖게 된다는 것이다. 그녀는 자라면서 내재된 욕망으로 세계를 일방적으로 규정하는 특성에서 만들어진 서정적 자아를 갖게 된다. 내재된 욕망에서 비롯된 서정적 자아는 작품의 서정적 인식을 주관하게 된다. 그래서 그녀가 규정하고 인식하는 타자와 외부현상은 그녀의 서정적 자아에 의해 재인식된다. 새엄마에 대한 호감과 유부남에 대한 사랑은 객관적 관계보다는 일방적 관계에서 시작된 것이기 때문이다.

5-3-2 이별과 서정적 인식을 통한 극복

그녀는 그와의 결별을 결심한다. 두 사람이 애정도피를 약속하고 마지막으로 인사하기 위해 찾아온 그녀의 고향에서 이별을 결정하게 된다. 사랑과 고통의 이미지들이 그곳에서 그녀가 어릴 적 겪은 몇몇 삶의 편린들과 연결되면서 제목에서 시사하는 풍금이라는 상징성이 그녀로 하여금 어떤 인식에 도달하게 한 것이다.

풍금은 무엇을 상징하는가. 풍금은 어린 시절 학교나 교회당에 있는 외부의 물건이다. 학생시절 선망의 대상인 선생님이 연주를 하고 때로는 모두들 노래를 같이 하던 추억 속의 세련된 그 무엇이라 할 수 있다. 그 추억 속의 세련되고 아름답던 풍금의 선율과 울림은 어린 소녀아이의 동경과 연모가 흠뻑 배어 있는 어떤 대상의 이미지인 것이다. 그리고 그녀에게 그러한 동경과 희구의 이미지는 아버지의 여자에 투영되었다. 그 여자는 어머니와 다른 세련되고 아름답고 향기로운 이미지를 갖고 있었고 그녀는 그 여자와 같이 되고 싶었다. 말하자면 그녀는 그 풍금이 있던 자리에 서고 싶었다. 그리하여 자신도 그렇게 아름답고 세련된 풍금의 소리를 울려 보고 싶었던 것이다.

그러나 내가 풍금이 된다는 것은 지금 사랑하는 유부남의 가정에 들어가서 이미 살고 있는 그의 아내를 쫓아내는 상처를 주는 것이다. 왜냐하면 풍금이 있던 자리는 과거 아버지의 새 여자가 서 있던 자리였기 때문이다. 그리고 그러한 슬픔을 그녀는 이미 어머니를 통해 보았고 모정의 절실함은 자신의 어머니에 의해 겪었다. 작중에서 이러한 이미지들은 어머니와 자식들의 끈끈한 본능적인 관계를 하나의 인식대상으로 만든다. 새 여자와 어머니와 자신의 형제들, 자신이 살쪘다는 이유로 바람난 남편을 원망하며 울면서 살을 빼는 불구의 점촌댁, 분만한 에미소와 눈먼 송아지와, 까치 어미와 입속이 빨간 까치새끼들을 통해 시적으로 형상화하고 있다. 그것을 깨트릴 수 없는 괴로움과 지고의 사랑은 양립할 수 없는 아이러니이면서 사랑이라는 동질의 감정으로 수렴되는 것이다.

서사적 계기이며 인과라고 할 수 있는 유부남의 사랑과 결별은 어머니와 가족, 점촌댁, 송아지와 까치 그리고 아름다우며 처연한 풍경의 이미지들과 연결되면서 그녀는 서정적 인식을 하게 된다. 그러나 사랑과 이별을 동시에 인식하게 되는 서정적 자아는 아이러니한 것이다. 말하자면 연민과 고통이 서로 다른 방향이면서 같은 방향으로 치닫기도 하는 거대한 울림통 속의 음률처럼 화음이 되어 울리기도 하고 불협화음이 되어 고통을 주는 울림이 되기도 하는 것이다. 이때 그녀가 인식한 서정적 인식은 그 사랑이라는 것이 남녀간에서 가족과 사물로 연결되면서 모성애적인 보다 큰 차원으로 전이된다.

신경숙은 스스로 이 작품에 대해 다음과 같이 언급한다.

『풍금이 있던 자리』는 애초에 소설을 쓴다고 생각하지 말자, 는 마음으로 쓴 글입니다. 아까 산문을 배반하는 문체 하는 말씀을 하셨는데, 완전히 배반할 수만 있다면 그 나름의 편안함이 생길 것도 같습니다. 제 개인적으로는, 과학적인 논리와 합의로 삶을 이야기하는 데에는 늘 모자람을 느낍니다. 그냥 체질적으로 그래요. 논리나 합리 바깥에 있는 것, 운명적인 흐름, 살면서 쌓이는 이미지들, 얼토당토않은 연민들, 제 마음속에 오랫동안 그런 것들을 처음부터 끝까지 시적인 문장으로 만들어진 긴 글을 쓰고 싶다는 생각이 있습니다. 그 생각을 『풍금이 있던 자리』로 실현해 보려고 했습니다. 사람들은 자꾸만 불륜이라고 말하는데 저는 사랑을 말했어요. 사랑이, 불가능하게 오히려 삶의 무늬를 갖는 사랑이 중층적으로 겹치고 어울려서 전체가 시 같은 울림을 갖기를 바랬어요.9)

---

9) 김윤식, 작가와의 대화, 문학동네, 1996. p.285에서 재인용.

시적인 인식은 순간적인 감정의 폭발이라 규정할 수 있는 인식이다. 역사적 맥락과 사회적 전후 상황이나 윤리적 규약은 잠시 보류된 감정의 세계이다. 그러므로 모든 인식은 감정에 선행할 수 없다. 그리고 그 감정이라는 것은 주관에 의해 이루어진 강력한 폭발력을 지니고 있어서 그 폭력성은 터무니없이 강한 것이다. 그러한 시적 사랑은 아버지의 여자에게서나 나에게 있어서나 강렬한 만큼 처절한 것이 될 수밖에 없다. 그것은 논리를 초월한 지고의 사랑이라는 것이 논리의 세계인 현실 위에 놓여 있기 때문이다. 사랑의 감정이나 아름다움에 대한 느낌은 위에서 작가가 언급한 즉, 불가능하면서도 전체가 어울리는 아이러니한 시적 세계관을 만들어내는 것이다.

> 여기저기 참 아름다웠습니다. 산은 푸르고.....푸름 사이로 분홍 진달래가.... 그사이....때때로 노랑 물감을 뭉개 놓은 듯, 개나리가 막 섞여서는 ...환하디 환했습니다.
> 그런 경치를 자주 보게 돼서 기분이 좋다가도 곧 처연해지곤 했어요. 아름다운 걸 보면 늘 슬프다고 하시더니 당신의 그 기운이 제게 뻗쳤던가 봅니다. 연푸른 봄산에 마른버짐처럼 퍼진 산벚꽃을 보고 곧 화장이 얼룩덜룩해졌으니10)

서정적 자아라는 소설의 주체는 소설의 한 구성요소로서 소설을 어떻게 쓸 것인가 하는 기법의 문제에 속한다고 할 수 있다. 그리고 소설 창작의 기법에서 어떤 효과에 관한 방법의 문제는 창작적 방법론의 문제이다. 또한 수사기법에서 어떤 이미지나 상징적 형상을 그려낼 때 도덕적 목적성이나 규범 등은 창작방법과는 별개의 문제이다. 창작에 착수한 작가가 도덕적 텍스트를 의도하고 창작한다는 것은 서정적 자아가 주제하는 미적 감수성과 상상력의 세계와는 다른 과정이기 때문이다.

---

10) 신경숙, 전게서, p.188.

불륜이 어떻게 아름다울 수 있는가, 혹은 어째서 그런 사랑이 불가능하면서도 오히려 삶의 여러 층위에서 전체를 울려 낼 수 있는가의 문제는 서정적 자아의 인식이 아니고서는 해명이 불가능할 것이다. 대개 소설은 이성적이어서 독자에 의해 소설 세계의 인식이 가능하다. 그러나 서정장르에서는 작중자아에 의해 대상세계가 그 자신의 감성적인 삶에만 열려있는 것이다. 『풍금이 있던 자리』에서의 서정적 자아는 산문적 세계에서 보여줄 수 없는 세계를 보여준다. 다시 말해 작가는 그것을 보여주기 위해 서정소설의 기법을 사용한 것이다. <사랑은 진실로 아름답다>라는 서정적 자아의 세계에서는 「미」와 「진」의 구별은 의미가 없다. 작품 전체의 맥락에서 일관된 「미」의 개념이 있다면, 작중에서 그 「미」는 진실이기 때문이다.

그렇다면 이 작품에서 작중 자아가 인식하고 그 갈등을 극복한 바는 무엇일까 하는 의문이 남는다. 작품의 에피소드를 요약하면 주제가 될 만한 명제를 만들어 낼 수 있다. 소박하게 요약하면 <남을 불행하게 하는 행복은 갖지 말아야 한다>로 정할 수 있을 것이다. 그녀는 끝내 유부남의 가정을 깨뜨리지 않고 해외도피를 포기했으니까 말이다. 그러나 신경숙이 이 명제를 주장하기 위해 이 작품을 쓰지는 않았을 것이다. 작가는 이러한 명제의 진실성을 추구하는 것이 아니다. 작가는 논리나 합리로 설명할 수 없는 그 어떤 것을 그리고자 했다는 스스로의 언급에서도 보이듯이 논리에 앞서는 실존적 욕망에 대한 현상화를 의도했을 것이다. 작가의 서정적 자아는 서정적 세계를 이루는 언어를 통해서 자아의 삶의 공간을 재인식하고 자신과 타자와의 관계와 자신의 정체를 확인한다. 그리고 서정적 자유가 만들어 내는 세계에서 자신의 경험과 세계와 삶에 대한 자신의 태도를 재고하여 새로운 서정적 세계를 만들어 내게 된다.

싸르트르에 의하면 시적 세계는 실존적 욕망의 세계이다. 우리가 근

본적으로 원하는 것, 다시 말해 우리들의 궁극적인 행복의 조건이 주체
와 객체, 즉 나와 세계 사이의 화해 속에서만 찾아진다면 시가 만들고
자 하는 세계는 그런 세계인 것이다.

신경숙은 그러한 서사적 세계를 서정으로 변환시킨다. 신경숙 문체의
일례일수도 있을 이러한 문장들의 진행은, 단문을 통해 보다 착잡한 사
상(事象)들을 들춰낼 자료들이 압축되어 있음을, 객관적인 문장을 통해
서술자와 인물들의 숨겨진 내면을 유추하게끔 함축되어 있음을, 이미지
와 상징을 통해 거역할 수 없는 공간이 서정화되어 있음을 우리는 깨닫
는다.11)

결국 풍금이 되는 것은 아름다운 일이고 그 자리에 서는 것은 타인의
불행을 주는 일이다. 이 양자는 산문적 세계에서는 양립하거나 공존할
수 없는 일이다. 그러나 서정적 세계에서는 양자를 서정적으로 이해함
으로써, 과거체험을 현재사건에 투영하여 합리, 논리의 세계를 하나의
역설적 세계로 만들어 그것을 초월하는 서정적 자아의 추상성으로 만든
다. 그녀는 아버지의 새 여자와 또 유부남과 그리고 유부남의 부인과의
관계에서 사랑이라는 아름다움으로 동질감을 갖게 된다. 이때 사랑의
차원은 남녀간의 그것이 아니고 모성애만큼이나 절대적인 것이다. 그래
서 아름다운 것은 슬픈 것이고, 대립하는 것은 공존하는 풍금소리의 음
률 같은 서정적 자아가 바라보는 세계는 가능한 것이다.

서정적 자아의 속성은 페미니스트가 갖는 모성애와 이성애를 아우르
는 차원에서 대상의 이미지를 인식으로 전환시킨다. 결국 모성성에 바
탕한 페미니즘적 인식이 서정적 자아의 인식으로 발전한 것이라 할 수
있다.

---

11) 김병익, 새로운 글쓰기와 문학의 진정성, 문학과지성사, 1997, p. 235.

5-4 소외된 여성의 존재

> 폭풍이 이는 날에는 수로의 난간에 가까이 가는 것을 금하라. 그리
> 고 안개, 특히 겨울 안개를 조심하라……그리고 미로 속으로 들어가라.
> 그것을 두려워할수록 길을 잃으리라.

위의 지문은 최윤의 『하나코는 없다』의 모두이다. 이 팻말은 작중 주
인공이 베네치아의 어느 창가에서 새벽녘에 문득 보게 된 것으로 베네
치아의 뱃사공들에게 주는 문구로 보여진다. 그러나 경계의 내용은 누
구에게나 의미있는 것이 될 수 있다.

수로와 난간, 겨울과 안개, 미로와 두려움은 병치되어 있다. 어차피
삶은 선택적이다. 그리고 그 삶은 각자의 몫이다. 누가 대신 살아 준다
거나 타인들에 의해서 폄하되거나 부정될 수 없는 고유한 것이다. 여자
의 삶이건 남자의 삶이건 마찬가지이다. 자신의 삶을 꾸려 나가는 것은
자기자신이다. 그러나 사회에서 그 삶의 주체가 누구인가하는 편견은
성적인 조건으로 왜곡되어 있다. 그러한 문제를 부각시키는 것이 이 작
품의 모티브 중 하나이다.

이 작품에서 하나코라는 별명을 가진 여인은 대학졸업 무렵 취업을
앞두고 조건이나 목적 없이 자주 만나는 남자고등학교 동창들의 모임에
우연히 참석했다가 오랫동안 그들과 함께 모임에 참석한다.

그러나 그 남자들은 그녀의 존재에 대해 진실하게 혹은 심각하게 인
식하지 않는다. 하나코라는 별명의 여자는 소위 남자들의 세계에서 한
낱 시간보내기용의 여성적 이미지를 갖고 있다. 그것은 남성 세계의 편
견이나 오류에서 비롯된 존재이다. 세계의 전체상에서 볼 때 모든 남성
들이 있었으면 하고 바라는 존재이지만 실제 남성들에게 하나코라는 존

재는 없는 것이다. 하나코는 남성들을 하나의 인격으로 대하고 진실한 내면을 보여주고 대했지만 남성들은 그렇지 못했다. 가식이나 시간 때우기 혹은 밀회할 수 있는 정부 정도로 대했던 것이다.

그러나 하나코는 달랐다. 그녀는 언제나 남성들과 동등하다고 여겼고 그들의 이야기를 인내심과 흥미를 갖고 들어주었고 그들과 친구임을 주장했다. 남성들에게 있어 하나코와 하나코에 있어 남성들의 존재는 다른 것이다. 상대방을 인식하고 존중해주는 가에 따라 존재의 의미는 달라지기 때문이다. 그리고 남성 우월주의적 사회에서 하나코라는 여자의 존재성은 왜곡되었던 것이다.

그들에게 결국 하나코는 없었던 것이다. 이렇게 남성 친구들에게는 없는 듯 보였던 하나코는, 그러나 그녀의 고유한 삶 속에는 있었다. 작품의 결미 부분에서 작가가 의도적으로 설정해 놓은 의미공간에서 이를 읽어 낼 수 있다. 이탈리아에서 인테리어 디자이너로 성공하여 귀국한다는 하나코의 모습을 접하게 되는 장면이 그것이다.

'있다'와 '없다'의 대립은 때때로 인식의 미궁으로 치닫기 쉽다. 그런데 작가 최윤은 이 미궁을 통해서 진정성이 훼손된 관계에서 그치는 것이 아니라 인간관계 전반의 문제 의식으로 확산되는 것이기도 하다. 이 과정에서 진정한 여성성의 문제의식은 역설적으로 현저하게 빛나고 있다.[12]

　우리는 친구잖아요
　언젠가 그의 실언 앞에서 그것을 무마하느라고 하나코가 한 말이었다. 어떤 실수였는지는 물론 기억에 없었다. 그렇지만 그 말이 야기한 불편한 파장은 생생하게 기억에 남았다.[13]

---

12) 우찬제, "상처의 내면화, 울림의 사회화," 이상문학상수상작품집, 문학사상사, 1994, PP.458-459.
13) 최윤, 하나코는 없다, 이상문학상수상작품집, 문학사상사, 1994, P.28.

　여성으로서의 존재성은 남성들에게 무시당하거나 왜곡되면서도 하나
코는 오히려 남성들을 감싸고 이해하고 대등하게 공존하고자 한다. 남
성들이 몰랐던 하나코의 존재는 그렇기 때문에 그녀의 성공으로 더욱
그 존재를 부각시키게 된다.

　이 작품은 다른 페미니즘 계열의 작품과는 다르게 여성의 성적억압에
서 비롯된 사회적 억압이나 피해로 인해 야기되는 제반 문제를 다루는
데에만 그치지 않는다. 여기서는 그 동인인 남성들의 편협함과 심지어
비이성적이고 유치하기조차 한 남성성이란 게 인간이라는 개체의 온전
한 인격으로 인정받을 정도로 온전한 것인가를 문제삼고 있기까지 한
다.

　앞의 두 작품이 성숙한 여성으로 성장하는 통과제의적인 과정을 그렸
다면 이 작품은 성숙한 여성이 갖는 사회관과 남성들로부터 자유롭고
오히려 월등한 의식수준을 보여준 작품이라 할 수 있다. 그렇다면 이제
까지 논의해온 여성주의 문학이란 용어나 존재자체도 부정되어야 마땅
한 것이다. 『하나코는 없다』를 면밀히 읽어나가면 유치하고 편협한 남
성 우월주의에 의해 상대적으로 위기의식에서 출발한 페미니즘 문학도
의미 없는 일이 되고 만다. 현대인이라면 누구나 자아를 확인하고자하
는 욕망은 있게 마련인데 세계와의 관계 속에서 자기 존재를 확인하려
고 노력하고 삶을 다각도로 모색한 결과 하나코는 여성의 사회적 피해
상을 알게 된 것이다. 그리고 그 후 여성들을 억압해왔던 남성성이라는
게 얼마나 유치하고 초라한 것임을 깨닫고 남성들에게 그러한 진실을
스스로 깨우치게 했던 것이다. 그런 점에서 이 작품은 페미니즘적이며
동시에 비페미니즘적이라 할 수 있다.

5-5 희생된 삶의 문제

소설은 그 서사성에 시간적 요소로 말미암아 소위 갈등이라는 서사적 공간을 갖게 되었다. 신과 인간이 연속적 세계 속에서 노닐던 고대의 본질적인 존재는 사라지게 된 것이다. 근대적 개념으로서의 세계를 바라보는 예술 장르인 소설은 과거의 삶에 대한 의미를 여러 가지 각도에서 만들어 내고 있는 것이다. 특히 단편에서는 삶을 시적인 인식 방법을 동원하여 짧은 시간 속에 긴 시간의 **변화**를 응축시켜 보게 된다. 이 때 시간이 침투한 순간적 삶은 이미 과거가 되면서 원하지 않은 가치와 만남과, 사랑과, 여한을 눈 위의 발자국처럼 선명하게 찍는다. 단편의 묘미는 아무래도 그러한 시적 감흥으로 이야기를 바라보는 데에 있다 할 것이다.

장편이라면 삶의 여정을 다각도로 노정하여 보여주겠지만 단편에서는 지루한 보여주기를 짧거나 혹은 섬뜩한 삶의 일면을 드러내는 묘미가 색다른 것이다. 단편에서의 시간적 응축의 묘미를 대비적으로 즐기는 것도 의미 있는 일이 될 것이다.

특별히 여성의 삶이 남성과 그들의 왜곡된 질서 아래에서 폭력적으로 압력을 받았을 때, 그 비극성은 대단히 섬뜩하게 형상화된다. 김만옥의 『회칼』은 불행한 결혼생활을 했던 여성작가의 삶을 소재로 하고 있다. 이 작품은 주인공 여인의 혹독한 결혼 생활과 작가로서의 삶의 선택이라는 대비와 관계가 돋보이는 작품이다.

나는 도망쳐야지 도망쳐야지 생각하면서도 그의 시선이 닿는 자리에서 한 발자국도 옮기지 못한다.
벌떡 일어나서. 혹은 가만히. 눈치 채지 않게 현관 밖으로 나간다.

현관문을 열기도 전에 덜미를 잡힌다. 아니, 현관 밖으로 무사히 나간다. 오백미터 저쪽의 파출소 불빛을 향해 냅다 뛴다. 그가 칼을 갈고 있던 회칼 한자루를 손에 들고 나보다 더 빨리 뛰어 온다. 낫을 들고 다니던 시아버지처럼.[14]

가정의 폭력은 여성의 존재를 억압한다. 온전한 삶을 위하여 그녀는 가정을 포기했지만 자식과 남편의 끈은 지울 수 없는 것이 되었다. 지나간 나날들의 회한과 고통이 시간과 함께 그 상처의 딱지가 되어 아물어도 사람은 서로 죽지 않는 한 관계성은 지속된다. 애초에 신혼부터 그녀의 결혼 생활은 순탄치 않았다. 배우지 못해 세상에 원망을 품고 살아온 그녀의 남편은 습관적으로 구타를 가하고 급기야 분가한 후에는 아내 구타가 노골화된다. 결국 구타 끝에 회칼을 그녀의 얼굴에 그어 상처를 입히고 우연히 이것을 목도가 여동생이 경찰에 신고하여 그는 전과자가 된다. 그러나 그는 어찌된 영문인지 그녀의 독자 혹은 날카로운 평자가 되어 그녀의 존재를 스스로 인식하도록 하는 작가인 그녀의 보조자가 되었다고도 할 수 있다. 말하자면 그의 의도는 그가 그녀에게 작가 수련을 시켜 주는 꼴이다. 청마의 시를 원용하여 '기갈들어 미치게 한자를 찾아 / 가위눌려 뒤집히게 한 자를 찾아' 칼을 갈라고 하며 회칼 여섯 자루를 두고 비아냥거리며 그는 다시금 그녀를 떠난다.

분노는 힘의 원천이야. 네 소설 속에는 분노가 빠져 있었어 발표될 때마다 거의 구해 읽었는데 네 소설 속에는 슬픔과 아름다움과 착함과 부드러움만 있어.....세상에는 아름답고 슬프고 달콤하고 착하고 부드러운 것만 있는 게 아니라는 걸, 분노도 추함도 악함도 오장육부가 찢어지는 고통도 있다는 걸 알았으면 좋겠어
　물론 네가 모를 리 없지 나 같은 놈과 산 세월이 고통스럽지 않고

---

14) 김만옥, 회칼, 한국문학, 1997, 여름호, P. 146.

통분스럽지 않았을 테니까,15)

그는 그녀의 후원자이며 동시에 공존 불가의 혐오자이다. 사실 서류만 남은 이혼 상태이면서 그는 그녀라는 존재를 완전히 포기하지 않고 그녀의 작품을 읽으면서 오히려 전폭적인 평자가 되어 있다.

> 나를 고맙게 생각해. 나 같은 살아보지 않았으면 글을 쓰고 싶은 욕망이 생기지 않았을 지 모르니까. 나와 얽힌 과거조차 없었으면 네 인생은 맹탕이고 글쓰기 욕구는 영원히 잠잤을 수도 있으니까……그가 나간 문을 보며 이제 이혼이 어려워지는 쪽은 그가 아니라 내 쪽이겠구나 하는 예감이 들었다.16)

그녀가 형상화한 허구는 기실 그로부터 온 것이라 해도 지나치지 않을 정도로 그녀의 소설에 모티베이션이 되었음직하다. 그래서 작가로 어느 정도 성공했고 이제는 과거의 조악한 삶을 살아본 적이 없는 것처럼 살아가고 있다. 그런 그녀에게 그는 작가로서의 체험은 물론이거니와 세계에 대해 분노하는 방법까지 일러준다. 그녀의 삶은 이미 작가의 삶이고 그런 그녀에게 그는 필요한 존재가 되어 버린 셈이다. 과거의 추악함은 이미 잊어버린 일들이 되었지만 그녀의 현재는 그것에서 왔기 때문이다. 말하자면 의미 없는 시간이 지나가면 남긴 발자국들이 의미화 되어가는 과거가 되고 그것은 소설로 형상화되었던 것이다.

---

15) 김만옥, 상게서, P.154.
16) 김만옥, 상게서, P.156.

5-6 결 론

　페미니즘 소설에서 문제삼는 부분은 인위적인 세계관에서 비롯된 편견으로 여성이 겪는 왜곡된 삶이다. 그러한 부분을 드러내어 보다 완전한 삶을 구현하려는 휴머니즘적인 시각에서 여성의 삶을 문제삼는 소설들은 궁극으로는 완전한 인간들의 진정한 삶을 희구하는 것이다.

　대상으로 한 네편의 단편에서는 각각 여성에 대한 편견이나 사회의 오류에 의한 여성의 삶을 보여주었다. 박완서의 『참을 수 없는 비밀』은 힘든 삶을 꾸려나가는 40대 여인의 노이로제적인 가출을 그린 소작으로 우리 사회에서 여성성이라는 존재와 가정의 의미가 어떻게 비쳐지는 지를 보여준 작품이다. 신경숙의 『풍금이 있던 자리』는 서정적인 주인공이 한 여성으로서의 사랑의 주체이며 그것이 소위 불륜이라는 관계일 때의 상황을 그렸다. 서정적 자아의 속성은 페미니스트가 갖는 모성애와 이성애를 아우르는 차원에서 대상의 이미지를 인식으로 전환시켰다. 이 작품에서 주인공의 인식전환은 결국 모성성에 바탕을 둔 페미니즘적 인식이 서정적 자아의 인식으로 발전한 것이라 할 수 있다.

　최윤의 『하나코는 없다』에서는 남자들의 인간관계 안에서 그들에게 희생당하거나 속임을 당하거나 무시당하기도 하는 여성의 존재를 부각시켰다. 남성들은 여성에게 일종의 벽과 같은 거리를 두고 인간대 인간으로 진실한 마음을 열지 않지만 여성은 특별하다거나 무시당하기 위해 남성에게 존재하는 것이 아니다. 결국 이 작품에서 강하게 남는 메시지는 휴머니즘에 다름 아닌 것이었다. 김만옥의 『회칼』은 여성작가의 삶을 소재로 했다. 이 작품은 주인공 여인의 혹독한 결혼 생활과 작가로서의 삶의 선택이라는 대비와 관계가 돋보이는 작품이다. 남자와 결혼과 가족 체험을 어렵사리 겪은 여자의 삶은 소설가로서 그러한 삶을 형상화하게 만드는 것이 독특한 부분이 아닐 수 없다.

　이상 검토에서 소설이 독자에게 보여주는 여성의 삶과 그를 둘러싼 사회의 오류는 어떠한 페미니즘 사회운동보다 효과적일 수 있다. 소설의 상상력은 감동을 불러오고 광범위한 휴머니즘을 일으키기 때문이다. 대상 작품에서 여성에 대한 오류가 다양하게 나타나는 것은 우리사회의 대 여성인식의 깊은 편견을 드러내는 것이라 할 수 있다. 때문에 페미니즘을 통한 보다 바람직한 휴머니즘이 필요하게 되는 것일 것이다.

참고문헌

김만옥, 회칼, 한국문학, 1997, 여름호.

김병익, 새로운 글쓰기와 문학의 진정성, 문학과지성사, 1997.

김경수 외, 페미니즘 문학비평, 고려원, 1994.

김윤식, 작가와의 대화, 문학동네, 1996.

박완서, 참을 수 없는 비밀, 창작과비평, 1996. 12월호.

박이문, 예술철학, 문학과지성사, 1985.

신경숙, 풍금이 있던 자리, 이상문학상 수상작품집, 문학사상사, 1992.

송하춘, 발견으로서의 소설기법, 현대문학, 1993.

오정희, 저녁의 게임, 제삼세대한국문학, 삼성출판사, 1981.

윤병로, 한국현대소설의 탐구, 범우사, 1980.

이재선, 한국현대소설사(1945-1990), 민음사, 1996.

이재인 외, 현대소설의 이해, 문학사상사, 1996.

조남현, 소설원론, 고려원, 1982.

──── , 풀이에서 매김으로, 고려원,1992.

홍기삼, 한국현대작가연구 하, 백문사, 1989.

홍기삼, 한용환, 임꺽정에서 화두까지, 문학아카데미, 1995.

최 윤, 하나코는 없다, 이상문학상 수상작품집, 문학사상사, 1994.

D.C. MUECKE, 문상득 역, 아이러니, 서울대출판부, 1980.

PAM MORRIS, 강희원 역, 문학과 페미니즘, 문예출판사, 1996.

렐레나 미키, 김경수 역, 페미니스트 시학, 고려원, 1992.

Ralph Freedman, 신동욱 역, 서정소설론, 현대문학, 1989, 참조

RENE WELLECK, AUSTIN WARREN, 이경수 역, 문학의 이론, 문예출판

사, 1987.

Roman Ingarden, 이동승 역, 문학예술작품, 민음사, 1985.

R.W.Horton, V.F.Hopper, Background of European Literature, prentice- Hall, inc, 1978.

Ulrich Weisstien, 이유영 역, 비교문학론, 홍성사, 1981.

WAYNE C. BOOTH, 최상규 역, 소설의 수사학, 새문사, 1985.

6 소설 플롯의 다변화

소설의 플롯을 어떻게 설정해 놓느냐하는 것은 소설의 얼개를 짜는 작업이므로 소설의 기초공사에 해당된다. 기초가 충실하지 않으면 건축물이 완전하지 않음은 두말할 나위도 없다. 그런 의미에서 플롯은 소설의 핵심문제중 하나인 것이다. 여기에서는 소설 플롯을 통한 김승옥의 『생명연습』과 윤후명의 『산역』 그리고 오정희의 『완구점 여인』이라는 각각의 데뷔작을 검토함으로써 소설에 있어서 플롯과 인물 주제 등이 어떻게 어우러지는 가를 살펴보기로 한다.

6-1 『생명연습』

6-1-1

김승옥의 작품은 전후 문학의 이데올로기 편향과 엄숙한 교훈주의를 지양한다. 그것은 50년대 전후 분위기의 긴장감을 풀어놓고 개인의 내면 의식흐름에서 위트와 자연스런 감수성을 배양시킨 결과에 기인한다. 소설을 통한 그의 사회의식은 다분히 풍자적이다. 시대에 대한 허무의식과 도시 농촌의 양극병리화에 대한 장난기 어린 현란한 필체가 그러한 형상화를 돋보이게 한 바 있다. 그의 작품이 유희적 성격을 띄는 것은 그러한 맥락에서 파악할 수 있다. 그러나 간과할 수 없는 것은 그의 장난기 어린 창작 방법론이 개체의 숙명적 조건으로서의 실존적 고독과 삶이 봉착한 직면문제를 다루고 있다는 사실이다.

통상 60년대 소설의 가장 큰 특징이라면 신경증이나 생리, 심리 불안 같은 병적 현상을 보이는 점이다. 이러한 비정상적 정서는 특별한 심리적 증후를 보이는 인물이나 그러한 인물이 속한 세계를 소설 공간으로 삼고 있다. 또한 이러한 공간 설정은 시간적 배경의 불안한 구조를 동반하기도 한다. 그것은 세계가 타락되어 있고, 인물이 내면적으로 훼손되어 있음을 전제로 하는 것이다.

김승옥의 문단 데뷔작인 『생명연습』 또한 병리와 유폐라는 당대 조류와 멀지 않은 거리에 있다. 이 작품은 60년대의 불안한 체제와 가치관 그리고 그 속에서 방황하는 인물의 자아 찾기가 주인공인 나라는 객관적인 카메라를 통하여 이루어지고 있다. 특히 주인공인 문제삼고 있는 부분은 인간의 자기 세계와 그가 속한 삶에 대한 오해와 이해로서의 극기이다. 그리고 개인의 자기세계는 구조물로 이루어져 있어서 그 구조물 속에서 인간은 저마다 삶의 양태 속에서 훼손된 세계에 마치 성채와도 같은 벽을 쌓고 살아가는데 그것은 루카치 식으로 말하면 타락한 세계에서 훼손된 인물의 진실한 삶의 추구에 다름 아닌 것이다.

6-1-2

『생명연습』에서 가장 눈여겨볼 만한 부분은 ‘나’라는 주인공이 관찰하는 작중 모든 캐릭터의 자기세계에 관한 부분일 것이다. ‘나’는 어릴 적부터 함께 살아온 부모형제는 물론이고 전도사, 교수, 친구, 만화가 등의 인물에 이르기까지 그들의 세계를 관찰해내고 있다.

<자기세계>라면 그것을 가지고 있는 사람을 몇 명 나는 알고 있는 셈이다. <자기세계>라면 분명히 남의 세계와는 다른 것으로서 마치 함락시킬 수 없는 성곽과도 같은 것이 아닌가 생각한다. 그 성곽에서 대기(大氣)는 연초록빛에 함뿍 물들어 아른대고 그 사이로 장미꽃이 만발한 정원이 있으리라고 나는 상상을 불러 일으켜 보는 것이지만 웬일인지 내가 알고 있는 사람들 중에서 <자기세계>를 가졌다고 하는 이들은 모두가 그 성곽에서도 특히 지하실을 차지하고 사는 모양이었다. 그 지하실에는 곰팡이와 거미줄이 쉴새없이 자라고 있었는데 그것이 내게는 모두 그들이 가진 귀한 재산처럼 생각된다. (『생명연습』, 제3세대 한국문학, 삼성출판사, 1983, p.328, 이하 쪽 번호만 표시함)

이처럼 인물마다 견지하는 이른바 자기세계는 훼손된 정도에 따라 저마다의 극기의 몫이 다른 것이다. 다양한 사건 구조와 공간, 시간의 배치에 따른 작품 구성을 이해하는 일은 작가의 창작 의도와 내용 파악의 일단이 될 것이다. 또한 의도적으로 장치화된 타락한 세계와 자아찾기 그리고 고독하거나 타락되었거나 혹은 소외된 군상들의 천착은 소설 담론을 구체화하는 방법론이 될 것이다. 특히 이 텍스트에서 문제되는 부분은 훼손된 세계에서 자아 찾기의 다양한 모습이라 할 수 있다. 누구나 갖고 있는 성채나 왕국이라는 자신만의 원형적 순수함을 지니고 타락된 세계를 살아내는 인물의 이해를 통한 작품분석이 텍스트 이해의 관건이 되기 때문이다. 사회배경이 병폐해 있음이 소설구조에 녹아드는 것은 창작 측면에서는 자연스런 것이다.

다양한 인물이 빚어내는 그들의 세계는 여러 에피소드를 끌어내게 한다. 그것으로부터 기인하는 텍스트에서 다층 일화의 구조는 크게 7개의 일화로 이루어져 있다. 첫째, 이십대의 나와 오십대의 한교수 둘째,

어머니, 형과 누이와 내가 생활하던 여수의 고향집 셋째, 고향 동네의 전도사와 외국인 선교사 넷째, 어머니와 남자들 다섯째, 한교수와 사회학과 박교수의 부인 정순, 여섯째, 만화가 오선생 그리고 나와 강영수라는 시를 쓰는 친구의 부분이 그것이다.

작품의 특색 중 하나가 짧은 분량에 비해 다소 다양한 일화가 산재해 있는 것으로 지적될 수 있다. 그것은 인물의 다양함과 그에 따른 일화의 전개 때문이다. 사건구조를 파악하기 위해서는 이들 사건을 독립적으로 떼어 내어 배열할 필요가 있다.

주 스토리 구조는 여수 출신의 주인공이 상경하여 서울의 동대문 근처에서 하숙하면서 대학생활을 하는 것으로 파악될 수 있는데, 작중에서는 나와 한교수가 다방에 들어갔다가 차를 마시고 다시 거리로 나온 동안의 이야기에 불과하다. 여기에 연결된 개별적 구조로서 한교수와 극기의 대학생, 만화를 그리는 오선생, 그리고 시를 쓰는 친구 강영수 등은 내가 세계와 타인을 이해하는 현재의 바탕이 된다. 또한 과거 고향인 여수에서 겪은 어머니의 남성편력, 형과 누이와의 관계, 교회 전도사와 애란인 선교사의 목격, 서울에 있는 인물들에 대한 지엽적인 스토리 구조 등이 수형도(樹型圖)처럼 짜여 다층의 일화 구조를 이루고 있다.

6-1-3

작품에서 주요 제재로 들 수 있는 것은 몇몇 에피소드에서 드러나는 인간의 모습에 불과하다. 그런데 작중에서 대부분의 인간은 주인공인 '나'가 관찰한 바에 의하면 저마다 자기의 세계를 갖고 있고 그 특정한 구조물 속에서 나름대로 행동하고 고민하고 오해하고 좌절하거나 극기한다. 산다는 것은 탐색과 추구의 발전적 완성을 지향하는 행동성을 내포하며 그것은 탈출이나 불만, 방황 혹은 자기 찾기의 과정으로 구체화

된다. 이때 자기 찾기란 자신의 세계의 구조물을 관찰하여 세계에 대한
오해를 풀어내는 이른바 극기인 것이다. 『생명연습』에서 자신의 세계를
관찰하는 것, 그것은 찾기의 여정이며 회의와 체념과 극기 수단이 된다.
  이 작품에서는 자기세계가 자아의 성장과 발전의 경험의 장이 되기
보다 체념과 회한의 공간이 되고 있다. 가령 형이 자살하기 전에 말한
자기세계에 대한 절망과 좌절은 '나'가 관찰한 형의 세계의 구조와 일
치하는 것이다.

> "솔직히 말하마 남들에게는 지극히 평범하고 세속적인 관계일 수
> 밖에 없는 것이 내게는 오해 이렇게 험악한 벽으로 생각되는지, 나는
> 참으로 불쌍한 놈이다. 절망, 풀 수 없는 오해들, 다스릴 수 없는 기
> 만들, 그렇다고 장난꾸러기 같은 미래를 빤히 내어다보면서도 눈감아
> 버릴 수는 없는 것이다." (p.342)

결국 형의 죽음은 그의 관찰대로라면 예정된 것이었다.

> 형은 종일 다락방에만 박혀있다. 오후 네시나 되면 인적이 드문 해
> 변으로 나갔다가 두시간 후에 돌아와서 다시 다락방으로 올라간다....
> 그곳은 지옥이었다. 형은 지옥을 지키는 마귀였다. 마귀는 그곳에서
> 끊임없이 무엇을 계획하고 계획은 전쟁이었고 전쟁은 승리처럼 보이
> 나 실제로는 패배인 결과로서 끝났고 지쳐 피를 토해냈고 -- (p.333)

루카치의 지적처럼 문제적 인물이 훼손된 세계에서 진정한 그 무엇을
찾을 때의 그 자신은 자아와 세계와의 결렬을 체득하고 발전적 문제점
을 지향하게 되지만 『생명연습』에서는 그 과정이 방황과 모험 회한이나
포기식의 극기 등으로 다양하게 나타난다.
  형이 보여준 유폐된 공간은 어둡던 청년기, 전쟁 전 폐병 얻어 숨어

지내던 회한의 공간으로 그것은 『무진기행』에서 주인공이 고향인 무진에서 흡연과 번민으로 폐병을 앓았던 병력이 있고 정신적으로 미치기 직전까지 갔던 고립의 공간이기도 하다.

시간적 배경의 변조는 일화들의 연결과 관계없이 나타난다. 그것은 공간이 이미 타락한 세계에 물들어 버렸으므로 시간적 배경이 그에 따라 타락상을 드러내는 작품의 배경으로 작용하고 있기 때문이다. 과거의 공간에 대한 무의식적 반사로서의 행동은 이미 그에게 현재에 익숙하도록 되어 있다. 이러한 공간적 연속성은 시간적 배경을 조정하는 요인이 된다.

6-1-4

작품의 주요 모티프로는 장난기와 웃음을 들 수 있으며 그 장난기와 웃음의 의미를 따라가 보면 작중에 숨겨진 의미들을 만날 수 있다. 세계와 결렬된 자아는 비극적이다. 훼손된 세계에서 고통의 나날을 살아갈 수밖에는 없다. 이때 개인이 세계에 보일 수 있는 최소한의 제스추어로서 이 작품에서는 장난기와 웃음이 보인다.

가령 한교수가 삭발한 학생들을 일컬어 나병환자라고 놀린다든가, 시를 쓰는 친구인 강영수의 다음의 수필에서 그러한 부분이 드러난다.

> <요힘빈!> 총각들은 최음제의 위력을 과도히 신앙한다. 그래서 그 약품이 총각들 간에는 사랑의 매개물로 간주되어 있는 법도 있다. 피강간(被强姦) 뒤에 으레 있는 처녀의 눈물도 그들에게는 공시적인 식순의 일귀(一句)에 불과하다.(p.329)

고통의 시기를 보내는 젊은이들의 증표인 삭발이나 젊은이들의 무분별한 성윤리의 타락 등은 자아가 세계에 느끼는 단절감에 다름 아니다.

이러한 시대적 아픔이나 절망감은 감히 도전할 수 없는 성벽으로 작중에서는 그리고 있으며 그것을 보고 웃어내는 자아의 현실을 또한 보여주고 있다.

이미 개인의 힘으로는 어쩔 수 없는 수십 길의 성채는 때려부수거나 저절로 무너져내리지 않는다. 자아는 그 현실을 체념하거나 웃어줄 수밖에 없다. 그리고 세계를 이해하는 징표는 자아의 웃음에서 비롯된다.

> 교수님은 눈이 휘둥그레해진다. 그러다가 쑥스러운 질문이었다는
> 듯이 또 하얀 이를 가지런히 내 보이시며 웃으시는 것이다.
> "극기(克己)?"(p.323)

이해하지 못한 대상으로서의 세계는 자아가 비로소 이해하게 됐을 때 웃음이 나온다. 자아가 세상에서 살아가고 있으며 자신의 살아있음 즉, 생명을 확인하는 증거인 셈이다. 당시 학생들의 삭발은 극기의 표상이었고 나는 그걸 보며 단순하게 웃었지만 그러나 한교수에게는 쑵쓸한 웃음이었다. 결렬을 확인하고 이해하는 과정이 자연스러운 이해가 아니기 때문이다. '나'가 한교수에게 고향 이야기를 하다가 자신의 남성을 잘라버린 전도사 이야기를 할 때도 똑같은 현상이 벌어진다.

웃음은 이해할 수 없는 대사회에 드리운 높디높은 성벽이다. 그리고 그것은 쉽게 무너져 내리지 않는다. 이때 자아는 체념 혹은 화해의 제스추어를 할 수밖에 없다.

> 이제 와서 눈물을 뿌린다고 해서 성벽(城壁)이 쉽사리 무너져 날
> 것 같지도 않은 것이다.
> "슬프세요?"
> 내가 웃으며 물었더니
> "글쎄, 지금 생각 중이야."

라고 대답하셨다. 나는 할 수 없이 또 한 번 웃고 말았다. (p.343)

오해를 푸는 길 그것은 웃어버림과 같이 불가능함을 아는 일이기도 하다. 가령 주인공의 누이는 모든 오해를 알고 있었다. 그러나 영원히 풀어버릴 수 없는 오해라는 것도 알고 있었다. 그 불가해한 것은 해되지 않는 것이지만 그것을 해결하지 않고서는 일상생활을 할 수가 없는 것이었다.

그러나 형과 어머니는 주고받는 시선 속에서 우습도록 차디찬 오해를 나누고 있었다. 즉 그들은 간단하게 살아갈 수가 없는 사람들이었다. 일상 다시 말해 생명을 유지하는 길은 오해를 풀고 세계와 화해하고 나를 극기하는 웃음의 길을 가는 일이다. 자아와 세계가 일상에서 공존하는 길은 자아가 결렬된 세계에 던지는 웃음이 시니컬하든지 아니면 화해의 웃음이든지 간에 긍정적임에 틀림없는 것이다.

그것은 한 개체가 시작하여 모험하고 죽음에 이르는 길이 무화, 즉 허무에 이르는 길로서 과정의 전체성이 소설의 미학이라는 헤겔의 지적대로 귀결되는 바이다. 고대 영웅 서사 장르에서는 이미 완결된 대상의 전체성을 형상화하는 것이 아니고 이미 다양해지고 변화막측해진 현대사회에서 훼손되고, 은폐되고, 변질된 삶의 전체성을 도상에서 발견하고 재구해보려는 형식을 취할 수밖에 없는 것이기 때문이다.『생명연습』에서 보여주는 60년대의 젊은이의 좌절과 일상으로의 안주는 당대 사회상뿐만 아니라, 전후 흔들리는 가치관의 문제, 성문화의 문란이 본격화되는 사회상에 대한 작가인식의 표현이다.『생명연습』은 그런 사회에서 살아가는 자아의 소설적 대사회 대응의 의미를 견지한다.

6-2 『산역』

6-2-1 절실함으로서의 고립감

『산역』은 12년간 시를 썼던 작가 윤후명에게는 그의 개인적 소설사에 있어서도 매우 특이한 작품이다. 거의 일인칭 서술화자 시점으로 집필되는 그의 소설에 있어서 유일한 삼인칭 시점이면서 문단 데뷔작이기 때문이다.

"시인이 소설을 쓰면 대개 소설 안에 시가 있기 마련입니다. 그래서 종종 이 작품이 시적이다 혹은 특이하다라는 말을 듣습니다. 그리고 이 작품은 그러한 특이함과 그 이후로는 다른 작품을 썼다는 이 두 가지 점에서 저로서는 애착이 있는 작품입니다."

한 작가의 기념비적인 작품은 그의 정신사적 흐름의 기점에 서는 예가 많다. 이 작품 역시 시와 소설의 장르적 한계의 극복 혹은 결합이라는 측면에서 의의를 갖는 작품이 아닐 수 없다.

작품의 수사학적 완성도에서 본다면 『산역』은 자아의 정체성에 대한 강렬한 감수성이 시적 상징들과 소설적 아이러니에 의해 적절히 조화된 수작이다. 또한 상징과 아이러니라는 소설수사학 뿐만 아니라, 존재의 근원과 생래적 외로움의 문제를 삼인칭 서술화자시점을 사용해 서정적으로 형상화해 내고 있다. 작품의 결말은 "오랜 세월 자신도 모르게 견뎌야 했던 무서운 고립감이 비로소 한 마리의 비굴한 짐승처럼 꿈틀거리며 그녀의 내부를 가로지르는 것을 느낄 수 있었다."라는 서술로 끝나고 있다. 그러나 작중에서 드러나는 고립감은 그녀만의 것이 아니다. 그 고립감은 작중 주인공인 그녀의 친부인 최씨와 불우한 부부인 그녀의 양부와 생모에게 모두 해당되고 있다. 말하자면 인간의 삶은 논리나 인과로써 설명될 수 없는 정체 모를 운명에 의해 감당하기 벅찬 고립감에서 비롯된 외로움이 내재하고 있다는 것이다. 논리로 설명이 되지 않는 현상은 당연히 시적 상상력으로 형상화될 수밖에는 없다. 그것은 바로 이 소설이 왜 서정적 색채를 동원했는가 하는 요인을 말하여 주는 것이다.

시적 감성의 뛰어난 묘사뿐만 아니라 죽음에 대한 어두운 세계와 불우한 부부의 그 운명을 바다의 이미지와 소녀의 눈을 통해 앰비밸런스의 효과를 주고 있어 이른바 「전면적 현실감」을 불러일으키고 있다.
　　　　　—1979 한국일보 신춘문예 심사평(이어령, 최인훈) 중에서—

소녀를 통해 운명의 정체성을 온몸으로 느끼고 삶 전체의 현실감을 부각시키는 것은 이 소설의 상징성과 이야기 구조의 아이러니함에서 온다. 전면적 현실감은 리얼리티의 획득에 의해서만 가능하다. 그것은 12년간 시인으로 활동했던 작가에게서는 상당량 고충이 있었을 터였다.

"시를 쓰다가 소설을 쓴다는 것은 말하자면 문학적 패러다임을 바꿔야 하는 것인데 저로서는 상당히 어려웠죠, 그래서 자신이 가장 잘 아는 이야기를 써야 한다는 생각으로 저의 에피소드를 변형을 시킨 다음 몇 군데 사용해서 집필했던 것입니다. 저로서는 기념비적인 작품이지만 기존 소설의 틀을 따랐는데 저로서는 좋아하는 방법은 아닙니다"

작가 스스로 언급한 부분에서 드러나는 것은 시에서 소설로 장르를 바꾸는데 있어서 어려움이다. 그것은 기존의 소설 문법을 지키면서도 시적인 글쓰기로의 훈련된 집필방식을 유지하는 일이었을 것이다. 결국 시와 소설이 근본적으로 다르지 않다는 인식에서부터 탄생한 『산역』은 그 주제 의식 역시 양 장르의 결합된 상태에서 파악될 수 있다. 절실한 고립감은 서사적 이야기 흐름인 아이러니컬한 플롯과 시적 상징물, 즉 서정적 질료들에 의해 복합적으로 드러나는 것이다.

스토리 라인에 하나의 전기장을 이루는 몇몇 사실들은 숨겨지거나 고의로 인물들이 참고 있는 비밀들이다. 그중 가장 강한 긴장을 주는 플롯이 집주인 최씨와 그녀가 부녀 관계라는 것이다. 최씨의 죽음은 그에게 집과 생활을 신세지고 사는 부부와 그의 딸에게는 커다란 사건이 아닐 수 없다. 그런데 공교롭게도 최씨의 묏자리를 아는 유일한 사람이 바로 그를 미워하는 그녀인 것이다.

> "자, 보세요 저기 바다 보이죠?"
> 그녀는 말했다. 그러자 모두들 그녀의 손가락이 향한 쪽으로 고개를 돌렸다.
> "쬐끔 뵈누만."
> 곡괭이를 든 산역꾼이 가늘게 실눈을 뜨고 시큰둥하게 대답했다.
> "됐어요 그럼 바다를 향해서 일직선으로 파세요"
> "바달 향해서 일직선으로?"
> "예. 자 어서요. 여기에요"(『산역』, p.16)

최씨 아저씨는 임종시 새로 산 산꼭대기의 자기 묏자리를 그녀가 알고 있다는 말을 유언처럼 남긴다. 그는 단지 바닷가 보인다는 이유로 불모의 산을 매입하고 그 자리에 묘를 쓰기로 작정한다. 그리고 그 장지를 딸에게만 알려주는 것이다.

그러나 그의 아내에 대한 분노, 딸(가족)에 대한 그리움에서 오는 외로움, 자신을 실종 처리한 군 당국에 대한 억울함, 아내와 재혼한 친구에 대한 증오 등등이 작중에 숨겨져 있다. 그리고 그러한 고립감은 죽은 뒤의 음택인 묘지의 위치에 의해 상징화되고 있다.

> 최씨 아저씨가 지칭한 그 새로 산 산이란, 집으로부터 해안과 반대 방위에 있었다. 언젠가 그것을 매입하게 전 현지 답사를 할 때 최씨

아저씨는 그녀를 동반한 적이 있었다. 그녀로서는 우연한 동행이라고
밖에는 설명할 길이 없었다. 묏자리를 그녀가 알고 있으리라는 것은
분명히 그 때의 일이 어느 부분에 자리잡고 있었다.(『산역』, pp.18-19)

전쟁이 끝나고 아내가 자신의 실종 소식으로 재가한 후 다시 돌아왔
을 때 최씨의 고립감은 스스로 묏자리를 그 집과 반대 방향으로 잡게
했을 것이다. 그러나 그는 최소한 바닷가 보이는 쪽으로 향을 잡았다.
외로움을 이기는 그의 유일한 방법은 바다를 삶의 터전으로 일해 왔고
바다를 보면서 외로움을 달래는 일이었을 것이다.
  그러나 친구의 아내와 결혼한 후 그 친구가 다시 살아왔을 때 재혼한
친구의 감정은 죄책감과 그 친구와의 상대적으로 생기는 고립감이 있었
으리라. 그리고 그는 친구인 최씨에게 집과 생활의 여러 부분에서 신세
를 지고 있기 때문에 그 괴로움은 배가되었을 것이다.

    불행이란 결코 혼자서 오는 법이 아니라고 했으므로 아버지의 몰
  락이 가져온 불행은 어떠한 동료를 거느리고 오고 가는지 차츰 모습
  이 보이는 것 같은 분위기였다.(『산역』, P.21)

  작중에서 양부의 몰락은 그녀에게 운명적인 어떤 힘을 감지하게끔 한
다. 백계 러시아인들의 방랑의 춤을 보면서 생래적인 외로움을 느껴 무
용가가 되겠다던 꿈은 그의 부친에 의해 좌절되었고, 최후 사업으로 차
린 작은 음료에 이르기까지 공장 퇴직금으로 차린 강정음료공장 등의
사업은 물론이고 젊은 시절 무용가가 되겠다던 꿈까지 아버지는 한 번
도 성공한 인생을 산 적이 없는 사람이다. 결혼에서조차 그랬다. 그는
최씨의 딸을 키웠고 결국 최씨의 상속인이 되었기 때문이다.
  또한 그녀는 최씨의 자식으로서의 관계는 과거의 시간 속에 숨겨져
있었고 가족과 최씨에 의해서는 공공연한 비밀이 되어 왔다. 그리고 그

녀의 고립감은 언젠가 그녀가 밤바다 여행에서 느꼈던 외로움을 통해 상징으로 남아 있을 뿐이다. 그리고 그녀의 아이러니를 통한 현실 인식을 더욱 강하게 만들어주는 것이 바로 그녀가 친부에게 품는 반감이고, 그 전환을 일시에 용수철처럼 솟아오르게 하는 힘이 가족에 의해 억눌러져 왔던 비밀인 것이다.

6-2-2 소설 장치로서의 서정적 상징

작중의 시적 상징들은 도처에 놓여 있다. 가령 작중의 가장 큰 문제인 죽음, 운명적 몰락에서 해삼의 내장과 삶의 위기, 비굴한 짐승 같은 고립감 등이 몇몇 상징군을 이루어 작품 전체에 배치되어 있다. 다음의 작가언급은 상징에 대한 해명이 된다.

"작품에서 시적인 부분들과 그런 이미지들의 연결 등의 문제는 제가 그 동안 시를 쓰면서 시적인 글쓰기의 훈련에 의해서 이루어진 것 같아요. 그 당시로서는 소설가가 되어야 한다는 대명제가 있었고 소설과 시가 다르지 않다는 저의 문학관을 실천해야 하는 문제가 있어서 그러한 상징들의 연결에도 신경을 썼습니다"

상징은 그 단어가 지닌 뜻 이외의 함축된 심상을 뜻하므로 은유의 일종이지만 은유는 통상 일대일의 비유가 된다. 그러나 상징은 원관념과 보조관념이 일대 다의 관계를 갖게 된다. 또한 이미지나 은유는 소설작품에서 부분적인 의미 혹은 비유에 해당되지만 상징은 작품 전체 혹은 인물이나 사물을 통하여 작품의 전체 의미를 구성하게 된다. 그러므로 작중의 어떤 이미지가 단순한 은유인가 아니면 상징인가를 파악하는 작업은 대단히 중요하다.

상징은 다른 소설수사 혹은 장치들과 마찬가지로 작중에서만 의미 기능을 하게 된다. 그러므로 상징은 작품 이외의 일반 개념과는 다른 차원에서 작중에서의 역할을 하게 된다. 그것은 작품이 하나의 상징 체계를 이루어 구성될 때 비로소 작품 전체의 상징성을 갖게 되는 것이다.

소설에서의 상징은 시적 상징 언어이면서 소설에서의 기능을 수행해야 한다. 상징 언어란 외적 세계가 내적 세계를 상징하며, 영혼과 정신을 상징하는 언어인 것이다. 그런데 여기서 문제가 제기된다. 그것은 상징과 상징되어지는 것의 관계이다. 그 관계성은 설명을 넘어서는 복합성으로 말미암아 서사적이기보다는 서정적이기 때문이다. 그것은 상징이 인간의 체험과 상상력에 뿌리를 두고 있으며 물질적 세계의 현상이 내적 체험의 표현이 된다는 뜻이다. 그러나 일단 소설의 장치가 되는 상징은 일련의 작가의 창작의도에 따라 상징 체계를 이루어 의미망을 견지하게 된다. 작중인물들의 고립감은 이러한 상징어들을 통해 상징 체계를 이루어 낸다.

> "해삼은 위급할 때 창자를 빼낸다. 도마뱀이 꼬리를 자르는 것과 같아."
>
> 아버지는 무언가 설명하려고 애를 썼다. 해삼의 창자에 대해서가 아닌, 인생의 무엇인가에 대해. 아버지는 소주 한 병과 안주를 시키시고서도 누구에겐가 쫓기는 사람처럼 불안했다.(『산역』, p.23)

또한 고립감은 반감 혹은 증오로 표시되기도 한다. 최씨가 주인공 가족에게 베푼 아량은 실제 곁에서 아내와 딸을 보면서 얻는 즐거움보다는 그가 겪는 괴로움이 훨씬 더 큰 것이다. 실제로 그는 묏자리도 그들 집의 반대편에 잡을 정도였다. 그런 최씨에게 그녀의 부친과 그녀가 갖는 감정은 독(毒)을 품은 시선일 수 있었다.

> 사실 그녀가 최씨 아저씨와 제대로 대화를 나누었던 시간은 그때까지 통틀어 한 시간 남짓이나 되면 다행이었다. 최씨 아저씨가 일찍이 결혼에 실패하고 혼자 산다는 사실은 알고 있었지만, 그렇다고 해

서 그녀가 시간을 할애할 아무런 까닭도 없는 것이었다.·····그녀는 상
당히 불편한 감정까지도 품고 있었다. 그것이 알게 모르게 독소대(毒
素帶)를 형성하고 있는 것도 부인할 수가 없었다. (『산역』, p.19)

최씨와 부친의 관계는 절대로 정상적일 수 없었고, 모친이나 그녀에
게 있어서도 상황은 비슷했다.

> 언젠가 한 번, 이사하고 얼마 뒤엔가 그는 집주인으로서 당연한 방
> 문을 했었다.
> "집이 워낙 낡아서 불편할 거야"
> 그는 이리저리 둘러보며, 살 곳을 마련해 주어 고마워하고 있는 아
> 버지에게 말했다. 아버지는 하인처럼 옆에 붙어서 "아니 아니"하고
> 만 있었다. 그것은 실패한 사람만이 가질 수 있는 연약한 정직성을
> 드러내는 태도였다. 그럴 때 그녀는 최씨 아저씨에게 야릇한 적의 같
> 은 것이 느껴졌다.(『산역』, p.25)

전후 사정을 모르는 그녀는 어떻게 되어 최씨 아저씨의 죽음에 '그녀
가 그토록 깊이 개입되어 버렸는지 몰라 울화가 치미는'(『산역』, p31)것
이 그녀로서는 당연했고, 그러한 증오의 증폭은 결말부분에서 극적으로
환기된다. 결국 그녀는 자신의 운명과 삶이 몇몇 상징을 통해서 하나의
아이러니가 이루어지는 것을 느끼는 것이다.

> "돌아가신 아버지?"
> 그녀는 한꺼번에 밀려와 벼랑에 부딪치는 파도 소리를 듣는 듯했
> 다. 어머니는 석상처럼 무겁게 머리를 끄덕이는 것으로 모든 사실을
> 한꺼번에 설명하고 있었다.
> 쏴아쏴아 와르릉
> 파도는 연신 밀려와 벼랑에 부딪치고 있었다. 그와 함께 그녀는 모

든 사람이 알고 그리고 묵계해 온 속에서 오랜 세월 자신도 모르게 견뎌야 했던 무서운 고립감이 비로소 한 마리의 비굴한 짐승처럼 꿈틀거리며 그녀의 내부를 가로지르는 것을 느낄 수 있었다.(『산역』, p.35)

소설의 상징은 통상 작품 전체를 감싸는 통일된 상징성으로 구현된다.『산역』에는 인물과 사건의 연계가 몇 개의 상징어를 중심으로 전개된다. 우선 가장 잘 파악할 수 있는 것이 첫째, 최씨의 죽음이다.『산역』의 전체적인 배경과 사건의 발단과 전개가 죽음에 의한 것이고 대단원의 동인(動因) 또한 죽음에 있었다. 둘째로 나타나는 것이 외로움 즉, 고립감이다. 최씨와 전쟁 전의 부인 그리고 최씨에 빌붙어 사는 아내의 남자와 최씨의 딸, 이들은 표면적으로는 드러나지 않지만 고립감으로 삶을 지켜내는 사람들이다. 그리고 소설의 결말에 주인공인 그녀도 고립감을 절실히 느낀다. 셋째 상징어로는 바다를 들 수 있다. 최씨가 살아갈 힘을 준 바다는 그가 스스로 힘을 응축하고 현실을 인식하는 바탕이 되면서 동시에 그의 생업의 터전이기도하다. 이상의 상징어 죽음, 고립감, 바다가 갖는 통일된 상징성은 다름 아닌 외로움과 운명의 정체성을 상징하는 것이다.

6-2-3 아이러니로서의 소설담론

최씨의 고립감과 불우한 부부의 무력함이 상징으로 펼쳐진 이 소설은 아이러니 구조로 짜여 있다. 소설 결말의 전면적 현실감으로 환기되는 그녀의 인식으로 아이러니는 완성된다.

시적 상징은 소설적 아이러니의 제재로서의 모티프가 된다. 이유야 어찌 되었던 간에 자신의 아내에게 먼저 아이를 낳게 했던 장본인 앞에서 하인처럼 '아니, 아니'만 연발하는 그녀의 부친에게 연민을 느끼면서 동시에 자신의 친 부친에게 적의를 품는 대목은 시적 상징성이 인물에게 하나의 성격을 부여하는 모티프가 되는 것이다.

최씨는 쓸데없는 돌산을 단지 바다가 보인다는 이유로 사기로 하고 그녀를 동행시킨 자리에서 자신과 그의 아내에 대해서 이야기하지만 그녀는 아무것도 눈치 채지 못한다.

아이러니의 개념은 한 진술이 실제 의미나 의도와 다르다는 데서 출발한다. 그리고 이 상이성은 상대적 개념으로 확대되어 두 요소간의 차이라는 개념을 지향한다. 아이러니는 작품에서 작자나 작중 인물에 의해 의도되고 독자에게 해석과 평가를 맡기지만 이러한 작품들에서 아이러니컬하게 작용되는 것은 아이러니의 표면 모습과 숨은 모습의 양면성 때문이다.

아이러니는 소위 세련된 표현의 한 형식이다. 작가가 독자에게 요구하는 것을 생각하면 세련된 것이라 할 수 있다. 작가는 독자에게 아이러니라는 본질적이면서도 동시에 지엽말단적인 아이러니의 장치와 그렇게 함으로써 존재하는 소설 형식 중의 하나를 즐기도록 요구하는 것이다. 아이러니는 두 개의 차원에서 작동하는데 표면적 작용과 이면적 작용이 그것이다. 그들의 최종적 의미는 이차적 맥락에서 얻어지고 그 의미의 층들 속에 작가의 자아 반영이 놓여있음을 알려준다. 이처럼 거리를 가진 아이러니는 소설론의 한 부분이 될 수 있다.

시학적 부분인, 미적 요소는 아이러니의 일반적 의미에 있어서 기본적 특징이다. 언어의 아이러니에는 항상 미적인 부분이 있다. 아이러니의 미적 부분은 주로 사건과 플롯 등에서 나타난다. 『산역』에서의 결말의 환기는 전형적인 형태라 할 수 있다.

그러나 소설은 어떤 부가적 차원 즉, 작가의 주석 차원에서 생존하는 가능성을 지니고 있으며 그 결과 작가의 견해를 작중인물 누군가에게 부여하게 되는 경우와 다른 사람의 견해와를 대비시키는 경우가 있게

된다. 『산역』의 경우 소녀의 입장은 우리 소설에서 나는 누구인가 하는
정체성과 우리는 어디에서 왔는가의 오리진의 문제를 그 바닥에 깔고
있는 것이다.

아이러니의 미적 요소는 소설미학적 시각에 해당한다. 소설형식이 갖
는 거리의 개념은 게오르규 루카치에 의하면 <삶과 예술의 관계>를 <
언제나 그럼에도 불구하고>라는 태도로 인식한다. 즉 양자간에 거리가
있다는 것을 의미한다. 그래서 그는 소설이란 문제적 인물이 훼손된 세
계에서 자기인식에로의 여정을 형상화한 것이라는 것이다. 그것은 이미
진정한 대상으로서의 가치를 잃은 세계에서 진정한 가치를 찾으려는 아
이러니한 상황의 설정이 그 문학적 바탕으로 있음을 의미한다.

그런데 『산역』은 아이러니를 작품의 틀로 하고 있으면서도 시적 상징
체계를 플롯의 계기로 사용하고 있어서 이른바 서정소설이라 규정할 수
있다. 그것은 실로 서사와 서정의 융합을 시도한 하나의 사건이 아닐
수 없다.

서정소설은 통상 인간의 내면을 고백하는 형식을 주로 사용하는데 이
런 작품들은 인물이나 사건 등의 서사요소를 음악이나 회화의 이미지나
분위기와 결합시켜 서사물의 인과, 계기적 성격을 서정양식의 동시적
특성과 공존시키게 된다. 랄프 프리드만은 서정소설에서 서사적 특성과
서정적 성격, 이 양자가 상호 보완되면 서사적인 인과적 흐름을 동시적
인 이미지로 표현해내어 서정적인 객관성을 얻을 수 있다고 했다.

『산역』에서의 주인공도 자신이 모든 것을 수난적으로 느끼고 감당하
게 된 인물이다. 엄밀히 말하면 그녀는 소설적 자아이기보다는 시적 자
아에 가깝다고 할 수 있다. 작가는 친부와 딸과의 비극적인 관계라는
하나의 에피소드를 서사적 성격의 소설이나 서정시로 쓰지 않고 하필
서정 소설로 썼을까 하는 점이다. 시와 소설은 장르의 구별이 있다. 소
설은 허구 속에 자아와 세계가 대립되어 있는 관계가 설정되어 있다.

소설은 객관적으로 자아와 타자와의 갈등이 분리된 양자에 의해 형상화되는 반면 시는 어떤 사물의 현상이나 구체적인 경험에 대한 서술 혹은 감동 또는 사색을 내용으로 한다고 볼 수 있다. 그런데 이때 그 대상은 시적 인식의 주체인 자아에 의해 자유롭게 규정되거나 인식된다. 이른바 서정적 자아에게 그 대상이 투영되는 것이다.

이제 작가는 왜 이 소설을 서정적 성격으로 썼는가의 물음을 작가는 이 작품에서 무엇을 어떻게 시적으로 인식하려 했는가의 질문으로 바꾸어야 한다. 그것은 이 작품에서 시적 자아는 어떤 기능을 하고 있는가의 문제인 것이다. 작가는 『산역』에서 그 무언가를 효과적으로 해명하기 위해 서정소설의 기법을 썼을 것이다. 소설은 통상 어떤 객관적 사실을 보여준다는 점에서 인식적 기능을 한다. 이 작품은 어떤 대상을 표상해주고 있으며 그것을 인식하는 데에는 서정적 자아에 의해 형상화하는 것이 효과적이라는 작가의 선택에 의해 이루어진 것이다.

시적 인식은 서정적 텍스트의 특성을 서사물의 이야기 흐름에 투영되어 다음과 같은 효과를 낼 수 있다. 서정적 텍스트의 시적 언어의 의미는 그 낱말들과 문장이 한편의 시라는 하나의 유기체 속에서만 발휘되기 때문에 서정소설에서의 주제나 상징어들은 시적 의미망을 갖게 된다는 것이다. 그녀는 자라면서 내재된 욕망으로 세계를 일방적으로 규정하는 특성에서 만들어진 서정적 자아를 갖게 된다. 내재된 욕망에서 비롯된 서정적 자아는 작품의 서정적 인식을 주관하게 된다. 그래서 그녀가 규정하고 인식하는 타자와 외부현상은 그녀의 서정적 자아에 의해 재인식된다. 최씨에 대한 반감은 객관적 관계보다는 일방적 관계에서 시작된 것이기 때문이다.

> "시를 쓰면서 장르 구별에 불만이 있었다. 시와 소설이 다르지 않다는 것, 모두 글, 즉 문학이라는 것을 확인하고 싶어 재데뷔 했습니다"

　작가 윤후명의 문학인식에서 가장 중요한 부분이라할 수 있는 소위 시와 소설이 다르지 않다는 언급은 이 소설에서 서정적 분위기의 성향을 대변해주는 말이 아닐 수 없다.

　오늘날 소설이라는 하나의 문화적 생산 행위이자 소비현상은 과거에 비해 상당히 양산되고 있으며 다양화되고 있다. 환경과 매체가 격변하면서 소설쓰기의 양상자체가 변화된 것이다. 그리고 거기에 맞추어 소설습작을 하는 이른바 예비작가들의 글쓰기도 다분히 변질된 것이 사실이다. 물론 시대정신과 문화매체가 급변한다면 형식은 바뀌게 마련이다. 그러나 글쓰기에 있어서 문학적 진정성마저 베스트셀러를 꾸는 작가와 출판산업의 상업주의에 의해 인문과학적 바탕까지 잃어서는 안될 일이다. 이러한 시각에서 작가의 충언은 매우 뜻 깊다 하겠다.

　"요즈음 소설을 쓰는 사람들은 너무 소설자체에만 매달리는 것 같아요. 새로운 시대에는 인문학적인 것들이 필요할 것이다 이렇게 봐요. 문학이라 것이 혼자만이 독립되어 있는 게 아니구요, 사회생활, 학문, 삶 이렇게 다 연결이 되어 있거든요. 소설은 포괄적인 삶을 이야기해야 한다는 생각이지요. 그렇게 되자면 폭넓은 공부를 해야겠지요. 가령 인문학에 대한 자기의 이해가 있어야 할 테고, 한국문학도 소위 글로벌 스탠다드를 인식해서 세계적인 눈높이를 가진 문학이 되어야겠지요. 이것은 아주 절실한 문제입니다. 그렇게 되지 않으면 우리 문학은 앞으로의 새 시대, 즉 지구촌 문학의 시대에서 존립자체가 어렵게 될 것입니다."

　문학장르라는 형식의 본질적인 문제에서부터 작가정신을 다잡아 소설 내부의 수사학과 플롯에서부터 존재론적인 아픔과 삶의 근원에 이르기

까지의 문제를 형상화함으로써 재등단한 시인이자 소설가인 윤후명의
『산역』은 창작정신의 신선함과 상징물의 플롯이라는 테크니컬한 기법의
양 측면에서 예비작가들의 모범이 되기에 충분한 작품이라 하겠다.
　『산역』의 텍스트는 (윤후명 수상 소설집, 문학아카데미, 1995.) 판본을
사용하였다.

6-3 완구점 여인

　인물 의식의 흐름이라는 측면에서 오정희의 소설은 과거의 시간과 현
재의 시간이 섞여 시간적 체험을 구체화하는 형상으로 텍스트를 보여주
는 기법을 주로 사용한다. 인간은 삶에 놓여 있는 죽음 때문에 절망하
지만 그 절망의 시간 동안에는 인간은 죽은 것이 아니다. 그 살아 있음
의 절대적 시간은 인간의 의지를 발동시킬 수 있는 시간이다. 그러나
그것은 과거에 국한된 시간일 뿐이다. 현재와 미래를 탐색하는 자아는
세계와의 대결구도에서 그리고 곧 닥쳐올 죽음이라는 거대한 사유의 장
벽에 앞에서 좌절하고 말 것이고, 부지런히 움직이는 시간 속에서 무언
가에 대한 명징한 인식을 도출해내기란 불가능하기 때문이다. 하지만
멈춰진 절대 시간 속에서 과거를 회상하면서 과거의 세계를 분석해냄으
로써 세계를 이해하는 것은 가능하다. 그리고 그 결과로써의 세계인식
은 현재를 탐색하고 이해하는 하나의 세계관이 되는 것이다.
　이미 흘러간 시간 속의 과거의 정황은 이제 와서는 그때 그대로의 기
억으로서만은 존재할 수 없다. 그것은 현재 기억을 돌이키는 자아와의
관계와 입장에서 이해되고 기억되어 기록되는 것이다. 그러므로 과거라
는 기억과 현재로서의 기록과는 차이가 생길 수밖에 없다. 이때 작가
오정희는 과거의 기억을 의식의 흐름을 통해 자유롭고도 분방하게 퍼올

려 기록하며 현재의 세계인식의 안경 내지는 잣대를 사용해 텍스트를 형상화하는 것이다. 오정희 데뷔작인 『완구점 여인』에서부터 줄곧 그러한 과거의 기억과 그것이 담고 있는 죽음과 결코 쉬울 수 없는 삶과의 관계가 소설 속에 녹아 스며들어 있다.

오정희의 초기작들은 그의 첫 작품집인 <불의 강>에 국한하면 소설의 화자들은 대개 유년기의 기억을 바탕으로 이루어져 있다. 그리고 화자의 기억은 비극적이지만 그래서 세계에 대한 비전이 비극적일지라도 오정희의 소설자체는 절망적이지 않다. 그 비극적인 비전이 삶에 대한 그로테스크한 의지를 심어주기 때문이다.

그러나 그 의지는 실제 긍정적이지도 않다. 기억을 이미지화하여 기록하는 기법에 있어서 전망에 대한 긍·부정의 판단은 입추의 여지가 없는 것이다. 오정희 소설에서의 존재와 타자와의 관계나 그를 둘러싼 세계는 이미지로 표상되거나 기억 속의 몇몇 정황들이 상징화되어 있기 때문에 기억을 기록하는 것 자체가 산문화보다는 이미지화 되어 있다.

『완구점 여인』에서 시작된 일련의 작품들 『가령』, 『번제』, 『직녀』, 『중국인 거리』 등에서 나타나는 공통점은 시간적 체험의 주관성이 공간적 형상으로 나타내기 위해서는 과거와 현재의 인식의 차이와 실제 상황적 차이 그리고 그 차이들이 갖고 있는 상징성들이 포함되어 있어서 그 이미지를 명제화 하여 풀어내기란 용이한 것이 아니다.

작품을 보다 넓고 깊게 이해하는 데에는 플롯을 면밀히 분석해내는 일이 필요하다. 『완구점 여인』의 줄거리는 상징적인 몇 개의 삽화로 구성된다. 작품 구성상의 흐름을 따라가면 다음과 같은 배열이 된다.

1. 교실에서 도둑질하는 여자

　2. 완구점여인의 대한 기억과 완구점에서의 에피소우드

　3. 어머니와의 조우, 댄스 홀에서 춤추는 어머니 목격

　4. 완구점에서 주인여자와의 비정상적 정사

　5. 죽은 동생에 대한 기억, 어머니가 된 가정부와 아버지

　6. 다방으로 바뀐 완구점에서 심경

　여고생으로 보이는 작중여성화자는 작품의 모두에서 보여지듯 어둠과 빛 그리고 삶과 죽음이 공존하면서 교차하는 세계에 그녀는 기대와 공포를 느낀다.

　　어둠이 빛을 싸안고 안개처럼 배어든 약한 빛 속에서 머무르던 갖가지 숨결과 대화는 어둠이 깃드는 것과 동시에 죽어버리는 것이다. 소리를 지르면 그대로 터엉 울려올 듯 공허해지는 것이다. 가로와 세로로 각각 여덟 개씩의 책상들, 나는 갑자기 모든 것이 죽음처럼 사라져 가는 어두운 교실 안에서 그것들이 서서히 살아나고 있음을 느낀다. 자로 잰 듯이 반듯하게 놓인 그들의 질서가 두려워진다. 정확하게 열려진 두 개의 서랍들은 시커멓게 입을 벌려 어둠을 빨아들이고 있다. 나는 그것을 바라보면서 기대와 공포를 느낀다. (오정희, 완구점여인, 제삼세대한국문학 삼성출판사, 1983, p.407이하 예문은 쪽수만 표기함)

　『완구점 여인』에서의 여성화자는 산만하고 흐트러지고 더럽혀진 것에 안정감을 느끼고 오히려 정결하다거나 깨끗한 것에 대해서는 반감을 느낀다. 자로 잰 듯이 반듯하게 놓인 그들의 질서가 두려우며 정확하게 열려진 두 개의 서랍들은 시커멓게 입을 벌려 어둠을 빨아들이고 있는 것처럼 보이는 것이다.

　그녀는 공포감을 느낄 정도로 질서와 정결함을 두려워하는 정신적 상처를 지닌 여자이다. 그리고 그녀의 상처에는 어둠과 질서와 욕망과 공

포가 뒤섞여있다. 그 상처의 원인은 어린 시절의 충격이었고 그 내용은 죽은 동생, 아버지, 가정부에서 새어머니가 된 여인 그리고 당시의 세계 자체가 된다. 세계의 질서에 대한 반감은 세계 자체에 대한 반감에 다름 아니기 때문이다.

성인이 된 그녀는 도벽과 동성애자의 성향을 보인다. 작중화자는 남성성 즉 여성 속에 내재하는 이른바 아니마의 충동을 보여주기도 한다. 동성애의 동인 또한 그녀의 도벽처럼 세계의 질서에 저항하는 그녀의 행위이다.

> 불빛에 검게 아른거리는 복도는 먼지 한알 없이 청결해보여서 위축감을 느꼈다. 무거운 가방을 멀찌감치 동댕이치고 그 위에서 뒹굴고 싶다는 생각을 했다. 뻣뻣한 스커트를 허리께까지 훌쩍 걷어 올리고 그대로 선 채 오줌을 누고 싶다는 충동을 느꼈다. 침을 입안에서는 끈적한 타액이 자꾸 괴이고 있었다. 나는 그것을 자꾸 뱉어냈다.
> (p.409)

남성처럼 소변을 보고 싶은 충동, 정결한 복도 위에서 가방을 내동댕이치고 몸을 굴려보고 싶은 충동 그리고 자꾸만 침을 뱉는 행위 등은 자신의 여성성과 그러한 상태로의 세계와의 관계에 저항하는 몸짓이다. 그리고 그녀는 실제로 완구점의 사십대 여인에게 관능미를 느끼고 동시에 혐오감을 느낀다.

그녀는 관능에 대해 본능적인 충동과 동시에 혐오를 갖고 있다. 이른바 스멀스멀 밀려오는 관능의 혐오, 몸이 마디마디에서 가래처럼 걸쩍하게 괸 혐오를 하면서도 그녀는 완구점여인과 정사를 벌이게 된다.

> 무거워진 몸에 반창고를 더덕더덕 붙이고 싶다. 그래서 몸의 마디마디에 가래처럼 걸쩍하게 괸 혐오를 털어버리고 싶다. 완구점의 여

인이 보고 싶다. 내가 찾아갔던 그녀의 방 자잘한 꽃무늬가 찍힌 커
어튼과 불빛과 무엇보다도 여윈 그녀가 보고 싶다. 그러나 나는 그녀
를 찾아갈 수 없다. 그날 밤 어둠 속에서 감각한 그녀의 체온과 뭉텅
잘린 두 다리와 또 나의 행위는 한갓 춘화처럼 생생하게 남아 있었
다. (p.410)

그녀가 기대하고 또 실제 벌이는 행위는 도벽과 위악적인 모습과 동
성애적 정사이다. 그리고 그녀는 관능에 대한 희구와 동시에 혐오를 느
끼며 그러한 자신의 모습에 괴로워한다. 그녀의 현재의 모습은 과거의
삶으로부터 왔고 또한 그러한 기억들이 현재 그녀의 삶을 규정하고 조
정하는 것이다. 세계와 화해하지 못하는 자아의 자의의식을 기록한다는
것은 부정적이거나 비정상적인 것에 대한 기록일 수밖에 없다. 그리고
그녀의 비정상적인 삶의 근원에 가정부에서 그녀 아버지의 정부가 된
어머니가 있다.

어머니는 내가 어릴 직 가정부에서부터 나의 어머니의 위치로 변
한 후 끊임없이 아이를 낳고 있었던 것이다.... 어머니 가 그녀의 여섯
살짜리 계집애를 끌고 집을 나간 지 몇 해가 되었을까. 삼년인지 사
년인지 기억이 아리송했다. 그건 아무래도 좋았다. 여전히 어머니는
아이 낳기를 계속하고 있는 모양이었다. (P.410)

우연히 길에서 조우한 어머니를 그녀는 몰래 미행하다 <아르바이트>
댄스 홀까지 따라 들어간다. 무관심을 가장하여 무척이나 냉혹하던 그
여자에게 그녀는 어려서부터 증오심을 불태웠다. 가령 어머니와 그 아
이들을 죽이기 위해 칼을 갈든가, 집에 불을 지른다든가 하는 꿈을 꾸
었던 것이다. 작중화자의 아버지를 떠난 뒤에도 임신한 몸으로 다른 남
자를 찾아해매는 어머니에게 그녀는 연민과 증오를 동시에 느꼈다. 그
리고 그 연민으로 증오가 풀리는 순간 그녀는 다시금 완구점 여인이 떠

올랐고, 그녀를 찾아가 관계를 맺는다.

> 여인이 시키는 대로 그녀의 곁에 나란히 누웠다. 여인이 갑자기 내 곁으로 돌아누웠다. 그리고 자기의 손을 나의 목에 돌렸다. 어느 새 여인과 나는 서로를 부둥켜안은 채 팔의 힘을 바짝바짝 조이고 있었다.
>
> 그리곤 누가 먼저랄 것도 없이 입술을 맞대었다. 차지도 덥지도 않은, 그저 미적지근한 감촉이었다. 여인은 몹시 허덕거렸다, 나의 목을 끌어 안고 중얼거렸는데, 그라 나는 움직이지 않는 것들 속에 살아, 스스로 움직이는 건 아무 것도 없어. 여인은 자꾸 내게 밀착되어 왔다. 나는 어둠 속에서 이불이 버석거리는 소리와 내 몸 속에서 물살처럼 솨안히 열리는 관능의 움직임을 듣고 있었다. (p.413)

완구점 여인과 하룻밤을 지낸 그녀는 다음날 아침에 심한 수치심을 느꼈고 눈물자국으로 얼굴이 번질번질해진 여인을 보고는 다시는 그녀에게 가지 않게 되었다. 가끔 완구점 유리문 밖에서 그녀를 바라보기만 할뿐이었다. 그러나 가끔 그녀는 완구점 여인과의 정사하는 꿈을 꾸게 되었고 꿈이 깬 뒤 관능에 대한 그리고 그것을 혐오하는 자신을 견디기 힘들어한다.

그녀가 완구점 여인에게 연연하는 것은 작중화자의 위악적인 삶의 자세뿐만 아니라 죽은 그녀의 동생과도 연관이 있다. 소아마비를 앓아서 휠체어를 타고 다니다가 죽은 남동생과 오뚜기 인형처럼 두 다리가 잘려서 휠체어를 타고 인형을 파는 완구점 여인과는 상동적 관계이다. 동생은 이층집에 그리고 완구점 여인은 완구점에 각각 유폐당한 사람들이다. 또한 빨간 오뚜기 인형과 동생이 죽기 바로 전에 그린 붉은 색 꽃의 붉은 이미지도 상관관계를 갖는다.

도벽과 오뚜기 사모으는 일로 소일하는 그녀에게 세계는 암담하다.

그러나 그녀는 재기를 위해 노력한다. 그것은 거의 날마다 사모으는 오뚜기 인형이 증명하는 것이다. 넘어지려 하다가도 다시 일어서는 빨간 오뚜기 인형은 이제는 죽고 없지만 불구인 동생과 자신의 피어린 노력의 흔적을 의미한다.

작중화자의 좌절된 관계망으로 인해 사회생활을 제대로 영위하지 못하는 자아의 성격배태는 가정부에서 어머니로 변신한 여자로부터 출발한다.

과거에 대한 담론은 그 사실에 대한 의미화이고 그것은 중요성을 갖게되고 그러한 중요한 체험으로서의 담론은 현재에 개입하여 작용하게 된다. 그녀의 부친에 대한 거리감과 부친으로부터 유래한 생명으로서의 삶이라는 이중성은 그 체험의 이중성에서 온다. 아버지의 실질적인 부재와 그로테스크한 가정부에 대한 증오는 그녀의 정서를 더없이 황폐하게 한다. 그녀는 아버지의 부재로 말미암아 어머니인 가정부와 대립하는 남성성이 필요하게 되었고 동시에 여성을 증오하는 질투심을 갖게 된다. 또한 건조하고 의미없는 동성적 정사도 과거체험의 충격에서 온 것이다. 그 증오의 한가운데 바로 어머니가 놓여있다.

> 나는 자꾸만 딱딱한 껍질 속으로 위축되어 갔고, 그럴수록 어머니에 대한 증오는 맹렬히 커져 갔다. 죽은 동생은 더욱 생생히 기억 속에 살아 있었다. 어머니는 동생이 그린 그림을 모조리 지워버렸다. 내가 동생을 느낄 수 있는, 끝없는 애정으로 대하던 그림들이 하나씩 지워질 때 나는 물걸레를 손에 든 어머니에게 매달렸다. 어머니는 나를 밀치며 무관심하게 대꾸했다. 그애는 너 때문에 죽은 거야, 그날 네가 학교에서 조금만 일찍 왔거나 늦게 왔어도 잘 놀던 애가 죽었겠니? 어머니와 나와는 무섭게 냉담해져 갔다. 그러나 내 속에 자리잡은 끈질긴 증오와 대결의식과 피해의식은 온 신경을 팽팽히 긴장시키고, 그녀에게 향하는 증오는 생활의 유일한 원동력인 거처럼 생각되기도 했다.(p.416)

그녀의 공간은 갑각류의 그것처럼 좁은 공간이고 그녀는 거기에서 어머니에 대한 증오를 키워간다. 증오의 증폭에는 동생의 죽음, 어머니, 아버지, 학교교사 등의 성인으로 상징되는 기성 사회에 대한 부분들이 녹아들어 있다. 그리고 집안의 안주인 자리를 차지한 가정부에 대한 피해의식과 대결의식은 그녀로 하여금 여성의 대립자로서 동성애자로 성격지어준 원인이 된다.

> 나는 잠시 해방감을 느꼈다. 그리고 끝없이 고독하게 느껴졌다. 나는 다시 딱딱한 껍질 속에서 죽은 동생의 환상과 어머니에 대한 증오와 단 첨가된 춘화와도 같은 여인과의 정사를 안고 한껏 움츠리며 살아갈 것이다. 여전히 나를 기다리고 있을 오뚜기들을 없애버려야겠다고 생각했다. 그것은 나에게 있어서 상실을 의하는 것은 아니라고 생각했다. 그래서도 안될 것이었다. 그러나 그런 생각 역시 나에게 아무런 위안도 주지 못했다. 다리가 맥없이 후들거렸다. 하늘에는 별이 없었다. 가슴은 금방 버석버석 소리를 내며 부서져버릴 듯 건조해있었다.(P.417)

작중화자의 자유는 고독이 전제된 자신만의 해방감에서 비롯된다. 말하자면 편집인 셈이다. 그녀는 최소한의 희망이 있다. 그것은 완구점 여인에 대한 그녀의 관능적 끌림이다. 그러나 그녀가 그 관능에 매달리면 매달릴수록 그녀는 그러한 모습의 자신에게 더욱 더 혐오를 느끼는 아이러니에 시달리게 된다. 벌거벗은 불구자에 대한 성적 매력과 동시에 느끼는 자신의 수치심은 그녀에게는 천형이면서 동시에 삶의 의지를 지켜줄 수 있는 희망이다. 그래서 그녀는 완구점 여인에게 자신과의 정사를 잊어달라고 편지를 쓰지만 결국 수치심 없이 다시 시작하고픈 욕망을 드러내는 것이다.

그녀는 앞으로의 삶에 대해 희미하나마 긍정적인 의지를 갖고 있기는 하다. 그녀는 동생의 죽음을 기억하게 하는 빨간 오뚜기 인형을 없애버 릴 것을 결심했고, 어머니에 대한 증오도 어느 정도는 연민으로 감싸안 을 수도 있었다. 그리고 그러한 감정 아래 이루어졌던 완구점 여인과의 정사도 추잡한 춘화의 이미지로 기억하며 살아갈 수 있다. 그러나 객관 적으로 그러한 그녀의 삶이란 한갓 소외된 신경증 환자의 삶에 지나지 않는다. 여전히 세계는 냉정하고 무관심할 것이고 그녀는 누구에게서도 위안을 받을 수 없을 것이고 자신과 따뜻하고 촉촉한 온정을 나눌 사람 은 자신과 마주선 저 세계에는 아무도 없는 것이다. 아직 어린 처녀에 게는 무서운 일이 아닐 수 없다. 그리고 그러한 세계에 대한 공포는 『완구점 여인』의 작중화자만의 문제가 아니다. 오늘날 모든이의 문제이 기도 한 것이다.

그래도 작가는 삶에의 의지를 작중화자에게 주고 있다.

"오뚜기를 없애고 새롭게 삶을 살아간다는 것은 과거의 모든 기억과 충격들 말하자면 동생의 죽음이나 완구점여인과의 정사 등의 것들을 주 인공이 온몸으로 받아들이고 다 감싸안으면서 살아갈 것을 다짐하는 것 입니다"

사실 『완구점 여인』은 서사성보다는 서정성이 강한 작품이기 때문에 주인공의 행동이나 의지가 변화하는 계기나 모티프가 특정한 사건으로 제시되지 않는 작품이다. 작중에는 그러한 계기라면 완구점이 없어지고 그 자리에 다방이 생긴 것과 여인에게 편지를 쓴 주인공이 스스로 자신 의 입장에 감동을 받는 등의 몇 가지 일들이 있지만 그러한 모티프들은 주인공의 인식에 논리와 객관으로 작용하는 것이 아니라 하나의 감각으 로 다가와 서서히 육화된 것들이다. 따라서 그녀의 삶에 대한 의지는 다분히 감각적이며 논리의 영역 밖에 있다고 할 수 있다.

이 작품에 있어서 기억과 기록은 객관적이거나 서사적이지 않다. 기억이란 지나간 시간에 대한 현재의 자아가 돌이켜보는 시간의 재정리이다. 지금의 절대시간은 멈추어져있지만 과거의 기억은 시간의 추이를 따라 나타나게 된다. 그러나 그 기억을 해내는 자아의 기록은 시간의 흐름과 순서를 따를 필요는 없다. 기억과 강도와 중요성과 절실함 등을 따라 자유롭게 반추되는 것이다. 그런데 오정희에게 있어서는 그러한 기억의 자유로움 때문에 인지의 서사적 전후맥락마저도 다분히 감각적이고 서정적으로 나타난다. 가령 딱딱한 껍데기 속에서 세상을 감각하는 자아는 자의적으로 세상을 읽어내는 것이다. 그녀는 세계를 인식하거나 체험하여 이해하는 것이 아니고 몸으로 감각하는 방식으로 세계에 맞서고 있다. 그것은 이미 세계를 논리와 객관으로 이해한다는 것이 불가능해졌기 때문일지도 모른다.

어린시절을 동생의 죽음과 그로테스크할 정도로 커다란 유방을 가진 가정부가 어머니가 되어 자신에게 처절할 만큼 냉랭하게 자신을 대한 시간들 그리고 아버지라는 존재가 전혀 어린 그녀에게 세상의 방패막이가 되어 주지 못한 점, 무관심한 학교 선생들....그들과 작중화자는 더 이상 대화나 이해의 관계를 유지할 수 없는 타자들이다. 오정희 소설의 오랜 주제이기도 한 어린 시절 세계의 폭력적인 부분들, 말하자면 성인의 횡포, 무관심, 냉정함, 거침, 공포감, 죽음에 대한 두려움, 불안감과 증오 등등이 그녀의 데뷔작인 『완구점 여인』에서부터 여실히 드러나는 것이다.

이 작품에서 기억과 기록은 상보적으로 작용한다. 기억은 서정적인 이미지로 반추되어 소설형식이라는 서사적인 틀로 기록되지만 시간의 흐름과 의식의 흐름 속에 뒤범벅이 되어 소설적 전말구조를 갖고 있지 않은 것이다. 더욱이 서정성이라는 것은 서술화자의 서술자체를 자아에게 일방적인 세계관을 갖게 하여 미래에 대한 전망이나 비전보다는 현재의 절박함이나 과거에서 비롯된 현재의 공포와 소외 등이 삶의 전면에 커다란 문제점으로 떠오르게 하는 특성이 있다. 그렇기 때문에 『완구점 여인』에서의 삶에의 의지나 작중화자의 세계 포용이라는 문제에 비극적이고 불안한 자아의 소외가 부각되는 것이다. 그리고 그러한 절박한 문제는 삶이란 무엇인가를 심각하게 고민하든 안 하든 삶을 영위해내는 우리 모두의 문제이기도 하다.

7 환상체험으로서의 소설

7-1 상징으로서의 환상

이제하의 소설의 문체는 환상적 이미지와 운문적 요소가 강하다. 때문에 독자는 산문적인 예상에서 상당히 빗나갔다는 당혹감으로 이제하의 소설을 따라가게 된다. 독자에 따라 그 느낌이 다르겠지만 대부분의 독자는 호기심이나 흥미보다는 불편함이나 불쾌감이 들게 된다. 또한 그의 작품들은 신비하거나 엉뚱한 영상의 환상장면을 자주 등장시킨다.

> "중하나가 오토바이 뒤에 수녀하나를 태우고 산 속으로 들어간다"
>
> (『밤의 창변』의 모두)

> "비닐을 통과한 것 같은 트릿한 햇빛을 뿌옇게 뒤집어쓰고 저마다 힘껏 배를 끌어당긴 채....네발가진 의자나 무슨 그런 짐승이라도 된 듯이 의연한 표정들로 그들은 버티고 서있었다" (『근조』의 시작 부분)

위의 일례에서 드러나듯 쉽게 이해되지 않는 묘사는 어떤 상징을 내포한 환상적 표현으로 나타난다. 이제하는 사실적 묘사를 거부하고 일반적으로 소설이 요구하는 일상의 언어를 기피하고 있다. 그리고 내용

전개에 있어서도 일반적인 이야기의 구성보다는 산만한 삽화나 엉뚱한 대화로 이야기 흐름을 방해하기도 한다. 결국 그의 소설 세계는 관념적이고 추상적인 대상물로 독자 앞에 서게 되는 것이다.

그러나 이제하의 작품은 일관된 작품 기법으로서의 환상적 문체와 그러한 소설세계를 고집하고 있으며 그 속에 무언가 메시지가 흘러가고 있다. 그리고 그러한 부분은 자신의 상상력을 통해 독자들에게 고단한 독서의 노력을 경주하게끔 하고 있다. 이때 작가의 의도 속에 숨겨진 작품의 메시지를 해석하고 이해하는 작업은 상징화된 작품을 살펴보는 일이 된다. 그러므로 이제하 소설에 있어 환상이라는 상징적인 장치를 파악해 내는 일은 분명한 해석이 아니라 환상의 상징적인 성격과 작중의 역할을 밝히는 차원이 될 것이다.

이제하는 자신의 작품을 환상적 리얼리즘이라고 규정한 바가 있다. 그러나 그의 작품을 리얼리즘 계열의 소설로 인정하기에는 적지 않은 어려움이 있다. 리얼리즘에 회의적인 사람조차 그의 작품을 리얼리즘보다는 초현실주의적 또는 환상적인 쪽으로 보고 있기 때문이다. 그리고 그는 60년대부터 90년대에 이르기까지 근로자의 현장문제나 민중에 대한 관심, 역사적 전망이라든가 이데올로기의 문제에 거의 관심을 보이지 않고 있기 때문이다.[1]

하지만 고의적으로 독자를 불편하게 하는 이제하의 창작 방식이 독자의 상투성에 대한 경고라고 규정하면, 그가 추구하는 새로운 소설이 무엇인가에 대한 관심을 기울이지 않을 수 없게 된다. 이제하는 이미 훼손된 세계에서 나름대로의 소설세계를 이루고자한다. 그런데 기훼손된 세계는 파괴되어야할 대상이 된다. 그가 파괴하고자 하는 세상의 훼손된 모습이나 타락한 인간들의 관계 등은 훼손되고 타락한 기존의 소설

---

[1] 김병익, "상투성 파괴, 그 방법적 드러냄," 「밤의 수첩」(나남, 1980), PP.420-421. 참조.

쓰기로는 파괴가 불가능한 것일 것이다. 이제하는 그러한 구태의연함에 맞서는 자세로 독자에게 익숙치 않은 새로운 서술에 대한 독서를 종용하고 있는 것이라 할 수 있다. 이때 동원된 환상적 표현이 하나의 상징적 방법이 되는 것이다. 그것은 부조리한 세계에 대한 이해는 부조리한 시선으로 바라보아야 한다는 입장인 것이다.

김병익이 지적한 바와 같이 이제하의 소설이 난해하다는 것은 이 세계의 난해함에서 오는 결과라는 측면에서 그의 소설을 리얼리즘으로 파악하는 데에 단초가 된다. 환상적이라는 한정에도 불구하고 어떤 방식으로든 세상을 드러내는 소설은 일종의 리얼리즘 소설이 될 수 있기 때문이다.

환상적 리얼리즘이라는 장르가 가능한지 아닌지의 문제보다 과연 이제하가 리얼리즘적 입장에서 소설창작을 추구하였는가 하는 문제가 보다 중요한 논의의 초점이 된다면 그러한 근거를 찾는 작업은 필수적일 것이다.

이제하는 기존의 작가들, 즉 소위 리얼리즘 작가들의 수법에 환멸을 느꼈다고 볼 수 있다. 그는 그러한 작가들을 <그들>이라 지칭하면서 "그들이 즐겨 쓰는 전통적인 사실주의 기법으로 우선 한 발 물러서서 같은 방법으로 맞서지 않으면 안되겠다"라는 창작방법 모색 끝에서 얻어낸 결론으로 『나그네는 길에서도 쉬지 않는다』를 발표하고 마침내 이상문학상을 수상한다.

그리고 그가 한발 물러서 잡은 전통적인 리얼리즘 소설의 단초는 우리의 개인적인, 집단적인 혹은 민족적인 한이라는 정서였다.

> "……중심적인 것을 간추리면 한(恨)과 체념과 여분의 <해학> 같은 것으로 저는 보았습니다. 한과 체념은 동시대의 주변 이웃들이나 할머니 할아버지들이 어릴 때 제게 보여준 생활태도가 거의 일방통행적으로 제게 스며들게 한 인식입니다. 이 땅의 시간과 공간을 거의 장

악해온 그 두께라는 것은 너무나 엄청나서 어떤 합리적인 것으로도
뚫거나 스며들 수가 없을 것 같았습니다....(중략)....그 전통의 두께를
녹이고 길을 뚫어 과거라는 먼 끝머리의 광활한 천지로 나서지 않으
면 이 땅의 문학에는 가능성도 도리도 없다." (이상문학상 수상 연설
중에서)

이제하가 환상적 기법에서 전통적인 리얼리즘의 기법으로 돌아온 곳
은 샤만을 통한 한의 부분이다. 환상을 다 지우지 않고 더러 간직하면
서 전통적인 기법을 찾아내는 데에는 샤만의 신비한 구석이 가장 손쉬
웠을 것이다. 아니면 보다 전통적인 국면을 찾다가 샤만으로 돌아섰고,
샤만을 통해 세계의 타락한 부분을 조명하는 보다 객관적인 환상적 리
얼리즘 소설을 만들어냈는지도 모른다.

"『나그네는 길에서도 쉬지 않는다』 이 소설이 소설에로 되돌아 왔다
는 것은 소설의 기본 구조에로 되돌아 왔다는 뜻이자 동시에 우리 소설
의 기본 틀에로 돌아왔다는 뜻이다. 소설의 본질과 한국 소설의 본질은
본질과 현상(물과 수증기)의 관계인 만큼, 너무나 당연한 일이 아닐 수
없다……(중략)……우리 소설의 솜씨, 전통, 특성, 성과가 윤흥길의 『장마』
에서 보듯 샤머니즘적 성격임을 모르는 사람은 아무도 없다."2)

이제하가 창작 기법의 측면에서 <물러섰다>라는 단어를 사용한 것과
<같은 방법으로 맞서다>의 의미는 유사한 것이다. 그는 스스로 자신을
규정한 환상적 리얼리즘 소설을 포기하지 않았으며 자신이 추구하는 예
술관을 고수했다는 뜻이다. 그의 소설은 전통적 소설로 되돌아온 것이
아니고 자신이 추구하는 방향으로 나아가는 속도를 늦추었을 뿐이다.
그것은 그가 의도하는 예술과 그 예술이 피어나는 공간으로서의 현실과
의 관계에서 아이러니컬한 부분에 봉착해 있음을 정직하게 토로한 것이

---

2) 김윤식, "예술에 대한 목마른 부름," 이제하소설집 용(문학과지성사, 1986),
   p.267.

다.

그의 소설은 현실로 들어가려고 하면 할수록 현실로부터 나와야만 현실 속의 무언가를 말할 수 있고, 현실로부터 벗어나려고 하면 할수록 현실에 들어가야 한다는 아이러니를 언급한 것으로 볼 수 있다. 그가 훼손된 세계를 혹은 타락한 인간들의 관계를 환상을 통해 드러내는 작업은 아이러니컬한 것이다. 타락한 현실을 드러내기 위해서는 현실을 벗어나 환상을 사용해야하고, 훼손되었기에 환상적일 수밖에 없는 현실을 벗어나기 위해서는 그 현실 속으로 들어가 진실된 무언가를 찾아야만 하는 것이기 때문이다. 이때 이제하가 찾은 것은 우리적인 것, 그 중에서도 중심적인 <한과 체념>이라는 대상이라고 규정하는 것이다. 그리고 그가 모색하는 환상적 리얼리즘과 우리적인 샤만과의 통합이 보다 우리 소설적인 것이 된다. 이때 동원된 환상은 하나의 문학수사학적인 장치가 되고 그것을 해석하는 작업은 상징해석적인 방법과 유사하다할 수 있다. 이 글에서는 환상적 소설의 상징을 해석하여 과연 소설에서의 환상적 사실주의가 가능한가를 천착하기로 한다.

7-2 『나그네는 길에서도 쉬지 않는다』의 환상적 상징들

『나그네는 길에서도 쉬지 않는다』가 예술과 현실의 아이러니인 환상을 통해 이루어졌는가의 문제는 그의 환상을 수사학적 측면에서 어떻게 해석할 수 있는가의 문제이기도 하다.

이제하의 예술은 일그러진 욕망의 덩어리처럼 보인다. 그의 갈망과 꿈의 끝간 자리는 보이지 않고 부정과 거부의 난해한 몸짓만이 있을 따름이다. 이러한 그의 몸짓은 매우 비타협적인 것이어서 그것을 대하는 우리에게 거북살스러움을 가져다준다. 그는 자기만의 사건 속에서 진정

한 예술을 추구한다. 그 진정성은 전복적인 것으로서의 반항이 아니라
자기 안에 형성된 자율성으로써 주어진 사회에 맞서는 것이다. 이러한
그의 자율성의 미학은 결국 자유롭지 못한 사회에서의 부자유를 반영하
는 것이다.3)

　이때 자율성의 미학은 작가가 추구하는 아름다움에 다름 아니다. 이
제하에게 이러한 희구는 훼손된 세계를 자기의 시각이라는 렌즈를 통해
바라본 모습으로서의 하나의 환상이 된다. 그렇기 때문에 독자에게 비
쳐지는 이제하 소설의 세계는 난해한 환상의 모습을 띄게 되는 것이다.

　그러나 환상이라는 것은 작가와 독자간의 묵계적인 전제가 있어야 한
다. 최소한의 환상의 개연성은 독자가 한 작가를 치밀하게 검토하는 과
정에서 드러날 수 있어야하기 때문이다. 현실을 환상화한다는 것, 그것
은 현실이라는 것이 <저기 바깥에 그냥 서있는 것>은 아니라는 점을 말
하고자 하는 문학의 존재이유와도 흡사한 것이다. 이처럼 이제하가 만
들어내는 환상의 의미를 작가 자신이 추구하는 어떤 욕망의 충족이나
불만족한 현실에 대한 정신적인 수정 혹은 대리만족의 개념으로 설정하
면 해석이 가능할 수도 있다. 그리고 『나그네는 길에서도 쉬지 않는다』
라는 작품에 속속 드러나는 환상적인 부분들에 대한 객관적인 의미화가
이루어질 것이다.

　하나의 사건이나 인물의 행위가 현실에서 일어났을 때 그것은 하나의
사회현상이나 자연현상에 불과하다. 그러나 그러한 상황이나 행동이 소
설 속에 나타나게 되면 소설이라는 하나의 구조물 속에서 어떤 위치를
차지하고 작품에 영향을 끼치게 되는 것이다. 특히 이제하의 경우에 있
어 작품의 사건이나 인물행동의 어떤 부분이 환상화 되었다면 그것은
더욱 그 의미가 특별한 것으로 인정될 수 있는 것이다. 소설 속에 선택
된 상황이나 행동은 이미 사회 속의 존재물이 아니고 예술구조 속의 의

---

3) 구모룡, "예술과 광기의 사회적 의미,"(작가세계 1990, 여름호), p.127.

미 상태가 되는 것이다. 또한 특수하게 환상이라는 장치를 동원하는 부분은 그 의미가 더욱 좁혀지게 되는 것임에 틀림없는 것이다.

이제하가 스스로 창작이란 이런 것이다라고 규정한 글에서 그는 문학이란 사회와의 결렬된 자아가 느끼는 허무감 그리고 반항과 도전이라 규정한다.

> 견딜 수 없었던 것은 <권태와 무료>였다……<무엇을 해야하는가. 무엇을 해도 인생에는 결국 아무 의미도 당위성도 없지 않은가.>하는 이 명제는 문학소년의 감상이나 체질적인 허무감에서 출발했다고 해도 결국 이후 내 작품들의 유일한 테마가 될 수밖에 없었던 걸로 보인다. 사람에 따라 다르겠으나, 그 초보적인 양태는 발작적인 반항과 온갖 권위에 대한 전면적인 도전이다.[4]

그가 말하는 <발작적인 반항>과 <전면적인 도전>을 하기 위해서는 기존 질서에 대한 순응이 아닌 굴절된 시각을 동원할 수밖에 없다. 이 때 작품에 표현되는 결과는 환상적인 문체와 초현실적인 소설세계로 귀일 된다.

『나그네는 길에서도 쉬지 않는다』는 이제하가 말하는 온갖 권위에 대한 전면적인 도전에서 한발 물러선 작품이다. 그래서 그의 환상을 파악하는 데에 다소 용이할 수 있다. 그러나 환상적인 요소가 상당량 잔재해 있다.

이 작품이 다른 작품들과 다른 점이 있다면 뚜렷한 이야기가 있다는 정도이다. 삼년 전에 죽은 아내의 유골을 바다에 뿌리기 위해 길을 떠난 나그네가 삼일 동안 헤매이는 과정을 그린 소설이다. 그러나 환상적인 문투는 그대로 남아 있다. 그리고 그 환상적인 분위기는 샤마니즘과 연결되어 있어 소설을 다소 그로테스크하게 이끌고 있다.

---

4) 이제하, "이 어둡고 허무한 인생," 창작이란 무엇인가(정민, 1990), p.96.

우선 제목부터 난해한 구석이 있다. 나그네란 무릇 집을 떠나있기에 길에서 쉬기 쉽다. 그러나 이제하의 세상바라보기에 의하면 길에서 쉴 수 없는 훼손된 세계에서는 길에서 쉬기조차 부자유스러운 상태임을 암시한다. 이때 나그네는 주체적인 반항으로 스스로 쉬기를 거부한다. 집을 나왔기 때문에 집에서의 휴식은 불가능하고 길 위에서조차 쉬지 않기로 한다는 것이다. 그것은 그가 주장하는 기존 권위, 현실세계에 대한 도전인 것이다. 이처럼 현실에 대해 반항적이고 그것을 거부하는 문투는 환상적인 표현을 통해 이 작품에 상당량 나타난다.

작품의 처음 부분에서 속초에 도착해 차창에 갑자기 들이닥친 바다는 창졸 간에 앞을 막은 절벽으로 보인다. 의당 열린 공간으로서 혹은 북쪽으로 추측되는 아내 고향의 통로로서의 바다의 이미지는 절벽이라는 환상에 의해 막혀버린다. 그것은 체제라는 현실의 훼손이 대상을 왜곡시킨 결과인 것이다.

> "버스를 타러 시내에 들어가는 길인지 쉬이 분간이 가지가 않았다. 길을 걷는 사람은 여자와 그 외에는 아무도 없었고, 그만큼 주위의 온갖 배경은 아득한 원경(遠景)으로 물러나 마치 슬로모션 화면의 그것처럼 무리를 뒤집어쓰고 흐려 있었다. 앞뒤의 모든 움직임 모든 소리들이 일순, 일시에 정지하는 듯이 느껴졌다....(중략)...전방에 갑자기 스크린처럼 펼쳐진 듯이 시야가 좁아지고 불타는 열사의 그것처럼 공기가 농밀해졌다. 여자의 등짝이 뒤로 무섭게 딸려오는 것처럼 확대되는가 싶더니 보조가 바뀌며 그것은 달리는 모습으로 변했다. 여자는 멀리서 이쪽으로 점점 모습이 커지고 있는 한 차량을 향해 돌진하고 있었다." (문학과지성사, 1986, pp.25-26. 이하 텍스트 예문은 「나그네...」로 표기함)

위의 환상적인 예문은 두 부분으로 나뉜다. 앞부분은 죽은 아내에 대한 이미지가 경포식당의 창녀를 통해 정지된 시간 속에서 나타난 것을 의미한다. 고아로 떠돌며 자란 아내의 외로운 모습이 아무도 없는 거리에서 어디로 가는지 모르는 인물로 그려지고, 그런 이미지가 박혀있는 아내에 대한 추억은 정지되어 있거나 느린 속도로 재생되고 있다.

뒷부분은 아내가 교통사고로 숨진 추측에 대한 영상을 재현하는 환상이다. 마치 영화의 카메라기법을 보여주는 듯한 이 장면은 더러 기괴하기까지 하다. 여자의 몸이나 자동차가 그로테스크하게 표현되었다는 것은 환상화한 현실의 질서가 그만큼 그로테스크하다는 것을 의미한다. 그 현실이란 고향도 불분명하게 기억하는 아내의 인생역경과 병력, 또 그렇게 살아야했던 그녀를 감싸고있는 역사적, 사회적 배경이 그만큼 험난하다는 것을 암시한다. 즉 자아와 현실의 결렬이 환상을 동원하도록 하는 것이다.

> "갸우뚱하더니 물위로 배가 떴다. 콰르르하고 배 밑창으로 썰물 빠지는 소리가 들리고, 눈 덮인 맞은편 산봉 위로 거대한 손바닥 하나가 걸렸다.
>
> 그것이 꿈인지 환각인지 분간을 못한 채, 여태껏 무심히 보아 오던 자신의 손바닥의 금들이 세 개의 방형(方形)을 그리고 어지러이 엇갈리며 달리고 있는 것을 그는 눈을 부릅뜬 채 보고 있었다."(「나그네...」p.41)

오구굿을 하던 무당 곁에서 최간호원에게 갑자기 신이 내리면서 강신무가 되는 순간 그가 본 환영은 그녀가 말하던 전생의 남편이라는 점의 결과와 일치한 손금으로 나타난다. 이 작품을 받치고 있는 <세 죽음>의 사건과 세 개의 관을 의미하는 세 개의 방형 손금이 일치하면서 작품의 이야기는 완결구조를 이루게 된다. 파란과 질곡의 우리 근현대사와 궤를 같이한 아내의 생애와 죽음 그리고 쾌락과 돈을 위해 몸을 팔다 죽은 두 창녀를 통한 현실의 비애 등의 한을 어루만져주고 달래주는 오구굿의 무당처럼 최간호원은 강신무가 된다. 그리고 그런 한의 역사 속에서 근근히 살아가는 이 땅의 민초들처럼 주인공인 그는 체념의 표시인 양 그저 자신의 손금만 바라볼 뿐이다.

결국 환상은 방황하는 자아와 훼손된 현실이라는 양자의 갈등에서 야기된 제삼의 통합 혹은 체념과도 같은 것이다. 그러한 숫자<3>은 이 작품에서 줄곧 어떤 일관된 상징성을 견지한다.

7-3 〈3〉이라는 이미지를 통한 통합모색

『나그네는 길에서도 쉬지 않는다』의 주인공이 행동이나 언술이 우연성을 다분히 내포하고 있는 것과 반비례하여 치밀하게 구성된 필연적인 부분이 있다. 그것은 <3>이라는 숫자를 작품 전체의 연결점으로 시도하고자 하는 작자의 의도인 것이다. <3>과 관련된 작품의 짜임새와 상징적 의미는 작자의 의도를 반영하고 있다.

우선 <3>과 관련되어 작품의 구조를 보면 작품을 삼등분하는 구성적인 면에서 그 특징을 찾을 수 있다. 그것은 공간적 배경과 정확히 맞아떨어지는 부분이기도 하다. 1장은 속초에서 강릉으로 떠나기 전까지의 이야기이고 2장은 강릉에서 원통으로 출발하여 도착할 때까지이며 3장은 원통을 거쳐 인제에서 춘천으로 향하는 배를 타는 장면까지이다.

또한 시간적 배경도 사흘이라는 점에서 <3>이라는 숫자와 밀접한 관계를 맺고 있다. 그렇다면 <3>이 갖는 상징적 의미는 무엇일까. 그것은 작중에서 드러나는 관련성을 통해 드러날 수 있을 것이다.

이야기의 시간적 배경은 1983년 계해년 12월 중순으로 되어있다. 여기에도 <3>과의 관련성이 다량 노출된다. 해는 12간지의 끝에서 <3>번째이고 83년도 <3>이 내포되어 있고 중순은 삼순 중의 두 번째이다.

주인공은 물치 삼거리에서 잠깐 선 버스에서 자신이 내리지 않을 것

같은 서술 뒤에 우연히 내린 것처럼 위장된다. 그것은 그 장소가 삼거
리의 <3>이라는 숫자와 어느 정도 관계가 있는 것으로 <3>과 관련된
부분에서는 사건이 전개되거나 어떤 일이 이루어지는 것을 암시하기도
하는 것이다. 경포대에서 여관을 겸하는 횟집에서도 창녀가 세번을 권
하여서야 하룻밤을 자게 되기도 한다.
　아내의 뼈를 뿌리기 위해 다가선 바다 앞의 도로는 사차선 도로의 세
배 크기이고 그때 나타난 초병은 그에게 세 발짝 물러서라고 소리친다.

　　"세 발짝 물러서!"
　　(「나그네는 길에서도 쉬지 않는다」, p.12.)

　소총을 겨눈 초병의 구호가 세 발짝 물러서라는 것은 물론 의미 없는
부분이다. 다만 "꼼짝마!" 정도면 충분할 것을 작자는 구태여 삼이라는
숫자를 끌어들이고 있다. 주인공인 그는 아내의 고향이 동해안 어디이
거나 혹은 북쪽 어디인지 모른다는 생각에 3년전 죽은 아내의 유골을
가능하면 북쪽이 가까운 곳에서 뿌리려고 바닷가로 다가선 것이다. 휴
전선으로 막힌 북쪽을 바라보고 바다로 자유롭게 유골가루를 뿌리려다
제지당할 때의 세 발짝의 그 <3>이라는 의미는 막힌 바다와는 다른 공
간을 상정한다고 해석할 수 있다. 그것은 그곳이 북이든 남이든 고향에
양자가 통합할 수 없는 조건의 벽에서 이질적 거리의 개념으로 작용하
게 된다. 즉 제 3의 장소로서의 공간이고 동시에 제한된 조건으로서의
사회와 그 속에 존재하는 인간의 부조화를 거부하는 장소인 것이다.
　그때 그 이질적 공간 혹은 가상의 세계는 제삼의 차원으로써 자아와
현실의 부조화 내지는 상반성을 드러내는 환상적인 모습으로 나타난다.
작중에서 주인공인 그가 뼈를 뿌리기 위해 바라본 바다는 창졸 간에 앞
을 막아선 절벽이라는 환상의 모습을 하고 있다. 환상적인 부분에 이제

하의 의도가 숨겨져 있는 것이다.

그리고 그의 환상적인 문체라든가 초현실은 이 세계의 진부함에 대한 근원적인 부정의 심리를 드러낸다. 그는 상투적이고 무기질적인 이 세계나 삶의 무게를 역겨워하며 그것을 감당하지 못하고 깨어지면서 그것 아닌 다른 세계를 꿈꾼다.5)

이렇게 보면 이제하의 소설은 자아와 그 자아가 받아들일 수 없는 대상 그리고 그가 꿈꾸는 혹은 찾고자 하는 즉, 그가 받아들일 수 있는 제삼의 세계라는 세 부분으로 이루어져 있다.

이때 소설의 주인공은 언제나 찾는 자인 것이다. 찾는다는 단순한 사실은, 목표나 그 목표에 이르는 길이 직접적으로 주어질 수 없다는 것을 의미한다. 아니면 찾는다는 사실은 설령 그러한 목표와 그 목표에 이르는 길이 직접 또 확고부동하게 주어진다 해도, 그러한 것은 실제 존재하는 상호관련성이나 윤리적 필연성에 대한 분명한 인식이 아니다. 그는 객관적 세계에서나 규범적 세계에서는 그것에 상응하는 것이 있을 수 없는 단순한 하나의 영혼적 심리적 사실에 불과하다는 것을 의미한다.6)

환상이라는 것은 이제하가 소설에서 꿈꾸는 제삼의 그 무엇이고 그 정체는 내면적 혹은 심리적 공간이 된다. 그러나 그가 그 대상을 완전함이나 자아와 결렬되지 않음을 전제로 하고 있다는 점에서 제삼의 그것은 자아와 대상(세계)과의 조화, 통합, 찾아야할 것으로 규정될 수 있다.

그렇다면 이 작품에서 자아가 <1>이라고 할 때 타락한 세계는 <2>가 되고, <3>의 개념은 양자를 통합하는 그 무엇인가가 된다. 결국 군사독재에 절망하면서도 또 "어려운 시대요, 어려운 시대요!"를 외치면서 국

---

5) 김병익, 전게서, p.429.
6) 게오르규 루카치, 반성환역, 소설의 이론(심설당, 1985), p.77.

회의원에 출마하려는『초식』에서의 아버지의 경우나, "아무짝에도 쓸데 없는 맹장하나 때문에 통일이 불가능하다는 추상적 논리를 피는" 아내 의 연설과 "통일을 운운할 자격이 있다고 스스로 생각하고 있는 사람들 을 통틀어 4만명을 잡아 봅시다...그 잘난 4 만명이 엠병에 들어 한날한 시에 죽을 때,...통일은 저절로 이룩됩니다!"라고 외치는 <나>의 연설에 서처럼 이제하의 자아(1)는 세계 혹은 현실(2)과 결렬되어 있다. 속초해 변의 그(1)와 초병의 제지라는 현실(2)은 주인공으로 하여금 <3>을 꿈꾸 고 찾게 만드는 것이다. 이처럼 <3>은 자아와 세계와의 통합에의 희구 인 것이다.

또한 식당에서 간호원과 노인이 3일 동안 힘께나 쓸만한 사람을 기다 리고 있었다는 말을 듣게 되고 그것이 인연이 되어 그는 동해안을 헤매 는 동안 줄곧 그 일에 마음을 쓰게 된다. 팔십 노인이 죽음을 눈앞에 두고 사흘을 버텨내고 누군가 자신을 업고 갈 사람을 찾는다는 것도 우 연보다는 필연적인 부분으로 해석할 가능성을 비치는 것이다. 또한 첫 날밤 바다에 나갔다가 삼거리에서 세 명이 투전판을 벌이는 장소로 발 길을 돌리는 곳도 어느 삼거리에서이다. 그리고 고스톱을 벌이고 있는 방도 여관의 세 번째 방으로 설정되어 있다. 이처럼 속초에서 벌어지는 사건의 대부분은 <3>과 연관되어 있고 충동적이거나 우연적인 일화도 <3>과의 관련성에 있어 치밀한 계산에 의해서 작자의 의도를 암시하고 있다.

충동적으로 쫓기다시피 서울에서 속초로 왔다는 사실과 아내가 죽은 지 3년 동안이나 허접쓰레기 속에 처박아 두었던 유골을 공무원인 그가 휴가를 내서 동해안으로 왔다는 점은 어떤 운명적인 관계를 시사한다. 특히 3년이라는 세월 뒤에 어쩐지 지겹다는 느낌에 몰려 도망치다시피 떠났다는 점이 강력한 운명적인 힘에 의한 것이고 그것은 3년이라는 시 간의 축적 끝에 나타난 사실이 상징성을 암시하는 것이다. 주인공이 강릉에서 술집 색시의 세 번째 전화에 여자사기를 정한 <3>과 간호원을 세 번째 만났을 때 살림을 차리기로 정한 <3>과의 관계는 일이 이루어 진다는 의미를 파악할 수 있다.

또한 <3>은 과거에 대한 정리의 의미로도 연관성을 갖는다. 삼년전에 죽은 아내의 죽음과 투전판 여관에서 죽은 미스 최와 교통사고로 죽은 환상의 여인의 죽음이 작품에 등장하는 세 여인의 죽음이다. 그리고 그 세 죽음은 최간호원이 점장이에게 들은 3개의 관과 연결되고 있다.

> "....서른에 물가에 가서 관 셋 짊어진 사람을 반드시 만난다....그 사
> 람이 전생의 네 남편이다..." (「나그네...」p.37)

위의 예문에서 최간호원의 문복에 대한 내용은 다분히 샤만적이며 더욱이 그녀가 손금도 볼 줄 안다는 점에서 <3>의 이미지는 샤만을 통한 통합의 복선이 된다. 그리고 그녀는 노인을 간호한 대가로 삼백만원을 받는다. 이러한 <3>의 연관성은 급기야 선착장에서 오구굿 중에 최간호원이 강신무가 되는 과정에서 그가 바라본 자신의 손금에 관 세개를 의미하는 세개의 방형을 보는 것으로 연결된다.

결국 <3>은 작품 전체의 구조를 이루는 세 부분의 <3>과의 연결로부터 시작하여 대단원에서 손금에 나타난 세개의 관에서의 <3>이라는 결과를 맺는 일관된 의미를 가진다. 서울로 떠나간 벤츠 차의 세 남자와 투전판을 벌리는 세 남자의 예처럼 <3>은 사건이나 어떤 일이 행하여지고 이루어지는 것을 의미한다. 그것은 자아와 세계의 통합을 뜻하는 것이다.

서양에서도 호메로스의 밤을 공유하는 사흘밤, 세 개의 신전(쥬피터, 마르스, 퀴리누스), <성모, 성자, 성신>의 삼위일체, 알라의 세딸, 세 마리아 등에서 보여지는 <3>은 일체, 성스러움, 균형, 이루어짐 등을 의미

한다. 또한 동양사상의 天·地·人 삼원사상(三元思想) 역시 조화를 뜻한다. 이 작품이 샤마니즘에 뿌리를 두고 있는 만큼 특히 우리 무속에서의 <3>은 더욱 중요한 증좌가 될 수 있다.

무속에서의 <3>의 상징은 생명의 근원인 탯줄의 이미지에 잘 반영되어 있다. 생명의 근원줄로서 탯줄이 두 동맥과 하나의 정맥으로 이루어진 삼륜상(三輪狀)의 형태를 취하고 있다는 것은 어머니와 아이가 하나임을 증명하는 부분이다.7)

젊은 나이에 돈을 벌기 위해 상경한 최간호원의 치열한 삶 속에 녹아 있는 한(恨)은 그녀가 홀로 감당하기에는 힘이 부치는 것이었다. 그리고 그녀는 혼자서는 더 이상 버틸 수 없을 때, 그와의 결합을 시도하지만 운명은 그녀에게 오히려 한을 달래주는 무당으로의 길을 열어준다. 나이 서른에 관 세개를 짊어진 남자와의 세 번째 만남에서 그녀는 체념하고 살았던 한의 삶에서 한을 달래주는 능동적인 입장의 길을 떠나는 것이다. 그녀는 간호원이라는 직업을 가졌다. 이른바 상한 자들을 보살피는 치유자의 영역에 있었다. 그리고 <3>의 조화와 통합의 샤마니즘적 힘에 의해 그녀는 전생의 남편과 관계된 이미 죽은 세 여자의 한을 치유해야하는 강신무로 변하게 된다.

신이 내린 그녀를 바라보다 눈을 부릅뜨고 자신의 손금을 보는 그는 여자와의 재결합을 체념하는 장치가 되는 배를 타고 떠난다. 결국 나그네는 집이라는 현실 속의 안주를 할 수 없을 뿐만 아니라 길에서도 쉴 수 없는 상황에 여전히 놓여있다. 그러나 나그네는 체념이 아닌 능동적 거부를 지향한다. 그런 식의 삶은 우리 현실의 모습이고, 수세대에 걸친 우리문학의 문제이기도하다.

---

7) 한국문화상징사전(동아출판사, 1992), p.318.

7-4 동질성추구를 위한 환상적 이질성

소설에 있어서 체험을 재현해내는 일은 그것이 어떠한 것이든 전적으로 작가에게 달려있다. 그리고 그것이 문학적 체험이라는 자격으로 독자에게 다가서서 새롭게 혹은 난해하게 되살아나는 것이다. 그 새롭고 예기치 못한 체험은 독자의 간접체험을 풍부하게 만들어줌으로써 감정의 채널을 다양화는 것이다.

이런 체험을 통한 감동의 큰 부분을 맛볼 수 있게 해주는 소설이 특히 이제하의 작품이다. 이 작품에서 작가가 제기하고 있는 체험의 공감이 되는 것으로서 독자의 감정을 건드리고 있는 부분은 한과 삶의 연결 혹은 공존이다. 굴절되거나 왜곡되면서도 한(자아)과 현실(세계)의 만남은 환상적인 가면을 쓰고 그의 소설 속에 자리한다. 그런 식의 환상을 해석하는 작업은 우수한 독자가 되는 일이며 새로운 채널을 통한 체험의 확대를 느끼는 즐거움이기도 하다.

지금까지 앞에서 논의한 바를 정리하면 다음과 같다. 첫째, 이제하의 환상적 리얼리즘 소설이 보다 전통적인 길을 모색하여 이른 곳은 우리 소설이 추구해야할 한의 정서에 관한 부분이다. 둘째, 환상은 자아와 세계의 결렬을 제삼의 방법으로 해소하기 위해 동원된 기법이다. 셋째, 환상은 제3의 기법이며 그 상징성은 조화, 통합, 의미로서, 이 작품의 구조를 이루는 원리이다.

그렇다면 과거의 사실이 작품현장에서 의미 있는 체험으로서 자아와 대상의 통합을 추구한다는 것은 무엇을 시사하는 것인가. 그것은 소설의 존재이유에 대한 대답이 될 수 있을 것이다. 소설에 있어 중요한 문제는 과거의 사실이 현재의 삶 속에 어떻게 남아 있고 또 어떤 영향을 끼치고 있는가의 문제이다. 현재의 삶을 영위하는 사람들이 과거의 삶으로부터, 혹은 과거에서 계속 이어져오는 권위적이거나 부조리한 모든

관계로부터 완전히 자유로울 수는 없는가라는 계속적인 질문이 소설인
것이다. 그것은 근원적으로는 인간이 무엇이며 삶이 무엇인가 하는 막
연한 의구를 보다 사회, 역사, 문학적으로 좁혀놓은 것이다. 소설 즉, 이
런 식의 질문을 통한 소설공간은 사람들로 하여금 과거를 통해 또는 현
실의 관계망을 통해 지금 자신들의 삶을 인식하게 하는 것인 동시에 현
재의 삶에 있어 스스로의 선택과 참여를 권유하는 것이다.

　인간은 자신의 삶을 좌우하는 어떤 힘이 자신 밖에 있다는 것을 인식
하게 될 때, 또 스스로 아무것도 할 수 없는 공간에서의 권태로운 삶을
인식하게 될 때, 인간은 이 거대한 부조리의 세계에서 떠도는 나그네가
된다. 그러나 이제하가 선택한 나그네의 길은 모든 것에 대한 거부와
도전을 품은 채 떠나가는 것이다. 그는 반항하기 위해 환상을 만들고
거부하기 위해 환영을 만든다. 그러나 <3>이라는 숫자의 의미에서 밝혀
진 것처럼 반항적 환상은 아이러니컬하게도 한에 대한 체념 내지는 조
화를 상징하는 것이었다. 현실과 이질적인 환상은 결국 동질성을 희구
하는 인간에게 내재한 근원적인 자연 혹은 세계와 생명을 공유하는 일
체, 조화, 통합의 의미인 것이다.

　그리고 이제하의 고독한 나그네의 세계는 그것이 소설의 세계이니 만
큼 아름다움을 간직하고 있다. 그것은 인간적인 진실인 것이다. 이 작품
의 주인공인 그가 최간호원과 결합하고자 하는 것은 그것이 우연이든,
우발적이든, 나그네인 그로서는 진실된 것임에 틀림없는 것이다. 처절한
운명에서의 고독이라는 몸부림을 환상을 통해 미화하는 작업으로서의
소설은 이제하에게 있어서는 냉정한 거리를 유지하는 아이러니의 미학
이 되는 것이다. 다음의 예문은 그의 소설을 이해하는 데의 한 통로가
될 것이다.

　　"끈끈이에 들러붙으며 쥐들은 대개 처음에는 몸부림을 치고 소리

를 지른다....어쨌든 기운이 진하고 맥이 남김없이 다 빠져나갈 때까
지, 이 생물은 단념을 않는다....이 끈끈이와 쥐와의 관계를 나는, 세계
와 나와의 관계로 파악한다. 하릴없이 그 꼴을 지키고 있는 것이 자
연이거나 서양식의 그 신의 위치쯤 될 것이다.8)

하릴없이 바라보고 있는 신과 같은 존재가 갖는 거리, 그것은 작자가
현실에 대해 갖는 이질감의 정도이다. 이제하에게 있어, 그 이질성을 극
복하는 통합으로서의 제 3의 모색은 환상을 통해 이루어진다. 그 환상
은 동질성추구를 위한 이질적 가면이기 때문이다.

이십 여년 환상적 리얼리즘을 추구해 온 한 작가가 리얼리즘으로 돌
아온 새로운 형식이라는 측면에서 보면 새로운 형식을 시도한 의의를
상정해볼 수 있다.

르네 지라르에 의해 제기된 기독교 예정론에 의한 개종적 이론이 하
나의 틀이 되듯이 한의 삶으로 점철된 특정문화권의 인물들과 그것을
형상화한 소설 질료로서의 아이러니는 충분한 형식이 될 수 있는 것이
다. 그리고 그때 동원된 환상적 기법들은 그 틀을 지지하는 구조가 될
수 있다. 이땅의 사람과 그 삶을 핍진하게 그려내는 소설 작업이 리얼
리즘이라고 한다면 그리고 그 리얼리즘의 완성을 위해 환상이 동원되었
다면 그 환상은 리얼리즘 소설의 재료가 될 수 있다. 그래서 이제하가
선택한 환상적 리얼리즘은 이땅의 전통과 이제하의 스타일이 만난 가장
적합한 소설장르라 할 수 있다.

이제하의 소설이 루카치식의 아이러니 틀과 다른 점은 샤만적 치유에
의한 존재의 공동성에 있다. 루카치의 틀이 과거의 유토피아라는 회귀
적 설정이 있다면 이제하에게는 한으로서의 자아와 세계의 단절을 치유
하는 샤만이라는 방법이 있다. 전자가 유토피아를 찾는 과정으로서의

---

8) 이제하, "<유자>-그 소설의 모델과 그 이미지의 고집," 작가세계, 전게서.
   p.133.

아이러니라면 후자는 단절치유의 시도와 그 아이러니컬한 상황을 바라
보는 리얼리즘적인 입장인 것이다. 이때 동원된 것이 샤만적인 환상이
다. 이제하는 주체 <1>과 훼손된 세계 <2>의 결락현상은 우리 전통적
삶의 양태에서 <2>를 주로 한으로 보고 있다. 루카치의 문제적 인물이
진실을 찾아 나서듯 이제하의 인물도 길을 떠난다. 그리고 그 단절을
넘어서 환상 혹은 환상적 샤만의 치유 <3>을 통해 자아와 세계가 공존
을 모색한다. 다만 작가는 그것을 무심히 바라보는 입장에 설뿐이다. 여
기에 이제하의 제 3의 환상을 통한 나름대로의 소설 미학이 있는 것이
다.

참고문헌

구모룡, "예술과 광기의 사회적 의미," 작가세계, 1990, 여름호.

김병익, "상투성 파괴, 그 방법적 드러냄,"「밤의 수첩」, 나남, 1980.

김윤식, "예술에 대한 목마른 부름," 이제하소설집 용, 문학과지성사, 1986.

김현 편, 쟝르의 이론, 문학과지성사, 1987.

이제하, "<유자>-그 소설의 모델과 그 이미지의 고집," 작가세계 5, 세계사, 1990.5

이제하, "이 어둡고 허무한 인생," 창작이란 무엇인가, 정민, 1990.

데미안 그랜트, 김종운 역, 리얼리즘, 서울대출판부, 1977.

게오르규 루카치, 반성환 역, 소설의 이론, 심설당, 1985.

한국문화상징사전, 동아출판사, 1992.

8 소설의 배경과 의미

소설의 배경은 작중 인물의 행동하고 생각하고 더러 인물에게 의미 있는 계기가 되기도 하는 곳이다. 대부분의 소설은 그 배경 때문에 인물이 행동하게 되는 경우가 비일비재하다. 그렇기 때문에 소설에서의 배경은 어떤 인물을 만들어내는 가의 문제와 상당한 영향관계를 갖고 있기 마련이다. 여기에서는 배경과 관련되어 소설 세계를 이해하는 데에 주요한 작품들을 살펴보기로 한다. 이태준의 『밤길』, 김동리의 『역마』, 유재용의 『에덴을 찾아서』 등으로 국한한다.

8-1 밤길

이태준의 『밤길』은 1940년. 5,6,7, 문장 5,6,7, 합병호에 실린 단편이다. 작품의 배경은 인천월미도의 칠흑같은 한밤중이다.

『밤길』에서 주로 문제시되는 기술은 성격창조의 효과에 관해서이다. 인물 설정은 소설창작의 가장 중요한 근간을 이루고 있다. 소설의 궁극적인 목표는 새로운 인간형의 창조라는 원칙을 받아들일 때, 『밤길』은 가장 원형적인 인물을 독자에게 제시함으로써 작품의 효과를 높이고 있다.

그것이 누구의 이야기인가 하는 관심은 곧 등장인물의 설정이 얼마만큼 중요한가를 말해주는 것이 된다. 등장인물을 보다 생생하게 설정하기 위하여 작가가 사용하는 보편적인 방법은 등장인물을 극한적인 상황에 설정하는 것이다. 그러한 상황에서 나타나는 캐릭터의 본성이 가장 절박하고 리얼리티를 획득하기에 적당하기 때문일 것이다.

이 작품에서는 황서방이라는 인물이 극한 상황 속에 놓여 있다. 서울의 수표교 다리께에서 행랑 살이를 하다가 가난에 쫓겨 인천으로 건축공사판의 품팔이를 하러 온 황서방에게는 서울에 두고 온 처자가 있다. 품을 부지런히 팔아서 돈을 벌어야겠는데 장마가 시작된다. 이러한 상황에 놓인 황서방에게 찾아온 것은, 아내가 도망가고 내버린 두 딸과 핏덩이 하나뿐이다. 돈은 한푼도 없고 장마비는 계속하여 쏟아지고 핏덩이는 곧 숨이 넘어가려고 한다. 도망간 아내에 대한 분노와 맨손으로 받아 안은 자식들 앞에서 주인공은 오도가도 못할 절망의 극한적인 상황에 놓이게 된다.

> 월미도(月尾島) 끝에 물에다 지어놓은, 용궁각인가 수궁각인가는 오늘도 운무에 잠겨 보이지 않는다. 벌써 열나흘 째 줄곧 그치지 않는 비다. 삼십간이 넘는 큰 집 역사에 암캐와만이라도 덮은 것이 다행이나 목수들은 토역이 끝나기를 기다리고, 미장이들은 겨우 초벽만 쳐놓고 날들기만 기다린다.[1]

위는 작품의 모두이다. 거의 보름째의 장마비가 배경이 되고 있는데,

---

1) 이태준, 밤길, 서음출판사, 1988, p.158 (이하 예문은 쪽수만 표기함)

이것은 인위적인 배경의 설정이라고 할 수 있다. 즉 황서방을 극한 상황에 빠뜨리기 위한 기법으로써 현진건의 『운수좋은 날』에서 아내의 죽음을 암사하는 비의 장치와 유사하다.

황서방은 절망의 상황에 처하여 그것을 어떻게 극복해야 할지를 모른다. 우매한 인간이 그러하듯 절망에 처하여 울부짖으며 달아난 아내를 저주하고 비가 쏟아지는 하늘을 쳐다보며 신음할 뿐이다. 주변인물인 권서방은 황서방과는 대조적으로 이지적인 인물이다. 주요인물이 이성을 잃을 때 부인물이 이성을 찾아 행동하게 하는 것은 전통적인 인물설정의 방법이다. 앓는 아이를 안고 비오는 밤길을 걸어가는 등장인물들은 궁극적으로 인간 긍정의 휴머니스트이다. 새 집에서 아이가 죽어나가게 하는 것은 집주인에게 못할 짓이라는 권서방의 말에 황서방이 동의하는 것은 그가 아직도 인간생활의 상궤를 걷는 정상인임을 나타내주는 것이다.

성격창조의 방법을 주동인물과 주변인물로 대조시키는 것은 인물관계망 설정에서 자주 쓰이는 방식이다. 『밤길』은 이와 같은 방식을 그대로 밟아가는 작품으로 단편소설의 특질을 잘 나타내고 있다. 땅을 파고 아이를 묻으려고 하다가 아이가 아직도 살아 있는 것을 보고 놀라는 장면은 플롯의 절정에 해당한다.

> 황서방은 아이를 묻고, 고무신 한짝을 잃어버리고 절름거리며 권서방의 뒤를 따라 행길로 내려왔다. 아직 하늘은 트이려 하지 않는다.
> "섰음 뭘 하나?"
> 황서방은 아이 무덤쪽을 쳐다보고 멍청이 섰다.
> "돌아서세 어서."
> "예가 어디쯤이지?"
> "그까짓 건..... 고무신 한짝이 아깝네만...."(169)

끝 장면의 이와 같은 대화에서 두 인물의 성격이 다시 대조된다. 권서방은 슬픔이니 눈물이니 하는 애상적인 것은 중요시하지 않고 어디까지나 실제적이다. 개울에 떠내려간 고무신 한짝이 아이 무덤에 대한 미련보다 더 소중한 것이다. 고무신 한짝과 아이의 죽음을 놓고 양자가 생각하는 바가 이렇게 상이한 것은, 하나는 죽은 아이의 아버지요 하나는 그 아버지의 친구이기 때문이라고 작가의 인물설정의도는 대조를 시킴으로써 양쪽의 인간형을 보다 두드러지게 창조해내기 위한 방편 때문이다. 황서방의 비애가 어떻게 발전되는가 하는 문제에 작가의 관심이 있는 것이 아니라, 극한 상황에 처하여 황서방과 권서방이 어떻게 대응하는가 하는 문제에 관심이 있는 것이다.

> 하늘은 그저 먹장이요 비소리 속에 개구리와 맹꽁이 소리뿐이다.
> (전집p.169)

이 작품의 대단원은 이와 같은 짤막한 배경 묘사로 끝난다. 즉 황서방의 비애가 어떻게 진전되는가를 중요시하는 것이 아니라, 두 인물의 성격을 대조해 놓고 나서 평범한 배경묘사로서 작품을 끝냄으로써 이 작품은 인물설정과 그 성격창조의 대응에 주된 관심이 있다는 것을 나타내고 있다.

『밤길』의 인물 설정에 관하여 살펴보았는데, 이와같이 대비를 통해 인물의 성격을 창조해내는 작품일수록 핀트가 잘 맞아야 효과를 거둔다. 숨이 넘어가려는 아이를 놓고 아이를 새 집에서 죽게 할 것인가, 아니면 날이 새기 전에 묻어버릴 것인가 하는 문제에 관하여 두 사람이 서로 합의가 이루어지는 것은 성격대조의 포기가 아니라, 작품의 핀트를 명료하게 하려는 의도에서인 것이다.

『밤길』의 뛰어난 점은 작품의 절정에 효과적으로 도달하기 위한 수단으로 상이한 인물 설정을 꾀했다는 데 있다. 권서방이 만일 황서방의 비애와 분노에 맞장구를 친다면 이 작품은 평범한 효과에 머물고 말았을 것이다.

황서방이 자발적으로 앓는 아이가 이왕에 죽을 목숨이니 아무 데나 묻어버리자고 생각했다면 『밤길』은 무미건조한 작품이 되어버렸을 것이다. 그야말로 배경에 묻혀서 인물이 독창적으로 형상화 될 수 없었을 것이기 때문이다. 절망과 비애가 주조를 이루면서도 온정적인 분위기를 자아내게 하는 것은 칠흑 같은 어둠과 주동인물과 주변인물의 대응을 통한 성격창조의 효과 때문이다.

8-2 『역마』의 배경

김동리의 『역마』는 화개장터라는 소위 교통의 요지를 그 배경으로 하고 있다. 그리고 그 지리적 배경 위에 우리 민간 신앙의 의식적인 배경이 중첩되어 인간의 삶을 좌우하는 관계성을 그리고 있다.

김동리의 작품이 한국적일 수 있다는 것은 한국 문화의 원형적 요소를 담고 있다는 말로 바꾸어 말 할 수도 있다. 한국의 문화를 가리켜 「풀이의 문화」라고 말하듯이, 맺힘과 풀이의 기능은 한국인의 의식에 기조를 이루고 있다. 무당굿의 초점은 인간 관계의 갈등에서 야기된 원한을 푸는데 두어지고 있으며 성황당, 당산제, 통제 등의 이름으로 불려지고 있는 부락제는 묵은 살(煞)을 푸는 일이고 새로운 덕복을 재래케 하는 일이다.2) 『역마』는 특정한 시기나 연대가 고정되어 있지 않은 작품으로 당사주의 떠돌이 역마살의 운명을 한 축으로 이야기가 전개되며

---

2) 김열규, 한국민속과 문학연구, 일조각, 1975, p.268

또 다른 축은 핏줄의 숙명성이 이야기를 떠받치고 있다.

'화개장터'의 냇물은 길과 함께 세 갈래로 나 있었다. 한 줄기는 전
라도 땅 구례(求禮)에서 오고 한 줄기는 경상도 쪽 화개골(花開峽)에
서 흘러내려, 여기서 합쳐서, 푸른 산과 검은 고목 그림자를 거꾸로
비추인 채, 호수같이 조용히 돌아, 경상 전라 양도의 경계를 그어주
며, 다시 남으로 남으로 흘러내리는 것이 섬진강(蟾津江) 본류였다.
하동 구례 쌍계사의 세 갈래 길모이라 오고 가는 나그네로 하여,
화개장터엔 장날이 아니더라도 언제나 흥성거리는 날이 많았다. 지리
산으로 들어가는 길이고래로 많았지만 쌍계사 세이암의 화개협 시오
리를 끼고 앉은 화개장터의 이름이 높았다. (김동리, 역마, 한국소설문
학대계, 동아출판사, 1996, p.368.)

작품의 배경을 이루는 장소는 시냇물이 세 갈래로 갈라지듯 지리산과
경상 전라의 경계품이다. 이러한 공간의 배경은 주요인물들이 태어난
공간이고 삶을 꾸려가는 곳일뿐더러 과거와 현재의 인연을 맺어주는 곳
이기도 하다. 바로 화개장터의 주막에서 할머니, 어머니인 옥화 그리고
아들인 성기의 삼대의 연이 이어 지고 있다. 할머니는 삼십육년전에 딱
하룻밤 놀고 갔다는 남사당 총각의 진양조 소리에 반해 그날밤 옥화를
임신했고 옥과는 지금은 강원도에 있다는 떠돌이 중과 인연을 맺여 아
들 성기를 낳은 것이다.

서른 여섯해 전에 꼭 하룻밤만 놀다 갔다는 젊은 남사당의 진양조
가락에 반하여 옥화를 배게 된 할머니나, 구름 같이 떠돌아 다니는
중과 인연을 맺어 성기를 가지게 된 옥화나 다 같이 화개장터 주막에
태어났던 그녀들로서는 별로 누구를 원망한 턱도 없는 어미 딸이었
다. 성기에게 역마살이 든 것은 어머니가 중서방을 정한 탓이요, 어머
니가 중서방을 정한 것은 할머니가 남사당에게 반했던 때문이라면 성

기의 역마운도 결국은 할머니가 장본이라, 이에 할머니는 성기에게
중질을 시켜서 못 다 푼 살을, 이번에는 옥화가 그에게 책장사라도
시켜서 풀어보려는 속셈인 것이었다.(372)

한국민간신앙으로는 한 사람의 운명에 살이 끼면 그것을 풀 수 있는
방법도 있다. 그렇기 때문에 그들은 자신들의 불운에서 기인한 성기의
역마살을 풀기 위해 승려를 만들려고 한다든지 책장사나 엿장사를 시켜
볼 요량을 하게 되는 것이다. 그러나 정작 당사주에 역마살이 낀 성기
는 그의 부친인 중 처럼 어디로 훨훨 가보고 싶은 충동에 시달린다.

토속의 삶이란 언제나 땅과 거기에 사는 사람들이 어루러진 운명의
길을 따라가는 것이다. 속세를 등진 승려가 아닌 다음에야 운명을 따르
는 것에 순리인 셈이다. 사랑하는 사람과의 인연을 맺을 수 없고 뜻이
있으나 이룰 수 없는 세계에서의 운명과 그것을 괴로워하는 인간은 한
으로 응어리 진 마음을 갖고 살게 된다.

그런데 그 집에 늙은 채장수의 딸인 계연이라는 처녀가 맡겨져 묵게
되면서 피의 인연이라는 또다른 스토리라인이 형성된다. 그리고 둘은
자연스레 가까워진다 .

계연은 당황하여 쥐고 있던 새파란 으름 두 개를 성기의 코 끄에
내어 밀었다. 성기는 몸을 일으켜 계연의 둥그스름한 어깨와 목덜미
를 껴앉았다. 그리고는 입술이 포개졌다.

그녀의 조그맣고 도톰한 입술에서는 한나절 먹은 딸기, 오디, 산복
숭아, 으름 들의 달짝지근한 풋내와 함께, 황토흙을 찌는 듯한 향긋하
고 고소한 고기 냄새가 느껴졌다. (380)

성기는 나중에야 알게되는 이모인 계연과의 사랑을 불태웠던 것이다.
그러나 모든 것이 밝혀지자 이룰 수 없는 한은 분노로 바뀌고 만다.

그녀가 두 팔을 성기의 어깨 위에 얹어 그의 목을 껴안으려 했을 때 성기는 맹렬히 몸을 뒤틀어 그녀의 팔을 뿌리치고는 도련히 미친 것처럼 뛰어들어 따귀를 때리기 시작하였다.
처음 그녀는
"오빠, 오빠!"
하고 찡그린 얼굴로 성기를 쳐다보며 두 손을 내어밀어 그의 매질을 막으려 하였으나, 두차례 세차례 철썩철썩 하고, 그의 손이 그녀의 얼굴에 와닿자 방구석에 가 얼굴을 쿡 쳐박힌 채 얼마든지 그의 매질에 몸을 맡기듯이 하고 있었다.(383)

결국 성기와 계연이 맺지 못할 사이라는 걸 알게 된 할머니와 어머니는 계연을 보내고 시름시름 앓고 있는 성기에게 맺힌 한을 풀어줄 방도를 찾는다.

아들의 미음 상을 차려들고 들어온 옥화는 성기가 미음 그릇을 비우는 것을 보자 이렇게 물었다.
"아직도 너 강원도 쪽으로 가보고 싶냐?"
"……"
성기는 조용히 고개를 돌렸다.
"여기서 장가들어 나랑 살겠냐?"
"……"
성기는 역시 고개를 돌렸다.(388)

옥화가 풀어주려는 성기의 한은 바로 자신의 한이기도 했다. 아버지를 찾게 하겠다던가 혼사를 시켜 가정을 꾸리고 한 곳에 정착시키겠다는 옥화의 뜻은 자신의 어머니와 자신이 역마살이 든 남자들과의 인연에 대한 보상심리이기도 한 것이다.

> 한걸음 한걸음 발을 옮겨 놓을수록 그의 마음은 한 결 가벼워져, 멀리 버드나무 사이에서 그의 뒷모양을 바라보고 서 있을 어머니의 주막이 그의 시야에서 완전히 사라져 갈 무렵 하여서는 육자배기 가락으로 제법 콧노래까지 흥얼거리며 가고 있는 것이었다.(390)

성기의 방랑은 규범에 대한 복종과 반발이라는 이율배반적 감정에서 한 걸음 더 나아가 인륜과 본능의 문제에까지 확대 해석이 가능하다고 본다. 할머니나 어머니의 강요에 대한 절대적인 복종은 개인성의 전적인 소멸 즉 죽음을 뜻한다. 성기가 가족의 인위적인 요구에 반발할 수밖에 없고 멀리 떠나고 마는 일련의 비극적 행위에서 강인한 리얼리티를 발견하게 된다. 이상을 향해 떠나려는 인간의 본능은 인륜의 힘으로 억제할 수 없는 것이 인간의 본성임을 잘 대변해주고 있다. 문학적인 감동은 언제나 이 같은 양면성의 긴장을 가질 때 생겨나는 것이다.[3]

이처럼 성기의 선택은 그의 의지나 삶에의 태도로 결정되 것이 아니라 몸으로 이루어진 것이다. 삶을 통하여 이른바 자아가 토속과의 화해를 한다는 것은 나와 세계의 조화를 지향하는 것이다. 그것은 바로 우리정서의 전통적이며 정통적인 삶의 맥락이었고 문학의 모티프였다.

김동리의 소설이 우리 소설사에서 가장 한국문학적이라면 바로 이러한 민간신앙과 토속적인 문위기를 그의 창작 세계로 끌여들였기 때문일 것이다.

---

3) 이광풍, 김동리의 역마 연구, 국어국문학 제 83호, p.98

8-3 「에덴을 찾아서」의 배경

8-3-1 배경의 설정

유재용은 일제와 6.25를 거치면서 사회와 가족이 어떻게 훼손되었고 그러한 굴절된 삶을 통하여 개인의 삶이 어떻게 펼쳐지는가를 보여주는 작가군의 한 사람이다. 그리고 그러한 모습을 보여주는 데 스스로 여러 가지 시도를 거듭한 작가이며 체험을 바탕으로 한 든든한 소설구조를 가진 작가이다.

과작의 작가인 유재용의 『에덴을 찾아서』(현대문학, 1997.9)는 아프리카 오지에 선교사로 간 형이 실종되어 찾아 나선 동생의 여정을 그리고 있다. 형의 편지를 계속 회상하면서 동생이 발견한 세계는 유토피아라는 진정한 의미설정에 있다. 그것은 작가가 제시하는 부분이 아닌 독자의 몫으로 남겨놓은 것이다. 여행소설이면서도 독자에게 심각한 사유를 요구한다.

실종되어 생사가 밝혀지지 않은 형의 행적을 찾는 이 여행은 길을 모티프로 한 의미가 부각되는 작품이다. 이 작품이 갖는 두개의 길은 같은 길이면서 다른 길이다. 형은 하나님의 부름을 받고 선교사업으로 간 고행의 길이고 동생의 길은 형의 생사를 알기 위해 나선 길로 그 목적이 상이하다. 그러나 그 길의 끝에는 동생의 추적을 통한 형의 죽음과의 대면으로 이어지기 때문이다.

서사장르인 소설에서 길이라는 소재가 의미를 갖는 것은 당연하다. 작중에서 인물의 행위가 시간적 조건에서 이어지는 연결성 즉, 서사성을 갖는다면 그것은 행위의 연속성이고 그 일련의 행위들은 어떤 목적 즉 무언가를 찾는 행위가 될 것이다. 이때 무언가를 찾아가는 것은 그 과정전체를 길이라는 구조로 환치해서 해석해 볼 수 있기 때문이다. 길은 공간적 배경이 되고 시간적 배경은 각각의 계기마다 공간적인 성격으로 의미화 된다.

이 작품에서 의미화 할 수 있는 길은 형이 간 아프리카 오지의 길과 동생이 추적하는 같은 길의 중첩이다. 형은 왜 아프리카 오지를 선택했을까? 또 형은 아프리카에서 무엇을 찾고자 했으며 발견한 것은 무엇이었을까?의 두 물음이 형의 길에 대한 의미를 구체화할 수 있을 것이다. 그리고 독자의 곁에서 그것을 음미하고 숙고하는 동생의 길이 존재한다.

> 해안지방은 모슬렘교가 탄탄하게 주권을 장악했고, 내륙지방에는 모슬렘교와 함께 전통종교, 무속, 천주교, 개신교, 힌두교 등 여러 종교가 혼재하고 있었다. 처음에는 해안지방에 선교전초기지를 만들고 모슬렘 세력권에 도전해볼까도 생각했지만, 그 일은 좀 더 경륜을 쌓은 뒤에 실천하기로 하고, 우서 내륙 오지를 공략하는 쪽으로 방향을 잡았다. ...(중략)...강훈아, 부모님께 효도하는 일을 전적으로 너한테 떠 넘긴데 대해 늘 미안하게 생각하고 있다. 그러나 이 형은 하나님의 부르심을 받아 하나님 사업에 생애를 바치도록 운명지어졌으니 널리 이해해주기 바란다.(p.155)

이경훈이 아프리카 오지로 선교지를 잡은 것은 일종의 우월감에서 시작하고 있다. 의대와 신학대를 졸업한 그가 일부러 오지를 선택한 취지와 다르게 현실은 벅찼다. 타종교와의 경쟁, 언어문제, 풍토병 등의 문제가 놓여있었고 유교적인 문화권에 대한 미련이나 미안한 감정이 남아있었다.

그렇다면 전문의이자 선교사인 그가 일상에서 결락을 느끼고 있었을까? 종교적 문제인가? 사회적 문제인가? 이러한 질문은 형의 길떠남의 동기를 짚어보는 작업이 될 것이다. 경훈이 아프리카 오지를 선택한 것은 하느님께 버림받은 땅이기에 구원해보고자 해서 갔다면 그런 의도의

떠남은 준비가 필요해야했다. 준비없이 간 그는 결국 풍토병이나 언어
의 벽을 만나게 된다. 형의 실종은 맹수나 시기하는 주술사 등에 의해
살해된 것인지 풍토병에 의해 죽었는지는 모호하게 처리되어 있다.

　　　통신시설이 없는 오지, 게다가 말이 통하지 않는 원주민들 속에서
　　병에 걸린 경우를 생각할 수 있겠지요. 황열병, 말라리아, 콜레라 따
　　위의 풍토병은 부주의한 외국인을 고역하기 좋아하거든요. ……맹수나
　　악의를 품은 원주민들에게 해를 당한 경우를 생각할 수도 있겠지요
　　(p.166)

　자연의 신비를 통한 존재에 대한 인식을 구하고자 떠났을 수도 있다.
인간이라는 영원한 질문의 문제거리를 그는 아직 타락하지 않은 훼손되
지 않은 원시의 모습을 고스란히 간직한 땅에서 확인하고자 했을지도
모른다. 그런 경우에는 문명과 원시, 인위와 자연의 대비구조가 종교의
차원보다도 분명하게 드러나 보인다. 이 때 작가는 그러한 대립구조를
독자에게 강요하거나 어느 편에 서지 않고 있다. 바로 소설을 하나의
예술적 형상물 내지는 조형물로 일정한 거리를 놓고 보는 견지를 취하
고 있다. 그래서 동생의 추적이라는 한 발짝 물러선 관찰자를 동원시켰
을 것이다. 왜냐하면 소설은 이데올로기를 강요하는 법문이나 경전이
아니기 때문이다. 허구로 꾸며놓은 소설 세계는 사람들이 그것을 통해
볼 수 있는 창문이나 망원경 때때로 돋보기 정도이지 대상물인 그 실체
자체는 아니다. 여기에 소설의 의미가 놓여있는 것이다. 소설은 유토피
아를 팔거나 강요하지 않는다. 다만 설계도 중 하나를 보여줄 따름이다.
그 매개물은 진지한 경지를 유지하나 목적이 있는 논리 혹은 설득이 아
니다. 그것은 판매를 위한 안내문이 아니고 바로 형이 동생에게 보낸
내면의 고백을 전해준 편지가 된다.

결국 동생 강훈은 형의 죽음과 아프리카라는 땅을 인정하고 형의 심경을 어느 정도 이해하게 된다. 유토피아에 대한 인식은 독자 즉, 우리들의 몫으로 남겨놓은 것이다. 그렇다면 유토피아를 우리는 어디에 설정할 것인가? 만약 에덴이 가능하다면 훼손된 문명세계가 아니라 아프리카 오지와도 같은 시원의 모습이 간직된 청정의 땅이 될 법하다. 말하자면 성을 전해주러 속의 사회에 간 주인공 이경훈은 속에서 성을 발견하게 되는 거대한 개념으로서 원점회귀적 여정을 떠나간 사람이고 그것을 확인하는 우리는 화자인 이강훈을 통해 속과 성 혹은 문명과 시원의 대비를 느끼게 되는 것이다. 성과 속의 대비와 그에 대한 인식은 인간의 위치에서는 절대적 판단을 할 수 없음이 또한 작품이 드러내고자 하는 부분의 하나일 것이다. 이러한 인식변화와 공간대비 인식을 통하여 작가의 의도와 독자의 몫을 이해해보기로 한다.

8-3-2 자아의 인식변화과정

이 작품에서 강훈이 주기적으로 형 경훈의 편지를 들추면서 여정의 변화와 형의 인식변화를 안내하듯 보여주고 있다. 특히 작자가 실제 주인공인 형의 인식변화를 이끌어가면서 자연스럽게 작중 화자인 나의 인식변화를 보여줌으로써 독자의 세계관에 변화를 꾀하는 고도의 테크닉을 사용하는 것이다.

편지에서 순차적으로 드러나는 경훈의 인식변화는 오지체험을 통해서서히 나타나게 된다. 처음 케냐에 와서 탄자니아를 선교대상지로 택한 형 경훈의 편지는 흥분으로 들떠 있었다. 그러나 그의 야망에 찬물을 끼얹은 것은 언어장벽이었다.

내 최초의 절망은 그들의 고유한 언어 하나를 배우면 그들이 속한
나라의 모든 백성들의 마음속으로 어렵지 않게 깊이 들어갈 수 있으

리라는 내 희망과 계획이 터무니없는 착각이었음을 깨닫게 되었을 때
였다.(p.158)

그는 신에 의해 선택된 선교사라는 자신의 조건에서 은연 중에 우월
감을 갖고 있었고 때문에 부딪친 언어장벽은 그에게 좌절을 맛보게 한
다. 신의 힘을 통해 속된 세계의 원주민들의 영혼 속으로 들어가 개종
시키겠다는 의욕은 초조를 만들고 그 초조함으로 경훈은 무리한 선교
길을 강행하는 과욕을 부리게 한다.
　이경훈의 두 번째 인식의 변화는 보다 깊은 신앙심을 통한 선교사업
의 집착과 아프리카에 대한 원초적인 질문에 관한 이야기이다.

　아프리카야말로 아담과 이브가 살던 에덴 동산이었는지 모른다. 내
가 지금 밟고 선 땅이 에덴 동산이었을 지도 모른다는 생각은 나를
감격하게 만든다. 선교활동지역을 아프리카로 정한 선택이 나의 선택
이 아니라 하나님의 선택이었다는 확신이 또한 나를 감동 속으로 몰
아 넣는다.....하나님께서는 아프리카 흑인들에게 그들의 역사를 기록
한 문자를 주시지 않으셨다. 형벌이었을까? 드러내 보이고 싶지 않으
셨을까. 그러나 하나님에게서 버림받은 땅은 결코 아니다. 버리신 땅
에 당신의 종을 불러들이실 까닭이 없잖겠니? 하나님께서는 인류의
역사에서 아프리카와 아프리카 흑인을 처음과 마지막에 배치하도록
계획을 세우셨는지 모른다....(중략)(p.162)

경훈의 인식은 조금씩 변화되어 있지만 아직도 아프리카라는 공간에
일체화되고 있지는 못하다. 특히 그는 우월의식과 선민의식이 강하여
흑인들과 일체감을 가질 수 없었다. 버린 땅과 선택된 신의 종이라는
결락은 그로 하여금 스스로 그들과 거리를 갖게 하는 요인이기 때문이
다. 그리고 그러한 거리는 스스로 하나님의 계획이나 의도 쪽에 자신을

위치시키게 한다. 그러한 우월의식은 그가 원하는 선교사로서의 사명과
그 실천을 장애하는 요인일 것이다. 그렇기 때문에 그의 행동과 의지는
하나의 아이러니를 보이고 있다.

그러나 그러한 그의 우월의식이나 선민의식은 오지에서 그들의 모습
을 보면서 그리고 그들과 함께 있으면서 그들을 제대로 볼 수 있게 된
다. 그리고 더러 보게 되는 환상과 새로운 상상력을 통하여 인식의 변
화를 느끼게 된다.

> 나는 문득 신비한 순환의 환상을 본 것 같은 느낌 속으로 휘말려
> 들어갔다. 흑인 원주민은 눈 깜짝할 사이에 영양으로 바뀌고 영양은
> 눈 깜짝할 사이에 나무로 바뀌고 나무는 다시 흑인으로……그런 윤회
> 가 가능하더라도 몇십몇백년의 세월을 필요로 하지 않겠는가…….내가,
> 기독교 선교의 사명을 띄고 아프리카까지 온 내가 웬일로 이교적이고
> 원시적인 환상의 늪 속으로 빠져들어가는 것일까?(pp.163-164)

이경훈은 아프리카 오지를 에덴이라고 규정하지 않았지만 원시적인
공간에서의 환상적이거나 신비적인 체험을 한다. 아직은 태초의 장소로
서 성스러운 곳으로 인식되지 않지만 그럴 가능성이 있는 특별하다거나
신비한 공간으로 그곳에 대한 경외감과 두려움이 일기 시작한다. 그리
고 그 땅이 있는 토착민들의 생활과 종교에 관해 깊게 알게 되면서, 조
상숭배의 전통종교관과 타종교에 대해서 그다지 배타적이지 않은 흑인
들의 종교관을 알게 된다. 경훈은 자신의 신앙에서의 포용은 불가하나
그들 세계에서는 가능한 것이었다. 더욱이 그들의 공동생활과 욕심 없
는 마음 평화로운 삶 등은 이경훈에게 천국과도 같은 모습으로 비쳐진
다. 그러다가 자신을 시기하는 주술사를 만나 화해하려고 점을 친다. 그
리고 그 결과는 그곳을 떠나지 않으면 이경훈이 나무나 돌로 화할 것이
라는 경고를 받는다. 그리고 그는 이 곳을 떠나 다른 곳으로 간다.

하나님의 사도인 선교사가 잡신의 주술사에게 패해서 쫓겨난 것은
아니었다. 나는 그 주술사가 아담과 이브가 살던 에덴 동산에서 하나
님의 허락을 받고 아니 지으심을 받고 살았던 것 같은 생각이 들었
다. 강훈아 내가 무엇에 홀려 시험에 든 거니. 아니면 애초에 선교사
자격을 지니지 못한 거니? 그렇지만 하나님께서 나를 이곳으로 부르
셨을 때는 내게 맡기실 역할을 분명히 예비해두셨을 것이다.....(172)

이것은 형이 마지막으로 동생에게 보낸 편지의 끝 부분이다. 이것을
마지막으로 경훈은 사라진다. 그의 실종 혹은 죽음 자체는 모호하지만
그의 인식변화는 분명하다. 그에게 이미 아프리카 오지는 에덴 동산이
고 흑인들은 성의 공간에 속한 피조물들이다. 그는 하나님의 부르심을
받고 선교하러온 자신보다도 그들이 하나님에게 더 가까이 있다는 사실
을 느낀 것이다. 결국 그는 성의 공간에서 속의 공간으로 선교를 하러
온 것이 아니고 속의 공간에서 성의 공간으로 무언가를 찾으러 온 셈이
다. 그리고 그곳이 성에 속한 공간임을 인식하게 된다. 문명권에서 본
오지의 개념은 미개하거나 속된 것이 아닌 오히려 성스러운 곳임을 자
각한 경훈를 통하여 동생이나 독자들에게 주는 메시지는 어느 정도 분
명해진다.

동생 강훈은 실제 선교사업이나 오지체험이나 원주민의 삶과의 연계
등의 체험과 별개의 인물이다. 그런데 작중화자로서 그의 역할은 이경
훈의 의욕과 좌절 인식변화 등을 통한 감동의 부분을 독자와 공유하게
하는 부분을 맡고 있다. 이때 독자는 동생이 되어 형의 행적을 쫓고 관
찰하게 된다. 그리고 그 과정에서 성, 속의 선입견이 문명권에서 일방적
으로 가진 것이라는 것을 느끼게 되는 것이다. 결국 작자가 독자에게
보여주는 메시지는 대단히 자연스러우면서 매우 강렬한 것이라 할 수
있다.

8-3-3 자아와 聖과 俗의 공간

소설이라는 장르의 본격적 전개는 자본주의 성숙과 그 궤를 같이한다. 말하자면 설화의 단계상 신화, 전설의 시대가 끝나고 민담의 단계에 있는 셈이다. 이미 신성한 것으로서의 성의 세계는 끝나고 세속적 사회의 한 가운데 소설은 놓여있는 것이다. 즉 이야기거리로서의 소재는 신이 사라지고 속된 사람들의 타락한 모습을 주로 다루게 되었다. 그렇기 때문에 성역을 다룬다는 것은 장르의 본질적 특성상 문제가 있다. 그렇다면 이 작품에서 의도하는 바는 무엇인가. 성역에 대한 형상화는 아닐 것이다. 훼손된 세계의 타락한 인물이 진실한 무언가를 찾아 나선다는 소설장르의 핵심에서 모든 것을 구성하고 있는 소설가에 의해 성역이 형상화될 수는 없기 때문이다.

논의의 초점을 달리하면, 작가가 드러내고자 하는 바는 훼손된 세계에서 타락한 인간이 성역으로 상징되는 자아 찾기에 대한 부분이 될 것이다. 이경훈이 오지를 에덴(성역)으로 간주한다는 것은 수많은 세월이 지난 후 아담의 후예로서 그 땅을 다시 발견한 것에 지나지 않는다. 그리고 성스러움에 대한 재발견은 자신을 회복시키는 것으로 이해할 수 있다. 그리고 그 회복을 위해서는 그 동안의 훼손된 문명인으로서의 모든 조건을 버리는 길이 남아있을 따름이다. 의사, 성직자, 문명인 등의 조건은 이미 성역에서의 조건에 필요 없는 것에 지나지 않는다. 자기회복은 태초로 돌아가는 것이기 때문이다. 일단 태초의 피조물 그 자체가 된 후에 인간은 신의 오롯한 보살핌 속에 놓여있게 된다. 그것은 완전한 피조물의 상태가 되는 것이다. 죽거나 동물로 화하거나 식물이 되거나 신의 완전한 섭리 안에 들어가 있기 때문에 더 이상 아무런 문제거리가 될 수 없다. 그러한 조건은 이미 소설의 영역을 넘어 존재자체에 대한 영원한 질문을 뛰어 넘어섰기 때문이다.

실제 인간들이 갖는 편협한 선입견들은 문명권이라는 혹은 기득권이
라는 우위에서 보는 상대적 시각이다. 오지의 흑인들은 미개 혹은 속으
로, 휘황찬란한 교회나 성당이 있는 대도시 문명권은 성이라는 공식은
얼마나 위험천만하고 인위적인 것인가를 이 소설을 자연스럽게 드러내
주고 있다. 태초의 평화스러움 앞에 모든 가식이나 명예, 편견, 혹은 오
해, 등은 신의 섭리 앞의 먼지에 불과한 것이기 때문이다.

　

종교적 인간에게 있어서 공간은 차등적이다. 출애굽기 3장 5절에서
하나님은 모세에게 "너의 선 곳은 거룩한 곳이니 네 발에서 신을 벗으
라" 라고 말씀하신다. 세계에는 거룩한 공간이 있고 그렇지 않은 공간
이 있다. 이러한 공간의 비균질성은 종교인에게는 신의 고유한 영역으
로서의 종교적 체험의 혹은 선험적 경험을 통한 방향성이 정립되기 때
문이며 종교는 거기에 절대적인 고정점으로서의 천국의 개념을 제시해
주기 때문이다.

거룩한 공간을 발견하고 그것을 찾아감은 인간에게 깊은 실존적 가치
를 주고 그것이 없다면 존재한다는 방향성도 없고 아무것도 할 수 없게
된다. 종교자체가 무의미한 것이 되는 것이다. 신이 우주를 창조한 참
의미를 찾아서 그것을 믿고 숭배하며 그 안에 거주하는 목표는, 종교인
이라면 그 신성한 공간이라는 것이 구체적인 신과 인간을 규정짓는 증
거물이기도 하다.

거룩한 공간은 거룩한 성스러움의 顯現이 나타나고 그 공간을 다른
공간과 분리시킴으로써 신성화된다. 혹은 신의 현현이나 계시가 없다면
동물이나 원시림 등의 도움에 의하여 신성한 공간의 비균질성이 환기될
수도 있다.

거룩한 공간에서 살고자하는 종교적 인간의 욕망은 실존하는 세계로
서의 실제에서 거주하는 것이 환상이 아닌 현실적이고 존재가 유효한

세계 속에 살려고 하는 것으로 볼 수 있다. 왜냐하면 그가 원하는 거룩한 공간은 실제에서 찾아보려고 노력하기 때문이다. 그리고 실제에서 방향성을 잡으려고 하는 것도 같은 맥락으로 이해될 수 있다. 그러나 인간은 스스로의 노력으로 성스런 공간을 구축할 수는 없다. 종교적 인간이 만들어 낼 수 있는 신성한 공간은 신에 의한 공간의 발견에 지나지 않기 때문이다.

인간의 물질문명의 공간은 태초 이래로 탈신성화의 길을 걸어왔다. 그것은 태초에 신이 창조해준 상태에서 점점 멀어져갔기 때문이다. 그렇다면 가장 태초의 신성함에 가까운 장소는 다름 아닌 원시상태의 공간이 될 것이다.

모든 세계는 신의 피조물이다. 그리고 거룩한 장소들은 인간에 의해 제의적으로 신성시되었다. 따라서 종교적 인간들은 신성한 세계 속에서만 신이 인정하는 존재가 되고 진정한 실존을 가질 수 있으며 거기에서는 영원히 살 수 있다는 것이다. 이러한 종교적인 공간의 필요성은 존재론적 갈망 위에 놓여있다. 종교적 인간은 존재를 갈망하는 것이다.

종교적 인간의 지상과제는 신적인 세계에 거주하는 것이다. 자신의 주위환경을 신의 영역과 같게 하려는 욕망이 있다는 말이다. 결론적으로 이 종교적 향수는 태초에 창조주의 손으로 만들어진 순수하고 신성한 공간에서 살려고 하는 욕망을 나타내는 것이다. 그리고 거기서 종교적 인간은 태초, 즉 천지창조의 시간적 경험을 느끼게 하는 것을 가능케 한다. 이처럼 소설의 배경은 소설의 본질로 나타나기도 하는 것이다.

9 도덕적 삶에의 희구

9-1 불신시대

박경리의 소설세계는 크게 두 측면에서 바라보아야 한다. 전쟁 미망인을 즐겨 등장시킨 자전적 경향과 사회와 현실의 의식 확대의 경향이 바로 그것이다. 그러나 이 두 경향의 세계는 휴머니즘을 근거로 한 사회 의식의 표출이라는 점에서 공통을 이룬다. 바로 이것이 그의 작품의 밑바닥에 깔려 있는 세계이다. 대개 초기의 작품은 전자의 경우이다. 즉, 6.25때 남편을 잃고 홀어머니와 함께 살고 있다는 불신 시대고 바로 그렇다.[1]

전후의 혼란스러운 시대관과 여성의 문제를 부각시킨 『불신시대』는 박경리의 출세작이자 당대로서는 문제작이므로 그의 개인적 소설사에 있어서 의미 있는 작품이다. 『불신시대』는 전후 미망인의 삶을 그리고 있다. 작품에서는 전쟁이라는 대상이 하나의 상징물처럼 여인에게 삶의 의미인 남자들을 뺏아간다. 그리고 삶의 방패막이라 할 수 있는 남자

---

1) 장백일, 한국단편문학전집, 문성당, 1977. p.369.

없는 여인들의 삶은 불안하고 세상을 믿을 수 없는 괴로움에 시달린다.

  작품은 모두에서부터 남자들의 죽음과 그 끔직한 장면으로부터 충격을 받은 작중 주인공 진영이 소위 과부가 되는 데에서부터 이야기가 전개된다.

> 9.28 수복 전야에 진영의 남편은 폭사했다. 남편은 죽기 전에 경인 도로에서 본 괴뢰군의 임종 이야기를 전했다. 아직도 나이 어린 소년이었더라는 것이다. 그 소년은 가로수 밑에 쓰러져 있었는데 폭탄으로 터져나온 내장에 피 비린내를 맡은 파리떼들이 아귀처럼 덤벼들고 있었더라는 것이다. 소년은 물 한 모금 달라고 애걸을 하면서도 꿈결처럼 어머니를 부르더라는 것이다. 그것을 본 행인 한 사람이 노상에 굴러다니는 수박 한 덩이를 돌로 짜개서 그 소년에게 주었더니 채 그것을 먹지도 못하고 숨이 지더라는 것이다. (박경리, 불신시대, 한국단편문학전집, 문성당, 1977, p.15)

  미망인이 된 진영은 남편의 죽음과 괴뢰군 소년의 죽음 장면이 선연히 남아 아들 문수와 홀어머니와 함께 전쟁 후 서울로 돌아와 생활을 계속하지만 자신도 없고 생활도 막막했다. 그녀는 사회 전체에 대해 막연한 두려움을 갖게 된다. 그러던 중 아들 문수마저 급사하게 된다.

> 아이는 앓다가 죽은 것이 아니었다. 길에서 넘어지고 병원에서 죽은 것이다. 그러나 그것뿐이라면 차라리 진영으로서는 진영은 전쟁이 빚어낸 악몽처럼 잊어버릴 수 있는 일인지도 모른다. 그러나 그것이 아니었다. 의사의 무관심이 아이를 거의 생죽음을 시킨 것이었다. 의사는 중대한 뇌수술을 엑스레이도 찍어 보지 않고 심지어는 약 준비조차 없이 시작했던 것이다. 마취도 안한 아이는 도수장 속의 망아지처럼 죽어 갔다. 그렇게 해서 아이를 갖다 버린 진영이었다. (p.16)

진영은 어이없게 의사의 부주의로 그리고 당대 사회 현실 때문에 아들을 잃었다. 전쟁 직후 궁핍한 사회 물정은 병원에서의 기자재나 의약품의 부재를 야기시켰고 의사는 그러한 악조건 속에서 수술이자 진료를 하게 되었다. 이로써 진영은 막연한 사회불신에서 구체적이고 원한의 감정이 맺히는 불신감으로 대사회의식을 갖게 된다.

이처럼 전쟁은 진영으로 상징되는 당대의 여인들에게 남편과 자식을 빼앗음으로 해서 비탄에 빠트리게 하는 원인이 되고 있고 전후의 생활도 불안과 불신으로 시달리게 한 것이다.

그녀는 칠촌 아주머니인 갈월동 아주머니에게 십만 환을 빌려주고 조금씩 원금을 받아 가면서 겨우 생활을 하는데 카톨릭 신자인 아주머니는 진영과 어머니를 성당에 나오게 하려고 애를 쓴다. 결국 성당에 같이 갔다 온 그녀는 성당에 가느니보다 어머니와 인근 절에 가서 아들의 천도를 하게 된다. 그러나 그것도 절에 대한 불신으로 가득 차게 되는 결과만 초래할 뿐이었다. 시주 받은 쌀을 인근 주민에게 파는 중을 보고 모녀지간의 대화에서 절에 대한 불신의 태도가 엿보인다.

"그런데 왜 그리 중을 장사꾼 대접했어요? 아이를 부탁할 생각을 했으면서...."
"아따 별소릴 다 하네 공은 공이고 신은 신이지 하기야 뭐 시주 받은 쌀을 팔고 가는 그게 진짜 중인가?"
진영은 그러는 어머니가 미웠다.
"그럼 왜 그런 중이 있는 절에 갈려구 해요?"
"누가 중보구 절에 가나? 부처님보고 가지?"(p.22)

이처럼 처음부터 찜찜한 기분으로 찾아간 절은 최소한의 시주금인 이
천환을 내고 아침부터 불공을 드려 달라고 주지를 조르다가 결국 박대
를 받게 된다. 불공도 엉터리로 다음 사람에 밀려 드리는 둥 마는 둥
하고 아침 밥을 먹고 가려는 어머니에게 진영은 울음을 참으며 그냥 가
자고 조른다.

　　"어머니 그냥 갑시다"
　　밥을 얻어 먹으려 절에 온 것은 분명히 아니다. 그냥 걸어가는 진
영을 만류못할 것을 아는 어머니는 뜰에 서성거리고 있는 늙은 중에
게
　　"그만 갈랍니다 스님"
　　"이크 아침이나 잡수시지.....갈려오?"
　　굳이 잡지는 않았다. 그는 절문까지 전송을 하며
　　당신네들 같으면 중이 먹구 살갔수!
　　진영은 울화보다 어처구니가 없었다.

중들은 불공을 드리는 내내 돈이 작다느니 정성이 없다느니 하며 돈
을 더 요구했고 염불도 하는 둥 마는 둥 하다가 서장 부인이 오니까 서
둘러 진영의 불공을 마쳐 버린 것이다. 그나마 집으로 돌아가는 그녀에
게 돈이 작아 먹고 살수가 없다면서 타락한 종교인의 모습을 적나라하
게 보여준다.

　　그녀는 또한 줄곧 다니던 Y병원을 가지 않게 되었다. 왜냐하면 갈
월동 아주머니가 같은 신자라고 소개해 주었지만 정량 주사의 삼분의
일만 주사하고 그램 수를 속인걸 알게 되었기 때문이었다. 그래서 이
번에는 가까운 S병원을 갖지만 이번에는 동네 건달이 무조건 페니실

린 이 그램 씩 주사만 하고 있는 사기꾼의 병원이었다.(P28)

진영은 그 이상 견딜 수가 없어서 내버려두었던 몸을 끌고 H병원으로 갔다. 그러나 그곳에도 일주일이 멀다 하고 가는 것을 중단하고 말았다. 얼마 남지 않은 돈은 생활비로 써야 한다는 이유도 있었다. 그러나 직접의 동기는 외국제 주사약의 빈 병을 팔아 버리는 장면을 본 때문이었다. Y병원에서는 주사약의 분량을 속였고, S병원은 엉터리였고, H병원에서는 빈 약병을 팔았다.

진영의 사회 불신은 목숨을 다루는 인술의 현장인 병원에서 **뼈**에 사무치는 배신감을 갖게 된다. 아들 문수를 잃고 자신의 병마저 깊어졌지만 그녀로서는 더 이상 병원을 신뢰할 수가 없게 된 것이다.

이러한 그녀에게 유일한 희망은 갈월동 아주머니에게 맡겨 준 곗돈을 찾아 장사를 하려는 의욕뿐이었다. 그러나 그 희망마저 날아가게 되었다. 갈월동 아주머니가 같은 신자에게 돈 오십만환을 빌려주었는데 돈받은 사람은 죽고 일을 봐주겠다는 사람은 어음을 주지 않는 것이었다. 그들은 돈을 빌리려고 아주머니에게 전도된 척 영세까지 받은 것이다.

"산뜻하게 종교를 이용했군요"
아주머니는 진영의 눈길이 부신 듯이 눈을 내리깐다.
"글쎄 지금 생각하니 모두가 계획적이었어, 영세받은 것만 해두...."
"신용보증으론 종교보다 더 실한 게 있어요?"
아주머니는 비꼬는 진영의 말에 풀이 죽는다. 진영은 풀죽은 아주머니로부터 눈을 돌렸다. (p.32)

더 이상 막바지로 몰릴 수 없는 진영은 새벽같이 일어나 진작부터 실

행하려고 한 일을 단행한다. 그녀는 삶에의 새로운 의지를 불태우기로
한 것이다. 절로 가서 아들 문수의 사진과 위패를 찾아와서는 산 속에
서 불태우는 것이었다.

　진영은 더 이상 세계의 폭력에 당하고만 있을 수는 없었다. 갈데 까
지 간 것이다. 남편도 아들도 돈도 잃은 상태에서 그녀는 더 이상 갈
곳은 없었다. 그녀의 강한 의지는 소설의 마지막이 상징성을 배가시키
고 있다.

> 겨울의 하늘은 매몰스럽게도 맑다. 참나무 가지에 얹힌 눈이 바람
> 을 타고 진영의 외투깃에 날아 내리고 있었다.
> 　(그렇지 내게는 아직 생명이 남아 있었지. 항거할 수 있는 생명이.)
> 진영은 중얼거리며 참나무를 휘어잡고 눈 쌓인 언덕을 내려오는 것이
> 었다.(p.35)

　전쟁과 전후의 어려운 삶을 배경으로 그려진 『불신시대』는 주인공 진
영이 겪은 고통과 대사회적인 불신감에도 불구하고 그러한 역경들 때문
에 한층 강해진 여인을 탄생시킨다. 진영이라는 캐릭터 즉, 생존을 위해
서 항거하고 삶을 능동적으로 모색하는 인물의 형상화는 이 소설의 커
다란 의의라 하겠다. 이처럼 생존이 우선인 도덕이 땅에 떨어진 사회에
서의 미망인의 삶은 최소한의 도덕성이라도 희구하게된다. 그러나 누구
하나 상대방의 삶에 관심을 갖고 베풀어주는 삶을 영위하지 못한다. 그
러한 불신적인 시대야말로 바로 모랄이 필요한 시대임을 인식시켜주는
박경리의 이 소설은 전후에 새로운 삶을 지향하려는 개인을 통해 사회
의 전망을 내비치는 작품이다.

9-2 나자레를 아십니까

이문열 문학의 매력적인 부분은 그의 소설 뛰어난 플롯이나 감성적이면서도 지적인 언어 표현뿐만 아니라 한국이라는 사회에 대한 그의 정열적인 관심도 중요한 부분이 될 것이다.

유신 체제하의 부자유 시기를 풍자적으로 그린 『우리들의 일그러진 영웅』을 비롯하여 『영웅시대』나 『변경』에서 나타나는 정치적 관심은 민주주의에 대비되어 아나키즘이나 사회주의 이념이 문제로 대두되고 있다. 『시인』은 심미주의가 어린 색채가 농후하고 『사람의 아들』은 기독교라는 이데올로기에 관심 없이는 집필 될 수 없는 문제작인 것이다.

이문열의 이러한 방대하고도 매력적인 작품은 그의 데뷔작인 『나자레를 아십니까』에서부터 출발한다. 일인칭 서술화자 시점으로 전개되는 이 작품은 기차 안에서 화자인 <나>가 김선생과 우연히 마주 앉게 된 어떤 사내와의 대회를 들으며 진행된다. 그러나 작중 화자인 나는 아무런 역할도 하지 않는다. 말하자면 일인칭 보조인물 서술화자 시점인 것이다.

김선생은 사내에게 아는 체를 하면서 자기가 나자레라는 고아원 출신이며 그 사내도 그곳 출신임을 암시하는 과거의 사건을 계속 주워섬기게 된다.

> 우리는 그 무서운 작은 아버지의 고함소리가 창틀을 흔들어 그곳에 엷은 먼지가 아련히 피어오를 때까지, 그리고 그의 악명 높은 자전거 살이 날카로운 공기를 가르고 몇몇의 언 볼에 주붉은 줄을 그어 놀 때까지 요란스레 그 즐거움을 표시했습니다. 그리고 식사 끝.

우리는 <아버지 감사합니다>를 크게 외치고 뛰듯이 식당을 나오는
것인데. 그러나 아무도 그 아버지가 하느님 아버지인지 원장 아버지
인지에 대해서는 관심이 없었습니다. 다만 그때 쯤은 다소 활기를 되
찾아 이번에는 추위 다음으로 그 겨울의 낮을 괴롭혔던 무료와 권태
에 대해 얼마간의 저항을 제나름대로 시도해 보는 것이었습니다.

　(이문열, 나자레를 아십니까, 이문열중단편집, 열린책들, 1993, p.11
이하 예문 쪽수만 표기함)

　배고프고 춥고 무섭고 지루하고 무료했던 고아원에 대한 과거를 작가
는 김선생의 입을 통해 참으로 맛깔나면서도 감각적으로 기억해 낸다.
그리고 그 외에도 여러 가지 사건과 고아원 원장과 원감으로 보이는 작
은 아버지에 대해서 줄곧 이야기를 하지만 마주앉은 사내는 끝까지 자
기가 나자레 출신이 아니며 전혀 모르는 것이라고 말한다.

　거친 세파가 남긴 여러 흔적과 유별나게 깊고 공허하게 가라앉은
눈으로 음산하게까지 보이는 그 얼굴을, 그러나 그 사내는 여전히 덤
덤한 표정으로 플라스틱 술잔을 기울인 후 지나가듯 한마디 던졌을
뿐이었다.

　「당신도 꽤나 고생스럽게 자랐구료」

　「그럼 정말로 그 겨울을 모르십니까?」

　마침 기차가 굴로 지나가는 바람에 김선생은 악을 쓰듯 물었다.

　「기억에 없소. 그따위 겨울은」

　「그럴 리 없습니다. 당신은 분명히 알고 계십니다. 오직 기억하고
싶지 않을 뿐입니다. 하지만 아무리 해도 그녀만은 결코 잊을 수 없
을 겁니다. 그 가련한 이브의 딸은요」

　「이브의 딸? 외국여자요?」

　「정말 교묘한 분이십니다. 그러나 당신의 손은 떨리고 있습니다」

　(p.14)

　김선생은 나자레 고아원의 기억을 되살리려 그 사내에게 별의별 소리를 다하지만 그 사내는 교묘히 부정을 한다. 김선생은 과거 고아원의 영웅이라던 형이라는 사람의 이야기를 꺼내면서 그 사람이 바로 그 사내임을 암시하고 그 형과 사랑에 빠진 여자와의 이야기로 추억을 더듬어 간다.

　　그형과 그녀의 사랑은 나자레의 공공연한 비밀이었습니다. 그들이 결혼하리라는 소문은 결혼이 무엇인지도 잘 모르는 조무래기들에게까지도 널리 퍼져 있었고 실제로 그들간의 편지 심부름을 해준 사람도 우리들 중에는 여럿 있었습니다. 그녀가 병실을 차리고 눕기 전에 나도 몇 번인가 양지바른 화단가 같은 데에 의자를 내놓고 두텁게 철된 그 형의 편지를 일고 있는 그녀를 본적이 있습니다. 지금 와서 생각해보니 그것은 분명 행복으로 빛나는 얼굴이었습니다.
　　그런데 그 겨울 그녀가 완전히 반신불수가 되어 바들로메 실에 병실을 차리고 누울 무렵부터 갑자기 그 형의 편지는 끊어지고 예의 그 울음소리는 들리기 시작한 것입니다.
　　나이든 형들은 은연중에 동숙자도 없는 그런 후미진 방에 병실을 지정한 작은 아버지를 비난하는 눈치였지만 우리는 한결같이 그형을 의심했습니다. 그녀의 눈물을 버림받은 여인의 눈물로 단정한 것입니다.(p.18-19)

　무섭기로 소문난 작은 아버지 조차도 어쩔 수 없던 아이들의 영웅이던 형은 누나와 연애를 했고 둘은 공공연한 사이가 되었지만 앞날이 창창한 그 형은 누나가 반신불수가 되자 그녀를 버리고 연락을 끊었고 결국 멀리 떨어진 독방에서 울며 나날을 보내던 그녀는 나무에 목을 매어 자살을 하게 된다.

　　그녀의 시신에는 아직도 약간의 온기가 남아 있었습니다. <바들로메>실에서 그 나무까지 하반신이 마비된 몸으로 기어가는 데 너무도 많은 시간이 걸려서 정작 목을 멘 지는 얼마 되지 않은 모양이었습니다. 그러나 눈물에 젖은 그녀의 영혼은 서둘러 저주받고 오욕된 육신을 떠난 듯 인공호흡도 급히 달려온 의사도 아무 소용이 없었습니다. 다만 몇 번인가 그녀의 시신을 이리저리 살피던 그 중년의 의사는 경황없이 서 있는 원장 아버지에게 「임신이었던 것 같소. 차라리 필요한 건 경찰이오」라고 퉁명스럽게 말하고는 돌아가 버렸습니다. (p.25)

　　형에게 버림받은 누나는 누군가에게 강제로 욕을 당하고 임신을 했으며 결국 자살을 선택했다. 나중에 밝혀진 바에 의하면 작은 아버지가 짐승처럼 묶여 어디론가 실려 갔다는 사실뿐이었다. 나중에 김선생이 당시로서는 열두 살 때에 지금도 생생하게 기억하는 바에 의하면 형과 원장 아버지와의 대화를 통해서 전말이 밝혀진다. 원장아버지는 형과 이미 반신불수가 된 누나와의 결혼을 반대하여 만나지 못하게 하였고 원장으로서는 자신의 동생인 작은 아버지가 그녀를 건드려서 임신을 하게 되자 강제로 작은 아버지와 누나를 결혼하게 하였지만 결국 누나는 자살을 한 것이었다. 내용을 요약하면 원장아버지와 그의 동생 작은 아버지 그리고 그의 아들인 형은 그녀의 죽음 앞에 일종의 공범 관계가 되는 것이다.

　　이 작품에서 부각시키고 해소하고자 하는 바는 도덕적 자아의 온전성을 드러내기 위함일 것이다. 여기서는 도덕적 자아의 문제가 어느 정도까지 정상적 수준으로 성숙될 수 있는가의 문제가 당대의 사회 배경과 맞물려 결국 인간성의 정체와 존재까지 파고들기 때문이다. 작가는 과연 사내가 야간 열차에서 뛰어내려 자살을 기도하는 양심회복으로 갈등을 해소할 수 있는가의 문제와 현실적으로 타당한가 도덕적 자아의 완성인가는 독자에게 맡기고 있다. 그것은 작품 말미의 윤수원 투신자살에 관한 부분이 된다.

「사람을 찾습니다. 윤수원씨, 나이는 삼십구세, 윤수원씨 가족되시
는 분이나 동행이신 분은 급히 승무원실로 와주시기 바랍니다. 윤수
원씨에게 큰 사고가 났습니다.」 .....(중략).....「철교에서 떨어져 지금
XX시립 병원에서 가료중이라는 연락입니다. 가급적이면 다음역에서
하차준비를 해오시기 바랍니다.....」

양심의 가책으로 평생을 떠돌다가 고민하던 그에게 갑작스런 기억이
자살을 할 정도로 충격적이었다면 이 문맥에서 도덕성 회복은 상당한
의미가 있는 것이다. 그러나 작중의 이야기의 완결미는 도적적 자아가
스스로를 회복하는 증거로써 자살을 선택하고 있다는 것이 아이러니하
다.

형이 누나를 배신하였고 그 자책으로 떠돌고 월남전에 자원입대 하여
정글에서 목숨을 건 전투를 치렀던 시간들로도 해소가 되지 않은 도덕
적 자아의 완성은 결국 자기를 부정해야 가능하기 때문이다.

그러나 삶이라는 실체는 고정된 상태에서 완성되는 것이 아니다. 현
실의 논리는 개인주의적인 상식의 수준에 머무는 것이 아니라 시간과
공간의 변화를 통해 이루어진다. 도덕적 실천의 가치변화 다시 말해 성
장, 새로운 인간관계, 새로운 세계관 등으로 이완되면서 자아와 세계를
바라보는 개인적 도덕규준과의 자아와의 관계는 고정불변적인 것이 될
수는 없는 것이다. 그런 의미에서 형이 결단한 누나에 대한 배신은 개
인주의적인 의미보다는 사회전반의 흐름에서 이해한다면 개인주의적인
논리를 아우르는 사회적 도덕주의의 부각이 주제의식이 될 것이다.

결국 작가는 이기주의 차원에서 잊혀지고 무시되는 도덕적 자아에 대
한 일깨움을 주고 있지만 인물의 삶을 극단으로 몰고감으로써 김선생의
위악적 모습과 자살한 형의 억지스런 도덕적 완성 간의 비극적 결말을

대두시킴으로써 강렬한 메시지와 동시에 개인주의적 고정성이라는 미흡
함을 동시에 보여주었다. 이 데뷔작 이후로도 이문열은 『익명의 섬』과
같은 작품에서 줄곧 이러한 도덕적 실험성을 보여주고 있다. 데뷔작에
서부터 이어지는 이러한 교훈주의는 작가로서는 싫건 좋건 간에 그의
장점이자 단점이 되는 것은 틀림없는 사실이다.

9-3 백중사리

소설의 세계는 실제 일상을 드러내는 그야말로 삶에 대한 천착이다.
그러나 실제의 삶에서는 진지하게 그 대상 자체인 삶을 객관적으로 혹
은 주관적으로 분석하고 이해하고 연구할 수가 없다. 왜냐하면 실제 삶
에서의 삶이라는 대상의 연구는 실제 삶과 구별이 되지 않기 때문이다.
소설에서는 그러한 삶을 거리를 두고 형상화하여 여러 가지 방법으로
또한 효과적으로 드러내 보일 수가 있다. 또한 소설에서는 아무리 하찮
고 의미 없는 듯하거나 혹 쓸데없어 보이는 삶조차도 진지하게 다루어
소중하게 형상화시켜 놓는다. 소설세계에서는 실제 사회현실에서의 가
치는 별개이기 때문이다. 현실에서의 비극이나 희극도 소설세계에서는
허구적 조각물이라 할 수 있다. 누구나 삶을 완벽하게 예측하거나 이해
할 수는 없다. 소설에서도 다만 그러한 삶의 문제를 진지하게 드러내
보이는 것에 불과하다. 그리고 그 진지함은 자아와 타인 혹은 세계와의
동감에서 오고 또 그것은 종국으로 하나의 감동의 세계를 지향하게 된
다.

김승희의 『백중사리』는 백중날 해일이 일고 위니라는 태풍까지 불어
서 고향집이 침수되었다는 소식을 언니 미강에게 들은 막내딸 미소의
과거 회상형 소설이다. 미국에서 문신 새기는 일을 하고 있는 미소는
한국에서 미대를 졸업하고 미국으로 도망쳐 살고 있는 40대의 여인이

다. 그녀는 샌프란시스코에서 자동차로 30분 정도 떨어진 소도시에서 빈민층에 속하는 작은 아파트에서 혼자 살고 있다.

그녀는 교육자 집안 출신이었다. 부친은 중학교 교사였고 오빠는 고시를 통과해 판사가 되었고 언니는 일류 대학을 나와 정치권에 몸을 담았다. 그러나 어렵사리 공부해 판사가 된 오빠는 의처증에 시달리고 거의 매일 아내를 구타하는 것이었다. 언니 또한 동지들의 배반에 의해 인생을 실패했다고 볼 수 있다. 그녀는 지방의 삼류 대학 미대를 다니면서 무료한 나날을 지내다가 우연히 휴강이 되어 오빠 집에 들러 오빠가 새 언니를 구타하는 것을 목격하게 된다. 그리고 유학을 결심하고 인사하러 오빠 집에 왔다가 새로 이사갈 집의 중도금이 신문지에 쌓여 있는 것을 보고 바로 그것을 가지고 도망을 간다.

오피스텔에 사는 어느 남자의 아이를 배게 되어 중절 수술을 하던 중 우연히 마취가 깨어 핏덩이 아이를 본 미소는 밤마다 환청에 시달리다가 결국 미국행을 결심했던 것이다. 그리고 그녀는 이제 미국 생활 끝에 미술가로서는 실패하고 남의 문신을 새겨주는 일을 하고 있다. 그러나 그녀는 자기 가족의 모든 불행한 일이 자신의 잘못으로 고백하는 회한을 보여준다.

그러나 너무도 마음이 무너집니다. 그 동안 뇌졸중으로 고생하시던 남편의 죽음, 아들의 횡사, 하나밖에 없는 며느리의 발병 등 그 숱한 관의 역사를 뚫고 어머니는 드디어 서울 생활을 단념하고 칠십 가까운 노구를 이끌고 어린 조카들을 데리고 서해안 지역에 농사 지을 땅을 몇 평 구해 새로운 삶을 개척해 가던 중이 아닌가요. 어머니마저 좌절하면 실어증에 공증까지 겹친 올케 언니와 한창 학교에 다녀야 할 조카들은 또 어떡하구요. 아버지와 어머니의 두딸인 언니와 나는 이미 집안을 위해 쓸모있는 일을 하기엔 너무 늦어버린 사람들이 아닌가....(중략)....언니가 말을 안해서 그렇지 혹시 나의 비밀을, 혹시.....

그러나 결코 진짜 비밀은 모른다 해도 나는 그냥 일찍이 도망자였으
니까, 그냥, ...왜 백중사리가 어머니 집에 들이닥쳤는지, 그 백중의
물결이 누구에게 무엇을 말하려는 말못할 언어인지 언니는 알 수 있
을까? 그것은 저 멀리 검은 세계에 펼쳐져 있는 우주와 내가 나무는
편지 같은 거라는 생각이....백중사리라는 말을 듣는 순간 나는 느꼈어
요. 그것이 나에게 무엇을 요구하고 있는 지 알 수 있을 것 같다고....
그러나 말 할 수 없다고...

미소는 유산과 부친과 오빠의 죽음에 대한 가책의 응어리가 서러운
물과 같이 그녀의 몸통을 채워 출렁거리는 삶을 살아왔다. 그녀는 수술
중 본 자기 아이에 대한 미안한 마음과 그녀가 돈을 가져가서 의처증에
시달리던 오빠가 불신과 악령에 쫓겨가며 음주운전에 과속까지 하여 한
강 다리 난간을 들이받고 죽은 것과 아버지의 화병, 그리고 올케 언니
의 실성에 대한 회한을 품고 살아간다. 과연 삶은 불가해하다. 그러나
그 존재성은 너무도 뚜렷하다. 특히 이 텍스트에서는 김승희의 **호흡 빠**
른 문체에서 그런 효과가 더욱 두드러졌다.
  한계상황에 놓인 인간의 삶을 지탱해 주는 것은 종교나 마약과도 같
은 약물이나 위안을 받을 만한 사람에 곁에 있다는 것 등으로 요약될
수 있을 것이다. 그러나 이 모든 것이 있다 해도 본인 스스로의 의지
가령 도덕적인 삶에의 입지가 없다면 불가능할 것이다. 그런 의미에서
삶에의 희구가 그것이 긍정적이고, 정당한 스스로의 의지가 발동되기
위해서는 그가 거리낌없는 삶으로서의 모랄이 대단히 중요한 것이다.
그것은 인생에서 무엇이 어떤 의미가 있는가의 문제이며 그 삶의 의미
화라는 개념에게 삶을 지속시켜 주며 인물의 삶에 대한 태도를 결정지
어 줄 것이다. 삶의 태도란 바로 모럴에 다름 아닌 것이다.

Ⅲ 현장 소설평의 실재

1 희극적 혹은 비극적 아이러니

호영송 「유쾌하고 기지에 찬 사기사 (2)」(『문학과 창작』12월호)
박완서 「참을 수 없는 비밀」(『창작과비평』 12월호)

아이러니는 소위 세련된 표현의 한 형식이다. 그 실행자(작가)나 해석자(독자)에게 요구하는 것을 생각하면 세련된 것이라 할 수 있다. 아이러니는 두 개의 차원에서 작동하는데 일차적(표면적)작용과 이차적(이면적)작용이 그것이다. 그들의 최종적 의미는 이차적 맥락에서 얻어지고 그 의미의 층들 속에 작가의 자아반영이 놓여 있음을 알려준다.

위의 논의의 연장선에서 호영송의 『유쾌하고 기지에 찬 사기사 (2)』(『문학과 창작』12월호)는 소설수사학적으로 이해될 수 있다. 이 작품은 전 달 연재한 회분의 후반부에 해당된다. 호영송이 그리고자 한 송광수라는 인물에 의해 드러나는 바는 창의성의 문제와 작가정신의 문제 그리고 작가적 삶의 환기 등의 제반 문제로 귀결된다. 그때 그런 문제들을 드러내는 방법과 의도는 아이러니라는 소설 수사학에 의해서이다. 여기서 작가의 자아반영은 희극적 아이러니를 통해 문단이나 속된 작가들에 대한 경종임에 틀림없다. 그리고 그러한 환기는 허풍스럽고 힘센

알라존(alazon)인 송광수를 (eiron)인 방호석에 의해 철저히 패배시킴으로 써 이루어지고 있다.

더욱이 작품은 내내 대화위주의 극양식처럼 꾸며지고 있어서 결말 부분의 대단원은 송광수라는 자아에 있어서 세계의 종말처럼 전체적인 멸망으로 그려지게 된다.

> "앞으로도, 정진하면서, 진짜 문학사에 오래 남을 걸작을 쓰기 바라네!"
>
> 방호석씨의 그 말투가 너무 정중했으므로, 송광수씨는 잠시나마 헷갈리는 심정이었다. 우리시대 문학상을 받는 다는 것은 불편한 관계에 있는 사람까지 감동시킬 수 있는 것일까? 그런데 방호석씨의 다음 말은 뜻밖이었다.
>
> "존경할 만한 창부!"
>
> "존경할...?"
>
> "존경할 만한 창부, 아니, 우리의 존경할 만한 사기꾼! 앞날에 보다 멋진 사기꾼이 되기를 기원한다구!"(P.56)

이 작품이 보다 효과적으로 희화화된 것은 희극적인 대화체 기술뿐만 아니라 무지에 찬 송광수의 행동에 있는 것이다. 작가는 인물이 무지하다는 것을 그의 행동에 의해 그려내 보이고 있다. 인물이 인식한 대상이 어떠한 존재로 있으며 인물과의 관계가 어떠한가를 인식한 후에 적절한 아이러니 수법으로 대상을 표현해낸 것이다.

송광수는 계획된 방호석의 에이전트인 주찬희와의 관계에서도 속았고, 부인이 그의 외도를 알고 따지자 신문연재소설이 더 급하다고 하며 대화를 끊는다. 부인에게는 그와의 관계 혹은 존재 자체에 대한 문제이지만 송광수를 그것을 무지에 찬 기세로 넘겨 버린다. 그는 자신의 삶이 섹스나 허세를 추구하며 살지 않았는가 하는 의구심을 품어보지만 이내 잊어 버리거나 다른 허세를 쫓는 아이러니의 희생자가 되고 만다. 결국 자신과 방호석과의 대결 내지는 둘만의 세계에서 '창부'라고 불려지지만 자신의 수상 덕분으로 방호석이 좋은 감정을 갖게 되었다고 치부하는 무지의 아이러니를 보여준다. 제목에서 시사하는 유쾌함과 기지는 모두 송광수의 무지에서 비롯되는 것이다.

순진하거나 무지에 찬 아이러니의 희생자는 아이러니스트의 의도를 나타내는 데에 상당히 효과적이다. 아이러니스트인 방호석 혹은 작가 호영송은 무엇을 그려내고자 했을까. 순진하고 무지해서 심지어 유쾌하기까지 한 소설가는 무엇을 상징하는가? 분명한 것은 이 문제가 이 시대 우리 문단에 있는 작가와 무관하지 않은 문제일 것이다. 이 작품에서 단순한 무지의 아이러니는 그 효과적 측면에서 경제적 효과를 거두고 있다. 송광수의 단순 무지함은 복잡한 위선이나 비합리적인 편견의 복마전도 한눈에 드러내 주는 거울이 될 수 있기 때문이다.

박완서의 『참을 수 없는 비밀』(『창작과비평』 12월호)은 다소 힘든 삶을 꾸려나가는 40대 여인의 노이로제적인 가출을 그린 아이러니컬한 이야기이다. 앞의 작품 『유쾌하고 기지에 찬 사기사』가 모순을 인식하는 아이러니스트(방호석)가 작품 안에 있다면, 이 작품은 그러한 인물이 설정되어 있지 않다. 다만 독자가 아이러니를 알아차릴 수 있게 되어 있을 뿐이다.

하영은 대학 일 학년 때 오빠의 친구인 세준이라는 청년에게 치기 어린 마음으로 급류에서 수영을 해보라고 하다가 그가 익사하자 평생을 죄책감과 징크스에 시달리며 살게 된다. 그녀는 우연히 아파트 베란다에서 도로를 바라보고 있을 때 두 대의 차가 정면 충돌을 일으킨다든지, 암으로 병상에 누워 있던 아버지가 하필 자기가 간호할 때 숨을 거두셨다 든지 하는 징크스에서 헤어나지 못한다. 뒤늦게 결혼한 일상의 행복이 언제 깨질지 모른다는 불안감에 먼저 가출하기 일쑤이다. 그녀의 가출은 불행을 막기 위한 선제 공격이었다. 그리고 그녀는 그러한 선수가 최선의 방어책으로 믿고 있다.

그녀가 갖게 된 징크스는 위에서 느낀 공포감과 냉기의 차가운 두려움과, 세준의 가족들이 그녀를 저주한 소위 '남의 집 대를 끊어 논 재수 없는 년'의 욕설, 이 두 가지였다. 그 후로 그녀는 불행한 삶을 당연시하며 행복한 결혼과 이해심 많은 남편 귀여운 아들 딸까지도 불행의 대상이 될까 봐 두려워하며 살게 된다. 그리고 그 징크스를 깨기 위해 그녀는 종종 가출을 해 왔던 것이다. 이러한 그녀의 삶은 그녀 인생의 참을 수 없는 비밀인 동시에 아이러니이다.

이 작품에서 중요한 이미지로는 차가움을 들 수 있다. 해돋이 전에 바닷가 횟집 거리를 방황하다가 본 횟감들의 차가운 심장, 우연히 만난 익사자의 차가운 죽음과 흰 운동화의 차가움, 점심 식사를 한 횟집 이층의 썰렁하고 차가운 느낌, 남편과 첫 장거리 여행에서의 혹독한 추위, 세준의 익사 후 그녀가 벌인 인공호흡에서 느낀 냉기, 그리고 집에 전화하고 메모리폰에서 들은 차가운 녹음 메시지 소리에 놀라 온몸이 얼어붙는 느낌으로 이어진다.

세준의 죽음(차가움)에 대한 하영이의 체험은 그녀를 노이로제로 몰고 갔다. 그녀의 신경증은 실생활을 방해할 정도로 심각한 것은 아니었지만 가끔 가출이라는 결과로 나타나 가족들을 불안하게 하고 있다. 그러나 가출한다는 것은 그녀에게는 노이로제의 스트레스로부터 해방되기 위한 몸부림인 것이다. 현대인이라며 누구에게나 약간의 노이로제는 있다. 그런데 하영에게는 그 치료법 내지는 대결의 방법이 가출이나 단독 여행으로 나타난다. 그것은 불행이 올 것이라는 자기확신의 노이로제에 저항하는 방법이다. 이때 작품을 읽어나가는 독자는 그렇지 않을 수도 있다는 일반적인 쪽에 서서 하영을 바라본다.

돈키호테의 자신에 찬 오해에서 우리가 희극적 요소를 발견한다면, 하영의 징크스에서는 연민을 가질 수 있을 것이다. 그리고 하영의 다소 비극적인 삶을 통해, 이 작품은 독자에게, 인간에게 있어 속박과 제한이 개인적 사회적으로 둘러 쌓여 있음을 상상해보게 한다.

하영의 삶을 규정하는 어떠한 조건이나 관계와는 아무런 상관없이 실제로 존재하는 하영의 체험적 상황이 이 작품의 가장 중요한 부분인 것이다. 이때 독자가 느끼는 하영의 삶은 가족에 대한 책임이나 하영의 신경치료 이외의 다른 차원의 독서방법이 요구된다. 즉 하영의 실제의 삶과 당위의 삶과의 차이에 관한 독자의 상상력이 바로 그것이다. 작중에서의 하영의 삶이 바로 독자인 아이러니스트가 느끼게 되는 아이러니가 되는 것이다.

아이러니는 인생의 체험을 단면만 보지 않고 그 반대의 면도 봄으로써 풍자의 개념보다 심층적인 비판 의식을 갖는다. 또한 의미 작용에 있어서도 풍자가 대상에 초점이 맞추어져 있다면 아이러니는 주체와 대상의 관계성을 부각시킨다.

이 작품에서 아이러니하게 부각되는 하영의 행위와 합리적인 해석과의 차이는 독자로 하여금 희극적이기보다는 비극적인 쪽으로 방향을 인도하고 있다. 가령 바닷가에서 우연히 마주친 흰 운동화를 신은 시체를 부둥켜 안고 우는 하영의 모습은 그녀를 둘러싼 구경꾼들에게는 아무런 관계없는 그녀를 미친년으로 치부하게 한다. 독자 역시 실소를 하게 되는 장면이다.

> ‘지금은 전화를 드릴 수 없습니다. 나중에 전화드릴테니 하실 말씀을 남겨주십시오’ 생판 처음 들어보는 차갑고 기품 있는 목소리다
>
> "뉘시유, 응, 당신 누구요? 누가 남의 집에...."
>
> 하영은 놀라 수화기를 떨어뜨리며 뒤로 한 걸음 물러난다. 손끝 발끝이 차갑게 얼어들어온다. 모든 것이 아득하니 무감각해진다. 다만 심장으로부터 모세혈관까지 빙하처럼 차가운 피가 흐르는 걸.......(p.26)

그녀는 마지막 부분에서 메모리폰의 녹음된 차가운 목소리를 듣고 놀라 심장과 혈관이 얼어붙는 듯한 느낌에 사로잡힌다. 전화를 잘못 걸었든지 집에 새로 메모리 전화를 들여놓았든지 간에 하영은 다시금 불안에 시달린다. 그녀는 차가움의 노이로제를 이겨내지 못한다. 결국 그녀는 참을 수 없는 비밀의 괴로움을 벗어나려고 단독여행이나 가출을 시도하지만 그 체험의 불안에서 벗어날 수 없었다. 살기 위해 몸부림치지만 죽을 수밖에 없는 인간의 운명이 커다란 아이러니인 것처럼 그녀의 마지막 소스라침은 희극적인 동시에 비극적이다.

이 작품은 두개의 아이러니 구조로 이루어져 있다. 하나는 사랑을 전하고 싶은 하영과 세준의 유치한 행동이 오히려 죽음과 죄의식이라는 결과로 나타난 점이다. 다른 하나는 하영이 이후의 삶에서 행복해지기 위해 불행한 사고를 저질러야 하는 징크스에 시달리는 점이다. 양자는 희극적, 비극적 요소를 지니고 있다. 자신과 아무런 관계없는 타인의 죽음에 목놓아 울어대는 하영의 모습은 미친 짓 아니면 우스운 짓거리임에 틀림없다. 그러나 그것은 그녀의 실존적 조건이고, 비극이다. 또한 가출 후 집에 연락하고는 메모리폰의 녹음 소리에서 자지러지는 그녀의

모습도 희극적인 동시에 비극적이다. 그녀는 합리적이라고 말할 수 있는 삶과 다소 단절되어 있다. 이때 독자들은 그녀의 우스꽝스런 행동에 웃음 어린 비극적 연민을 느끼게 되는 것이다. 그것은 죽어 가는 모든 이의 공통점이기 때문이다.

이처럼 아이러니는 단절의 미학을 통해 구현된다. 이러한 논리적 단절은 단절된 논리들을 동시에 바라보려는 시점을 제기한다. 아이러니는 단절된 논리체계를 동시에 바라보는 능력인 것이다. 동시에 본다는 것은 대상을 있는 그대로 통찰하는 리얼리즘적 시각이다.

병자년의 쓸쓸한 세모를 장식한 이 두 단편은 인간의 삶과 실존이라는 자칫 잊고 살기 쉬운 주제를 다시 한번 반추하게 만들었다. 다람쥐 쳇바퀴 돌듯 반복되는 지루한 일상에서 인간과 삶을 곰곰 생각하게 하는 문학의 힘이야말로 우리를 지탱해주는 힘이 아닌가 한다.

2 단절된 세계와 자아의 믿음

윤지강/「데미테르」(『동서문학』, 1996.겨울호)
황충상/「아버지의 사리」(『문학과창작』, 1월호)
방기숭/「UFO를 보다」(『문학과 창작』, 1월호)
권현숙/「연못」(『문학사상』, 문학사상, 1월호)

일찌기 그리이스의 헤라클레이토스는 인간의 존재에 대해 다음과 같
이 묘파했다. 인간은 다른 여러 방향으로 갈라진 어떤 무엇이 어떻게
통합되는 가를 이해할 수 없다는 것이다. 그것은 악궁(樂弓)과 칠현금이
서로 반대의 물건으로서 조화되는 속성을 알지 못하는 것에 비유된다는
것이다.

인간은 어찌 보면 개체 하나 하나가 고립되어 있고 세계는 인간과 결
렬되어 있는 동떨어진 모습으로 <저기 바깥에 그냥 있는 것>으로 인식
될 수 있다. 그리고 그러한 인간의 존재론적 조건 때문에 개체로서의
자아는 삶의 고뇌 속에서 헤매이게 된다. 인간은 인간관계 내지는 사회
생활을 매개로 하지 않고서는 자아를 찾기 어렵고 자신의 개성을 깨닫
지 못한다. 세계와의 조화 혹은 화해는 아무리 초탈한 신과 같은 사람
이나 여러 장애로 소외된 인간도 마찬가지이다. 이때 필요한 자기 확인

이 자아와 세계에 대한 믿음이 될 것이다. 이런 맥락에서 세계와 결렬된 자아의 인식을 살피는 일은 소설의 읽어 내려가는 이에게 일종의 낙으로서의 자기인식을 느끼게 하는 기쁨이 아닐 수 없다.

윤지강의 『데미테르』는 방송국 작가 일을 하는 한혜진이 갖는 여자로서의 존재에 대한 데미테르적인 삶의 단편이 부각되었다. 그녀는 우섭이라는 사내와 사실혼의 관계에 있지만 다른 남자의 아이를 잉태하고 있다. 우섭은 전교조의 해직교사 출신으로 영어학원강사, 근해 선원의 직업을 거쳐 이제는 관광가이드로 세계를 누비는 자아가 강한 남성이다. 그는 가족이나 사랑보다 자기자신도 주체할 수 없는 자아가 강한 성격의 소유자였다. 몇 달째 소식이 없는 그에게 점점 빛을 잃어 가는 혜진은 방송국 연출자와의 의미 없는 부대낌은 그녀를 모성(母性)의 조건으로 얽매여 버린다.

그녀는 메두사처럼 임신한 아이를 지우기도 했고 남성 편력과 일의 피곤함이라는 데미테르의 고행과도 같은 인생편력을 겪게 된다. 그리고 나서 개체적 삶의 인간에게 잉태란 종족 번식 이외에 인간에 대한 사랑과 고뇌의 숙명적인 구속 혹은 희열이 된다. 데미테르는 신이지만 인간을 사랑하고 축복하며 들판의 푸르름과 가을날의 풍성한 수확을 관장하는 신이다. 그러나 딸 페르세포네를 빼앗긴 그녀의 삶은 이내 고뇌의 그것이 되어 버린다. 그녀는 일년 중 세 계절을 딸과 함께 있는 조건으로 하데스와 화해하고 운명을 받아들인다. 하지만 그녀의 분노는 사라진 것이 아니다. 추운 겨울 동안 혹독한 추위와 산천의 메마름은 모성을 지닌 여자로서의 고뇌의 상징인 것이다.

    그녀는 계단을 한 칸 밟았다. 맨 아래층까지 내려가려면 도대체 몇 개의 계단을 밟아 내려가야만 할지 모른다.
    숨이 차오르기 시작했다. 몇 층이나 내려왔는지 그녀는 알려고 하지 않았다. 계단참의 창가로 다가갔다. 창밖의 풍경들이 아득한 세상

저편처럼 너무나 멀리 보였다. 아직 새순이 돋지 않은 검은 나무들의
잔가지는 다소 스산해 보였지만 누런 잔디 위의 군데군데 벌써 진초
록의 풀들이 선명했다. 그녀는 그것을 한 동안 바라보고 있었다. ....
(중략)....축축한 땅바닥을 밟아 보고 싶었다. 땅속 깊숙이 자리잡은 시
원의 온밀한 소리에 귀를 기울여 보리라.
　　그녀는 현기증이 일 정도로 빠르게 계단을 내려가기 시작했다.
(P120)

　그녀는 신인 데미테르처럼 천상의 위치 즉 아파트 20층에서 생활한
다. 그리고 여자의 조건으로서의 임신한 몸, 마치 데미테르가 숙명적으
로 딸을 찾기 위해 고뇌의 여정을 해메인 것과 대지의 축복을 저버리고
세상을 꽁꽁 얼게 했던 것을 연상시키는 계절 묘사는 데미테르와 여성
의 숙명이라는 상징성이 그녀의 하강으로 형상화된다. 이러한 패러디는
더욱이 아래에서 올라오는 누군가의 발소리가 페르세포네와의 만남처럼
모성의 자극으로 그려진다. 그녀가 데미테르처럼 대지를 향하여 내려간
다는 것은 우섭이라는 남자보다도 방송국 피디 보다도 모성으로서의 여
자라는 숙명이 우선한다는 것을 의미한다. 모성적 본능은 생명에 대한
사랑과 동시에 인류에 대한 사랑을 내포한다. 때문에 데미테르는 신이
기보다 인간으로 살아가려고 노력했으며 인간을 위해 다시금 대지의 축
복을 내려 주었다. 혜진도 몇몇 시련과 사랑에의 갈망보다는 대지와도
같은 여성으로서의 존재에 대한 운명적 자아인식이 본능적으로 이루어
졌고 대지에로의 안김으로 귀결되었다. 그러나 그녀가 세계와 화해하는
필연이나 그것에 대한 자아인식이 형상화되지 않아 완성도의 측면에서
독자에게 다소 갈증을 유발시키는 것이 아쉬운 부분이다.

　황충상의 『아버지의 사리』는 불교인인 작가가 기독교 집안의 이야기
를 다룬 독특한 작품이다. 간암 말기로 투병중인 부친의 마지막 모습을

조각가인 아들이 작품으로 남긴다는 내용의 줄거리는 끈끈한 가족사(家族事)의 측면에서 감동적이기에 충분하다. 특히 그의 부친은 운동권 해직교사 출신으로 기득권의 질서인 사회와 단절된 인물이다. 때문에 그의 대학동창이자 연인인 이유선과의 혼담도 벽에 부딪힌다. 여자 쪽은 육군 대령출신의 현직 국회의원이었기 때문이다. 사회인식의 벽은 바로 그와 그의 가족이 사회에 대해 느끼는 결렬에 다름 아니다.

그러나 그의 부친은 단절된 사회에 어떤 믿음이 있다. 그 증좌는 죽기 전의 기독교 신앙을 받아들인 것과 사후에 장기를 기증하는 점에서 사회와의 관계에 모종의 신념이 있음을 시사하고 있다.

> 비로소 나는 자신을 향해 크게 눈을 떴다. 그렇다. 아버지가 죽음을 맞을 준비를 하는 동안 나는 할 일이 있다. '조각가의 본업으로 돌아가는 거다. 부업으로 시작한 조경 일을 본업으로 할 순 없지 이 기회에 손을 떼자.'
>
> 아쉬움이 없지 않았다. 3년째 접어드는 그 일은 이제부터 마음먹기에 따라 돈을 안겨 줄 사업이었다.
>
> '임마, 그 유혹은 뿌리쳐. 그건 어디까지나 조경사의 일이야.'
>
> 나는 마음을 굳혔다.
>
> '그래 돈에 얽매이지 말고 조각가의 본분으로 돌아가자.
>
> 고마운 아버지. 역시 내게 조각가로서 순정한 것을 형상화시킬 용기를 준 분은 아버지였다. 죽음을 의식하면서 병마의 고통과 싸우는 아버지, 그 흉상은 진실 덩어리가 될 수 있으리라(pp29-30)

결국 그러한 진실된 대사회적 믿음은 주인공인 그와 그의 여자가 재결합하는 한 줄기 빛을 비춰주게 된다. 그와 유선은 흉상 앞에서 다시 태어나고 결합하게 된다. 결렬된 세계에 진실한 믿음으로 화해와 조화가 이루어지는 통일성은 사리라는 종교적 증거보다는 진실한 인식과 믿음에 있었다고 할 것이다.

방기승의 『UFO를 보다』는 돈키호테격의 일방적인 믿음으로 세상을 살아가는 한 젊은 가장의 이야기이다. 그는 세계와의 대결에서 연속적인 패배를 당한 인물이다. 그는 세계와 갈등 없이 서로를 믿는 세계관을 가졌지만 결국 그는 경제적으로 능력을 잃게 된다. 더욱이 딸마저 수술비를 마련하지 못해 잃어버림으로써 그는 세계와 단절된 자아로 그려지게 된다. 그러나 그는 세계에 대한 연속적인 마음의 선상에서 유년 시절부터 지켜 오던 UFO에 대한 믿음이 있다. 그것은 소외에서 비롯된 순수성으로의 회귀, 다시 말해 세계를 믿는 자아의 의지와도 같은 것이다.

그는 직장이라고는 제대로 된 곳에 다녀 본적이 없었고 이름도 없고 대우도 형편없는 싸구려 잡지사나 부도난 회사 등을 전전했다. 대학 시절 운동권 출신이라는 딱지가 붙어서 사회에서 그를 받아주는 곳은 아무데도 없었다. 그러던 그가 술집을 해서 어느 정도 기반을 닦자 옛 친구의 보증을 섰다가 다시 무일푼이 된다. 경제파탄, 딸의 죽음, 아내의 잔소리, 이웃 친지의 따가운 시선 등으로 그는 사회에서 소외된다. 그래서 그는 하늘을 보게 된다.

별보기는 정말로 신나고 즐거운 일이었다. 당장이라도 어두운 밤하늘에서 보석 같은 별들이 떨어져내릴 것만 같았고 무슨 거대한 쇼가 벌어질 것만 같았다. 그는 별들과 이야기를 나누기도 했다. 그는 별들이 생명이 있고 말을 할 줄 안다고 생각했다. 그는 하루에 있었던 일을 마치 일기를 쓰듯 별에게 이야기했다. 별들은 한번도 짜증이나 신경질을 부리지 않았고 그의 말을 모두 들어주었다. 그는 별들이 곁에 있으면 외롭거나 슬프지 않는 마음의 친구라고 생각했다. 그는 별들 속에서 살고 싶었다.(P.65)

이른바 그리스 신화의 연속적 세계관을 떠올리게 하는 자아와 세계의 의사소통은 소외된 자의 상상력을 통해 이루어지고 있다. 그러나 인간 관계에서 좌절한 자아가 세계와의 일방적 혹은 서정적 세계관으로 언제 까지나 연속적 세계관을 가질 수는 없다. 그는 대단원에서 UFO의 등장 과 사진기의 파손에서 한없이 기뻐하는 동시에 절망하게 되는 것이다. 그의 절망은 기회를 잃은 것 이외에도 소외되어 있음으로도 연결되어 있기 때문이다. 인간은 순수한 자아의 확인과 인식이 일방적일 때 갈등 은 없겠지만 세계와의 관계 하에서는 빛을 낼 수 없는 것이다.

이 작품은 오랜만에 접하는 순수한 상상력의 깨끗함의 추억을 반추하 게 하는 매력이 있다. 특히 자본주의와 공해에 찌든 현대인에게 알퐁스 도데의 『별』처럼 맑고 투명한 심상을 잠시나마 기억하게 한다면 우리 영혼 속의 연민과 사랑과 안식 같은 의미 있는 즐거움을 줄 수 있을 것 이다.

권현숙의 『연못』은 소외된 두 장애인의 만남과 감성을 그린 작품이 다. 장애인과 관련된 표어 중에 <어떻게 보면 우리는 모두 장애인>이라 는 말이 있다. 이 작품의 두 주인공이 장애인이라는 것만으로도 세계와 단절된 자아의 상징성은 극명한 것이다.

40의 나이에 흉추를 다쳐서 휠체어 신세가 된 남자와 16세의 나이에 협심증으로 학교생활을 할 수 없는 소녀와의 만남은 소외된 자아의 세 계에 대한 관계망 형성의 하나로 파악될 수 있다. 이때 그 관계를 연결 해주는 채널은 연못으로 상정되어 있다. 그의 아내가 그에게 아무것에 라도 관심을 기울이기를 원해서 만들어 준 연못은 관상어에 해박한 장 애인 소녀와의 채널이 된 것이다.

약사인 그의 아내는 외부에 대해서는 실행할 의도도 없이 일부러 척

수 장애인 남편과의 잠자리 갖는 방법의 자문을 구하고 알 필요도 없는 고고학 심포지움의 일정을 문의하고 다니다가 홀연히 딸이 유학간 미국으로 떠나간다. 그처럼 그에게 세계는 아득한 담으로 둘러처져 있다. 아이 역시 친구와 교사와 어머니에게까지 소외되어 있다. 그들이 하나가 되어 느끼는 세계는 연못 속의 물고기를 매개로 해서 이루어진다.

> ....살아 움직이는 물고기의 느낌이라는 것은 손으로 만져보는 장의 알몸, 그 자체로서의 충일한 원초적 생명....,미끄러운 점액질의 느낌, 금속처럼 차가운 비늘의 감각, 몸 전체를 실어오는 튼실한 부피감, 이 모든 것이 그에게는 살아있다는 감각을 뒤흔드는 것이었다. 펄펄 뛰는 생명체가 자신의 죽은 몸에 생기를 불어넣어 줄 것만 같았다. 가슴 안 쪽에서 쿵, 쿵, 심장이 뛴다. 관자놀이에서 팔딱팔딱 혈관이 맥박친다. 마치 죽은 하체의 신경이 되살아난 것 같아 하마터면 그는 자리에서 벌떡 일어설 뻔하였다.

신경이 죽어 있어서 일상적인 생활이 소외되었던 그에게 여자아이와 연못에서 체험은 세계와 소통 혹은 감응의 단초가 된다. 그리고는 그 여자아이에게서 상호 교감이 이루어지고 남자로서의 기능도 되살아나기 시작한다. 그것은 의식이나 인식의 차원이 아닌 존재 자체가 인간관계에서 되살아나는 원초적 생명의 의미를 상징하는 것이다. 연못의 이미지와 생명의 시원으로서의 자궁이 갖는 상동성이 생명력의 상징을 만들어 준다. 그러나 그는 사회 윤리규범의 틀을 의식하고 원초적 생명의 심연을 인식한 채 욕망의 추함을 느끼게 된다. 생명의 역동성이라는 아름다움과 욕망의 노예가 되는 추악함의 두 얼굴을 인지한 그는 이제 더 이상 소외된 장애인은 아니다. 이미 자아를 나름대로 인식한 세계와의 대결자이다.

　소설이 형상화하는 인물을 조건짓는 존재로서의 상징은 물리적 세계로서의 현실적 실존을 갖고 있지 않다. 다만 의미를 가지고 있을 따름이다. 그 의미에 대해 자아의 인식이 어떻게 형상화되었는가 하는 것이 소설 텍스트의 완성도를 좌우한다 할 수 있다. 신의 영역에서 인간계를 선택한 데미테르와 같은 모성적 여성도, 돈보다 예술을, 사회적 가치보다 진실을 추구한 조각가도, 자신의 의미에 우선 순위를 두었고, 경제 파탄이 된 젊은 가장이나 척수장애인도 자신의 의미를 되새겨 순수하거나 욕망적이거나 관계망의 존재에서 자신을 인식하는 테스트의 틀을 보여주었다. 독자에게 이러한 틀은 다시금 텍스트를 매개로 문학적 상상력을 활짝 펴서 창공을 활공하는 일상 속의 마음의 휴가를 갖게 할 것이다.

3 보다 인간적인 삶을 위하여

·하린/「외줄」(『문학과 창작』, 2월호)

·이명한/「작은귀향」(『현대문학』, 1월호)

·이윤기/「갈매기」(『문학사상』, 2월호)

·김미선/「집으로 돌아오는 날」(『문학사상』, 2월호)

　문학작품을 읽고 얻는 바는 감동과 더불어 인간의 삶과 세계의 숨은 모습을 깨닫는 기쁨일 것이다. 전자는 느끼는 즐거움이라면 후자는 연구하는 학문적 노력이라 할 수 있다. 이때 삶과 세계에 본질에 대한 탐구는 삶의 개연성을 전망할 수 있는 소설의 한 기능인 것이다. 이러한 문제에 깊게 빠지다 보면 문학의 존재이유 그리고 인간의 존재이유에 대해 곰곰 되새겨 보지 않을 수 없게 된다. 이러한 맥락에서 책읽기의 즐거움은 작가의 세계관 파악인 동시에 인간적인 삶에 있어서 개연성을 획득해 보는 인류적 혹은 우주적 작업이 된다.

　이번에 다루고자 하는 4편의 작품은 대개 인간적인 삶의 방식에 초점을 둔 단편들이다. 인간관계나 인간적인 삶의 방식을 모색하는 작품에서는 결과보다 과정이 주로 묘사되기 마련이다. 그래서 이들 작품에서는 결말에서의 감동보다는 삶을 이루고 있는 과거 현재의 조건, 추억, 인간관계, 우정, 사랑 등이 혼입되어 있다.

하린의 『외줄』은 수원에서 시복지관 상담실의 전화상담 등의 자원 봉사 일을 하는 영애라는 여인의 생활을 잔잔하게 그린 작품이다. 영애는 뇌성마비 장애인인 순덕이와 함께 그녀가 임신할 수 없는 몸이라는 걸 알면서 산부인과에 같이 다닌다. 순덕이에게 실망을 주지 않기 위해 선의의 거짓 행위를 반복하는 그녀는 남자 고교생의 근친상간 전화상담에 대해서도 이렇다 할 대답을 해주지 못하는 자신에 대해 항상 자신이 없어 한다. 그도 그럴 것이 그녀가 고통받는 이웃의 상담원이 된 것도 이기적인 의도가 다소나마 있었기 때문이다. 그녀가 수원 교육청에서 상담자를 뽑을 때 항상 경중거리던 자기 자신을 잡아 둘 수 있는 무엇인가를 찾아 헤매다 지금의 상담원이 된 것이다.

그러던 중 화성에서 온 이른바 화성여사와 대화를 나눈다. 자신도 불완전한데 어떻게 이웃의 어려움을 도울 수 있을 것인가, 또 선행에 대한 집착은 아닌가, 진정 봉사가 필요한 사람은 누구인가 등에 대해 이야기를 한다.

> 영애는 잠시 말하는 사이 순덕이의 뒤뚱거리는 모습을 떠올렸다.
> "더 이상의 진전이 있을 수가 없는, 그들에게 가망 없는 희망을 쥐어 준다는 것이 옳을 까요. 전 그 사실이 힘들어요."
> 영애의 마지막 말이 꼬리를 달고 멀리 사라질 때를 기다리는 것처럼 그녀는 잠시 말이 없이 솎아 낸 배추 잎을 만지작거렸다.
> "등대가 불을 비추는 곳에 배가 떠 있던 가요?"
> 듣고 있는 사람의 반응에 관계없이 전화선을 통해 상담해오는 익명의 그들처럼 간혹 한숨을 섞어가며 했던 영애의 말에 대한 그녀의 대답이었다.

화성여사의 대답에서 영애는 자신을 둘러싼 삶의 조건들을 따져보고 것에 놓여있는 말들을 정리하게 된다. 그리고 상담원이 상담자들에게 해주어야 할 것은 삶을 어떻게 영위하라는 인도가 아니고 답답한 말을 들어줄 사람으로서 같이 있어주는 것이라는 것을 깨닫는다. 그것은 삶이 막막한 이들에게 같이 있어주는 애정 어린 이웃으로서의 존재하기에 다름 아니다.

영애는 작두를 타며 굿판을 벌이던 무당의 딸이었다. 어린 시절 그녀의 기억은 어머니의 공포에 가까운 긴장의 곡예에서 벗어나지 못했다. 그것은 수평의 평지에 내려서고 싶은 욕구를 억제하며 외줄 타기 각대처럼 밧줄 위에서 뒤뚱대는 그녀의 삶으로 이어졌다. 그러던 그녀가 안정감을 추구하고 헤매인 끝에 소외되고 불우한 이웃들에게 지팡이가 되려고 했다. 그러나 삶은 누가 누구에게 지시하고 수직적인 관계로 끌어올려주는 것이 아니라는 것을 느끼게 된다. 보다 인간적인 사람을 이끌어 나가기 위해서는 사람과 사람이 이해를 바탕으로 이웃으로서 믿고 같이 있어주는 애정이 필요한 것을 그녀는 깨달은 것이다.

왜 사는가 보다 어떻게 사는 가에 관심이 깊은 작품이다. 다만 절실한 외줄의 삶을 극복하는 과정이나 기점에 대한 부분이 없고 소외된 이웃에 대한 같이 있다는 애정적 존재로서의 역할이 감동을 주지 못하는 감이 있다. 인간에 대한 보편적 측은지심을 통해 자아가 확산되는 부분의 묘사가 필요할 것으로 여겨진다.

이명한의 『작은 귀향』은 오상수라는 변호사의 귀향을 통해 고향과 인간적인 삶으로의 회귀를 그리고 있다. 전직 판사인 오상수는 특별한 일 없이 다만 부친 묘의 이장이라는 핑계로 고향을 찾는다. 다음날 재판이 있어서 일정이 바쁘지만 서울에서 전라도 나주까지 벤츠 자동차로 온 것이다. 그는 사법고시에 붙었을 때 동네의 잔치를 거부하고 수십년 동안 고향을 찾지 않았다. 그런 그에게 고향의 느낌은 고향이 자신을 거부한다고 여겨진다. 그러나 옛 친구와 친지들을 만나면서 고향의 **흙 내음** 같은 인간의 냄새를 맡고 옛 여자도 만나게 된다. 술집에서 옛 여자와 만난 그는 주위 친구들이 만류하지만 솔직한 감정을 따라 행동하며 이렇게 말한다.

「그런 건 나와 상관없는 일이야. 그런데 말이야 만옥이. 나는 오늘에 와서야 목적을 이루었어. 그토록 사모하던 사람을 이렇게 품안에 넣었어. 소원을 이룬 거야. 판사 좋아하네. 나는 이제까지 괴물 같은 집단의 못생긴 도구였을 뿐이야.」

상수는 잠꼬대처럼 주워 섬겼다. 그의 의식 속에 근엄했던 과거는 물론 더구나 내일에 대한 걱정은 남아 있지 않았다. 길을 막았던 그림자도 사라져버린 지 오래였다. 김 교수와 만옥이는 건넌방으로 자리를 옮겨 버리고 상수는 홀로 남아 밤이 깊어 가는 줄도 모르고 은희의 육신 속에서 아스라하고 황홀한 지난날의 꿈을 한없이 더듬고 있었다

고향을 등지고 그는 철저하게 도시인으로 그리고 법조인으로 살았다. 법관이 되자 처음에는 항상 약자와 정의의 편에 서리라 다짐했다. 그러나 현실은 그를 그렇게 내버려두지 않았다. 피할 수 없는 청탁이나 체제에 관련된 사건을 처리하면서 이른바 속물화되었던 것이다. 다시 말하면 인간답지 못한 삶을 살아왔던 것이다.

처음에는 가책을 느꼈던 일들이 차츰 무덤덤해지다가 정당한 것으로 되고 나중에는 학생들과 종교인, 민권 운동가들을 국가와 사회의 공적으로 인식하게 되어버린 것이었다.

그랬었는데 막상 법복을 벗고 보니 세상의 빛깔이 달라졌다. 가치관은 이렇게 시세에 따라 반전되는 것이었고, 비록 농담이긴 했지만 만옥

이가 던진 말에 대해서 자괴감 같은 것을 느꼈던 것은 바로 지난날의 인식이 무너지고 있다는 것을 의미하는 것이었다.

농민운동을 하던 만옥이란 친구가 자신의 동지들이 판결을 받고 구속되었다는 이야기가 오상수의 인간적인 삶에 대한 갈증을 일으킨다. 더욱이 옛사람들을 만나고서는 순수했던 시절의 회귀가 이루어지게 된다.
인간관계의 연결 고리는 하나의 개체가 속한 사회에서만 이어지는 것은 아니다. 그리고 그 관계망은 양적 질적으로 이어져 있는 것이다. 양적인 확대는 오히려 인간을 메마르고 인간적인 정감이 없는 결과를 초래한다. 질적인 변화를 거친 관계야말로 보다 인간적인 관계인 것이다.
이 작품의 감동은 인간미 있는 옛사람들과 우연한 해후에서 사람 내음 나는 관계의 발견에 있다. 그러나 옛애인의 등장과 그것에 일시에 빠져버리는 주인공의 마지막 모습과 플롯이 응집력을 갖지 못한 것이 아쉽다.

이윤기의 『갈매기』는 오피스텔에 살고 있는 한 남자가 비행기 승무원과 사랑에 빠지는 애틋함을 담담하게 그려낸 작품이다. 이 작품을 읽어가노라면 순수함과 자의적인 인식이 작중의 갈매기라는 새와의 관계를 통하여 대비된다.
메를로 퐁띠는 인간의 모든 의식행위에 앞서서 이루어지는 지각현상에 있어서 인간과 세계의 관계를 「세계는 나의 신체이다」라는 관계로 밝히고 있다. 세계는 나의 신체의 끝에 잇대어져 존재하고 있는 것이며 나의 머리카락은 하늘에 닿아있고 발은 대지에 맞닿아 있다는 식이다. 나의 피부로 사물을 느끼고, 자아와 세계는 순전한 동시성을 느끼는 것이다.
작품 모두에서 갈매기에 대한 우화는 순수성이 변색되자 새가 더 이상 오지 않음을 말하고 있다. 이 작품에서 갈매기는 순수성을 그리고 포획을 종용하는 아버지는 불순성을 상징하며 각각 대립구조를 이루고 있다. 그리고 순수함을 통한 연속적 세계는 일단 보다 자연스럽고 본능적인 남녀관계에서 찾게 된다. 새의 상징성은 하늘을 나는 스튜어디스라는 여자로 설정되어 있다.

그는 원래 바닷가에서 갈매기와 놀던 사람이다. 그는 아버지의 명을 받고 갈매기를 잡으러 바닷가로 나갔다. 그러나 그의 기심(機心)을 읽은 갈매기는 오지 않아서 더 이상은 갈매기를 잡을 수도, 더 이상은 갈매기와 놀 수도 없게 된 사람이다. 그는 아버지에게 돌아갈 수도 없어서 술집으로 간 사람이다. 그는 자신의 술집에서 술을 마실 때만 갈매기와 놀던 꿈에 잠길 수 있는 사람이다. 그가 갈매기와의 드라마를 한 장면도 연출할 수 없는 까닭, 그가 끊임없이 술을 마시는 까닭은 여기에 있다.

그러나 그는 불연속적 세계에 놓여있고 더 이상 순수함은 그에게 찾아오지 않는다. 다만 그는 막연히 그러한 순수함을 기다릴 뿐이다. 그렇게 외롭고 괴로운 그에게 위안은 술만이 있을 뿐이다. 술은 현실을 망각하게 한다. 그것은 일시적인 순수에로의 회귀이다. 갈매기로 상징되는 여자 역시 시간이 있으면 술에 흠뻑 취한다. 마치 신화가 끝난 타락한 시대의 순수한 사람들처럼 그들은 술에 취해 순수성을 찾는 것이다. 그때 그들은 자연스럽게 서로가 인간의 냄새를 맡게 되는 것이다.

사람이 그리운 이에게 좋은 친구는 좋은 의사처럼 인간적인 삶의 치유자가 될 수 있다. 그리고 새로 즉, 순수로 상징되는 여인은 그에게 어떠한 요구나 강요를 하지 않는다. 그 역시 인위적으로 잡거나 무언가를 강제하지 않는다.

이 작품에서 새가 순수의 실체라 한다면 그 순수함을 지향하되 붙잡아두지 않으려는 작가의 의도는 노장의 자연스러움을 상기시킨다. 하늘

과 대지의 거리만큼이나 먼 인간과 새(순수, 자연적 인간성)의 관계가
순수해야만 이루어진다는 것을 작가는 일깨워주고 있는 것이다. 인위적
인 인연, 계획된 관계보다는 푸른 창공을 자유롭게 비상하는 갈매기와
의 사랑은 불순해서는 이루어질 수 없는 것이기 때문이다.

　이 작품은 번역작업에서 창작으로 몰두한 작가의 심기일전의 각오가
문학의 존재이유에 대한 독자의 상상력을 건드리면서 상징과 우화의 기
법으로 구성되었고 표현과 인물 행동이 절제된 수작이다

　김미선의 『집으로 돌아오는 날』은 장애인인 40대의 여인이 이십년 만
에 고등학교 동창회인 홈 커밍 데이에 참석하여 중년의 인간관계에 대
해 곱씹어보는 작품이다.

　서울에서 장애인의 대표로 청와대나 외국의 영빈들과 사회생활을 하
던 주인공은 고향의 동창회에 참석차 고향에 돌아온다. 그녀가 장애인
이어서가 아닌 무언가 모를 이유로 그는 친한 친구인 수희나 이십년 만
에 만난 사람들과 내면의 진솔한 대화를 갖지는 못한다. 그러한 소통의
단절은 집에 돌아온 후 노모와의 대화에서도 마찬가지이다. 세월은 격
한 오늘날의 모든 관계는 순수했던 시절의 사람관계가 이미 아니었다.
그리고 그것은 누구에게나 어쩔 수 없는 현실인 것이다. 그녀 역시 가
난과 불구와 친구들과의 단절 등등의 이유로 어머니를 떠나고 집을 떠
나고 고향을 떠나갔던 것이다.

　　나는 두충나무 이파리를 손으로 쓰다듬어 보았다. 홈 커밍 데이,
　집으로 돌아오는 날, 부드럽게 아래로 늘어져 있는 나뭇가지 한 끝을
　잡고 나는 중얼거리고 있었다. 나와 어머니 사이에. 지구의 끝과 끝인
　것처럼 떨어져있는 서울과 고향 사이에, 그리고 과거와 현재를 단절
　시키고 있는 이 불소통에 대해서도 시원하게 뚫을 수 있을 것인가.
　온 몸에 피가 잘 통하게 하듯이

대처로 나아간 그녀는 불행한 결혼이나 피곤한 사회생활로 찌들었고 고향 어머니 집으로 상징되는 순수함을 고대하는 것이다. 단절된 사람들과의 대화와 마음의 소통을 원하는 것은 인간 본연의 마음일 것이다. 그녀 자신이 스스로 다시는 이 동창 모임에 오지 않을 것임을 알면서도 또 보자는 인사를 해 대는 자신의 인간성이 순순하지 않음을 알고 있다. 그와 동시에 그들과 아니 모두와 소통을 원하는 것이다. 인간의 고립, 소외됨은 스스로 타락하기에 생기는 것은 아닐까?

이 작품에서 자아의 주체적 인식이 집중된 바는 여러 가지로 이해될 수 있다. 인간적인 관계에 대한 희구와 사십대의 나이에 느끼는 변화와 단절감, 산만한 단상들에 대한 회의 이런 등등의 문제들은 작품을 집중력이 떨어지게 만든다. 또한 그런 회상을 시간의 변화가 별다른 효과를 보이자 못하고 있다. 자아가 가장 근원적으로 인식하는 세계에 대한 형상화가 단편적으로 흩어져 있기 때문이다.

인간관계의 성립과 대화의 발생은 그 인간이 속한 공간이나 인간관계 망에서 이루어진다. 그리고 인간의 생활이란 사실 행동의 연속이다. 그 때그때 당면하는 상황에 대하여 우리는 주체적으로 결정하고 선택하여 왜 이 관계를 맺어야 하는 가보다 어떻게 빨리 이 관계를 해결할 것인가의 문제에 초점이 맞춰지기 일쑤이다. 그리고 그런 식의 인간관계는 알게 모르게 대화의 소통로를 하나 둘 잃어가게 만든다. 더러는 세월에 더러는 이해관계에 의해서 말이다. 보다 인간적인 인간관계를 어떻게 진실하고 아름답게 일궈 낼 수 있을까. 그러한 문제에 대한 인식과 해석과 해결 전망은 문학에 의해 어느 정도 실마리가 풀릴 수 있을 것이다. 소설은 가장 인간적인 부분을 문제삼고 있기 때문이다.

또한 소설이란 무엇인가를 묻는다면 독자에게 재미를 제공하는 한편 삶에 대해 깊은 통찰을 주는 문학 텍스트라고 말할 수 있을 것이다. 이번 작품들은 전자 쪽에 치우쳐 후자의 무게가 다소 적은 단편들이라고 할 수 있다.

4 표현된 인식의 추상성

노순자 / 「착각」(『문학과 창작』, 3월호)
황충상 / 「무명초」(황충상불교소설), 작가정신, 1997.2.

소설에서 소설의 맛을 잃지 않으면서 사상이나 정신세계를 드러내기는 쉽지 않다. 자칫 한 쪽으로 중심이 흘러가게 되기 때문이다. 희랍의 루크레티우스가 그의 장편시인 「자연계」에서 당의설을 말하면서 달콤한 말로써 쓴 약에 옷을 입혀 노래한다는 절묘한 조화에 대해 언급한 이래 세계문학사에서 보다 예술적인 시각과 보다 철학적인 내용이 문학에서 이상적인 형상화를 위해 바쳐져 왔다.

이러한 문학의 기능성은 소설의 형식과 개성을 규정하는 몇몇 틀의 하나가 되었다. 소설이 소설답기 위한 소설의 맛을 지키면서 우주에 대한 그리고 인간에 대한 깊은 통찰을 소위 문학적으로 그려낸다는 것은 소설의 존재이유이기 때문이다. 그렇기 때문에 메시지는 하나의 명제와도 같지만 소설을 통하여 추상적으로 형상화되는 것이다.

황충상의 소설집 『무명초』는 불교의 입장에서 소설의 제재라 할 수 있는 인간을 중생으로 보고 대승적 견지에서 그들과 함께 하는 소설가

로서의 미의식을 살린 뛰어난 소설집이다. 다만 불교에 조예가 없는 필
자로서는 내용을 깊게 언급하기가 어렵다.

　모두 일곱 편으로 이루어진 이 작품집은 작품집 내에 있는 첫째 작품
명을 소설집의 이름으로 정하였다. 작가는 스스로 소설집의 제목을 『무
명초』라 한 소이를 다음과 같이 밝히고 있다.

　'무명초'라는 말은 여러 가지 의미가 모아져 물이 되기도 하고, 바람
으로 떠돌다가 불꽃 풀 포기가 되기도 하는 상징적 조어다. 어둠 속에
서 영원히 빛스러운 이 말은, 그래서 곰곰 되새김질할 양이면 광대무변
한 중생과도 통한다. 그런 의미에서 이 일곱 단편 소설을 통괄하는 책
제목으로 '무명초'라 붙이는 것을 주저하지 않았다.

　일곱 편의 소설 중에서 첫 번째의 『무명초(無明草)』는 중국의 돈황
막고굴의 웅대한 동굴화의 유려한 색채와 무명을 벗은 무명초로서의 일
개 중생이 대비되는 구도를 지닌 작품이다. 불교회화의 거봉인 해봉의
삶과 죽음을 통한 여제자 가희의 깨달음이 독자로 하여금 커다란 기쁨
으로서의 독서 체험을 느끼게 하는 단편이다. 금강경의 공사상을 불러
일으키는 소작이 아닐 수 없다.

　'무명을 벗은 무명초. 그렇다 오로지 그림에만 마음을 부린 금어'
　가희는 그 뜻에 사무치며 해봉의 병상을 찾았다.
　"선생님 희수전 열린 것 아세요?"
　대답이 없다. 무다
　그러나 무는 없다는 말이 아니다. 그것은 있음을 전제로 한 없음이
요. 없음을 전제한 있음이다. 그래서 가희는 의식이 없다, 식물인간이
다, 하는 스승 해봉에게서 모양 없는 모양, 자라나는 무를 보는 것으
로 무명초에 대한 마음의 눈을 활짝 열었다. "무릇 모든 중생의 본

면목, 선생님은 무명초의 본질로 영원하십니다."

해봉의 유작은 가루라라는 전설의 동물이었다. 그것은 용을 잡아먹는 상상의 새로서 불교의 신화에 등장하는 표현의 소재이지만 그 의미는 중생을 구제하는 문수보살의 현신이었다. 작자의 대승적 불교관과 작품의 구도가 잘 어우러진 구상이 아닐 수 없다.

삭도(削刀)는 노승려가 지난날 종권 다툼에서 사제인 무중에게 종권을 물려주고 자신은 신앙에 매달리려고 은둔하고 있는 정경을 묘사한 작품이다. 그러나 그는 은사에게서 의발을 물려받지 못하고 삭도를 물려받았다. 그러나 그는 젊은 시절의 자신의 분신과의 대화를 통해 스스로 집념을 떨치지 못한 것을 발견한다. 그리고 물려받은 삭도로 자신의 정수리를 찍음으로써 집념을 벗어나게 된다. 그의 죽음은 자신 스스로에게 돌아가려는 의지의 천명이요 인식의 확인이 되는 것이다. 자신의 선지식이니 소승적인 경지는 대승적 입장에서 의미가 없을지도 모른다.

"참으로 훌륭한 경지이십니다. 하지만 어떤 특별한 선지식을 제하고는 이르지도 못하고 가까이 간다고 하더라도 견디지 못하는 그런 따위의 경지가 중생에게 무슨 의미를 줍니까?
노인은 가슴을 부르르 떨었다. 진정 그러할 지도 모를 일이었다. 눈앞이 아득한 노인을 어떤 힘이 와서 흔들어 댔다. 그러나 참으로 다행히 노인은 한 생각을 붙들고 마음의 평정을 되찾았다.
'용기는 오직 자신에게 돌아가는 일이다. 너는 지금 어디에 있는가. 산에 있는가 물에 있는가?
산과 물, 물과 산…… 그 모든 만유가 노인에게만은 그들의 꿈을 이야기했다. 노인의 평정과 고뇌의 엇갈림은 거기에 있었다. 열려 있기를 바라 오랜 세월 동안 투쟁으로 얻은 초오감, 노인은 그 초오감을 열어 만유로부터 보고 느끼고 들을 수 있었다.

종권을 물려받은 사제의 타락과 그를 보다못해 나서달라고 권유하는 젊은 승려들을 물리치고 그는 자신의 자리를 찾는다. 자기 자리를 찾는다는 것에 대한 인식이 이미 그에게는 아집보다도 우선하게 된 것이다. 그리고 그러한 미련은 물려받은 삭도에 의해 제거되고 만다.

『사바(娑婆)에 와서』는 작가의 전기적인 부분이 상당량 노출된 작품이다. 소설집 책머리에 스스로 중생과 부처가 같으며 다르다는 것을 언급하며 출가와 재가의 동질을 대중불교로 설명하고자 했다. 그러한 형상이 이 작품에 투영되었다 할 수 있다.

출가와 재가의 사이에서 번민하다가 집에 남는 쪽을 향한 그의 선택은 가사를 불태우는 행위로 극명하게 보여주고 있다.

아 비로소 나는 육신과 정신의 합일을 명쾌하게 의식했다. 그 순수의식으로 나는 자리에서 일어섰다. 어둠을 밝히기 위해, 그러나 나는 전등을 켜지 않았다. 대신 가사를 들고 정원으로 나갔다. 낙엽을 끌어 모아 그 위에 가사를 놓았다. 그리고 나는 그야말로 어둠을 밝히기 위해 성냥을 그어 낙엽에 불을 붙였다. 이내 낙엽 위에 놓은 가사에 불이 붙었다. 가사는 뿌연 연기를 뿜으며 불길에 휩싸였다. 나는 그 불길을 향해 염불처럼 중얼거렸다.

'가사여? 미련을 태우고, 도피를 태우고, 안주를 태우고, 푸른 꽃을 태우거라. 그런 연후에 무상무념으로 부동할 진저.'

그가 찾아 헤매던 진리의 상징인 푸른 연꽃마저 출가수행의 목적일진데 이제 재가에서의 평정을 흔들 수는 없는 것이다.

『화택(火宅)』은 장성문이라는 출판사 직원이 소신공양으로 삶을 마친 이야기이다. 이선혜라는 동료 여직원에 의해 목격되고 서술되는 장성문의 삶은 그의 인식에 의해 규정되고 있다. 그는 우주를 화택, 즉 불의 집이라 여겼다. 중생이 모두 불의 집에서 온갖 번뇌로 타고 있다는 것이다. 지금까지의 작품들이 모두 불가에서 말하는 사성제(四聖諦) 중 집성제에 대한 소재가 작품이 되었다면 이번은 그 첫번째인 고성제에 관한 작품이라 할 수 있을 것이다.. 인생 자체가 괴로운 이 세상에서 살신공양을 택한 주인공은 작가가 추구하는 대승적 경지가 본능적으로 소설로 형상화된 것이 아닐까 한다.

한편 『실족(失足)』은 안상이라는 중년인을 내세워 추리적인 기법이 돋보이는 작품으로 현세의 인연에 관한 독특한 작품이다. 다소 설화류의 풍이기는 하지만 다른 작품처럼 자아와 번민하는 자아의 분신을 등장시켜 소설의 갈등 구조를 든든하게 하고 있다. 법명이 문운인 엄일도의 과거 행적과 주인공 안상의 모친의 죽음에 얽힌 사건은 욕망과 집착이 통속소설에서라면 가벼운 주제가 될 법하지만 황충상의 작품에서는 그대로 소재와 주제로 부각되는 것이다. 재가하였건 출가하였건 집착에 시달리는 것은 일단은 속세인의 특성이요, 그것을 벗어나기 위한 수행이 멸고의 길일 것이다. 집착을 버리지 못하는 중생에 대해 작가는 주인공 안상의 입을 통해 다음과 같이 독백한다.

> 안상은 감았던 눈을 떴다. 그렇다면 어머니를 죽게 한 사람이 문운 스님이었단 말인가. 그렇다. 그렇더라도 그는 논술의 방편을 빌어 거짓을 피한 셈이다. 법명 문운이 사죄하며 밝힌 바를 본명 일도가 뒤집어썼으니까 그렇다면 문운 스님의 죽음은 실족산가, 자살인가?
> '실족을 가장한 참회의 자살?'
> 안상은 고개를 저으며 다시 물음을 던졌다.
> '인간은 실족할 수밖에 없는 슬픈 짐승인가?'

『사리(舍利)』는 자산이라는 비교적 인정적인 승려가 사리에 얽힌 집착과 스승의 미혹에서 벗어난 경지 사이에서 보여준 미담과도 같은 작품이다. 사미승인 자연의 사리를 은사의 뼛조각과 재 속에 숨겨 넣은 자산의 행동은 집착을 버리지 못한 것이지만 소설로 형상화된 아름다운 사건임에 틀림없다. 그리고 죄스러운 마음에 은사 스님의 호통을 호되게 듣게 되는 것이다.

> '중생들이 미혹에 끄들릴까봐 내 스스로 사리를 거두어간 것을 네 놈이 망쳤다.'
> 그것은 분명 은사스님의 음성이었다.
> '그렇습니다. 큰스님! 당신께서 종장마저도 의연하십니다. 이 미욱한 중생을 용서하소서.'

혼이 조물주의 점지를 받고 환생할 몸인 숙주에게 가고 세상을 천안통으로 바라보기도 하는 『무색계(無色界)』는 작가의 경험과 지식이 잘 조화된 우주의 질서를 그럴듯하게 그려낸 작품이다. 인간이 사바에서 백팔번뇌에 시달린다면 무주고혼은 구천에서 외톨이로 고뇌에 쌓여있는 것이다. 그런 시각에서 인연과 인과응보에 대한 경외로 현세에서의 선행에 대한 믿음을 주게 하는 작품이다.

이상 일곱 편의 작품은 작자 스스로 불교소설이라 명명한 바와 같이 불교에 대한 이해와 소설에 대한 접근을 일목요연하게 해주는 소설집이라 할 수 있다. 이 작품집은 오늘날과 같이 민심이 어지롭고 정치, 경제, 문화가 혼란스러운 때에 한 가닥 불빛처럼 우리의 마음을 비춰줄 수 있는 소설들이다.

노순자의 『착각』은 중소기업을 물려받은 중년의 사내가 방탕하고 가출을 일삼는 아내 때문에 가업과 재산과 가정을 망친 이야기로 끝까지 아내를 받아들이는 양심적 종교적 의도가 착각으로 막을 내리는 전형적인 아이러니 작품이다.

> ......그렇군 세상에는 용서를 받을 사람은 한 명도 없을 지 모르겠군, 용서를 받아야 할 죄를 지으며 사는 사람은 한 명도 없을 지 몰라. 모두 누군가에게 용서를 베풀겠노라고, 모두 피해만 당하고 죄지은 사람은 없어. 용서해 줄 준비만 하고 사는 사람들뿐인지도 몰라 재미있군. 모두가 용서를 해주겠다는 데 용서를 받을 사람은 한명 도 없다는 건 뭐야 이 세상에는 조인은 없고, 천사들만, 아니 선량한 신들만 살고 있다는 얘기가 되는 건가. 재미있다. 재미있어

청량리 역전에서 창녀가 되었다가 또 다른 집에 기거하며 빚더미에 앉은 아내를 구해 냈을 때 그녀의 입에서 나온 말이다. 그러나 주인공인 재민은 그때까지도 그녀의 가출과 탈선을 자신이 용서해 주어야 하는 숙명으로 알고 있었다. 이러한 착각의 결말이 시종 관심과 긴장을 동반할 수 있었던 것은 시간과 공간을 대비시키며 쉴 틈 없이 서술되어 가는 소설의 문체에 기인한다.

재민이 가난한 처갓집에 베푼 금전적 도움이나 탈선하고 가출한 아내에 대한 일방적 용서와 이해에 대한 숙명적 받아들임은 사실 그가 갖는 일방적 시선이다. 그 점에서 그가 영위하는 생활과 처가와 아내에 대한 관계는 스스로 무지에서 오는 아이러니이다. 그리고 아내가 항변하는 강요된 용서와 그런 식의 삶의 방식은 수동적인 삶에 저항하는 방법으로 동원된 탈선과 가출이라는 착각의 아이러니를 야기시켰다. 그리고 아이러니컬한 반항과 용서는 시간을 두고 서서히 그들을 그럭저럭 파탄과 착각의 용서 속에 지내게 했다. 그리고 그러한 추상적인 삶의 착각

이 거꾸로 현실에서 하나의 명제로 나타났을 때 그 착각은 엄청난 파문
을 초래하게 되는 것이다.

시간의 속도와 기억의 지나감은 인식을 속일 수도 있는 것이다. 우리
는 시간의 속도를 잊고 살듯이 애증의 관계도 알아차리지 못하게 된다.
그러한 현실의 조건과 상태가 마치 실제처럼 자연스럽게 되기란 쉽지
않다. 뛰어난 묘사와 서술에서의 치밀함. 절제 그리고 긴장감 등이 필요
할 것이다. 오랜만에 치밀한 서술의 작품을 접해보는 기쁨은 소설 읽기
의 또 다른 즐거움이 아닐 수 없다.

5 존재의 상징성, 그 희미함

김선주/「그날 밤에 들여다본 파인더」(『문학과 창작』, 4월호)
안영실/「목우도」(『문학과 창작』, 4월호)
공지영/「존재는 눈물을 흘린다」(창작과 비평』, 1997 봄호)
박숙희/「너무 사소한 죽음」(『동서문학』, 1997. 봄호)
양선규/「황소의 눈」(『현대문학』, 3월호)

　우리는 스스로의 자아를 확인하는 일에 탐구적인 자세를 취하지 않는다. 모든 사물이나 존재물들은 그 활동 때문에 그 정체가 드러난다. 때문에 그 존재물들은 다른 존재물들과의 행동과 그 반응이라는 관련성에서 분명해진다. 우리는 이때 인식할 수 있는 방법론으로서의 통일성이 형식적으로 존재하는가를 따져볼 필요가 있다. 그러한 방법이 있다면 자아와 우주와 문학이 왜 아름다운가의 이유를 알아 볼 수 있기 때문이다.

　인간은 구체적인 현실 위의 존재자이다. 그리고 그의 생애는 역사적인 하나의　형식을 가지고 있다. 그러나 그 삶의 전체상이나 부분들의 정체를 파악한다는 것은 너무나 길고 또 쪼개져 있어서 그것을 누군가의 집요한 추적이 있다 하더라도 형상화할 수는 없을 것이다. 다만 개체적 과거의 산물들을 한순간 그려내어 추상화된 그 대상을 상징화하는 문학이 있을 따름이다. 이런 면에서 소설은 존재의 추상성을 또다른 추상적인 혹은 어느 정도 구상적인 형상물로 나타내주는 대단히 효과적인 방법론이 될 수 있다. 또한 소설은 삶의 추상적이거나 비극적인 체험들을 다시금 꾸며낸다는 작업 자체로서 아름답다거나 행복해질 소지를 우리에게 주고 있다.

이번에 다룰 소설들은 존재의 희미한 느낌들을 상징화하여 소설이 갖는 구체적 형상화의 틀이 마련된 작품들이다. 대개 독자는 일상의 허무하거나 슬프거나 존재론적 아픔의 결과로서 자아에게 다가선 막막한 체험의 흐트러짐은 소설이라는 스크린 안에서 오롯이 담아낸다는 소설형식의 기능을 인식할 수 있을 것이다.

김선주의 『그날 밤에 들여다본 파인더』는 어릴 때 부모의 이혼으로 인한 가정 불화를 겪고 장래에 결혼에 대한 의지가 없던 사람이 자신처럼 외로운 연인을 만나 결혼 생활을 하며 느끼는 존재의 외로움에 대한 연민이 듬뿍 묻어나는 작품이다.

외로운 사람끼리의 결합이기에 그는 부친의 전철을 밟지 않으려고 무진히 애를 쓴다. 결혼 후 아이가 초등학교에 가고 살림이 어느 정도 안정하자 아내가 보험설계사의 일을 한다는 데에도 그는 가정의 안녕을 위해 반대하지 않는다. 그러나 아내는 점점 귀가 시간이 늦어지고 이상한 전화가 걸려오고 아들 지호에 대한 보살핌이 없어져가는 것을 보면서도 그는 가정을 평안히 지키고자 노력한다. 어린 시절 그는 부모의 불화로 외로움을 맛보았고 존재 자체인 삶을 포기하려고까지 한 사람이다. 가족이 사랑으로 오붓한 시절에는 사진관을 하던 아버지의 카메라 파인더에서 어린 시절 소중한 꿈과 희망과 사랑을 보았지만 끝내 가정은 파탄이 났다. 아내 또한 어려서 헤어진 부모에 대한 절절한 그리움으로 뭉친 여자이기에 그는 아내를 더욱 아껴야 한다고 되뇌인다. 그러다가 그는 심야에 아내에게 온 협박 전화를 대신 받는다. 그리고 뒤늦게 들어온 아내에게 욕설을 퍼붓고 집을 나선다. 그리고 다시금 집에와 아내의 부모 찾기에 대한 감정에서 외로움을 통한 존재의 상호적 인식을 깨닫는다. 더욱이 그것은 혈연의 끈끈한 그리움이다.

　　아내의 절박한 그리움의 실체가 내 눈앞에 환히 그려진다. 음화처럼 감추어진 아내의 그리움은 곧 내 가슴 속에 깊숙이 자리잡고 있는 나의 그리움이라는 생각이 문득 들기도 한다. 부모를 미워하면서도 가슴 속 깊은 곳에서는 꿈에서라도 만나보고 싶은 그리움으로 몸부림쳐온 내가 아니었던가. 평생 동안 가슴 속에서 용틀음을 하고 있는지 자꾸만 가슴이 벌렁거린다.
　　나는 부엌 바닥에 주저앉는다. 눈앞에서 사진기의 파인더에 걸린 아내의 상반신이 보인다. 곤궁한 모습이다. 그리움으로 풍화되듯 허물어져가는 얼굴이다. 나는 세상을 떠나고 없는 부모도 이토록 그리워하는데, 아내는 이 세상 어딘가에 살아 있을 지도 모를 부모를 어찌 그리워하지 않겠는가. 왜 그 생각을 이때껏 하지 못했던가.
　　나는 조리개를 돌린다. 고통으로 일그러진 아내의 모습이 없어질 때까지.

　외로움은 존재의 근원에 대한 회귀와 존재적 상관관계의 목마름에서 온다. 그 점에서 인간은 공통적이다. 그리고 그 점에서 이 소설은 누구에게나 감동을 줄 수 있다. 누구나 부모에 대한 그리고 외로운 사람의 경우 함께 존재할 수 있는 이에 대한 그리움은 그의 아내처럼 대책 없는 부분이기 때문이다.

　안영실의 『목우도』는 일인칭 액자 유형 소설이다. 흔히 액자소설은 독자로 하여금 화자 입장에서 텍스트를 들여다보게끔 한다. 이 작품도 역시 K와 그의 여자에 대해 들여다보며 생각하게 만드는 매력이 있다. 여자는 어린 시절 학교에서 교사에게 모욕과 오해를 받은 이래 마음 속에 마성의 거대한 소를 키운다고 생각하는 사람이다.

바람둥이 사진작가와 고아 출신의 여자는 만남이 매끄러운 관계가 되기 힘들게 설정되어 있다. 그러나 여자의 진실은 남자에게 존재의 외로움이라는 상징적 체험을 던져준다. 양부모 밑에서 자라난 고아 소녀의 삶은 스스로 갖는 자격지심으로 사회의 벽은 더 높게 여겨졌을 것이다. 그리고 초등학교에서의 항거 못한 교사의 모욕, 자라면서 갖가지 사회적 벽과 폭력 등에 스스로 분노를 키운 그녀는 그 분노에 의해 사랑을 잃을까 노심초사하고 결국 자살을 택한다. 분노에 의해 일어나는 모종의 사건들은 그녀의 징크스가 된다. 그녀는 스스로 그 황소와 같은 분노와 김홍도의 목우도에서의 온유한 소를 대립시키면서 희망을 가져보지만 이미 세계와 단절된 그녀의 분노는 스스로를 죽음으로 몰아넣는다.

그녀의 유서는 그녀가 그를 분명히 사랑하고 있다는 그리고 끝없이 원하고 있다는 것을 알려주고 있다. 그렇기 때문에 그를 위해 불행의 징크스를 가지고 사라져가는 희생적 사랑을 보여준다. 그리고 그러한 존재의 상호적 느낌은 K에게 진실함을 일깨워 주었다.

사랑하는 당신, 한 번쯤 이렇게 불러보고 싶었습니다. 조금 전까지 김홍도의 「목우도」를 펴놓고 한참 들여다보았습니다. 너무도 편안하고 자적한 모습의 그 그림을 보면서 언젠가 당신은 그렇게 말씀하셨지요. 순한 여인네의 모습 같다고요. 저런 구도로 여인을 등장시켜 사진을 찍고 싶다고 하셨던가요? 나는 그 「목우도」를 가슴 속에 나무를 심듯 꼭꼭 담아두려고 합니다. 어디서 시작된 것인지 알 수는 없어도 내안에 탈로스와 닮은 황소가 산다고 믿고 있는 이 마음이 병인지도 모르겠습니다. 내 유년의 혹은 전생의 어디서부터 이 비틀리고 부풀어서 만들어졌을 그 분노의 황소, 내가 왜 분노의 황소인 신화 속의 탈로스를 가지고 살게 되었는지 모르지만, 나는 놈을 없애고 김홍도의 소를 내안에 넣으려고 합니다. 내가 김홍도의 소를 껴안고 살고 싶었던 마음은 바로 그런 것입니다. 이제 그만 써야겠습니다. 아무래도 다른 방법을 써야 할 것 같습니다. 나의 속마음을 눈치챈 놈이 포효하는 소리가 들리기 시작합니다. 산정 호수에서의 첫 키스 이후 나는 당신의 품에서 잠들기를 기다리고 있었습니다. 그러나 벌겋게 달구어진 놈이 당신을 껴안아 죽게 만드는 것을 보고 싶지 않았기에 이렇게 긴 변명을 씁니다.

그녀의 변명은 온갖 세상의 벽을 겪었으면서도 완전한 사랑을 갈구하기 때문에 사라져간다는 아이러니한 논리를 편다. K와의 충분한 이해와 사랑이 있다면 분노의 감정을 가지고서도 결합은 가능했을 것이다. 그러나 그녀 앞에 놓여 있는 벽의 부피는 독자로서는 가늠할 수 없는 것이다. 존재의 절대 고독에서 이해의 범주를 넘어서는 희생적인 사랑이 나오게 될 법하다.

사람은 대개 언젠가는 고아가 된다. 그리고 그런 인식은 존재론적 아픔이 되고 외로운 개체에 대해 스스로든 타인이 되는 연민이 생겨나게 된다. 더욱이 외로움은 연민을 증폭시킨다. 그런 점에서 바람둥이인 K는 그녀에게 근원적인 연민을 느끼는 것이다. 그리고 그 비극성을 들여다보는 독자 역시 연민에 빠져들게 되는 것이다. 자아와 세계의 단절을 형상화한 액자형 소설로서 양자의 대립이 자아 속에 분열된 분노와 사랑의 대립으로 구체화된 점이 작품을 선명히 해준다. 그러나 신변적 소재에서 벗어나지 못해 전망이 약한 점이 아쉽다.

공지영의 『존재는 눈물을 흘린다』에서는 해고된 삼십대 초반의 여자의 존재에 대한 상징화가 지금 우리들의 초상화처럼 절박한 체험을 던져준다. 세계와 어느 정도 유리된 자아는 물과 기름처럼 존재의 근원과 존재의 흘러감 그리고 허무한 끝의 중간 어디쯤 놓여 있는 스스로를 희미하게 인식한다. 그러나 지금의 자아를 응시하고 그 길이 무덤 속처럼 적막하더라도 그 길을 가야 한다.

이혼녀인 그녀는 해고되고 애인은 페루로 떠났으며 어린 아이와 노모를 책임져야만 한다. 그녀는 존재의 계속성을 위해 핸드폰이나 자동차, 아파트 심지어는 자기 자신까지 팔아치워야 한다는 공포를 느끼기도 한다. 그러나 존재라는 것이 어디에서 와서 어디로 가야하는 지도 모르면서 피곤한 일상에서 머무르며 눈물을 흘려보려는 자신에 대해 반추한다. 그리고 세계에 대한 미련이나 끈끈한 어떠한 관계망도 인정하고 어차피 혼자 있어야 하는 존재의 허무적인 지속성을 희미하게 느껴 본다.

> 그 진실만은 변하지 않을 거라고 믿었었지요. 세상에 단 한가지쯤은 변하지 않고 늘 거기 있어주는 게 한가지쯤은 있었으면 했어요. 그게 사랑이든 진실이든 혹은 내 자신이든.....나는 기대어 서 있고 싶었고 존재는 머무르고 싶어하니까요.....(중략)...나는 적어도 시간만은 우리 앞에 계속 지속될 거라고 믿었어...천천히 떨리는 손을 내밀어, 나는 그의 눈물을 닦아주었다.

자아는 시간을 분절해서 그 정체에 대한 믿음을 가져보려고 하지만 그래서 머무르려고 하지만 그 분절된 시간마저 서서히 흘러가는 것임을 알게 된다. 존재는 시간에서 공간을 추출해 내 멈추어 설 수 없는 숙명을 안고 있다. 실제로 살아있기 때문이다. 그녀는 그의 죽음을 감지하면서 절대적인 시공보다는 함께 있는 존재의 상호성에 대한 인식을 깊게 하게 된다. 그것을 존재는 머무르지 않고 눈물을 흘리면서라도 존재가 존재로서 계속되는 한 그것이 지속되고 있다는 것에 대한 깨달음이기도 하다. 산만한 소설의 질료들을 나열한 기법으로 인해 표류하는 자아에

대한 불안한 인식이 효과적이다. 그러나 그 산만함을 극복할 만한 기점
으로서의 질료들이 변화되지 않아 자아의 긍정적 인식이 유효하게 형상
화되지 못하는 방해요인이 되기도 한 작품이다.

  박숙희의 『너무 사소한 죽음』은 부친의 죽음과 장지에서의 올케의 실
수 사이에서 느끼는 존재와 그 사라짐, 즉 세계의 멸망과도 같은 죽음
의 느낌이라는 것이 실상 얼마나 사소할 수 있는가를 드러내 보여준다.
  주인공인 그녀의 일상은 언제나 존재를 둘러싼 사소함으로 감싸여 있
다. 그녀가 부친위독의 소식을 들었을 때의 사소한 일상사와 대전 집에
도착할 때까지의 일화들은 실제 부친사망이라는 사건보다 그녀에게 바
싹 붙어 있다. 그녀에게 물리적으로 바투 붙어 있는 것들 그것이 바로
그녀의 존재를 지탱해주는 증거들이다.

  물리적인 시간과 공간이라는 것, 그것을 넘어설 수 없는 한 인간은
  결코 자유로울 수 없다. 비약할 수 있는 것은 오로지 우리의 관념뿐
  이었다. 한정된 시간과 공간 속에 묶여있는 내 몸은 그러므로 징그러
  울 정도로 구체적일 수밖에 없다. 따라서 나는 아버지가 위독하다는
  몹시 위독한 전화를 받았음에도 불구하고 아버지가 계신 그 상황에
  실제로 도달하기까지는 무려 여섯 시간이 넘는 물리적인 시간 속에,
  그리고 서울과 대전, 아니 좀더 정확하게 말하자면 서울의 내 아파트
  와 대전의 집이라는 물리적인 거리 사이에 갇혀 있을 수밖에 없었던
  것이다.

  결국 부친의 죽음이라는 구체적인 사건은 향냄새와 오빠의 상주로
  서의 자연스러운 모습, 부친 시신을 감싼 누런 광목의 빛깔 등으로
  규정되는 것이다. 존재를 인식하게 하는 것은 존재자체의 허무함이나
  슬픔이 아니다. 그것을 둘러싼 구체적인 상징 때문이다.

양선규의 『황소의 눈』은 대학교수 사이의 검도회라는 수행단체의 인간 갈등을 거리를 두고 그리고 있다. 그 구성 단락은 내략(內掠), 맹호은림(猛虎隱林), 발초심사(撥草尋蛇), 표두압정(豹頭壓頂), 직부송서(直赴宋書), 백원출동(白猿出洞) 이상 6개의 검법초식명을 챕터명으로 하여 내용에 부합되게 꾸며놓은 것이 이채롭다.

이 작품은 행유여력(行有餘力)이면 즉이검도(則以劍道)라는 아마추어 교수검도회에서조차 벌어지는 힘겨루기 식의 존재확인이 다른 존재에게 슬픔을 주는 집단의 영원한 불행하고도 필요한 숙명적 욕망을 그린다. 노군이라는 별명의 검도회의 리더에 대한 정도령이라는 인물의 조직단체의 힘과 폭력에 대한 존재의 정체성에 대한 인식의 관계를 보여준다.

존재는 자신의 정체에 대해 방향성을 갖고자 한다. 그것은 존재의 이유이기도 하다. 그러나 그러한 방향성은 다른 존재와의 관계망에서 폭력이나 존재 관계망의 와해를 불러일으킬 수도 있다.

> 언제까지나 노군을 따라다닐 수 없는 일 아니냐고..... 평생 노군식으로 갈 수는 없는 일 아니냐고....노군에게 포기할 기회를 주는 것도 좋지 않겠냐고......

자아에 대한 규정은 그 범주 여하에 따라 타자에게 영향을 미친다. 특히 하나의 조직에서는 반드시 그렇다. 자아의 체험이나 타자와의 관계 등을 상징화할 때 그것이 분명하면 할 수록 편집화되고 자연스럽지 못하여 급기야 그 구체화라는 욕망의 노예가 될 수도 있다. 독특한 구성의 모험은 모험자체가 서사물의 기본 독법을 깨뜨리기 마련이다. 그래서 그 모험성 자체가 소설의 의도를 헤칠 수 있다. 여기서도 챕터별로 나타나는 산만함이 일정한 틀을 이루어내지 못하여 결국 정도령과 노군의 대립이 매우 사소하게 나타난다. 자아와 세계의 단절이라는 사건은 자아에게는 지상의 과제이다. 그러나 산만한 구성은 의도를 희석시키는 법이다.

　자아확인을 위한 상징화의 내용은 표현으로서의 상징작용이지 물리작용이 아니다. 상징작용의 기능은 상징된 바를 구체적으로 부각시키는 것이지 물리적으로 강요하는 일이 아니기 때문이다. 소설이 허구인 것처럼 상징은 손으로 잡는 것이 아닌 것과 같은 이치이다.

6 끝으로서의 시작 : 소설의 한 형식

· 고정욱/「그녀의 다이어트」(『문학과창작』 5월호)

· 은현희/「틈」(『실천문학』, 봄호)

· 은희경/「불임파리」(『현대문학』, 4월호)

· 우광훈/「한 송이 장미꽃이 낙타를 구원할 순 없다」(『현대문학』 5월호)

대개 소설은 인물들 스스로의 판단과 결정으로 그들에게 관계성을 지닌 사건을 겪으며 무언가를 모색하고 나아가는 과정을 그린다. 그리고 그때 일어난 사건의 종결이나 완결을 다루기보다는 이야기가 어떻게 풀려 나가는가 하는 과정을 보여주게 된다.

소설의 인물은 무언가를 찾는 자아로 규정된다. 무언가를 찾아 나선다는 것은 그가 속한 세계에 불만이 있다는 증거이다. 찾는 자의 의미는 문제의 해결에 있다. 그런데 통상 루카치의 명제인 「길이 시작되자 여행은 끝났다」는 문제 해결의 통로가 시작되는 시점에서 소설의 사건이나 내용이 끝나는 데 소설의 본질인 아이러니가 놓여 있다.

이번에 다루는 4편의 작품은 여행소설의 아이러니를 보여주지는 않지만 삶의 모색이 여행에 견줄 만한 이야기거리를 가지고 있다.

먼저 고정욱의 『그녀의 다이어트』(『문학과창작』 5월호)는 작은 출판
사의 편집장 일을 보고 있는 노총각과 비만한 은행 여직원 사이의 연애
담과 아이러니컬한 결말이 돋보이는 작품이다.

우연히 알게 된 두 사람은 결혼을 전제로 사귀게 되었고 뚱뚱한 은행
여직원은 결혼을 염두에 두고 다이어트를 하기 시작한다. 그녀는 시부
모님이 될 분들에게 인사를 드리러 가기 위해 살을 뺀다는 것이었다.
그리고 그녀의 살 빼기 작전은 치열하게 진행되었다. 그 결과 일년 후
그녀는 몰라보게 날씬해 졌고 몸매는 물론 얼굴까지 달라져 버렸다. 그
리고는 약속 장소에서 부모님께 인사드리기 위해 기다리는 남자 앞에
다가와 결별을 선언한다.

"나 마음이 변했어, 자기하고 오늘로 관계를 끝냈으면 해."
"그게 무슨 소리야? 왜, 왜 그러는 거야?"
"여러 가지 이유가 있지만 솔직히 말할께,....나 다른 남자 생겼어."
나는 내 귀를 의심하지 않을 수 없었다.
"그, 그게 무슨 소리야?"
"미안해."

그녀는 이 말을 끝으로 은행 문을 열고 밖으로 나갔다. 황급히 뒤
따라 나가려는 나를 의식하지도 않은 채 그녀는 어디서 나타났는지
알 길 없는 고급 승용차에 올랐다. 옆에는 검은 안경을 쓴 남자가 담
배를 꼬나 물고 멋지게 차를 가속시켜 내 시야에서 사라졌다.

힘없이 통유리문을 밀고 밖으로 나서자 습한 열기가 기다렸다는
듯 귀살적은 나를 감쌌다. 그제서야 나는 알았다. 그녀의 다이어트는
정신마저 바꾸었음을.

남자 측에서 노총각의 결혼이라는 부푼 기대는 여자의 차가운 결별

선언을 들음으로서 이야기는 아이러니의 틀을 갖게 된다. 그리고 독자들 역시 여자의 다이어트를 향한 모든 노력이 결혼이 아닌 이별을 위한 것이라는 자각에서 역시 주인공과 같은 입장으로 작가의 의도 위에 멍하니 서 있게 된다.

역시 단편의 묘미는 치열한 과정의 형상화에 있다. 죽음은 허무하지만 살아온 정열의 나날은 지나간 자신의 삶을 꽉 채우고 있지 않은가. 문제점이 해소되는 통로의 문을 열면 언제나 또다른 문제의 길이 나타나게 마련인 것이다.

은현희의 『틈』(『실천문학』 봄호)은 김문수의 『파문을 키운 모래 한 알』(현대문학 96년 7월호)을 떠올리게 하는 작품이다. 두 편 다 모 백화점의 붕괴사건을 배경을 한 작품이다. 후자는 읽기에 편안하면서도 여운을 가져다주는 빼어난 작품이었다. 시사 뉴스 거리를 모아 놓은 것 같지만 이러한 일상의 구체적 나열이 사회 전체에 잠재한 모순과 결렬을 짚어 내는 작품은 흔치 않다. 한편 『틈』은 군대 시절 광주민주화 운동의 현장에 출동했던 군인이었던 증권사 직원이 우연히 백화점 붕괴사건을 목도하고 알 수 없는 힘에 이끌려 구조작업에 몸담게 된다. 한편 붕괴된 건물 잔해 밑바닥에 깔린 김희제라는 백화점 여직원이 남자인물에 의해 구조받게 된다. 그녀 역시 광주의 현장에서 오빠를 잃은 상처가 있는 인물이다.

작품은 일인칭 화자 시점으로 남자인 내가 주인공으로 설정되어 있지만 전지적 작가 시점으로 여자 쪽이 서술되어 있어 남자와 여자와의 운명적인 힘이 서로 끌고 있는 듯한 인상을 주고 있다.

김희제는 모든 것이 끝난 것으로 여기는 그녀에게 순간 구원의 손이 다가간다.

강물 속으로 가루분처럼 고운 혼을 띄워 보내던 날, 물을 막차고 튀어 오르던 흰 두루미 한 마리. 창공으로 날개를 펴고 가던 오빠. 나는 옥색 물겹 저고리 같은 하늘 위로 오빠를 보내주었다. 한 가닥 빛이 내려온다. 밧줄처럼 흰 동아줄. 내게 손짓하는 것일까? 어서 오라고? 눈부시게 흔들리는 동아줄을 잡으며 나는 깊은 하늘 속으로, 하늘 속으로 날아가고 있다.

꿈 속에 둥둥 김하사의 얼굴이 보였다. 예전에는 한 번도 보지 못했던 평온한 얼굴이었다. 그는 잔해 속에서 걸어나와 이렇게 말했다.

"박상병, 나는 자네를 원망하지 않네."

마지막으로 지하 골조의 잔해를 드러내는 날이다. 사람들은 생명의 시효가 소멸한 벌판은 이제 아무런 의미도 없다고 했다. 그러나 나는 중기 앞에서 자리를 뜨지 않았다.

정오의 해가 마악 기울기 시작한 순간 거대한 갈퀴가 얽힌 철근과 시멘트 덩이를 드러내자 나도 모르게 일순 호흡을 멈춘다. 30센티쯤의 작은 틈이 콘크리트 사이에 아가리를 벌리고 있다. 어둡고 검은 구멍, 뒤엉켜 분별하기 힘든 틈새였지만 나는 느낄 수 있었다. 그 칠흑 속으로 기적처럼 살아 있는 무언가가 있다는 것을

오빠의 뼈를 뿌리던 날을 기억하면 죽음을 눈앞에 둔 그녀는 삶의 끝에서 마치 부활하듯 살아난다. 그리고 진압군으로서 잔인했던 김하사를 총격 중에 사살한 주인공 박은 운명적으로 그녀와 조우 아니 반드시 만나야 하는 만남을 이루어 낸다. 상처 입은 영혼들이 삶과 생활을 포기했을 때 서로의 상처를 치유하게 될 인연을 만나게 되는 끝과 시작의 공존인 것이다.

이 작품은 시점의 변환에 의해 운명적인 신묘한 인연을 형상화하는 데에 어느 정도 큰 할애가 있었다. 그렇기 때문에 마지막의 감동이 다소 산만하게 흐트러지게 된 감이 없지 않아 있다. 시점의 변화가 준 영

향이 감동을 운명적이게는 했지만 산만하게 약화시킨다는 것도 하나의
아이러니가 아닐 수 없다.

한편 은희경의 『불임파리』(『현대문학』 4월호)는 새로운 통로에서의
시작과 그 끝을 그리고 있다. 그리고 그 끝은 역시 새로운 시작으로 이
어질 것이다. 강남에서 불임 클리닉을 다니던 부부는 신도시로 이사해
변화를 꾀하지만 오히려 그 시작이 더욱 그들을 어렵게 하는 결말이 되
고 만다. 그리고 남자가 선택한 또 다른 이사는 새로운 시작을 암시하
고 있다.

작품에 산만하게 흩어져 있는 다양한 삽화와 아내의 일련의 행동들은
자아가 세계의 이질감을 느끼는 단절감의 형상화이다. 아내는 예민한
신경이면서도 정리정돈과 요리 등 집안 일을 매우 깔끔하게 해내는 편
이다. 그러나 언제나 잠이 많은 편이다. 불만이 있거나 피곤하다거나 심
경에 변화가 있을 때에도 잠이 들어 버리는 특이한 사람이다. 그리고
어떤 불안감에 사로잡혀 있다. 특히 신도시로 이사한 후 그녀의 신경증
은 어떤 치료소에 입원 할 정도로 심해진다. 그리고 이웃의 여자와 어
울리면서 급기야 인근 호텔에서 외도를 하기도 한다.

그런데 이때 산만한 삽화와 아내의 신경증적인 행동과 외도까지도 일
정한 거리를 두고 독자에게 커다란 사건으로 보이지 않는다. 그것은 작
자와 화자인 나의 거리가 그러한 작용을 하는 것이다. 서술화자인 나는
아내에 대한 매우 자상한 행동과 면밀한 관찰은 하지만 실제 아내의 엉
뚱한 행동이나 외도에 대해서 일언반구의 언급이 없다. 그리고 가정을
지켜야 한다는 어떤 식의 강박관념도 없다. 그리고 그의 반응은 아내에
대한 분노나 혹은 측은지심의 표출이 아니고 기껏 다시금 새로운 이사
를 시도하는 것이다. 그 새로운 이사는 결코 그들에게 새로운 평온을
가져다주지 못할 것이다. 아마 남편도 그 사실을 알고 있으리라. 그러나

그는 아내를 위하여 혹은 임신과 가정의 행복을 위하여 또다시 노력한다. 마치 험난한 산으로 돌을 굴려 올리는 시지프스처럼 그의 행동은 아이러니컬한 것이다. 소설의 본질을 아이러니라고 규정하는 것은 필연성에 의한 것이다. 작중 인물의 행위는 그들에게는 필연적이다. 이사 후의 생겨날 행복보다는 이사라는 모색 과정이 그들에게 중요하기 때문이다.

> 나는 멈추지 않고 계속 길을 따라 간다. 겨드랑이가 땀으로 젖기 시작한다. 화장터와 마을이 갈라지는 길에서 팻말이 나온다. 마을 쪽으로 차를 꺾었는데도 숲은 점점 깊어지는 것 같다. 무덤이 끝날 줄 모르고 이어져 있다. 등뒤에서 와이셔츠가 땀으로 달라붙는다. 차는 비틀거리듯 산길을 달리고 달린다. 그렇다 나는 아내를 위해 모든 것을 했다. 그것을 아내는 어떻게 갚아 주었던가. 아마 지금쯤 그녀는 자고 있을 것이다. 약을 먹을 시간이 되면 깨어난다. 그리고 다시 잠들기 전까지 하는 일이라곤 오직 나를 기다리는 것뿐이다. 그녀는 내 동의 없이 그곳에서 한 발짝도 나갈 수 없다. 그녀는 아주 잘 있다. 내가 찾아와 주기를 기다리는 일로 내 사랑에 보답하고 있다. 오늘 그녀의 방은 없어졌다.
>
> 이윽고 시야가 뚫린다. 반갑게도 저 멀리에 늘씬한 포장도로가 나타나 있다.

위의 지문에서 보듯 무모한 남편의 이해와 사랑은 비논리적이다. 일견 아내에 대한 그의 행위는 섬뜩한 보복의 무정함과 무한한 측은지심이 녹아 있는 듯 보인다. 그러나 그의 냉정한 시선은 독자에게서 그녀에 대한 일정한 거리를 갖게끔 한다. 그리고 그 거리를 통해서 무모한 그 불임 부부의 일련의 삶이 독자에게 받아들여지게 해주는 것이다. 그래서 마지막에 그의 새로운 통로 발견과 이사라는 끝으로서의 시작은 아이러니로서 이 작품의 든든한 틀을 마련해 주고 있다.

우광훈의 『한 송이 장미꽃이 낙타를 구원할 순 없다』(『현대문학』 5월호)는 사춘기에서 성인이 되면서 창녀라는 대상을 통해 통과제의적 인식을 단편적으로 보여준 작품이다.

어린 시절 성인으로서의 창녀라는 존재는 그로테스크하게 여겨질 수 있다. 그러한 인식을 십년 정도 지니고 산 젊은이가 실제 생활에서 창녀를 접하고 사춘기의 인식과 사회생활을 하고 있는 현재의 인식이 부딪친다.

어린 시절 훔쳐보던 음화의 신비함은 무한한 공상을 불러일으킨다. 그러한 이미지는 그것이 낙타가 될 수도 있고 고래가 될 수도 있다. 그 상상의 주인공은 미성년자로서 아무런 사회적 책임이나 제약이 없다. 그러나 사회인으로서의 성인의 몫은 다르다. 현실의 율법이 엄연히 존재하는 현실 생활의 차가운 공간이다. 낙타나 장미는 사라지고 창녀의 거래는 값이 비싸지 않다거나 나이가 어리다거나 하는 매춘의 정확한 가격 조건만이 있을 뿐이다.

> 그제야 비로소 나의 둔한 의식 속에서 확연하게 굳어져가는 그 무엇인가가 있었다. 그것은 다름 아닌 낙타는 사철 항상 저 메마른 모래언덕 위에서 비틀거리고, 해마다 늘어나는 건기로 인해 무관심의 사막은 폭발할 것이며, 나와 같이 감상의 늪 속에 허우적거리는 녀석의 미련스런 집착에 의해 이 세상의 장미꽃은 남발 될 것이다라는 딱딱하고도 모진 현실의 율법이었다. 이 율법만이 차디찬 이 지상에서 통용되어지는 것이다....
>
> 나는 그제야, 나의 테이블 쪽으로 걸어오는 웨이트리스의 희미한 미소를 바라보며 이렇게, 지극히 현실적인 목소리로, 나지막이 읊조릴 수 있었다.
>
> 「그래, 한 송이 장미꽃이 낙타를 구원할 순 없어....」

세상에서 가장 신비하고 은밀한 인생의 부분이라고 꿈꿔 왔던 부분이 현실의 율법 아래에서 가장 무관심해지고 타락한 것이라는 등질의 파괴는 하나의 아이러니이다. 그것은 장미꽃 한 송이가 현실에서는 육중한 낙타를 구원해 올려야 하는 밧줄이 될 수 없다는 사실도 마찬가지이다. 장미꽃으로 낙타를 들어올리는 행위는 아이러니이다. 그래도 자라나는 새로운 사람들은 그러한 시도를 할 것이고 여전히 세계는 그것을 받아들이지 않는 율법의 세계인 것이다. 작품의 마지막에 불가능을 인식하는 한마디는 안되는 줄 알면서 해보는 행위에 대한 가능성과 허무함을 동시에 담고 있는 것이다.

이 작품이 응집력이나 구성이 약한 것은 클라이맥스로서의 사건이 없으면서 사춘기 시절의 낭만적이고 과대망상적인 사회 인식이 산만한 서술로 담겨져 있기 때문이다. 어린 시절의 무질서하고 아직 때묻지 않은 서정적 자아를 회고하는 화자의 서술은 조금 더 응집된 구성이 필요한 것이다. 감상의 늪에 빠져 허우적거리는 자아를 충분히 객관적으로 그려내는 작업이 소설가의 몫이기 때문이다.

7 시간의 무의미와 과거의 의미

· 박민형/「부러진 날개로 날 수만 있다면」(『문학과창작』 6월호)

· 김상휘/「서울 부엉이」(『월간문학』, 6월호)

· 최일남/「한 떨기 노스텔지어」(『창작과비평』 여름호)

소설은 그 서사성에 시간적 요소로 말미암아 소위 갈등이라는 서사적 공간을 갖게 되었다. 신과 인간이 연속적 세계 속에서 노닐던 고대의 본질적인 존재는 사라지게 된 것이다. 근대적 개념으로서의 세계를 바라보는 예술 장르인 소설은 과거의 삶에 대한 의미를 여러 가지 각도에서 만들어 내고 있는 것이다. 특히 단편에서는 삶을 시적인 인식 방법을 동원하여 짧은 시간 속에 긴 시간의 변화를 응축시켜 보게 된다. 이 때 시간이 침투한 순간적 삶은 이미 과거가 되면서 원하지 않은 가치와 만남과, 사랑과, 여한을 눈 위의 발자국처럼 선명하게 찍는다. 단편의 묘미는 아무래도 그러한 시적 감흥으로 이야기를 바라보는 데에 있다 할 것이다.

장편이라면 삶의 여정을 다각도로 노정하여 보여주겠지만 단편에서는 지루한 보여주기를 짧거나 혹은 섬뜩한 삶의 일면을 드러내는 묘미가 색다른 것이다.

박민형의 『부러진 날개로 날 수만 있다면』(『문학과창작』 6월호)은 소설가를 지망하는 주부의 욕망이 과거와 현재의 퇴색해버린 나날속에 묻혀져가는 시간의 흐름을 보여주고 있다. 그 흐름은 너무나 거대한 것이어서 주인공인 영애는 그녀가 원하는 쪽은 허망하기만 하고 일상은 견고하기 이를 데 없는 것이다. 그래서 그녀는 오히려 일상을 벗어나 날개를 달고 날아가는 허구의 꿈을 벗어나려고 달음질친다.

> 당장 내일 아침 도시락 반찬은…그렇다면 남편에게로 다시 돌아가야 하나. 나는 가느다란 철사 줄이 온몸을 칭칭 동여매음을 느낀다. 아니다. 이건 아니다 라고 나는 되뇌인다. 이 철사 줄을 끊어버릴 수만 있다면… 날개가 다시 솟아나기만 한다면…

그녀의 우유부단함은 막연한 과거의 기억들이 현재에 강렬하게 작용하지 못하는 데 있다. 가령 대학 시절과 졸업 후 음악 학원 시절의 그녀의 의지는 뚜렷한 목적이 없었고, 결혼 후에도 자신의 욕망은 가족들에게 둘러싸여 늘 빛을 발하지 못했다. 그래서 시간에 의해 달라진 조건과 답답함은 기껏 요즈음 티브이에 젊은 사람들만 나온다는 푸념이나 거리의 젊은이들에 대한 막연한 동경과 친구들의 잡담으로 메우어지기 일쑤이다. 결국 그녀가 알아낸 대학의 남자 선배 전화번호를 떨쳐 내기 위해 일상으로 되돌아가는 그녀의 모습은 시지프스 왕처럼 처절하기도 하지만 시기만 노리고 칼을 뽑아 들지 못하는 햄릿처럼 용기 없기도 하다.

> 나는 그 번호에서 빠져나오려는 듯 뛰기 시작한다. 버스 정류장이나 지하철역은 아직 보이지 않는다. 손에 들고 있어야 할 원고 뭉치

는. 나는 후련하다는 듯 크게 웃는다. 지나가던 행인들이 나를 쳐다본
다. 나는 웃음을 멈춘다. 그리고 나는 나에게 묻는다. 허망한 빛을 찾
으러 가려면 어디로 가야지, 라고

　그녀의 양면성은 오늘날 이 사회의 여성들이 지니는 숙명적 양면성이
기도 하다. 사실 그녀는 자신의 의지대로 자신의 날개를 부러뜨렸다. 그
리고 절대 다시 솟아날 수 없는 날개의 욕구를 희구한다. 주부와 작가
의 삶을 동시에 성공적으로 이루어내는 곡예는 이사회의 통념과 질서에
서 너무도 큰 한계가 있기 때문이다. 그리고 그때 시간은 가속도를 내
며 그녀를 더욱 일상의 메커니즘 속으로 끌어당기게 될 것이다.

　김상휘의 『서울 부엉이』(『월간문학』. 6월호)에서는 진한 부정과 세월
의 무상함이 읽혀진다. 송과장이란 젊은이는 시골에 혼자 살고 계신 부
친을 모시고 서울에서 아내가 될 여자를 인사시키려고 한다. 그러나 약
속이 이루어지지 않고 끝내 어릴 적부터 서울에 오면 아버지가 즐겨 찾
는 마장동에서 술을 마시게 된다. 그곳에서 호출 연락을 받는다. 그녀는
그날 오후 송과장이 명예퇴직 당한 것을 알고 절교를 선언했던 것이다.
그 와중에 주마등처럼 스쳐 지나가는 송과장의 어린 시절과 홀아버지의
애환이 오버랩 된다. 외로움과 서러움은 그때그때 훌쩍거리거나, 술로
달래며 살아갈 수 있다. 그러나 그 시간들의 무게란 세월이 흐른 뒤에
과연 그 서러운 값을 해내고야 마는 것이다. 그리고 그런 삶을 살아오
거나 전대의 경험을 들어 독자는 눈시울을 적시는 감동을 받게 된다.
감동이란 동감(同感)에서 오기 때문이다.

　고향이 전라도 남원이라는 서 마담은 아버지 곁에서 술잔을 곱게
한잔 따라 올렸다.
　나의 서러움은 혼자라는 외로움보다는 주로 가족에 대한 그리움

때문에 서러움이 많았다.

주인집 마루를 지나야 나의 자취방에 나오는데, 여름이면 주인집 가족들끼리 마루에 앉아 상추보쌈을 하고 있으면 주인집 식사가 끝날 때까지 그곳은 지나가지 못한 적이 많았다. 이유는 그런 모습을 보면 괜히 코끝이 시려 왔기 때문이었다.

아버지는 수많은 세월을 혼자서 어떻게 식사를 하시며 살아오셨을까?

대학 졸업 후 첫 직장을 가지면서 아버지의 외로움을 조금씩은 헤아릴 수가 있었다.

이 작품에서 특히 눈에 띄는 점은 과거의 회상이 주마등처럼 지나가는 장면에서 혹은 발빠른 대화에서 한 문장을 한 문단으로 사용한 것이다. 과거의 슬픈 화상이 재빨리 지나갈 때, 그 과거라는 괴물이 시간에 의해 형상화되는, 다시 말해 지나간 시간이 의미화되는 효과를 거두고 있는 것이다. 또한 부친과 쓸쓸한 발걸음을 옮기는 과정과 그가 여자에게 버림받는 일련의 진행이 마치 거대한 수레의 양바퀴처럼 작품을 지탱해 줌으로써 솜씨 좋은 짜임새를 만들어 내고 있기도 하다. 이처럼 단편의 묘미는 복잡다단한 삶을 시적으로 느껴 보는 착잡함과 즐거움을 동시에 주는 데에 있다.

최일남의 『한 떨기 노스탤지어』(『창작과비평』 여름호)는 은퇴한 잡지사 간부의 삶에서 시간의 흐름에 대한 인식을 날카롭게 드러내 주는 작품이다.

이 작품은 크게 세 개의 부분으로 나누어 볼 수 있다. 첫째는 잡지사 신입사원들에게 강연을 하는 퇴물의 구태의연함과 거기에서 오는 자괴감의 부분이다. 둘째는 주인공인 윤상호씨가 젊은 시절 지방 취재 시에 겪은 일화의 부분이다. 셋째는 그가 원로 평론가 최덕림여사의 입원실을 방문한 부분이 그것이다.

윤상호씨는 첫째 부분에서는 자신이 의미 없어져간다는 사실에서 현실이라는 발빠른 괴물을 따라잡기 벅차고 사회 전반을 이루고 있는 지금 여기가 못마땅하다. 투족하기 조차 어려운 현실이기 때문이다.

그는 둘째 부분에서 현실을 따라 잡지 못하는 자괴감에서 자신의 전성기 시절의 회상에서 공허한 마음 한 구석을 채우려고 한다. 그리고 시골 취재에서의 추억들을 스스로 주워섬기며 옛 생각에 잠기다가 문득 과거의 평론가이며 여의사였던 최덕림여사를 떠올린다.

셋째 부분에서는 치매에 시달리는 연배가 높은 그녀를 보며 자신이 속한 곳은 죽음을 앞둔 그곳이 아니라는 발뺌을 하며 다시 양심의 가책을 느낀다.

> 가슴 한 구퉁이에 야릇한 감정이 괴어올랐다. 바삭 조각나기 직전의 노인네가 잔망스러운 야망을 부리고 있는 지도 모를 일이다. 쓸쓸함의 절정에서 너와 내가 공유했던 긴장과 일탈의 시대를 재확인하자는 속셈이라고 친들 상관없다. 그것은 곧 달콤함이니까. 하지만 당신의 달콤함에 나를 끌어들이지 말라는 거부감이 앞섰다. 같은 과거에도 늙은 과거 젊은 과거가 있는 법인데, 나는 상대적으로 훨씬 젊기 때문에 당신의 세계에 선뜻 들어설 수 없다는 생각이었다.
> 언제는 현실에서 당한 무의미를 과거 회상으로 벌충하기 위해 헤매다가, 이제는 퇴락한 노망 앞에서 그걸 되넘기려는 판인가.

윤상호씨는 시간 자체가 의미 없음을 안다. 그리고 자신이 그런 시간의 큰 흐름 앞에서 변해 가는 현실의 의미와 맞아떨어지지 않음도 알고 있다. 그래서 스스로 의미를 가져보려고 과거의 의미 있던 시절에서 만족을 취하려 한다. 그러나 그는 이미 사라져 간 것에 대해 부정하려다가 문득 양심 어린 자인(自認)을 보이게 된다. 우리는 최일남이라는 양식 있는 작가에게서 인정해야만 하는 '세대의 흐름'이라는 시간적 진실을 접하게 된다.

8 세계와의 대결 혹은 화합

조혜주/「여름의 꼭대기」(『문학과 창작』, 1997.7월호)

이남일/「확실한 봄」(『실천문학』, 1997.여름호)

김미선/「무극행」(『문예중앙』, 1997.여름호)

하창수/「가수의 거리」(『문학사상』, 1997. 7월호)

김문수/「미늘」(『현대문학』, 7월호)

훼손된 세계에서 타락한 군상이 벌이는 소설이라는 규정은 자본주의 사회에서의 인간성 상실이라는 윤리적 측면의 준거에 의해 기준된 것이라 할 수 있다. 오늘 날 한국 소설에서 그러한 부분이 존재하고 있다. 그러나 우리 문화에서는 인정의 차원에서 자본주의의 비정함을 뛰어넘는 훈훈한 인간관계가 면면히 이어져 왔다. 그래서 인간관계는 다른 나라에 비해 개념이 다르다고 할 수 있다. 그것은 개체로서의 인간이 아니고 끈끈한 집단으로서의 공동체적인 개념으로 파악될 수 있다. 이러한 점에서 자아와 세계와의 관계는 한국 소설에서 특이한 양상을 보이기도 한다. 요약하면 자아와 세계의 대결과 화해가 공존하는 특이성이다.

지라르의 이론은 자본주의 사회의 속성인 욕망의 형식과 소설의 형식 사이에 어떤 관계가 있는가를 탐구한 것이다. 그에 있어서 소설이란 문제적 주인공에 의한, 훼손된 세계에 있어서 진정한 가치에 대해 훼손된 추구의 이야기로 규정된다. 르네 지라르에 있어서 존재론적인 것, 진정한 것과 형이상학적, 즉 진청치 않은 것을 대응시켜 주인공이 추구하는 바, 그것이 욕망에 의해 이루어지는 것이 소설인 것이다. 거기에 따른 소설분류는 소설세계의 훼손이 어느 정도이건 간에 존재론적 아픔의 결과이며 이에 대응하여 소설세계의 내부에 있어서는 형이상학적 욕망(거짓욕망 또는 훼손된 욕망)이 증대된다는 관념에 기초를 두고 있다.

지라르는 실상 소설 세계의 훼손, 존재론적 병상태의 진전 그리고 형이상학적 욕망의 증대는 강력한 중개(仲介)에 의해 나타나는 것이며, 이것은 수평적인 형이상학적 욕망과 진정한 추구 즉, 수직적 초월성의 추구와의 사이의 거리를 지속적으로 증대시키는 것이다. 이러한 거리는 아이러니 혹은 유머의 차원으로 자아와 세계는 화합이 아닌 대결구조를 갖게 된다. 그렇다면 우리 소설에서의 대결과 화합의 단면을 보고 그 특이성을 알아보는 것은 또 다른 소설의 흥미와 의미를 가져 보는 일이 될 것이다.

조혜주의 『여름의 꼭대기』(『문학과 창작』, 1997. 7월호)는 정년 퇴임한 칠순 노인인 김교장과 그의 부인 신여사 그리고 며느리 미현과 아들인 성철, 네 사람의 가족을 둘러싼 불화와 화합의 이야기를 다루고 있다. 실향민인 김교장은 젊은 시절에 이북에서 결혼을 하고 월남한 후에 남쪽에서 신여사와 결혼하였다. 그러나 그는 평생을 북에 두고 온 부인과 아이들을 그리워하며 살고 있었다. 그런데 근자에 그의 친구인 황영감이라는 사람이 많은 돈을 들여 북에 있는 가족을 중국을 통해서 한국으로 빼내 옴으로써 같은 실향민인 김교장은 홍분하여 그 일로 정신이 없게 된다. 북의 전처와 아이들을 데려오면 신여사는 정실부인이 될 수 없고 아들과 며느리, 그런 사정에 아연해하며 조바심을 갖고 생활한다. 그러던 중 집안 분위기와 사정은 극도로 나빠진다. 결국 김교장은 아내 신여사에게 자초지종을 이야기하고 계획까지 털어놓으면서 도움을 요청하자 화합의 무드가 조성된다.

> "아마 난, 니 아버지가 나한테 솔직하지 못한 게 제일 괴로웠나 봐, 날 무시하고 돌려놓는 거라고 생각했거든. 성철이에게 할 수 있는 얘기를 왜 나한테 하지 못했는지 그런 게 처음에 정말 섭섭하더라. 하지만 어제 아버지가 날 붙잡고 하소연을 하셨어. 중국에 같이 가자시더라. 몰랐니? 어제 우리 싸움을 끝까지 다 지켜보지 않았구나."
> 신여사의 말은 맞았다. 그들이 격렬하게 다툼을 벌이는 동안 미현은 이상한 기운을 느꼈던 것이다. 그 뒤론 미처 신여사의 일에 신경을 쓸 수 없었다

작품에서는 복선이나 갈등의 심화가 노정되지 않아 단편으로서의 응집력이 약했다. 그러나 구성상, 집안의 갈등이 점점 심화되면서 여름날씨가 극으로 치닫는 한계점에서 화합이 이루어진다는 점에서 단순 플롯의 틀을 유지한 점은 구조를 탄탄하게 하는 역할을 하고 있다. 결국 달도 차면 기울 듯, 우리네 정서에서는 극한에서 파국을 맞는 비극보다는 흥부와 놀부가 화합하듯 결합하는 특성이 있는 것이다.

김남일의 『확실한 봄』(『실천문학』, 1997. 여름호)은 청주 근교에서 농사를 짓던 가족의 이야기이다. 토지수용의 보상을 받은 뒤 청주로간 가족은 삶의 틀을 바꾸게 된다. 형은 택시기사를 하고 동생은 노동운동을 하게 된다. 그러던 중 동생은 모종의 사건에 연루되어 감옥 생활을 하고 그 사건 와중에서 고문을 못 이겨 정신 이상이 된 후배에 대한 연민

과 가책으로 자책의 생활을 하게 된다. 그는 낙향하여 다시 무공해 농
사를 짓게 되고 후에 어머니는 중풍으로 작고하고 부친마저 치매가 들
어 동생 부부가 부친을 보양하게 된다. 물론 모친의 수년의 똥오줌을
받아내는 병수발은 큰며느리의 몫이었다. 택시기사를 하는 형은 가족간
의 불행과 그에 따른 불화를 다독거리기로 하며 훼손된 자아의 상처들
을 다독거리려 하지만 쉬운 일이 아니다. 그러나 형은 자신과 가족을
둘러싼 현실에 따뜻한 화해의 제스추어를 취한다. 해빙무드의 봄과 함
께 화합은 확신하는 종결에서 가능성은 확실성을 내비치는 것이다.

　　얼핏 동생에게 해주고 싶었던 말이 떠오르는 듯도 싶었다. 그건 대
충 이런 뜻이었다.
　　넌 할만큼 했어. 이젠 좀 더 편히 생각해도 되잖여?
　　하지만 그것을 판단하는 것도 동생이어야 했다. 할 만큼을 했는지
그러지 못한지 스스로 판단해서 매듭을 풀지 않으면 소용이 없을 짓
이었다. 어쨌거나 그런 고민을 사서 해야 하는 동생이 미련스러웠지
만, 그만큼 또 징하다는 생각도 없지 않았다.
　　아무렴 정태수나 현철이한테 비길까.
　　그런 말을 건네기는커녕 결국 왔다고 기척도 내지 않은 채 돌아섰
다. 명덕이는 여전히 거름을 뿌렸고, 아버지는 그때까지 바보처럼 웃
으면서 남의 옷가지들을 뚫어져라 들여다보고 있었다. 몇 걸음 옮기
지 않아 햇볕이 좋은 비탈에 지천으로 널린 쑥이 들어왔다. 아직 크
시는 않았지만 며칠만 있으면 그런대로 챙길만은 한 것 같았다.
　　그때쯤 다시 와야지. 애들 데리고. 아내는? 글쎄 어떨지 자신은 없
지만 말은 건네봐야 겠지.
　　그런 생각으로 걷는데 머리 위로 햇빛이 벌써 따끔했다. 봄은 저
높은 촛대봉 너머로 뻬쭉 솟아난 것이었다. 그것만큼은 확실했다.

　　김미선의 「무극행」(『문예중앙』, 1997.여름호)은 가정주부인 일인칭 화

자 시점의 주인공이 친구인 방송국 리포터와 함께 꽃마을에 다녀온 뒤
로 결락된 자아에서 무언가를 추구하는 내용의 작품이다. 그녀는 일상
에서 알 수 없는 결락을 느끼고 있으나 실체를 알지 못한다. 그런데 꽃
마을에서 불구 청년을 본 뒤로 자아가 확산되는 소위 보시의 마음이 일
어났다. 그러나 그녀도 역시 자신이 욕망하는 훼손된 부분이 있다는 사
실을 꿈을 통해 깨닫게 된다.

> 그런데 간밤의 꿈이 나를 흩뜨려놓고 말았다. 휠체어의 청년에게
> 주고자 했던, 그야말로 한줌의 보시처럼 무심하게 전해 주고자 했던
> 나의 몸이란 것이 결국은 욕망의 덩어리에 다름 아니라는 것을 어쭙
> 잖은 꿈이 보여준 것이다. 나는 그 간절한 욕망의 때문에 울고 싶었
> 고 그리고 영원히 거기에서 빠져나오고 싶지 않았다. 아침부터 부랴
> 부랴 집을 나선 것도 그 힘 때문일 것이다. 그전에는 막연한 생각만
> 되풀이하고 있었다. 어떻게 그것을 생각으로 바꾸어 관철시킬 수 있
> 는 것인지에 대해서는 어떤 대안도 떠오르지 않았다. 그러나 지금에
> 와서 그것이 또한 탐욕스런 욕망이라는 이유 때문에 선뜻 발을 들여
> 놓지 못하고 다시 언저리를 뱅뱅 돌고 있는 것이다.

김미선의 작품에 나타나는 불구의 이미지는 정상이라는 개념에 반하
여 결락을 보충하려는 화합의 의미를 지향한다. 그것은 양자를 격의 없
이 인정하는 시선인 것이다. 꿈에서 나타나는 바와 같이 아이와 청년이
라는 개체를 동일한 인격으로 보는 시선, 공부하는 곳과 선술집이나 무
도회장 같은 공간의 이중적이면서도 동일한 공간을 지향하는 만남의 장
소 같은 이미지가 편견 없는 화합을 지향하는 것이다. 그녀는 금광과
무덤을 동일시하는 시선으로 무덤처럼 차가운 세계에 따뜻한 화해의 손
길을 주는 것이다.

세상 밖으로 밀려나 영원히 유예된 장소처럼 보이던 그곳이 바로

무덤이 아니었을까, 그리고 그 무덤은 또한 금광이기도 했다. 뜨거운 마그마를 기다리는 화강암처럼 아직 금이 되지 못한 사람들은 세월과 햇빛을 기다리며 오랫동안 그렇게 앉아 있을 것이다.

화강암 돌들은 녹아 하나가 되야 비로소 금이 될 수 있다. 정신 불구자, 신체적 불구자들도 또 그들을 바라보는 모든 사람들도 진정한 **화합**을 이루기 위해서는 편견이나 선입견 없이 그야말로 무극의 마음으로 마음을 열어야 할 것이다.

하창수의 『가수의 거리』(『문학사상』, 1997. 7월호)에서는 기형도의 「그집앞」이라는 시와 그것을 산문으로 형상화시켜 놓은, 다시 말해 세계에 대한 시적 인식이라는 단편을 대칭시켜놓고 있어서, 그 독특함이 관심을 끈다. 재근이라는 용역회사를 차린 젊은이는 사채업자가 용역을 맡긴 전직 경찰간부를 추적하다가 주거침입과 공갈혐의로 구속되어 감옥살이를 하게 된다. 그러던 중 이전에 카페에서 알던 가수가 투옥되어 만나게 된다. 가수는 불우이웃 돕기 공연의 수익금을 나누어 썼던 것이다. 그런데 재근은 그 임준태라는 가수가 이상하게도 감옥에서 보고 싶던 차에 만나게 된 것이다. 재근은 임준태가 평소에 찾고 싶어하던 과거의 한 청년에 대한 이야기를 듣게 된다. 그는 고등학생때 푸른 바닷빛 전기기타를 사려고 했으나 돈이 없어 늘 그 가게에서 구경만하고 있었다. 어느날 누군가 그걸 사려고 흥정했으나 돈이 모자라 그냥 나왔다. 그는 그 날밤 그 전기 기타를 훔치고는 그 길로 야반도주하여 아직도 집에 돌아가지 못하고 있다는 내용이다.

임준태가 만나고 싶어하는 대상은 옛날 자신이 훔친 그 기타를 사려한 청년일 수도 있다. 그러나 한편으로는 도망치기 전 과거의 순수한 가수의 꿈이 살아있고, 가족이 있고, 기타를 훔치기 이전의 자기자신이 있는 세계일 것이다. 말하자면 세계와 자아가 결렬되기 이전의 세계라고 할 수 있다.

　　내 손에는 지금 환하게 미소를 짓고 있는, 청년이라고 하기에는 너
무 나이가 들어있지만 청년처럼 건강해 보이는 한 남자의 사진이 쥐
어져 있다. 그리고 사진 가득 그 남자가 부르고 있는 절규하는 듯한
노래소리가 흐르고 있다. 나는 그 남자의 웃고 있는 얼굴 저편에, 아
주 오래된 어두운 거리가 보인다. 그의 손에는 푸른 바닷빛깔의 전자
기타가 들려져있고, 그는 어두운 거리를 빠르게 걸어가고 있다. 단 한
사람의 기억에서만 외롭고 스산하게 존재하는 거리 -- 그곳은 이제
아무 곳에도 없다.

　사람을 찾아주는 일에 남보다 뛰어난 감각을 가진 재근은 임준태의
머리속에 있는 가수의 거리를 그려낸다. 그것은 그 과거의 무구한 세계
이고 이미 타락한 임준태에게 있어서 화해해야할 대상이다.

　　하지만 보고 싶어도 만날수가 없더군요,　그사람들이 날 만나고 싶
어하지 않으면 어쩌지, 그런 생각이 자꾸 들어서 말이죠, 헤어지면 그
뿐인 것 같아요 그래서 난 헤어지면 죽는거다, 그런 생각이에요. 죽으
면 그뿐이잖아요. 나중에 나도 죽어서 다시 만날 수 있는지 그건 모
르겠지만. 그렇다고 해도 내 마음은 변하지 않을 것 같아요.

　임준태는 마음이 변할 것 같지 않다면서 울고 있다. 그러나 이미 그
가 느끼는 그립고 안타까운 회개는 화해에 대한 갈구에 다름 아니다.
존재의 지속은 화해라는 당위성에 의해 결정될 수도 있는 것이다. 이처
럼 화해는 존재의 조건이 될 수도 있다.

　김문수의 『미늘』(『현대문학』, 7월호)도 『가수의 거리』처럼 용역회사원
의 이야기를 다루고 있다. 심부름센타(정신사)의 소위 조사부장이라는

이준명은 남의 뒤를 조사하는 일을 맡아 하고 있다. 그런데 손님이 없자 사장은 어떤 식당 종업원을 시켜 남의 차를 고의로 빵구를 내놓고 범인 잡아주려는 야비한 계획을 짠다. 사정도 모르고 그 일을 맡은 이준명은 의뢰인인 조여사의 집근처에게 차를 지키다가 범인이 나타나자 검도 유단자인 그는 범인의 두팔과 머리통을 각목으로 치고 묶어서 차 밑에 버리고 도주한다. 사건 이후 의뢰인인 조여사가 이준명을 만나 교외의 식당에서 용봉탕을 사주겠다고 드라이브를 함께 간다. 그녀는 그곳에서 범인이 죽었다며 그를 치매에 걸린 자신의 시아버지 간병인으로 숨어살 것을 종용하게 된다. 그녀의 모략에 걸려든 이준명은 몇 달간 고생하다가 서울 빠져나와 모든 게 사장과 조여사의 계략이었음을 알았지만 평소 독약을 환자 주위에 두고 그것을 알려주었던 조여사의 이중음모에 또다시 말려든 이준명은 낚시바늘의 갈구리인 미늘이 뱃속 깊숙이 박혀 있는 고통 속으로 빠져든다.

> 조여사의 얘기를 들으면서 나는 미끼에 속아 낚시를 삼킨 물고기가 버둥대는 환영을 떠올렸다. 순간 속이 메스꺼워져 심하게 헛구역질을 했다. 나는 핸드폰을 팽개치다시피 하고는 급히 바지만 꿰어 입고 밖으로 뛰쳐나왔다. 위가 뒤틀리는 듯했다. 시원하게 속을 비워야 할텐데 미늘 때문에 도저히 빠지지 않는 낚시처럼 속엣 것들은 목을 넘어오지 못했다.
> 조여사의 얼굴이 크게 떠올랐다. 그 영상은 내 뇌리에 깊이 뿌리를 내려 도저히 떨쳐버릴 수가 없었다
> <아! 끝장이다!>
> 나는 돌에 매달려 깊은 물 속에 가라 앉혀진 것처럼 극심한 절망감에 빠져 있었다.

훼손된 세계가 끝없이 자아를 짓누르는 이 작품은 실상의 인간의 삶

의 조건을 상징하는 것이기도 하다. 이 작품을 통하여 인간은 과연 세계와 화해될 수 있는 존재인가라는 질문을 하게 된다. 인간이 갖는 존재론적 아픔은 일생을 통하여 줄곧 인간을 괴롭히다가 결국 죽음이라는 종국으로 몰아간다. 그러나 인간은 그러한 비극을 그려내고 이야기한다. 인간은 삶이 과연 유한하고 일상이 고해라고 할지라도 삶을 버리거나 당장 끝내지 않는다. 그것을 즐길 수도 있다. 결국 소설은 자신의 비극과 허무를 즐길 수 있는 아이러니한 삶의 방식 중 하나가 될 수 있는 것이다.

9 낯설게 만들기로서의 소설

홍상화/「독재자가 남긴 마지막 말」(『문학사상』, 1997.8월호)
김연수/「구국의 꽃, 성숭경」(『현대문학』, 1997.8월호)
박청호/「집을 위한 서른아홉 개의 모노로그」(『현대문학』, 1997.8월호)

소설이라는 하나의 가상 세계는 작가가 만들어 보는 허구이다. 실제가 분명히 아닌 만들어 본 상상의 세계인 것이다. 그렇기 때문에 작가는 자유롭게 이야기를 꾸며 가며 무언가를 나름대로 모색하게 된다. 그리고 그러한 모색은 실험적인 선택이 되기 십상이다. 결국 소설가는 자기 작품에 색다른 색깔을 칠하고 또다른 음색을 입혀 연주하게 된다. 그러므로 하나의 이야기는 매순간 아니 문장 하나 하나가 작가에 의한 선택에 의해 이루어진다. 그러한 선택에 의한 무한한 형태는 소설을 그만큼 자유롭게 해주며 인간에 대한 깊은 이야기를 하염없이 하도록 하는 기능을 하는 것이다.

이처럼 소설은 다른 문학 장르나 다른 예술 혹은 인간의 일상사를 흡수해 버리는 경향이 있다. 이러한 소설의 특성은 소설의 생명력 자체를 보장해주는 동시에 그 실험성을 부추키기도 하는 것이다. 이번에 다룰 작품들은 어느 정도 실험성이 있는 작품 군으로 소설의 다양한 모습을 드러내는 한 가지 길이 될 것이다.

먼저 홍상화의 『독재자가 남긴 마지막 말』(『문학사상』, 1997. 8월호)은 10.26에서 박정희의 죽음을 가상하여 최후의 독백을 상상하는 방식으로 이루어진 작품이다. 작가는 스스로 작품에 대하여 다음과 같이 언급한다.

> 모두가 알고 있듯이 박정희라는 인물은 1961년 쿠데타를 일으켜 정권을 잡은 후 1979년 그의 심복이 쏜 총탄으로 운명할 때까지 18년 동안 권력을 휘둘러 왔다. 그로부터 다시 18년이 흘러 오늘에 이른 지금 , 박정희의 치적이나 실정에 대한 재조명이 서서히 대두되는 조짐이 일고 있다. 이 소설은 그런 의도와는 전혀 무관하다.

이 소설은 박정희가 운명하던 날 저녁 나 자신이 박정희가 되어 그가 운명할 때까지 한 사람의 인간으로서 무슨 생각을 하였는지 상상해 본 것이다. 나로서는 그 상황 아래서 박정희가 되려고 최선을 다했지만 나를 포함해 어느 누구도 이 소설의 내용이 사실이라고 증명할 수는 없다. 그렇다고 부정할 수 있는 성질의 것도 아니다.

이 작품에서 특기할 만한 부분은 역사적 사실을 문학적 관심권 안으로 끌어들임으로써 문학의 범주를 확장하고 작가의 자아를 당시 독재자의 반성으로 이입함으로써 최소한의 정의의 모색이라는 소설의 실험성이라는 측면이다.

당시의 독재자가 된 작가는 우선 먼저 죽은 영부인을 통해 자아의 회한을 이끌어 낸다. 그리고 그러한 반성과 인생의 덧없음은 필부가 되지 못한 자신과 자신이 가족에게로 이어진다. 자신의 아들과 딸들에 대해

못 다한 부정은 다시 국민에게로 이어지며 마지막으로 고향 마을로 회귀되는 하나의 여정을 그리게 된다. 그가 주위섬기는 독백은 반성인 동시에 오늘날 정치 상황에 대한 그리고 자식과 후손에 대한 충고인 동시에 반성이 되고 있다.

> 역사(歷史)여 냉혹하고 잔인한 역사여! 이 말을 내가 그대에게 남길 마지막 부탁으로 받아 다오. 사랑하는 아내의 가슴에 흉탄을 박아 피를 쏟게 하고 난 후 외로운 생애를 살다가 얻은 아들을 남겨 놓고 흉탄으로 인생을 끝마쳐야 하는 불쌍한 노인의 기구한 운명을 너무 가혹하게 다루지는 말아 다오. 이제 내가 국민에게, 조국의 산야에게, 조국의 역사에게 바라는 것은 망각(忘却)이다. 사랑하는 역사에게 버림받고서도 자기를 미워하지 말라고 비는 불쌍한 남자로만 기억해 다오
>
> 정치꾼들아! 거간꾼들을 동원하여 장터를 벌여 놓고 민주주의란 허망한 단어로 착하고 어진 국민들의 땀에 젖은 돈을 후려내려는 그대들!……(중략)…착한 사람들이여! 이것을 내 작별의 말로 받아들여 다오. 나 때문에 어느 누가 고통을 받았든 간에, 고통스럽게 죽어 가는 외로운 늙은 노인의 서글픈 임종을 너희들이 받은 고통의 보상으로 받아 다오. 그것으로도 부족하다면 너희들이 주는 어떤 고통도 받아들이겠다.…(중략)….불쌍한 아들아! 이 말을 내가 너에게 남기는 마지막 말로 받아 다오. 너를 누구보다도 사랑하는 아비가 용서를 빈다는 말을……(중략)……아! 모래실의 가난이 그립구나. 그곳의 가난은 나를 외롭게 내버려두지는 않았다.

작가의 자아가 이입된 독재자의 유언은 역사와 조국과 가족과 국민에게 나름대로 그 회한을 풀어놓으며 반성하는 심기를 보인다. 그러나 그것은 일면 평계로 전락할 실마리를 갖고 있다. 온 국민과 정치가들에게 최대의 보상이라는 게 겨우 자신의 비참한 죽음일 뿐이며 그러한 운명적, 국가적, 역사적 사건들을 어린 시절 가난에서 기인된 매우 단편적인

원인으로 끝맺음 하려 하고 있기 때문이다. 그러한 점에서 위정자도 결국 일개 개인임을 드러내게 된다. 전쟁이나 쿠데타 혹은 무자비한 독재적 폭정은 집단적 광기에 의해 자행되지만 그 배후에 서 있던, 독재자였던 그리고 쓰러져 버린 하나의 허약한 개인의 독백에서 이 소설의 실험성을 발견할 수 있다.

김연수의 『구국의 꽃, 성승경』(『현대문학』, 1997. 8월호)은 우연한 만남을 기점으로 운동권 출신 사람들과 그 가족과 그들을 둘러싼 사회상을 두 화자를 통해 드러낸 특이한 작품이다. 작품 제목에서 이름이 비친 성승경의 남동생 성승진을 서술하는 화자는 작가 전지적 서술시점의 화자이고 성승경을 16밀리 영화로 담아 낸 재민이라는 인물은 일인칭 서술시점의 화자에 의해 묘사되고 있다.

모두 10개의 챕터로 구성된 이 작품은 시위 도중 사망한 성승경이라는 인물을 둘러싸고 진행된다. 재민은 운동권 출신으로 영화에 관심이 많은 학생이었다. 졸업 후 모 선거캠프에 가입한다. 그는 민중대통령 후보를 돕는 문예지원단에서 다큐멘타리 영화를 찍었다. 「구국의 꽃. 성승경」이라는 제목의 20분 짜리 다큐는 92년 충무로에서 시위를 하다가 죽은 여학생에 관한 것이었다. 그러나 재민에게는 촬영 후 편집 도중에 한가지 의문이 생긴다. 그가 목숨을 걸다시피 찍은 영화가 어떤 의미가 있는가에 대해 회의적인 생각이 들었던 것이다. 결국 그는 편집을 포기하고 다른 사람들은 모두들 그를 떠나게 된다. 그리고는 떠돌거나 편의점 종업원으로 일을 하며 지내게 된다. 그의 자책적인 삶은 자신의 피, 혹은 존재를 비하하거나 부정하는 쪽으로 기울게 된다.

그 이후로 나는 무엇도 할 수 없었어. 고작 하는 일이라고는 결코 끝맺을 수 없는 시나리오를 긁적이거나 밤이면 압구정동의 한 편의점에 나가 술에 취한 사람들을 상대하는 일뿐이었어. 새벽 편의점에서

서서 멍하니 창밖 인적 끊긴 길을 바라보고 있자면 나란 존재는 이미
오래 전에 죽어 버렸다는 생각이 들어. 불모의 존재이지. 욕망만이 들
끓어댈뿐, 내안에서는 어떠한 아기도 자라지 않아. 내 대(代)에서 피
는 멈춰버리는 거야. 아주 더러운 피지.

　재민은 궁극의 목표였던 민중다큐나 학창시절의 운동에서 멀어진 **후**
당위와 불가 사이에서 번민하며 막연한 실의에 빠진다. 그러나 그의 괴
로움이 사회모순에 대한 투쟁의 당위에서 출발했다면 대안이 있어야 할
텐데 그의 실의는 설득력이 약하게 나타나게 된다.
　한편 승진은 누나가 죽은 뒤 누나 흉내내기의 삶을 산다. 그는 재민
이 일하는 압구정동에 여장을 하고 나간다. 그것도 누나의 검은 색 원
피스를 입고 광란과 퇴폐의 로데오거리를 조문하듯 나서곤 하는 삶을
영위한다. 자본주의적 사고방식에서 한치도 다르지 않은 부친과 그를
포함한 기성에 반항하는 그는 남자이면서 남자가 되고 싶지 않다. 말하
자면 기성 질서를 인정하지 않는 누나의 뒤를 따르는 인물이 된다. 그
러다가 압구정동에서 괴한 두명이 그를 여자로 오인하고 강제 폭행하려
하자 그 중 하나를 돌로 쳐죽인다. 그리고는 거리를 헤매리다 다시 편
의점에 생리대를 사러 들어간다.

　....우리는 모두 죽었다.　죽은 몸으로는 피가 더 이상 흐르지 않고
눈물도 말라 버렸다. 유령의 삶은 어제가 오늘 같고 .....승진은 아기를
낳고 싶었다. 자신의 더럽고 누추한 몸으로 새로운 생명을 가지고 싶
었던 것이다. 새로운 생명이 태어나면서 이 세계는 새롭게 바뀌게 된
다.
　내몸에서 피가 흐르면 될 테지, 매달 피가 흘러 그 뜨거운 피로 세
상을 물들이고 다니면 될 테지 욱신거리는 온몸을 겨우 가누면서 승
진은 생각했다. 얼굴을 만져 보니 터진 피부에 피가 굳어 있었다. 승
진의 몸 전체에서 피가 흘러나오고 있는 것이다. 그 피가 바로 새로

운 생명의 피이다. 자신의 몸에서도 이제 피가 나온다. 어쩌면 승진의
안에서 새로운 생명이 자라나고 있는 것인지도 모른다. 결코 불모의
몸이 아니라. 뜨거운 피가 흐르는 몸인 것이다.

　재민과 승진은 중첩된 동질감으로 이어진다. 소설 모두에서 승진이
피의 상징이 결부된 생리대를 사러 왔을 때 그것을 판 사람은 재민이었
다. 재민은 승경을 영상에 담아 한 시대를 증거하려 하였고 승진은 누
나를 닮고 싶어하고 심지어 그 자신이 누나가 되고자 한다는 점에서 승
경이란 시대적 속죄양의 동질성으로 양자는 결부되어 있다. 또한 그들
은 자아를 부정하고 시대를 바꾸려는 의지를 피라는 매개체로 인지한다
는 점에서 유사하다.
　두 인물이 다른 화자를 통해 여러 부분에서 동질감을 갖고 있으나 작
품은 산만하게 구성되어 유기성을 응집시키지는 못하고 있다. 그것은
그들의 존재 자체가 시대적 아픔이라는 서술은 있으나 구체적인 대안이
나 설득력 있는 양자간의 에피소드가 결속되어 있지 못하기 때문일 것
이다. 재민의 실의와 승진의 변태적 방황은 단순한 피라는 상징물로는
어떤 형상물이나 개념을 만들어 내기에 그 피의 성격상 관계성이 적다.
동감이 약한 감동은 크게 울릴 수 없다. 서영이라는 재민의 여자 친구
의 낙태와 승진이 구타당해 나온 피의 비상동성이나, 시대정신의 파악
내지는 역사의식이 약한 데에서 오는 결락의 부분은 이 작품을 단편이
세계를 폭발적으로 압축시켜 보여주는 응집력을 그려내기에 적당하지
않을 것이기 때문이다.

　박청호의 『집을 위한 서른아홉 개의 모노로그』(『현대문학』, 1997. 8월
호)는 위의 두 작품과 사뭇 다른 장르적 실험성을 보임으로써 소설을
낯설게 하고 있다. 전자들이 자아 이입이나 시점의 변화를 통해 실험적
성향을 띄었다면 이 작품은 다소 희곡 장르적인 상황과 대화를 통해 독

자에게 낯선 소설체험을 요구한다.

이 작품에서 실제 주요 등장인물은 명우, 선주, 장씨 아줌마이다. 명우 어머니는 작중에서 죽고 그 어머니의 미장원에서 장씨 아줌마가 일을 하며 그의 딸 선주도 역시 그 미장원에 일하고 있다. 명우는 현역 군인으로서 석달전 부친상에 휴가를 나오지 않았으며 이번에는 모친이 위독하다는 관보를 받고 사박 오일의 휴가를 받고 집에 온다. 그는 부친의 상 소식을 접하거나 모친 위독의 관보를 받고도 사람들이 자신을 귀찮게 한다며 투덜대는 인물이다.

명우는 인물은 마치 알베르 카뮈의『이방인』에서 뫼르소와 같이 부모의 죽음에 일상의 짜증으로 대하는 냉정한 인물이다. 그러나 그는 뫼르소처럼 일정한 사고의 과정을 통해 부조리한 세계에서 진정한 자유의 인식에 도달한 유형은 아니다. 그러므로 그의 냉정한 극도의 이기주의적 발상으로 이루어졌다고 볼 수 있다. 그는 대학 때부터 여자에 눈떠 여자가 늘 필요한 사내다. 어머니나 여동생 경아 타인으로는 집에 데리고 와 정사를 벌이려다 어머니께 들킨 여학생이나 휴가 나와 전화한 하연이, 그리고 모친 상중에 섹스 행위를 적나라하게 벌이는 선주 등이 있다.

명우는 뇌졸중으로 스러져 가망이 없는 어머니에게 이중적 태도를 보인다. 어머니에게만 눈빛을 발하는 마마보이 스타일의 자신과 번번이 여자 편력에 지적당하는 아들로서의 그것이다. 그는 어머니에게 두서없는 독백을 해대며 어머니를 화장한 마네킹이나 그로테스크한 여배우의 시체로 보기도 한다. 그는 어머니라는 존재에 대해 철저하게 냉정하고 실제적으로 바라보고 있다. 그러나 그는 어머니 심지에 누이동생까지도 근친상간의 정도까지 집착을 했단 위인으로 연민과 귀찮음을 동시에 느끼며 냉정성을 유지한다. 불규칙한 독백과 3인칭서술은 그런 혼란스러움을 배가시킨다. 그가 가장 친밀한 사람에게 냉정할 때 그 정체성은

의심될 수 있다

　　어머니, 저는 왜 어머니에 관해 말할 수 없을 까요. 어머닌 곧 돌아가실 지도 모르는데 말이에요. 아마도 전 어머니가 나에 대해 아무 것도 모르고 있다고 생각하나 봐요. 제가 어머니에 대해 아무것도 아는 게 없는 것처럼 말이에요. 어머니 어머닌 누구세요? 어머니가 알고 계신 아들은 혹시 제가 아닌지도 모르잖아요 정말 내가 맞나요? 근데 하필 저에요.

　　인간은 대자적인 즉 타인의 규정 속에 존재한다. 그런데 타인이 자신을 규정하는 바가 그 정체성을 잃을 때 자아는 스스로 혹은 타인을 규정 할 수 없다. 더욱이 명우는 선주가 규정하는 한에 있어서 친한 친구도 없고, 애인도 없고, 자기 좋아하는 사람한테 신경도 안 써주는 위인이다. 그는 심지어 모친의 곁에서 뒹굴고 있으면서도 임종을 감지하지 못한다. 그리고 그 자리에서 선주와 섹스를 벌인다. 그리고는 선주에게 다음과 같은 말을 듣게 된다
「오빠 다음부터 돈 갖고 와 난 오빠의 어머니가 아니니까」

　　명우의 가족은 이혼한 부부와 그 자식들이 흩어져살고 있다. 아버지는 미국에 가서 10년 정도 다른 여자와 살고 한국을 드나들고 정신이상이 된 큰딸과 작은 딸도 미국의 다른 곳에서 아무렇게나 살고 있으며, 한국에 돌아와서 삼개월 전에 죽은 부친에 대해서 딸들은 부친상을 전혀 모르고 있고 아들도 오지 않았다. 또한 어머니는 뇌졸증으로 쓰러져 죽었지만 아들은 임종시에도 그것을 알아차리지 못했고 선주와 섹스를 하고 있고 딸들도 그것을 모르고 있다. 또한 명우는 여동생 경아와 근친상간적 태도를 보였고 선주에게는 철이라는 명우 가족의 아이가 있는 것처럼 보이기도 한다. 이러한 가족 상황에서 명우는 극도의 냉정함을

유지하고 있다. 그 냉정함은 모종의 긴장감을 동반하는데 그것은 극적인 구성과 맥을 같이 한다고 할 수 있다.

극장르의 성격이 그러하듯이 여기서도 마지막 대화에서 사건이나 인물이 한꺼번에 대전환을 보여준다. 명우가 뇌까린 「난 항상 다른 여자가 필요했어」에서 기나긴 그의 작중 언술이 성격이 정해진다. 소설 결말 부분에서 그의 냉정하고 산만하고 비정상적인 행위가 요약하는 의미는 항상 선주가 돈을 요구함으로써 일 순간 명우의 행동성 전체를 깨트리는 효과를 거두고 있다.

이 작품이 마지막 부분에서 선주의 언술에 비중을 두지 않았다면 구태여 극적 구성을 할 필요가 없을 지도 모른다. 이러한 실험성이 명우라는 인물과 그를 둘러싼 일상과 조건을 엉켜진 실타래 그 자체로서 가장 효과적으로 드러내 주며 동시에 가장 강렬하게 보여줄 수 있기 때문이다.

소설이 실험적 시도가 성행하고 그러한 새로운 형식의 텍스트가 독자에게 받아들여지기 시작한다는 것은 문학이 인식하는 세계의 변화와 자아의 인식변화가 나타났다는 것을 의미한다. 소설이라는 장르가 갖고 있는 특유의 흡수력은 그러한 실험 혹은 수용을 가능하게 하고 한다. 그래서 소설이라는 장르의 생명력이 강하고 긴 것이리라.

10 자기인식 꾸미기로서의 소설

· 이남희/「당신이 말한 것에 대해 그녀가 말하는 것」(『창작과비평』
　1997, 가을호)
· 김탁환/「치욕」(『상상』, 1997, 가을호)
· 김 호/「안개바다」(『동서문학』, 1997, 가을호)

자기인식이 철학 탐구의 최고 목표라면 문학에서는 그 인식한 바를
아름답게 혹은 감동적으로 꾸며내는 일이 될 것이다. 인간관계와 사물
의 성질을 탐구하고 삶을 모색하는 인간은 쉽사리 그 대상을 파악하고
이해할 수 없기 때문에 우리는 종종 회의에 빠진다. 자아는 외부세계의
객관적인 부분조차 부정하고 자기 자신부터 알아보려고 애쓴다. 그러나
이렇게 자기자신만의 세계에로 그 인식 대상을 좁히는 것은 회의론적이
되거나 비관적인 자아가 되기 쉽다. 이러한 선상에서 몽테뉴는 "세상에
서 가장 위대한 일은 자기 자신을 찾아 그 스스로 자기 자신이 되어 있
을 줄 아는 것이다"라고 언급한다. 그러나 이러한 자기 성찰이나 내성
은 자아도취나 편협한 자아를 만들어 내어 지나치게 철저하거나 극단적
인 행동을 유발시키게 된다.

이번에 고른 네 편의 작품은 자아가 인식하는 세계가 다소 강렬하게 이루어진 것들이다. 어차피 소설은 하이퍼 텍스트가 아닌 바에야 작가의 내면에서 울려나온 이야기이다. 그것은 작가 내면의 외침이라 할 수 있는 것이다. 평자는 내성적 분위기에서 만들어진 텍스트를 비판하거나 의심스러워 할 수는 있지만 그것을 억제하거나 폄하해서는 안된다. 하지만 지나친 내성적 판단이 그려낸 텍스트의 세계를 따라가서는 인간의 본성에 대한 넓고 깊은 그 무언가를 얻어내기는 어려울 것이다. 지나친 주관적 내성은 일상에서 개인적 경험을 얻을 수 있는 매우 작은 부분만을 드러내 준다. 그것은 삶의 전체를 혹은 그 전체를 유추할 수 있는 대표적인 단면을 드러내 보여주지는 못한다. 그리고 소설의 본령은 아무래도 인간과 인간이 갖는 감동의 전달, 다시 말해 인간관계의 폭과 깊이에 관련된 문학 장르이기 때문에 내성적 혹은 편협한 세계인식은 서사장르에 걸림돌이 될 수 있을 것이다.

이남희의 『당신이 말한 것에 대해 그녀가 말하는 것』(『창작과비평』 1997. 가을호)은 여고 시절 동창인 윤인자라는 여자를 대상으로 한 일인칭 관찰자 시점의 단편이다.

윤인자는 C시에서 삯바느질을 하는 홀어머니에게서 자라난 다소 성숙한 여학생이다. 그녀는 다른 학생들이 싫어하는 국어 선생인 김효준을 따른다. 그러다가 그 교사가 그녀를 건드렸고 그녀는 상처를 입는다. 그러나 그녀는 김효준이라는 교사를 사모했으나 그는 결혼하여 장학사로 학교를 떠난다. 그녀는 선생에게 상처받고 버림받았다는 충격으로 학교를 그만둔 뒤 아무 남자와 몸을 섞고 방황하다가 20살 되던 해 술집 바텐더와 결혼한다. 그녀가 방황하고 타락한 것은 그녀가 김효준이라는 교사를 사랑해서였고 그녀는 그 비밀 때문에 더욱 철저히 타락하며 어머니와 이웃들에게 질타를 받는다.

　　결혼 후에도 순탄치 않은 생활을 하다가 이혼하고 아들이 번번이 그녀에게 대든다. 아들은 학교에 가지 않겠다고 하고 학교에서는 그 아이를 퇴학시키려고 한다.

　　결국 교장실에 들어가 교장 김효준과 대화가 통하지 않자 준비해 둔 휘발유 통에 불을 질러 자신은 중화상을 입고 김효준은 다치게 된다. 이처럼 윤인자의 삶은 여고시절의 상처 때문에 그리고 그 내성의 편협함 때문에 외부세계와 단절된 관계를 꾸려 나가게 된다. 그리고는 젊은 나이에 죽음을 맞이한다.

　　그녀는 은사와의 비밀 사랑, 그것을 지고의 사랑으로 믿었고 배반당한다. 그리고는 그 비밀의 충격으로 복수라는 미명으로 타락하기 시작한다. 그러나 그녀의 가족과 친구를 포함한 독자와 같은 타인들에게는 이중의 인간 다시 말해 타락 이전의 윤인자와 타락 이후의 윤인자라는 두 자아를 볼 뿐이다. 개인적인 언급이나 사건은 그것이 객관화 될 때 사뭇 달라질 수 있다. 특히 비밀을 지닌 내성의 체험이라면 그것이 타자와 관계될 때 의미와 객관적 가치를 상이하게 나타나게 된다. 윤인자의 친구들이나 신문기사를 접한 타자들이 말하는 윤인자의 방화 사건은 '당신'들의 언술이다. 그것은 정확히 말해 윤인자라는 사람에 대한 언술이지만 '당신'들의 몫이고 '당신'들의 소유이고 윤인자라는 삶 자체가 아닌 것이다. 그것은 당신들의 내성에서 울려나온 소리인 것이다. 그리고 정작 그녀가 당신들이 언급한 것에 대해 이야기하는 것은 더더욱 처음 언술 대상과는 다른 것이 되고 마는 것이다. 수많은 사람들이 바라보는 카메라의 앵글은 각기 다르다. 결국 그녀의 삶을 객관화시키는 신문기사는 또 다른 당신이 되어 그녀를 규정한다. 그러나 그것은 그녀의 진실과 다르다.

　　지난 토요일 오후, C시 북이동 소재 북고등학교에서 주부 윤인자

씨(37세)가 교장실에 난입, 불을 질러 본관 1층을 절반이나 불태웠으
며 교장 김효준씨(55세)는 다치고 자신은 중화상을 입어 중태에 빠졌
다. 윤씨는 이 학교 1학년에 재학중인 정 모군의 학부모로서 아들의
성적이 떨어져 우반에서 열반으로 이동하게 되자, 학생들의 좌절감을
이유로 들어 우열반 폐지를 주장했다. 자신의 요구가 받아들여지지
않는 데 격분한 윤씨는 휘발유통과 가스 라이터를 갖고 교장실로 찾
아가 실랑이를 벌인 끝에 불을 낸 것으로 알려졌다.

윤인자의 사춘기 시절 좌절은 타인들이 말하기에 불결하고 용인될 수
없는 것이었다. 그러나 윤인자에게는 그것이 인생 전체를 좌우하는 일
생 일대의 사건이었다. 그 민감한 좌절의 문제가 교장인 김효준과 맞닥
뜨렸을 때 객관화된 방화 사건과 그녀가 말하는 좌절에 대한 대항과는
서로 다를 수밖에 없는 것이다. 주관과 객관의 차이에서 삶을 유기한
다는 것은 불행한 일이 아닐 수 없다. 소문과 오해와 잘못된 인식은 실
로 커다란 폭력이다. 이렇게 훼손된 삶에서 인간은 타락하고 만다. 그러
나 소설에서는 그런 부분을 드러내어 반성하고 때로는 음미하면서 우리
영혼의 훼손된 부분을 상당량 치유할 수 있는 것이다.

김탁환의 『치욕』(『상상』, 1997. 가을호)은 불행한 부부의 이야기를 담
고 있다. 정숙은 대학 일학년 때 서클에서 영화 준비를 하다가 주헌이
라는 의과 대학생의 영화를 접하고 주헌과 사귀게 된다. 주헌은 의대를
중퇴하고 그럭저럭 지내는 데 그것은 그가 만든 영화의 여주공인 농옥
이라는 여자가 그를 떠나갔기 때문이다.
정숙은 주헌에게 헌신적이지만 주헌은 정숙의 사랑을 쓸데없는 희생
으로 여기며 부담스러워 한다. 그런데도 정숙은 내키지 않아 하는 주헌
과 억지로 결혼을 하고 자신은 교사가 되어 주헌에게 비디오 대여점을
열어 주고 뒷바라지 하지만 주헌은 끝까지 농옥을 잊지 못한다. 그리고

는 돌연 그는 농옥을 찾아갈 것을 선언한다. 그녀는 헌신적인 사랑의 끝에서 치욕을 느낀다. 주헌은 돌아서면서 자신을 이해해 달라고 부탁하지만 그녀는 적의를 품은 분노를 느낀다. 그녀의 내성에 이는 자아는 외부세계와 결렬을 선택한다. 결국 그녀는 자살을 선택한다.

걸상을 형광등 아래 놓았다. 그 위에 올라서서, 준비한 노끈을 형광등에 묶었다. 힘껏 잡아당겨 보았다. 형광등과 천장을 연결한 철선은 그녀의 육체를 지탱할 만큼 튼튼했다. 먹이사슬처럼 둥근 원이 허공에 흔들거렸다. 그 원 안에 오른 손을 넣어 보았다. 가녀린 목이 들어가기에 충분했다. 준비가 끝난 것이다.

걸상에서 내려와 편지지를 꺼냈다. 첫머리에 '당신에게'라고 썼다. 뺨을 타고 흘러내린 눈물 한방울이 편지지에 떨어졌다. 편지지를 찢었다. ...(중략)...작고 긴 목이 둥근 원안으로 쏙 들어갔다. 작은 발이 힘껏 걸상을 찼다. 꽈당 넘어지면서, 그녀의 작은 몸이 앞뒤로 흔들렸다.

"주, 주헌씨!"

그 순간, 「마지막 용기」의 여주인공이 마지막 독백을 하기 시작했다.

"어서 와, 내 사랑. 얼마나 당신을 기다렸는 줄 알아? 내 목숨과도 같은 당신!"

그것은 또한 세계를 향한 정숙의 마지막 연설이기도 했다.

그녀는 인간관계를 먹이 사슬로 인식한다. 그녀가 인식하는 외부세계는 이미 그녀와 단절되어 있다. 그녀는 그런데도 주헌과의 관계를 억지로 유지시키려 했다. 하지만 그 관계는 불가능 한 것이다. 그리고 그것을 인식하게 되었을 때 그녀는 스스로의 존재를 부정하게까지 된다.

그녀가 죽음을 선택하는 것은 그녀 스스로의 삶을 모색하는 과정 중의 일부이다. 그리고 그러한 종말은 그녀의 탓이다. 그녀는 스스로 정상

적인 관계를 거부했다. 그녀는 주헌에게 자아를 확대시켰지만 그 주관
적 내성은 그 주관성 때문에 비논리적이고 비객관적인 가치 인식을 만
들어 냈다. 그리고 그러한 편협한 세계관은 그녀 자신을 회의적으로 그
리고 비관적으로 만들어 낸다.

　독자는 이 텍스트에서 정숙의 몰두한 사랑을 편협하다고 볼 수도 있
고 무한한 동정을 보낼 수도 있다. 그러나 일상에서 자아가 갖는 일련
의 세계 인식은 소설이라는 문학 장르로 꾸며진다. 그러므로 허구에서
빚어내는 일상의 위기는 불행과 행복을 동시에 드러내는 질료가 되는
것이다. 철학에서 회의적인 비극적인 자기인식이 편협성을 드러내게 되
지만 문학에서는 회의적 일상도 삶을 드러내는 주요한 재료가 될 수 있
는 것이다.

　김　호의 『안개바다』(『동서문학』, 1997. 가을호)는 나이 사십에 삼등
항해사를 하며 어려운 삶을 꾸려 나가는 삶 속에서의 순간적 위기를 일
상과 대립시켜 상징지운 작품이다. 그는 우여곡절 끝에 겨우 만난 새
부인과 가난한 삶을 어렵사리 영위했지만 결국 돈이 모자라 다시 원양
어선을 탄다. 그는 대만에서 만삭의 아내가 출산을 한다는 소리를 듣고
한국으로 귀한 중 일본을 지나칠 때 암초 밭에서 안개를 만난다. 그는
야간 당직으로 등대를 찾아 헤매며 배를 운항한다.

　그는 그 위기 속에서 지나온 세월을 돌아보며 과거를 반추한다. 그리
고 현재의 안개 바다라는 위기가 그의 인생과 대비되며 상징적으로 동
일시된다. 그리고 안개 상황을 빠져나온 그의 암초군 중간의 배는 그의
일상을 개선시켜 줄 희망과 암초에 좌초되는 불운을 동시에 암시해 준
다.

　　그는 헛바람을 토해내며 이등 항해사가 가리킨 방향을 보았다. 거

긴 배가 지나 온 뒤쪽이었다. 그는 얼굴이 화끈 달아오른 채 쌍안경을 그어갔다. 거의 숨을 멈추다시피 한 채 쌍안경을 그어가는 그의 머리 속은 혼탁한 안개로 가득 찼다. 그럴 리가 없다고, 이등 항해사가 잘못 본 거라고 생각했을 때 쌍안경에 희뜩 걸리는 게 이었다. 그는 쌍안경에 희뜩 걸리는 게 있었다. 그는 쌍안경을 고쳐 쥐었다. 다시 어둠 저편에 섬광 하나가 피어올랐다 사그라졌다.

등대다. 소리치며 방위침으로 등대를 가늠한 이등항해사는 후다닥 조타실로 뛰어갔다. 등대의 방위를 해도에서 확인해 볼 것이리라. 그러나 정작 그는 꼼짝 할 수가 없었다. 지나온 뱃길 뒤에서 섬광처럼 피어오른 불빛이 그의 마음 속을 꿰뚫고 지나갔을 때, 그는 자신의 항해는 이미 끝나버렸다는 걸 알았기 때문이었다. 어디선가 철판을 긁는 기분 나쁜 소리가 들리는 듯했으며, 그의 몸이 기우뚱 허물어졌다.

누구나 삶은 불안하고 앞날은 알 수 없다. 그것은 안개바다에서 좌초 직전의 배처럼 일상은 위기에 놓여 있다. 그러나 삼항사인 그에게는 희망이 있다. 그는 가난하고 인생에 실패한 사람이다. 그런데 자아가 위기를 인식한다는 것은 그의 반대 상황 즉 행복할 수 있는 상황이 가정되어 있는 것이다. 텍스트에서 그가 흰 새에게 보여주는 동정과 연민은 그 희망의 상징이다. 일상은 언제나 위기와도 같은 어려움이 도처에 놓여 있고 우리는 그 상황 하에서 희망을 갖고 세계를 인식한다.

소설은 무릇 실제 세계의 해석자인 작가의 인식을 꾸며놓은 것이다. 그 인식의 주관성이 자족적으로 이루어진 언어의 세계인 셈이다. 따라서 실제 현실과 허구의 세계라는 양자는 굴절과 내성적 인식에 의해 연결되어 있다. 그 말은 소설 텍스트가 역사적 사실이나 일상과 고립된 현상이 아니라는 뜻이다. 일상에서 그리고 통찰력을 발휘하는 철학에서 내성적 자기 인식은 자칫 위기로 치달을 수 있다. 그러나 소설에서는 그러한 위기를 치유하는 기능이 있다. 작가와 독자는 소설을 통해 사유

하는 교훈을 얻을 수도 있고 심지어 고통이라 할지라도 그 허구세계에
서 대상을 즐길 수 있는 쾌락의 부분이 있기 때문이다. 그렇기에 소설
의 효용과 매력은 무시할 수 없는 것이라 할 수 있다.

11 인식의 집중과 분산

· 은희경/ 「명백히 부도덕한 사랑」(『세계의 문학』 1997, 가을호)
· 윤후명/ 「바다의 전설」(『문학사상』, 1997, 10월호)
· 최수철/ 「매미」(『문학사상』, 1997, 10월호)

70년대 프랑스의 페미니스트인 루스 이리가라이는 여성과 남성의 문학적 차이를 다음과 같이 구분했다. 여성이 남성과 다른 사유패턴과 글쓰기 형식을 가질 수 있는 것은 여성 성욕의 특성에서 기인한다는 것이다. 그녀에 따르면 남성의 성욕이 남근 하나로 집중되어 있다면 여성의 성욕은 신체의 각 부분으로 분산되어 있기 때문에 여성적 글쓰기도 단일한 의미로 집중되지 않고 다양하게 열려 있다는 것이다.

그러나 여성의 성욕이 세계의 모든 체험보다 우선하는 것이 아니고, 남성이라 하더라도 세계의 체험을 항상 리비도로 규정할 수는 없는 것이다. 그리고 자아가 세계를 인식할 때 그 대상에 대한 광범위한 혹은 가장 진실한 혹은 정확한 이해를 위해서는 대상을 풀어헤쳐서 분산시킬 필요도 있는 것이다. 요약하거나 집중시켜서 그것을 즐기거나 형상화할 수 없는 어떤 체험을 소설 형식으로 만들어 내는 일에는 집중과 분산이 필요하게 된다.

소설이라는 허구는 현실을 바탕으로 이루어진 세계이다. 허나 그들은 완전히 다르지 않다는 것이다. 변용된 허구는 현실을 축소하거나 확장할 수도 있고 미래를 전망하거나 과거를 왜곡할 수도 있다. 허구는 끊임없이 현실과 대립되거나 결합되고 있기 때문이다.

작가는 현실이라는 드넓은 갯벌 위에서 몇몇 움직이므로 진흙을 주물러 변용시키는 마력을 지닌 손으로 비유될 수 있다. 그때 만들어진 형상물들은 사실 실제의 사물이 아니지만 작가가 경험하고 유추하고 상상한 사물모양의 진흙 덩어리이다. 소설 텍스트인 그 진흙 형상물들은 자유롭게 변모되어 독자들에게 여러 가지 통로를 통해 즐거움이나, 해방감이나, 동감 혹은 허무감 등을 준다. 그리고 그러한 감정이나 교훈 혹은 간접체험들은 독자에게 어떤 의미를 주는 데, 그것이 바로 소설 텍스트의 의미화에 연결되는 차원인 것이다. 독자가 알아차린 소설형식으로서의 아이러니 혹은 소설이 주는 쾌감의 저변에 깔린 의미, 동감에서 오는 감동적 의미는 소설이라는 문학장르가 갖는 특성이다. 그 진흙 덩어리, 어떤 때에는 현실 보다 훨씬 분산되어 난해하기도 한 그것이 소설을 소설답게 꾸미는 한가지 길이 되기도 하는 것이다.

은희경의 『명백히 부도덕한 사랑』(『세계의 문학』 1997. 가을호)은 30대 초반의 여자의 일상에 대한 이야기이다. 그녀는 대학에서 불문학을 전공하고 프랑스로 유학가려 했으나 부친 사업의 악화로 유학을 포기하고 디자인 학원을 얼마간 다닌 뒤 지금은 작은 회사의 디자이너가 되어 있다. 그녀는 열살 정도 연상의 유부남과 사귀고 있으며 그녀의 부친은 이제 사업이 정상 궤도로 복귀되었지만 새 여자를 사귀고 그녀의 어머니와는 헤어지려 하고 있다. 그녀는 유부남의 부인에 대한 일련의 감정과 부친이 모친에게 대하는 일련의 관계를 오버랩 시키면서 자신을 조건지으며 자신을 둘러쌓고 있는 물상들과 함께 별다른 변화 없이 지내고 있다. 그리고 타인과 모든 사물이 그녀에게는 일정한 거리를 두고 무감각하지도 그렇게 절실하지 않은 채 작품 전체에 놓여 있다. 첫 챕터인 「나」에서는 자신의 정체나 이념 혹은 취향조차도 명백히 드러내 놓고 있지 않은 작가는 자신의 문제를 친구를 통해 고독한 존재로 설정해 놓고 있다. 세상의 인연을 끊으려고 강원도 어느 절로 들어가는 버스 안에서 우연히 옆에 앉은 군인과 결혼한 친구를 통해 그녀는 이렇게 말한다. "벗어나려고 하면서도 집착의 대상을 찾는 것이 인간이 견뎌야 할 고독의 본질인지도 모른다."

둘째 챕터에서 그녀는 자신이 그녀의 연인인 유부남의 부인이 되고자 하는 무의식적 의지를 확인한다. 그녀는 그에 의해 임신하고 중절 수술을 하고서도 그를 원하면 결합이 가능하리라는 무의식적 욕망을 갖고 있었다.

셋째 챕터에서는 바람난 부친에 대한 어머니의 원망이 나타난다. 그녀는 어머니 편이 되어서 부친의 새 여자에게 함부로 해대는 상상을 하면서도 어떤 입장을 취하지는 않는다. 그러나 그녀는 모친에 대한 연민으로 눈물을 떨군다. 그러나 자신은 눈물이 흘러내리는 줄도 모르다가 떨어진 눈물에 깜짝 놀란다.

넷째 챕터에서는 어린 시절에서부터 지금까지 지켜본 아버지의 모습과 어머니에 의해 상대적인 성향을 갖게 된 아버지에 대해 말한다. 다섯째 「어머니의 연적」에서는 매일 전화를 하는 어머니에 대한 자신의 솔직한 감정을 혼자말로 해대며 자아를 분산시켜 다른 이들의 입장이 되어 보는 장면이 나타난다.

--아버지 한테는 아버지 인생이 있어요. 사람이 싫은 걸 어떡하겠어
요

그리고는 흥분한 어머니의 대꾸는 듣지도 않고 입속으로 나머지 말을 계속 뇌까렸다. 감정을 어떻게 강요하냐구요. 좋아하는 여자하고 살아보겠다는 거잖아요. 그 나이에 연정이 생겼다는 얼마나 각별하고 소중하겠어요. 집착을 하면 할수록 아버지의 마음은 멀어져요.

나는 또 속으로 중얼거렸다. 아버지가 없다고 생각하고 혼자 지내는데 익숙해지도록 해 보세요. 친구분하고 여행을 가든지 서예를 배우든지, 아니면 병원 같은 데 가서 자원 봉사를 해보든지. 지금이라도 늦지 않았어요. 남의 감정에 의존하지 말고 적절한 거리를 유지하며 자신의 인생을 성취감을 통해서....제기랄!

그녀는 고독을 겪어 보았고 그래서 무언가에 집착하는 것의 괴로움을 잘 알고 있다. 그녀는 유학에 집착했다가 아쉬움을 맛보았고, 유부남에게 집착하다가 불완전한 사랑을 겪었다. 그러면서 그녀의 인식력은 집중시켜보는 집착에서 점점 대상을 분산시켜 거리를 놓고 보는 데에 이르렀다.

규칙이 바뀌는 것도 나쁘지만은 않은 것 같다. 한 번쯤 고독에서 벗어나 보는 것도 나쁘진 않았다.

내 시선은 햇빛이 들어오기 시작하는 서향 창으로 향했다. 또다른 시간이 흘러 들어오고 있었다. 나는 아버지의 딸이며 아버지이며 아버지의 여자였다. 나는 어머니이며 어머니의 딸이며 어머니의 연적이었다. 나는 그의 여자이며 그의 아내의 연적이었다. 나는 그의 아내였다. 그리고 나다, 나는. 그리고....

우리의 일상에서는 객관적인 사실들이 움직이지만 소설에서는 주관적 감정이 노출되어 있는 세계이다. 그러나 작가는 단순히 감정을 표출시키는 것이 아니라 그의 사실, 진리, 인식을 그의 경험을 통해 우리들에게 전달한다. 자신만의 진실을 독자에게 전달하는 것은 그 진실함에서 자신의 외적, 내적 세계를 열고 독자의 입장도 열리게 만드는 것이다.

　작가 은희경은 자신의 체험을 통해 세계의 아름다움과 인간의 고독과 집착과 버림 등의 대상을 보는 눈을 깊고 넓게 하였다는 적어도 그러한 분위기를 독자에게 진실하게 느끼게 해줄 때 우리는 그의 체험 앞에서 어느 정도 마음을 열고 세계를 보고 인식하게 되는 특별한 체험을 할 수 있다.

　윤후명의 『바다의 전설』(『문학사상』, 1997. 10월호)은 멕시코로 여행을 간 그룹 중에 기분이 맞는 시인 둘이 멕시코에 남아 며칠을 보내는 일화를 다루고 있다. 산호들의 거대한 무덤 같은 멕시코의 카리브해안에서 그들은 적막하고 무료한 시간을 보낸다. 그러다가 그들은 치첸 잇사 마을의 마야족 피라미드를 방문한다. 그리고 거기에서 하나의 전설을 알게 된다. 피라미드 맨 위의 밀실은 한창때의 청년의 심장을 신에게 희생으로 바치는 곳이었다. 축구경기 같은 고대의 경기를 통해서 이기는 쪽의 주장의 심장을 신에게 바친다는 것이다. 그러나 선수들은 그 영광을 위해 열심히 시합을 한다는 것이다.

　무료한 시간을 보내던 그 둘은 이구아나를 잡아 희생양으로 삼아 그 심장을 도려내자며 치기 어린 합의를 하고 행동을 같이 한다. 그러나 이구아나는 잡지 못하고 다만 둘 사이는 서울에서는 안면만 있는 정도였지만 서로의 마음을 열고 격이 없는 술자리를 하게 된다.

　나는 서울에서 아버지의 일로 충격을 받고 온 터였다. 동란 중에 인민군에 의해 학살되었다던 선친은 단순한 오발사고로 죽었다는 사실을 이번에 선친의 묘를 찾으면서 밝혀진 것이다. 일련의 이러한 그의 일상의 변화는 그를 혼돈스럽게 하기도 했다. 한편 신선생은 그가 운영하던 회사가 부도가 났고 앞으로 일이 막막하고 더욱이 부인과 헤어질지도 모르는 상황이라는 것이다. 그러나 둘은 마음을 열고 그저 허심탄회한

웃음을 주고받으면서 일상의 거리를 만들어 놓고 진실한 모습만으로 앉아 있을 뿐이다.

> 그야말로 허심탄회라는 말이 있어야만 되는 것이었다. 우리는 몇 번인가 허허허허 마주 웃음을 나누었다. 무슨 말을 하든 그 내용이 문제가 아니었다. 우리는 서로를 속속들이 받아들이는 분위기였다. 그가 부도니, 마누라니, 미래니 몇 번 더 말한 것 같으나 그 뒤로도 그저 허허허허 하고 우리는 웃었을 뿐이었다. 그것은 진정한 휴양이었다.

사람과 사람이 진실한 모습으로 대면하고 서로를 참되게 받아들인다면 서로의 부차적 조건은 의미 없을 수 있다. 그리고 그러한 시간은 일상에 집중되어 있는 사회와 인간을 규정짓는 조건에서 자아를 해방시켜주는 폭발적인 분산력이 될 것이다.

이 작품에서는 인간이란 죽기 위해 발버둥치는 존재로 치첸 잇사 마을의 마야족 피라미드의 전설을 도용해 상징화하고 있다. 죽음이라는 헛된 영광을 위해 치열하게 살아가는 인생에서 일상은 너무나 집중된 노동이며 속임수가 아닐 수 없다. 그런 나와 너가 껍질을 벗고 진실한 모습을 서로에게 보여준다면 그것은 고단한 일상에서의 일탈이며 진정한 휴양이 될 것이다.

작가는 다음과 같이 말한다.

> 이것이 '여행소설'인지 아닌지 나는 모른다. 나는 다만 어떤 생명 혹은 진실에 대해 생각하는 것만으로 존재의 다원성을 충족시킨다. 그러나 우리들 삶은 언제나 위태롭기 짝이 없기 때문에 우리들은 외롭고 그립다. 이 소설 역시 그런 테두리 안에서 이상과 현실의 괴리를 포착하고자 한 것이리라

최수철의 『매미』(『문학사상』, 1997. 10월호)는 9개의 단락으로 구성되어 있다. 작중 주인공은 기억상실자다. 그는 주변을 통해 자신을 밝혀내고 있다. 그리고 그는 자신의 신용카드와 호출기를 통해 자신의 정체를 알아낸다. 그는 자신이라는 정체를 알아내면서 회복되는 기억을 통해 불안을 느낀다.

그는 살면서 한 번도 자기가 누구인가 하는 질문을 스스로 해본 적이 없는 인물이다. 그런 질문을 하지 않은 것은 그 질문 자체의 두려움 때문이었다. 그는 스스로 자신이 도대체 누구인가 하는 질문을 했다가 자기가 누구인지 영영 모르게 될까 봐 두려워하는 것이다. 그래서 그는 자신이 아닌 낯선 외부에게서 자신을 역으로 규정하려 한다.

> 낯설다는 느낌도 이제는 거의 새삼스러운 것이었고, 그렇듯 낯설어하는 나 자신도 내게는 낯설었다. 아니, 낯설음의 단계는 이미 넘어서서 어색함과 거북함에 가까이 다가서 있었다. 그렇다면 이제 나는 지금의 나 자신을 지켜보아야 했다. 나는 내가 세상에 대해 어떤 반응을 보이는가를 유심히 살피고 그 반응의 성격을 따져 봄으로써 나라는 존재가 누구인지, 어떤 인간인지 알아내야 했다. 열쇠는 오직 내 속에만 들어 있는 것이었다.

나는 나를 알아보기 위해 모텔사람들이나 정신병원의 의사 혹은 호출기를 통해 알게 된 지인들을 통해서도 자신과 타인들의 반응을 살피려 한다. 그리고는 수위 이미지와 같은 기억의 무의미함이나 서로의 규정, 인간관계 같은 일상이 끊임없이 들려 오는 매미의 울음처럼 하나의 이명에 지나지 않음을 깨닫는다. 사실 일상에서 나와 소통되지 않는 수많은 소리들은 자아에게 하나의 소음이며 고통을 주는 이명이 될 수도 있다. 그러나 그 고통이 무엇에서 온 것이며 지금 어떤 것이라는 것을 집중해서 인식한다면 그 분산된 잡소리들의 의미를 알 수도 있다.

나는 그 자리에 주저 앉았다. 나는 터널 속에 들어와 있었다. 나는 텅 빈 노아의 방주에 타고 있었다. 세상의 노한 파도가 세차게 몰려와서 내 몸을 뒤덮고 있었다. 온몸이 저리고 으슬으슬 떨려 왔다. 그러나 이제는 비로소 세상의 물살과 만날 수 있을 것 같았다. 그 사실을 깨닫기 전에야말로 나는 기억상실자였다. 하지만 사람들은 언제까지고 나를 기억상실자로 기억할 것이고, 나는 그들의 판단을 그대로 받아들일 것이다. 그리하여 앞으로도 나는 기억상실자로 살아갈 것이었다. 그것이 내게 주어진 운명이었다.

자아가 세계를 인식할 때 그 대상에 대한 진실하고 정확한 이해를 위해서는 대상을 풀어헤쳐서 분산시켜 거리를 두는 방법이나 응축시켜 집중하는 경우가 필요할 때가 있다. 그리고 그러한 인식력은 충분한 고통의 체험에서 비롯되는 것이다. 위의 세 작품은 고독이나 진실한 마음열기, 나 찾기와 같은 고통의 과정이 녹아 있는 소작들이다.

12 삶, 그 불가해성의 세계

· 김승희/「백중사리」(『현대문학』 1997, 12호)
· 김인숙/「그 여자의 자전거」(『창작과 비평』, 1997, 겨울호)
· 윤영희/「하늘 밖으로 나온 구름」(『상상』, 1997, 겨울호)

소설의 세계는 실제 일상을 드러내는 그야말로 삶에 대한 천착이다. 그러나 실제의 삶에서는 진지하게 그 대상 자체인 삶을 객관적으로 혹은 주관적으로 분석하고 이해하고 연구할 수가 없다. 왜냐하면 실제 삶에서의 삶이라는 대상 연구는 실제 삶과 구별이 되지 않기 때문이다. 소설에서는 그러한 삶을 거리를 두고 형상화하여 여러 가지 방법으로 또한 효과적으로 드러내 보일 수가 있다. 또한 소설에서는 아무리 하찮고 의미 없는 듯하거나 혹 쓸데없어 보이는 삶조차도 진지하게 다루어 소중하게 형상화시켜 놓는다. 소설세계에서는 실제 사회현실에서의 가치는 별개이기 때문이다.

김인숙의 『그 여자의 자전거』는 일상이 무료해진 어느 가정 주부의 이야기를 잔잔하게 그리고 있다. 남편은 자원해서 중국근무를 가게 되고 서울에 혼자 남은 그녀는 집 앞에 세워 두고 이사간 어느 여인의 자전거를 우연히 만져 보다가 이윽고 자전거 타기를 배우게 된다.

> 세상은 .....너무나 구태의연하다. 세월이 아무리 오래 흘러도 늘 똑같은 대통령 후보가 늘 똑같은 대사를 반복한다. 시대가 바뀌었다고 말하지만 , 누가 무엇을 바꾸었고 그것이 내게 어떤 영향을 미쳤는지도 나는 알지 못하겠다. 내가 인지할 수 있는 유일한 것은 오직, 어느 날 내가 혼자가 되어버렸다는 사실뿐이었다.(중략)
>
> ....물론 남편이 나를 떠나기 위해서 중국 지사로의 발령을 자청했다고는 생각하지 않는다. 그로서는, 우리에게 한 번도 경험해보지 않았던 새로운 환경이 필요하다고 생각했을 것이다. 열두번도 더 가본 극장이 있는 거리, 스무 번도 더 가본 여관과 모텔이 있는 동네, 백번도 더 가본 술집이 있는 도시.....거리로부터의 탈출이 우리에게 무언가 새로운 기대와 희망을 가져다줄지도 모른다고 생각했을 것이다. 그러나 불행히도 나는 아니었다. 내가 지겨워하고 있는 것은 동네나 도시가 아니었다. 나는 내 선택을 지겨워하고 있었다. 그 끊임없는 일상의 반복, 그러면서도 점점 낯설어가는 한 남자의 얼굴....더 이상은 이해할 의욕도 충동도 생기지 않는 그 똑같은 얼굴이 지겨웠던 것이다.

그녀는 남편이 떠나고 없는 공간에서 더한 고독과 무료함을 느낀다. 결구 그녀는 그 고독 때문에 자전거를 타게 된다. 혼자만 타게 되어 있는 자전거를 타면서 그녀는 누구도 그리워하거나 무엇이 필요하다거나 하는 일상을 잊는다. 일상을 잊는다는 것은 일상에서 거리를 둔다는 의미이다. 그리고 그것은 자신이나 타인에 대한 성찰의 시간을 주게 되는 것이다. 실제로 이 작품에서 그녀는 자전거를 타게 되면서 자신과 타인에 대한 관찰과 관심을 갖게 된다.

꿈속에서 간혹 나는, 나를 끌고 가고 있는 그 남자의 얼굴을 **확인**해보려고 애쓴다. 그토록 다정한 등을 내주고 있으면서도 절대로 고개를 돌리지 않는 그를. 누구일까. 생각해 보는 것은 안타깝고도 조바심 나는 일이었다. 그는 누구일까.....나를 포기할 수밖에 없었던 내 남편일까.....아니면 호숫가에 나갈 때마다 같은 시간 같은 장소에서 만나곤 하는 그 남자일까....아니면 나를 이 자리까지 끌어왔던 내 **청춘**의 초상일까?

꿈을 깬 새벽녘, 나는 목이 메인다. 그렇게 쉽게 포기해서는 안될 것들이 있었던 게 아닐까. 그리고 또한 바꿔야 했던 게 있었던 게 아닐까.

그녀는 자전거를 통해 살아가고 있음을 느꼈다. 자전거 타기를 배운다는 사실과 자전거를 타고 있으면서 일상을 잠시 접어 두는 여유를 통해 비로소 그녀는 무료한 일상에서 희망이라는 단어를 찾아내기 시작한 것이다. 그녀는 인생에서 포기하지 말아야 할 어떤 꿈이나 희망을 견지하려는 긍정적 세계관의 가능성이 언뜻 비치게 된다. 그것은 인생에서 기대되는 그 어떤 꿈이나 이상이나 희망 혹은 그리움이 될 것이다. 세상은 쉽게 이해되지 않거나 마음먹은 대로 되지 않는다. 그러나 그 이해할 수 없는 이 세계에서 우리는 이 소설에서 내비쳐주는 포기할 수 없는 그 무언가가 있기 때문에 일상을 의미 있게 채워나가고 있는 것이다.

윤영희의 『하늘 밖으로 나온 구름』에서는 한 고등학생이 어떻게 사회의 타락자가 되어 가고 있는 가를 침착하게 보여준다. 어려서 부모의 불화로 외가에서 자라던 준이는 외할머니가 돌아가시자 친가 할아버지 할머니와 지내게 되었다. 어머니를 몹시 그리워하던 준이는 중학교 **때**까지도 어머니의 잠옷을 안고 자는 습성이 있었다. 부모의 별거와 재결합의 과정에서 가정부 누나가 수면제를 먹이고 아버지에게 걸핏하면 혼나고 하면서 그의 치기가 드러났지만 그런대로 여느 아이처럼 순진하게 자라났다. 고등학교에 들어가면서 부모가 다시 재결합하지만 직장을 잃은 아버지가 어머니와 함께 미국에 생활터전을 잡으러 가자 준이는 다시 할아버지 할머니와 함께 살면서 나쁜 친구들과 어울리고 선배형들에게 구타당하게 된다.

이 작품에서의 서술은 매우 친근하게 이루어지고 있어서 준이가 우리 모두의 동생이나 자식처럼 여겨진다. 아이들에게 갖는 관심을 일깨워주고 있다. 아무것도 아닌 일로 쉽게 가출하는 청소년들에게 그야말로 사소한 실수가 인생을 좌우하는 엄청난 결과를 초래한다는 경고가 매우 침착하게 나타났다 하겠다.

저녁에 돈이 떨어져 준이 친구들을 모았다. 모두 시장입구에 서서 꼬마가 나타나기를 기다렸다. 걸려든 놈이 고약하게 뒷발돌려차기까지 하며 반항했다. 준의 목에 발길이 떨어졌다. 준의 주머니에서 칼이 나오고 비명이 들렸다. 쓰러진 놈을 두고 다들 골목으로 튀었다. 순찰하던 경찰관에게 두 친구가 잡혔다.

준이는 뛰다시피 초등학교를 건너고 아파트를 지났다. 쓰러진 녀석이 죽었는지 살았는지 알 수 없었다. 숨이 가쁘고 땀이 났지만 준이는 사람이 많은 버스 정류장에 가서야 멈추었다. 어디로 가야 할 지 몰라 길 복판에서 두리번거렸다. 할머니네에는 벌써 경찰이 연락했을 터였다. 경찰서에서 두 번이나 반성문을 쓰고 사진도 찍혀 이제 잡히면 친구들보다 큰 벌을 받으리라. 준이는 주머니가 비어 비디오방이나 노래방에도 갈 수 없었다....(중략)....버스가 도착하자 단정하게 교복을 입은 학생들이 환하게 웃으며 걸어왔다. 가방을 메고 경쾌하게 걷는 그들이 늠름해 보였다. 그들과 가까워질수록 준의 몸에 맥이 빠지며 고개가 옆으로 돌아갔다. 건너편에서 이야기를 하며 걷는 경찰관 두 명이 눈에 들어왔다. 준이는 마구 뛰었다. 어디로 가는지도 모

르는 채 무작정 길을 따라서

　이 소설에서는 특히 불량학생이나 타락한 청소년의 문제가 바로 우리 가족이고 나의 자식일 수 있다는 느낌을 주는 친근한 문체로 접근하고 있다. 준이의 삶을 에워싸고 있는 주위 여건으로서 친구나 선배 형들 교사들, 그리고 무관심하거나 배려가 없는 부모 가족, 거기에 그의 삶에 대한 안목이 없는 경솔한 행동은 준이를 이 사회의 규칙을 벗어난 희생자로 만들어 버린다. 또한 하나의 범주에 머물러야 하는 사회 규칙을 어긴 자에게 우리는 얼마나 비인정적이고 차가운 시선을 보내는가. 실제 준이와 같은 청소년들은 그 순수한 마음이 외면당하고 편견과 질시의 대접을 받으며 사회를 그리고 자신의 인생으로서의 삶을 원망하게 된다. 자아가 세계를 이해하고 화합하는 데에는 무엇보다도 따뜻한 시선이 필요한 것이다.
　이상의 단 편에서 그려낸 세계의 차가움 혹은 비극적 불가해성은 그것이 그 자체로 세계의 존재성을 대변하는 것은 아니다. 세계가 불가해하다는 것은 자아에게 있어서 그렇다는 의미인 것이다. 그런데 세계와 관계를 모색하는 자아는 존재하고 있다. 다시 말해 자아는 세계와 공존하고 있는 것이다. 그렇다면 자아가 그 존재의 의미를 갖기 위한 조건으로서 스스로 세계와 이해하고 화합하는 그 어떤 제스추어를 취해야 할 것이다. 이러한 삶의 모색은 소설을 통해 한층 진지하게 이루어 낼 수 있을 것이다.

현대 한국소설작품의 이해

인쇄일 초판 1쇄 1999년 08월 20일
        2쇄 2015년 08월 05일
발행일 초판 1쇄 1999년 08월 25일
        2쇄 2015년 08월 15일

지은이 김 정 진
발행인 정 찬 용
발행처 **국학자료원**
등록일 2006.11.02 제2007-12호

서울시 강동구 성내동 447-11 현영빌딩 2층
Tel : 442-4623~4 Fax : 442-4625
www. kookhak.co.kr
E- mail : kookhak2001@hanmail.net
ISBN : 978-89-8206-417-3 *03810

가 격 13.000원

*저자와의 협의 하에 인지는 생략합니다.